Susan Slater

Die Geister von Tewa Pueblo

metro

Susan Slater

Die Geister von Tewa Pueblo

Aus dem Englischen von Mascha Rohner

Unionsverlag

metro – Spannungsliteratur im Unionsverlag
herausgegeben von Thomas Wörtche

Die Originalausgabe erschien 1999
unter dem Titel *The Pumpkin Seed Massacre*
bei Intrigue Press, Philadelphia.

Deutsche Erstausgabe

Im Internet
Aktuelle Informationen
Dokumente, Materialien
www.unionsverlag.ch

Rieterstrasse 18, CH-8027 Zürich
Telefon 0041-1-281 14 00, Fax 0041-1-281 14 40
mail@unionsverlag.ch

Umschlaggestaltung: Heinz Unternährer, Zürich
Umschlagfoto: Tony Stone / James Randklev
Druck und Bindung: Freiburger Graphische Betriebe
ISBN 3-293-00304-4

Prolog

Die Eule schwebte lautlos durch das Mondlicht und ließ sich auf einem Pinienast über seinem Kopf nieder. Er schaute nicht nach oben. Er wusste, dass die Eule dort saß. Er wusste, was das bedeutete. Tod. Sein Schweiß verdunstete in der trockenen, klaren Nacht des Hochlandes von New Mexico. Ein Feuer schützte ihn vor der Kälte auf der Mesa. Er starrte in die hellen Flammen und ließ den Gedanken freien Lauf: Etwas ging schief.

So sollte das nicht sein. Er konnte nicht schlafen, und wie heute ging er nachts oft lange draußen umher und rief dabei die Geister um Führung an. Sie hatten ihn verlassen. Er konnte ihre Gegenwart nicht mehr spüren und ihre Unterstützung war weg. Und doch lag die Antwort auf der Hand. Er wusste, was er zu tun hatte. Er hatte sich viel aufgebürdet – Verantwortung und Pflicht. Lag nicht die Zukunft des Dorfes Tewa in seinen Händen? In den Händen des Mannes, der allen ein besseres Leben ermöglichen konnte.

Er legte noch ein Zedernscheit auf das Feuer. Das hellrote Aufflackern ließ seine Haut bronzen schimmern. Dann öffnete er die Schnürsenkel seiner neuen Adidas und zog erst einen, dann den anderen Schuh aus. Er rieb den schmerzenden Spann. Sein Oberkörper war nackt. Über den Bundfalten seiner Designer-Jeans trug er einen schwarzen Ledergürtel, dicht besetzt mit Buffalo-Nickels. Doch heute Nacht konnte er sich nicht an seinen schicken Kleidern freuen.

Er lehnte sich gegen einen Felsvorsprung und ließ das Feuer die Fußsohlen wärmen. Er fühlte sich erschlagen. Von seinem Aussichtspunkt aus überblickte er das ganze Pueblo. Die Rauchfahnen der Holzfeuer standen fast starr wie Säulen über den Dächern. In dieser windstillen Nacht waren sie die Wächter einer jeden Behausung. Die Adobehäuser drängten sich dicht aneinander und spannen ein ausgedehntes Netz von Familien und uralten Werten. Er war stolz. Sie waren sein Volk. Er würde sie leiten. Er würde sie beschützen. Er würde sie reich machen.

Er konnte die von Häusern umsäumte Plaza ausmachen, rechts wurde sie von der Squash Kiva flankiert und am anderen Ende von der Turquoise Kiva. Diese unterirdischen rituellen Kammern hüteten jahrhundertealte Geheimnisse. Schattenhafte Tänzer glitten über den festgetretenen Lehmboden und setzten zum Rhythmus der Trommeln in Halbschritten erst den einen, dann den anderen Fuß auf. Die lange Reihe imaginärer Männer und Frauen schüttelten Pinienzweige und drehten sich zum rhythmischen Gesang einer Runde alter Männer.

Bald würde er den Sommer mit Tänzen feiern. Er konnte sich nicht erinnern, jemals einen Festtag verpasst zu haben. Aber er fühlte sich leer. Es gab ihm nichts. Es bereitete ihm wenig Freude, die Rituale seiner Vorfahren abzuhalten.

Hundegebell lenkte seine Aufmerksamkeit wieder auf die Häuser. Rechts von ihm blitzten Lichter auf. Eine Gruppe junger Männer hatte eine Jagd organisiert. Man hatte an den Ausläufern der Berge einen Schwarzbär gesichtet, der entlang des Flussufers Beeren suchte. Ein junger männlicher Bär, alt genug, um von seiner Mutter allein gelassen zu werden. Ein Schwarzbär war sehr wirksame Medizin. War das das Zeichen, das er brauchte?

Jemand eilte die Straße zur Missionskirche entlang. Während er zusah, wurde die Tür des Pfarrhauses aufgestoßen, und er konnte gerade noch die lange Robe von Father Emerson ausmachen, bevor sich beide Gestalten im Schatten des Weges verloren, der in die Mitte des Dorfes zurückführte. Sich um die Bedürftigen zu kümmern, war sehr ehrenhaft. Aber nichts für ihn.

Er konnte sich eines Schauers nicht erwehren. Er musste etwas unternehmen. Warum hatte er nicht angerufen? Ihnen gesagt, dass er es auf jeden Fall tun würde. Er war nach Santa Fe bestellt worden. Morgen würde er die Investoren treffen. Er hatte sich vor ihren Anschuldigungen gefürchtet. Sie dachten sicher, er sei schwach. Aber das war er nicht.

Ein Lufthauch kitzelte ihn an der Nase. Er musste niesen. Davon aufgeschreckt, erhob sich die Eule und stieg hoch hinauf in den mondhellen Himmel. Er sah den Tod schwarz umrissen über sich hinweggleiten, bis der Vogel in der tintenfarbenen tiefschwarzen Nacht verschwand.

Er fühlte sich plötzlich erleichtert. Das war das Zeichen. Der Tod hatte ihn an diesem Abend besucht. Er musste handeln. Das wusste er jetzt. Niemand konnte sich dem Lauf der Dinge in den Weg stellen. Morgen würde er das Päckchen Kerne entgegennehmen. Ihre Wirkung war tödlich und nicht nachweisbar und dafür bestimmt, den Mann auszuschalten, der dem Fortschritt im Wege stand. Er zog die nun warmen Turnschuhe wieder an. Mit offenen Schnürsenkeln stand er da und atmete überglücklich die kalte Nachtluft ein.

Er fühlte sich beschwingt. Ruhiger zwar, aber auch seltsam erregt. Er wollte am Fluss entlang nach Hause gehen und sich an den riesigen Pyramidenpappeln erfreuen, die silbern über dem Wasser schimmerten. Das Lied der Stromschnellen, die sich sanft an niedrigen Felsen brachen, würde ihm Gesellschaft leisten. Er bückte sich, nahm ein paar Hand voll Erde und erstickte damit das Feuer.

Erster Teil

1

Der Morgen war heiß. Trockenes Unkraut stand auf den Dächern des Pueblo. Lorenzo Loretto wachte bei Sonnenaufgang auf und fühlte die drückende Nähe eines verregneten Tages. Er stieg aus dem Bett, das eine Matratze auf einer Sperrholzplatte war, die von vier großen unbearbeiteten Holzklötzen getragen wurde. Gleich wollte er im Fluss baden, aber zuerst musste er pinkeln.

Er zog die alte Kaffeedose unter dem Bett hervor und schaute zu, wie sein Urinstrahl mal traf und mal daneben ging. Wenn er die Dose in der Gasse hinter dem Haus ausleerte, konnte er darauf warten, dass seine Enkelin brüllte, er solle sie ausspülen. Sie war schon auf und backte Brot in dem großen Ofen neben dem Haus. Sie holte bereits die ersten großen knusprigen Laibe aus der angeschwärzten Öffnung des Lehmofens. Aus dem abgedeckten Korb daneben nahm sie einen Klumpen Teig, formte daraus mit klopfenden Bewegungen einen Ball und legte ihn auf die Mitte des Schiebers. Dann schob sie ihn in den Ofen und ließ den Teig vorsichtig hinunter auf das Backblech gleiten. Der Duft von frischem Brot erfüllte die Luft.

Hinter dem Haus war die Wäscheleine schwer mit flatternden T-Shirts, Jeans und Unterwäsche behängt. Waschtag. Wenn er sich nicht beeilte, kam sie und holte die Sachen ab, die er trug. Lorenzo stellte die Kaffeedose an der Ecke des Hauses ab. Zum Glück hatte er seinen Stock bei sich. So konnte er den engen Pfad zwischen den Häusern außer Sichtweite seiner Enkelin hinuntergehen.

Zweitausend Menschen lebten in dem Dorf, und die hatten tausend Trucks und Autos. Er hob den Stock, als Marcus Toledo in einem neuen Jeep Cherokee an ihm vorbeidonnerte. Er hasste Autos. Schon immer. Er fuhr nie in einem, außer wenn er lange Strecken zurücklegen musste. Lorenzo folgte der Straße, die an der Kirche vorbeiführte, und drohte dem Hund von Sally Fraguas mit dem Stock, als dieser Anstalten machte, ihm nachzulaufen.

Er hielt sich für das Auge des Dorfes. Mit seinen sechsundneunzig Jahren wachte er immer noch über Geburten und Todesfälle. Jedenfalls glaubte er, dass er sechsundneunzig war. Er hatte im letzten Frühjahr versucht, für das Krankenblatt sein Alter herauszufinden, aber die Mäuse hatten das einzige Schriftstück gefressen, das belegte, wann er geboren war. Englisch lesen konnte er nicht. Das Dokument war 1952 vom Stamm für seine Mutter ausgestellt worden. Als sie starb, legte er es zusammen mit der Bibel seiner Ersten Kommunion in ein Loch in der Adobewand hinter seinem Bett. Der letzte Winter war kalt gewesen und in das Zimmer, das an das Haus seiner Enkelin angrenzte, waren Mäuse eingezogen. Sie hatten sich in dem Karton mit Unterhosen unter seinem Bett, in der Kiste mit Anmachholz und in dem Versteck eingenistet. Seine Enkelin verabscheute Mäuse. Wenn sie zum Saubermachen kam, jagte sie sie im Zimmer herum und schrie dabei, dieser Saustall werde ihn irgendwann noch umbringen. Er saß dann im Schaukelstuhl, schaute geradeaus und hörte nicht hin.

Tito Tsosie, der draufgängerische Rivale aus seiner Jugend, der seit ungefähr fünfzig Jahren tot war, stieg aus der Unterwelt herauf und glitt über die Türschwelle. Seine unverwechselbaren, blitzenden Knopfaugen und die keilförmige Nase saßen auf dem Körper einer großen Schlange. Tito blieb bei ihm, bis alle Mäuse weg waren. Aufgefressen. Nachts schlief er beim Feuer in der Kiste mit dem Anmachholz. Dann verschwand er wieder. Wollte Tito etwas wieder gutmachen? Ja, dachte Lorenzo. Er konnte Tito besser leiden, seit der tot war.

Lorenzo hatte weniger Angst vor den Gestalten aus dem Schattenreich, seit sein Abschied von dieser Welt näher rückte.

Viele seiner Freunde aus der anderen Welt besuchten ihn inzwischen täglich. Sie liefen mit ihm am Fluss entlang oder saßen mit ihm im Halbdunkel der Missionskapelle. Er sprach mit ihnen, doch die Unterhaltung fiel schwer. Er hörte nicht mehr gut, aber seine Augen waren wie die eines Falken. Er schaute überall hin und sah alles.

In der Ferne zeichnete sich die rechteckige Kirche des Pueblo ab. Ihre glatten hellbraunen Lehmziegelwände ragten zwei Stockwerke weit in die Höhe. Sie hatte zwei gleiche Glockentürme, die auf den vorderen Ecken über von Hand geschnitzten, faustdicken Doppeltüren in den Himmel strebten. Die Glocken, die nur noch selten benutzt wurden, waren ein Geschenk der Spanier. Bronzeguss, größer als Abfalleimer und sicher vertäut an einer in den Ziegeln verankerten Querstange. Die Kirche war zweimal restauriert worden. Zum ersten Mal vor mehr als zweihundert Jahren. Seine Mutter hatte darin geheiratet. Lorenzo war darin getauft worden.

Er stand einen Moment lang am Kirchhof. Früher waren die Toten in dem Hof vor der Dorfkirche beigesetzt worden. Oder, wenn jemand so bedeutend war wie ein Priester, unter den Holzbohlen des Altarraums. Der alte Friedhof war voll. Es war kein Platz mehr da für neue Gräber. Die Ältesten hatten vor ein paar Jahren für einen neuen Friedhof ein Stück Erde außerhalb des Dorfes geweiht.

Während Lorenzo dort stand, sah er, wie ein Mann mit einer Schaufel und ein anderer mit einer großen Bohrmaschine für die Pfostenlöcher an ihren Geräten lehnten. Ein dritter Mann lud angespitzte Pfähle von einem Transporter ab, mit denen die Abgrenzung erweitert werden sollte. Sie vergrößerten den Friedhof.

Als Mitglied des Gemeinderats hatte der Beamte des Stammes, der auch für die Instandhaltung des Dorfes verantwortlich war, angeordnet, die zweihundertfünfzig Quadratmeter Begrenzung um die Gräber herum zu erweitern, den Zaun zu begradigen, zu streichen und ihn einladender zu gestalten für die vielen

Touristen, die jeden Sommer kamen. Ein paar Jugendliche suchten den Boden nach leeren Dosen und Bonbonpapier ab und stellten die umgefallenen Grabumrandungen wieder auf. Das spärliche Gras, das hier und da auf den Grabhügeln hervorspross, wurde kurz über dem Boden abgeschnitten.

Der neue Zaun grenzte an die Straße und machte einen Linksknick. Das brachte Platz für ein Dutzend neuer Gräber. Wusste der Mann nicht, dass er den Tod bat, das Dorf zu besuchen, indem er den alten Friedhof vergrößerte und Platz für neue Ruhestätten schuf? Lorenzo sah zu, wie die Männer die Pfähle in einer geraden Linie einschlugen, immer ein Stück weiter nach Norden entlang des Bewässerungsgrabens. Er konnte so eine Dummheit nicht begreifen. Er wusste, dass nicht alle so dachten wie er. Aber sie würden ja sehen. Der Tod würde kommen und so lange Menschen zu sich holen, bis der Friedhof voll war. Es würde eine qualvolle Zeit für Lorenzos Leute werden. Er seufzte. Was einmal in Gang gesetzt worden war, konnte man nicht mehr rückgängig machen.

2

Den ersten Todesfall gab es am Montag, den zweiten am Dienstag. Beide wären nicht weiter aufgefallen, wenn sie Twila Runningfox, die Assistenzärztin in Tewa Pueblo, nicht davon abgehalten hätten, am Mittwoch an einem Treffen des Indian Health Service IHS, also des Indianischen Gesundheitsdienstes, teilzunehmen. Twila berichtete, dass der Tod des dreiundsechzig Jahre alten Mannes und der einundsiebzig Jahre alten Frau infolge einer Grippe nichts Ungewöhnliches war, zumal beide seit längerem Atemprobleme gehabt hatten. Dr. Sanford Black, Direktor der Indianischen Klinik in Albuquerque stimmte dem sofort zu.

Dr. Black hörte sich Twilas Entschuldigung gar nicht genau an, dankte ihr für den Anruf und legte sofort auf. Sie war kompetent. Es gab keinen Grund dafür, normale Sterbefälle näher zu untersuchen. Er musste eine Entscheidung über die Neueinstellung eines Praktikanten treffen und lag schon hinter seinem Zeitplan zurück. Er wühlte sich durch die Bewerbungen und lenkte seine Aufmerksamkeit von den Schmerzen in den Lendenwirbeln auf den Stapel von Papieren vor ihm. In immer der gleichen Haltung über den Schreibtisch gebeugt zu sitzen, war der Teil seiner Arbeit, den er am wenigsten mochte, diese erzwungene Regungslosigkeit.

Er starrte auf die Bewerbungen von fünf Kandidaten. Alle gut qualifiziert, gutes Vordiplom, Studienschwerpunkt auf Psychologie, Beratung und Sozialarbeit. Wonach suchte er also? Was brauchte der IHS am dringendsten?

Die Beratung in Tewa Pueblo hatte wahrscheinlich Priorität. Es war vielleicht klug, jemanden aus ihrem Volk einzustellen. Aber Benson Pecos passte nicht so richtig in diese Kategorie. Er hatte dort nicht viel Zeit verbracht und forderte für sich auch keine Vorzugsbehandlung als Indianer. Er hatte ein Vordiplom in Biologie und einen Magister in Psychologie.

Dr. Black seufzte und lehnte sich im Stuhl zurück. Sonnenlicht drang durch den Wirrwarr von Weinranken über seinem Schreibtisch und schien ihm ins rechte Auge. Er drehte den Stuhl nach links. So kam er nicht weiter. Er musste seine Sekretärin fragen. Gloria kam aus Tewa. Er nahm Bens Bewerbung und ging durch die Halle.

»Gloria, was wissen Sie über einen Ben Pecos?«

»Er sieht sehr gut aus.«

»Ich dachte an eine etwas akademischere Auskunft.«

»Tja, seine Mutter war eine berühmte Tewa-Künstlerin und sein Vater Angloamerikaner. Jemand, den sie in der Schule kennen gelernt hatte. Als Bens Mutter starb, adoptierte ihn ein Paar aus Utah. Er war fünf. Er war nicht viel im Pueblo. Meistens nur im Sommer bei seiner Großmutter.«

»Ist er beliebt?«

»Ich mag ihn.«

»Gloria, wenn ich ihn als Praktikanten in Erwägung ziehen soll, brauche ich etwas genauere Informationen.« Er sah Gloria mit den Schultern zucken. Als ihm schien, dass sie dem nichts mehr hinzuzufügen hatte, fuhr er fort: »Seine schriftliche Bewerbung gefällt mir. Überprüfen Sie doch bitte heute Nachmittag ein paar von seinen Referenzen, wenn Sie Zeit haben. Ich glaube, ich lade ihn zu der Besprechung morgen Vormittag in Tewa ein. Vielleicht versuche ich es mal mit dem Jungen.«

»Sie werden es nicht bereuen«, sagte Gloria.

»Woher wissen Sie das?«

»Ich weiß es eben.« Gloria wandte sich wieder ihrem Computer zu.

Bens Großmutter hatte kein Telefon. Viele ältere Leute in Tewa Pueblo hatten keins. Eines der Kinder, die am Gemeindezentrum weiter unten an der Straße herumhingen, hatte ihm spätnachmittags die Einladung von Dr. Black ausgerichtet, am nächsten Morgen an einer Besprechung in der Klinik von Tewa teilzunehmen. Das konnte nur bedeuten, dass sie Interesse an ihm hatten. Aber dann hatte er jede Menge Zweifel. Er rief trotzdem zurück, sagte sein Kommen zu und dankte Dr. Black für die Einladung.

Doch jetzt, am Morgen, war Ben völlig unsicher. Er entfernte einen Zahnpastafleck vom Spiegel. Bis zu der Besprechung war es noch eine Stunde. Er inspizierte sein Gesicht. Ben Pecos, die Anomalie. Das war nicht originell. Man hatte ihn mal so genannt. Die Psychologieprofessorin während seines zweiten Jahres in Stanford. Eine Deutsche, die versuchte, ihn in eine Art Form für Native Americans zu gießen. Sie hatte das Talent, es wie eine nationale Bewegung klingen zu lassen, etwas, wonach man strebte und nicht etwas, in das man einfach hineingeboren worden war.

»Keine Tipis? Keine Federn auf dem Kopf?« Sie drehte sich damals im Bett um, stützte sich auf einen Ellbogen und strich mit einem Finger über seine vorstehenden Wangenknochen.

»Ich bin ein Pueblo-Indianer. Feste Häuser. Landwirtschaft. Die spanischen Eroberer brachten uns den Katholizismus.«

»Nicht mal Pferde, um zu reiten wie der Wind? Pfeile? Speere, um den Gegner zu durchbohren?«, neckte sie ihn, klang aber dabei ein wenig enttäuscht über seine Antwort. Normalerweise beendeten die Hormone jedes weitere Gespräch.

Ihre Neugier war echt. Ihr Verständnis begrenzt. Er dachte immer, er würde sie einmal im Pueblo aus einem Touristenbus steigen sehen – mit Oohhs und Aahhs das primitive Leben kommentieren, auf die Lehmöfen neben den niedrigen Häusern zeigen, einem Tanz zuschauen, Schmuck mit einem Etikett »indianische Handarbeit« kaufen, um dann wieder nach Kalifornien zurückzufahren in dem Glauben, sie habe wirklich etwas erlebt.

Zynismus. Konnte man mit sechsundzwanzig schon Zyniker sein? Wahrscheinlich. Und wenn er Glück hatte, würde er allen Idealismus vertreiben, den er noch haben mochte. Solange es noch ging, sollte er die Idee verwerfen, an seinen Geburtsort zurückzukehren, einem Volk zu helfen, das ihn nur halbherzig dazu aufforderte, das ihn immer noch misstrauisch ansah, weil er die Sprache und Gebräuche nicht kannte … um was zu tun?

Seine Großmutter war nicht überrascht, als er ihr mitteilte, dass er vielleicht zurückkam. Sie nickte und sagte, dass seine Mutter nach Navajo-Brauch seine Nabelschnur zwischen dem Fluss und der Mesa vergraben hatte. Dieses Land würde immer sein Zuhause sein. Er könne nichts dagegen tun.

Er duschte. Das Wasser war lauwarm, und den Duschvorhang säumte eine weiße Schicht aus Kalkflecken. Er wickelte sich ein Handtuch um die Hüfte und ging in die Küche. Seine Großmutter war mit seiner Tante nach Albuquerque gefahren. Die Stadt war zwar zwei Stunden Fahrt entfernt, aber der nächstgelegene Ort mit guten Einkaufsmöglichkeiten. Er machte das Fenster auf und spürte leichten Wind auf dem Gesicht. Schon jetzt war er heiß und trocken. Er schloss das Fenster.

Er nahm die Frischhaltefolie von dem Teller mit Brotfladen neben dem Plastikbär mit Honig und legte sie dann wieder darauf. So hatte er ein weniger schlechtes Gewissen. Er war es nicht gewohnt, viel Stärke und Fett zu sich zu nehmen. Das fettgetränkte Gebäck lag ihm bestimmt wie ein Stein im Magen. Er ging zurück in sein Schlafzimmer. Während er sich anzog, dachte er nach. Wenn man ihm einen Praktikumsplatz anbot, sollte er ihn nehmen? Sein Tutor nannte das: »Die perfekte Möglichkeit herauszufinden, ob du mit deinem Volk arbeiten willst.« Abwarten. Noch hatte man ihm kein Angebot gemacht.

Ungefähr zwanzig Angestellte des Gesundheitsdienstes füllten den Raum. Manche kannte er; andere kamen wahrscheinlich aus Nachbardörfern oder aus Albuquerque. Dr. Black bedeutet ihm mit einer Geste, sich zu ihnen zu setzen, und zeigte auf einen Tisch, auf dem drei offene Schachteln mit Doughnuts standen. Ben lehnte ab und setzte sich auf einen Stuhl am Fenster.

»Ich glaube, wir sind jetzt vollzählig. Twila wird heute Morgen nicht kommen.« Dr. Black sah auf seine Notizen.

»Könnten wir zuerst über das Mittagessensprogramm für Headstart reden?«, fragte eine rundliche Frau in der ersten Reihe.

Ein Mann zwei Reihen weiter hinten stand auf und wartete, bis er die Aufmerksamkeit aller hatte. Dann sagte er. »Doc, ich muss Sie aber nicht erst daran erinnern, wie wichtig es ist, die Zuteilung von Bundesmitteln für ein neues Anti-Alkoholprogramm zu besprechen. Der Gouverneur des Pueblo hat mich persönlich gebeten, ihm zu berichten, was wir vorhaben.«

Johnson Yepa, der stellvertretende Gouverneur des Pueblo. Ben kannte den kleinen, stämmigen Mann seit seiner Jugend. Was für ein Großmaul. In jeder Gruppe gibt es so einen, dachte er und lehnte sich zurück, um zu sehen, wie Dr. Black mit der Situation umging.

»Johnson, ich möchte zuerst die Berichte meines Klinikpersonals hören. Wir werden später in kleinen Arbeitsgruppen besprechen, wofür das Geld verwendet wird.«

Großartig. Johnson kam nicht durch. Dr. Black behielt die Kontrolle. Ein guter Chef. Ben sah Johnson an, der etwas auf dem Boden zu begutachten schien.

»Ich möchte Sie nicht belehren, Doc, aber ein so großes Problem wie der Alkohol, etwas, das so wichtig ist für dieses Pueblo, verdient Ihre volle Aufmerksamkeit.« Johnson wurde lauter. Er legte eine Pause ein und schloss dann mit einer ausladenden Bewegung die gesamte Gruppe ein. »Alle Familien, die in diesem Raum vertreten sind, müssen sich über diesen Killer Gedanken machen. Einige unserer Führer und besten Künstler sind an der Flasche gestorben.«

Johnson sah sich um. Ben hatte plötzlich das ungute Gefühl, es ginge um ihn.

»Einige von uns haben schwere persönliche Verluste erlitten.« Johnson senkte bedeutungsschwer die Stimme und deutete fast unmerklich mit dem Kinn auf Ben. Man hörte Füße scharren. Manche rutschten unruhig auf den Stühlen herum und sahen dabei zu Boden. Alle wussten, dass der Alkohol Bens Mutter umgebracht hatte.

Das kam überraschend. Ben hatte nicht damit gerechnet, dass

seine kommunikativen Fähigkeiten so rasch getestet wurden. Er musste etwas tun. Die Situation entschärfen.

»Dr. Black, ich würde gerne eine Arbeitsgruppe leiten. Ich habe gerade mit Jugendlichen gearbeitet, die trinken, und möchte ein paar Ideen einbringen. Mister Yepa, ich würde mich freuen, wenn Sie dabei wären. Es ist gut, wenn unsere wichtigsten Leute Anti-Alkoholprogramme unterstützen.« Ben fand, dass Johnson überrascht aussah. So, als wäre die Luft raus. Aber er stimmte nickend zu.

»Schön, eine neue Perspektive kann von Vorteil sein.« Dr. Black gab seine Zustimmung. »Kommen wir zur Ausbildung der Sanitäter. Earnest, haben Sie die aktuellen Zahlen?«

Ben hörte den Berichten zu. Das waren engagierte Leute, die Spaß an dem hatten, was sie taten, die das Gefühl hatten, dass ihre Arbeit etwas bewirkte. Irgendwann zwischen der Diskussion über mehr Gemüse und weniger Nudeln beim Mittagessen der Vorschulkinder und dem Beschluss, die Computer vor Ort besser auszurüsten, traf Ben eine Entscheidung.

»Mir hat es gefallen, wie Sie Johnson den Wind aus den Segeln genommen haben, aber weiter beim Thema geblieben sind.« Dr. Black stand neben ihm, als die anderen nach der Besprechung den Raum verließen. »Wollen Sie nicht zu uns kommen? Ich hätte Sie gerne als Praktikanten.«

»Danke«, sagte Ben, »ich will es gerne versuchen.«

»Kommen Sie morgen um neun in mein Büro. Und noch was: Nennen Sie mich Sandy.«

Der Tag hatte schlecht begonnen und es sah so aus, als würde der Rest der Woche nicht besser. Sandy kam um halb sieben Uhr morgens ins Büro – Überstunden, um den Papierkram zu erledigen, der immer wartete –, als Twila anrief. Ihre Schicht in der Klinik war gerade zu Ende. Sie hätte eigentlich schon auf dem Heimweg sein müssen. Er hatte eine leise Vorahnung. Irgendetwas war nicht in Ordnung.

»Noch zwei ältere Leute sind letzte Nacht gestorben. Jetzt sind es schon vier Tote seit Montag.«

Sandy setzte sich auf. Vier Todesfälle in vier Tagen – das war für einen Experten für Infektionskrankheiten ein Warnsignal.

»Nennen Sie mir noch einmal die Symptome.«

»Einfache Grippe – trockener Husten, Gelenkschmerzen, niedriges Fieber, Müdigkeit. Einer hatte rote Augen. Dann wird es zu einer Art Lungenentzündung.«

»Alter?«

»Dreiundsechzig bis vierundsiebzig.«

»Inkubationszeit?« Sandy hörte, wie Twila tief durchatmete.

»Es müssen weniger als vierundzwanzig Stunden sein. Aber, das ist eigentlich nicht möglich.«

»Schicken Sie mir die Krankenakten, oder wenigstens die Aufzeichnungen über Ihre Untersuchungen.«

Sandy wartete am Faxgerät und nippte dabei an seinem zweiten Kaffee aus dem Automaten. Er legte die Papiere in vier kleinen Stapeln auf den Konferenztisch im Schwesternzimmer und setzte sich hin, um die Daten näher zu prüfen. Ein Sommervirus, das von den Impfungen nicht erfasst wurde? Vielleicht. Konnten alle vier Probleme mit den Atemwegen gehabt haben? Ein kurzer Blick auf die Unterlagen schloss das aus. Das traf nur auf die ersten beiden zu.

Epidemien waren immer ein Grund zur Sorge, aber in diesem Jahr war noch keine aufgetreten. Dann suchte er das letzte Blatt, den Totenschein, aus jedem Stapel heraus, und starrte auf die vier identischen Todesursachen: Wasser in der Lunge, Ersticken.

Nicht einfach, Antworten zu finden. Die Leute des Pueblo schrieben diese Todesfälle wahrscheinlich Hexerei zu. Er musste sich mit dem Gouverneur zusammensetzen. Wenn nötig Druck machen. Und Autopsien, falls es noch weitere Tote gab. Vielleicht war es eine gute Idee, Ben Pecos hinzuzuziehen. Er konnte die Familien befragen. Ja. Er würde Ben gleich darauf ansetzen.

Das Indianische Krankenhaus in Albuquerque passte nicht in die Umgebung. Es sah aus, wie nachträglich am Lomas Boulevard östlich der University Avenue hingesetzt. Aber es war zuerst da gewesen. Erbaut in den Dreißigerjahren, ein einsames Tuberkulose-Sanatorium zwischen jungen Pinien, die damals für den Stadtrand typisch waren. Das Medizinische Zentrum der University of New Mexico und das benachbarte Konglomerat von allerlei anderen Gesundheitseinrichtungen wuchsen und wuchsen und stellten das vierstöckige Gebäude in den Schatten. Die Leute vergaßen sogar, dass es das Indianische Krankenhaus überhaupt noch gab. »Am Lomas Boulevard? Ein Krankenhaus für Indianer? Kenn ich nicht.« Ben hatte zweimal angehalten, um nach dem Weg zu fragen.

Er parkte den blauen Dakota seines Onkels unter einem ausladenden Immergrün und hoffte, dass der Vogeldreck bei der nächsten Autowäsche abging. Er summte vor sich hin, als er je zwei Treppenstufen auf einmal hoch zum Krankenhaus nahm. Nachdem die Entscheidung getroffen war, fühlte sich das Praktikum richtig an. Er gestand sich sogar ein, sich darauf zu freuen. Seiner Großmutter gefiel es. Er war sich nicht sicher, ob sie es sich selbst zuschrieb – wahrscheinlich hatte sie einen Medizinmann bezahlt, um einen Zauber auszusprechen.

Am Empfang wurde ihm gesagt, wo er hinmusste. Er schaute kurz in Glorias Büro vorbei.

»Ich freue mich, dass Sie bei uns sind. Dr. Black wird gleich Zeit für Sie haben.«

Ben bedankte sich bei ihr und ging durch die Halle. Sandy hing vor einem Computermonitor. Ben räusperte sich.

»Ben. Kommen Sie rein.« Sandy sprang auf, um ein offenes Buch von dem Stuhl neben ihm wegzuräumen. »Was halten Sie von einer Änderung des Arbeitsplans? Das wird den Job in der Alkoholberatung für eine Weile auf Eis legen, aber ich hätte hierbei gerne Ihre Hilfe.«

Sandy gab ihm die Informationen von Twila. Es ging Ben kurz

durch den Sinn, den Friedhof und dessen Erweiterung zu erwähnen. Das halbe Dorf, hauptsächlich die älteren Leute, einschließlich seiner Großmutter, machten den Gemeindebeamten dafür verantwortlich. Er nicht. Aber seiner Großmutter würde es gefallen, dass er wenigstens ein Bewusstsein für indianisches Denken hatte.

»Befragen Sie alle Familien. Halten Sie alles Ungewöhnliche fest und auch banale Dinge, die die Verstorbenen vor ihrem Tod getan haben oder was sie gegessen haben. Wie Sie wissen, machen uns Epidemien in diesen Gebieten immer Sorgen. Achten Sie darauf, die Sitten und Gebräuche nicht zu verletzen, aber das muss ich Ihnen wahrscheinlich nicht sagen.«

»Meine Großmutter achtet darauf.« Ben lächelte reuevoll, denn er wollte nicht zugeben, wie wenig er wusste. Das Treffen war kurz. Er hatte den Eindruck, dass die Todesfälle Sandy ziemlich beschäftigten. Also machte er nur noch ein paar Besorgungen in der Stadt und fuhr dann gleich ins Reservat zurück.

Er parkte den Pick-up neben dem Haus und beobachtete eine kleine Windhose, die sich am Bewässerungsgraben entlangbewegte. Sie fing langsam an, wurde schneller, saugte Sandteilchen in ihren Trichter, drehte sich dann noch ein- oder zweimal, bevor sie wieder flacher wurde und leise im Gras verging.

Am vierten Tag nach einem Todesfall war Wind verdächtig. Seine Großmutter glaubte, dass der Wind die Seele des Verschiedenen war, die versuchte, wieder Einlass in diese Welt zu finden. Sal Toledo war Montagnacht gestorben. Hatte er gerade Sal gesehen, der wie betrunken herumwirbelte, um dann am Rande des Büffelgrases Harakiri zu begehen? Er glaubte das nicht.

Seine Großmutter saß am Küchentisch und putzte dicke grüne Bohnen. Ben zog einen Stuhl heran und bot ihr seine Hilfe an.

»Sal hat mich letzte Nacht besucht.«

Ben sagte nichts. Manchmal sah sie tote Freunde in ihren Träumen.

»Er hat nichts gesagt, aber ich weiß, was er will. Er hat mich gebeten, ihm zu folgen.«

Ben schauderte. Wurde sie alt? Achtundsiebzig war sie geworden. Sah sie ihren eignen Tod? Er wollte nicht daran denken, dass seine Zeit mit ihr vielleicht zu Ende ging. Er zog eine Hand voll Bohnen aus dem Sieb und wartete. Aber sie sprach nicht weiter.

Sal Toledos Abschiedsritual sollte heute Abend stattfinden. In der vierten Nacht nach seinem Tod. Sal war der Ehemann der jüngeren Schwester seiner Großmutter gewesen und Ben hatte versprochen, seine Großmutter zu der Feier zu begleiten. Das Haus war erfüllt von den Gerüchen des Essens, das seine Großmutter vorbereitete. Das Ritual schloss alle Verwandten eines Menschen ein, und bei jemandem wie Sal mussten ganze Generationen verköstigt werden.

Der Abend wurde kühl, als die Sonne hinter der Mesa verschwand. Ben half seiner Großmutter die Fenster zu öffnen, damit die Ziegel auskühlen konnten. So würden sie die kühlere Temperatur bis weit in den nächsten Tag hinein in den sechzig Zentimeter dicken Wänden speichern. Als sie fertig waren, ging seine Großmutter voran und ließ ihn den Korb mit Essen tragen. Mit seiner Großmutter konnte man leicht die Geduld verlieren. Sie weigerte sich sogar, einen Stock zu benutzen, um sich sicher auf dem unebenen Boden der Pueblo-Straßen fortzubewegen.

Sals Haus, ein kistenförmiges Lehmziegelhaus mit einem Flachdach, das im Norden an das Haus seiner Tochter und im Westen an das seines Bruders grenzte, war voller Menschen. Aus dem vorderen Raum, einer Mischung aus Wohn- und Esszimmer, waren alle Möbel herausgeräumt worden, und in der Mitte auf dem Boden waren Schüsseln mit Essen aufgereiht. Bohnerwachs ließ das Linoleum glänzen, konnte die kleinen Erhebungen in der Oberfläche aber nicht verdecken. Ursprünglich war der Boden mit einer Mischung aus Ziegenblut und Asche ausgelegt worden, die gleichmäßig in alle Ecken verteilt wurde, doch schließlich waren kleine Steine durch den getrockneten Belag hindurch an die Oberfläche durchgedrungen. Drei Stück Linoleum lagen in den beiden Räumen; ihre nicht zueinander passenden Muster waren verblichen und an den Enden waren Risse entstanden.

Ben sah zu, wie Sals Bruder sich am einen Ende des Raums auf den Boden setzte. Ein leerer Kochtopf wurde vor ihn gestellt.

Vorsichtig nahm er mit der linken Hand kleine Portionen aus jeder Schüssel mit mitgebrachtem Essen und gab sie in den Topf, dann zündete er eine Zigarette aus indianischem Tabak an. Er zog den Rauch ein und stieß ihn direkt über dem Topf wieder aus, und als er fertig war, ließ er das glühende Ende in den Topf mit Essen fallen.

Er kam auf die Füße, nahm einen Handfeger und machte damit wischende Bewegungen über den Köpfen der Versammelten. Er musste auf Zehenspitzen stehen, um Bens Haare zu reinigen. Dann ging er zur Feuerstelle, nahm ein kaltes Stück Holzkohle und legte es unter seine Zunge.

Nachdem er sich eine Decke umgehängt hatte, bückte er sich, hob den Kochtopf hoch, nahm ihn unter seinen linken Arm und ging zur Tür hinaus. Sals Frau und andere Verwandte legten sich ebenfalls Decken um. Sie folgten Sals Bruder mit der Opfergabe zu einem Schrein außerhalb des Dorfes. Seine Großmutter ergriff seinen Arm. Sie erwartete, dass Ben sie begleitete.

Die Nacht war ruhig und mondlos. Ben konnte hören, wie entlang des Flusses Froschweibchen mit ihren Rufen die Männchen anlockten. Die verhüllten Trauernden liefen hintereinander an der Kirche vorbei und weiter zu den Feldern. Seine Großmutter und er bildeten das Schlusslicht. Kurz bevor sie den Schrein erreichten, ließ Sals Bruder absichtlich den Topf fallen. Er knallte auf den Boden und das Essen verspritzte in einem großen Kreis. Als Nächstes zog Sals Bruder vier Linien in die Erde und spuckte etwas Holzkohle aus. Alle, die folgten, zogen ebenfalls vier Linien. Auf einen scharfen Blick seiner Großmutter hin, hockte sich Ben hin und tat dasselbe. Der harte, sandige Boden machte es ihm nicht leicht.

Die Prozession machte sich auf den Rückweg zum Haus und hielt nach einem Drittel des Weges an, um ein weiteres Mal Linien zu ziehen. Sals Bruder spuckte nochmals etwas Holzkohle aus. Das wurde noch zweimal getan, bis die Prozedur schließlich vor der Tür und unter jedem Fenster von Sals Haus wiederholt wurde. Der Bruder drehte sich zur Gruppe um und sprach folgendes Gebet:

»Wir haben uns durch den Rauch getrennt.
Wir haben die Welt zwischen uns grau gemalt.
Wir sehen einander von den verschieden Seiten steiler
Arroyos an.
Wir beschwören dich, sieh uns nicht mit Sehnsucht an,
Sondern lass uns frei,
Lass uns gehen, damit wir erfolgreich sein können
Und auch du frei sein kannst
Und dieses, unser Leben, zufrieden verlaufen kann.«

Nach diesem letzten Lossagen der Seele wuschen die Prozessionsteilnehmer ihre Hände in einem Krug mit Wasser, der für sie an der Tür stand. Als alle wieder ins Haus gingen, wurde die Begrüßungsformel »Du sollst leben« erwidert mit »So soll es sein.« Sals Bruder nahm den Handfeger, steckte ihn in die Feuerstelle und bestäubte alle mit Asche. Dann blies er Asche in die vier Ecken des Raums. Auf ein »Jetzt könnt ihr essen« hin, füllten alle ihre Teller.

Auf dem Nachhauseweg fragte die Großmutter Bens Wissen über die Zeremonie ab, an der sie gerade teilgenommen hatten, und berichtigte ihn, wenn er etwas Falsches sagte. Anstatt gleich nach Hause zu gehen, bat sie ihn, sie zu einem verlassenen Haus am Ende des Dorfes zu begleiten. Er erinnerte sich an das Haus und an Bruchstücke von dessen Geschichte. Genug jedenfalls, um noch zu wissen, dass er als Kind lieber nicht in der Nähe gespielt hatte.

Sie erzählte ihm noch einmal, dass die Familie nach dem Tod ihrer Tochter kein Loslösungsritual abgehalten hatte. Wie sie dann nachts ein Flüstern hörten und spürten, dass jemand im Haus herumlief. Als sie sich keinen Rat mehr wussten, flohen sie schließlich und verließen ihr Zuhause. Seitdem hatte niemand mehr darin wohnen können. Nicht einmal heute, zwanzig Jahre später.

Sie standen still da, dann nahm die Großmutter seine Hand. »Es quält mich, dass deine Zeit auf dieser Welt so voller Sorgen gewesen ist. Es quält mich, dass du den Weg deines Volkes verloren hast. Deine Mutter wäre stolz auf dich, aber sie würde nicht wollen, dass du dein Erbe vergisst. Wenn ich stark gewesen wäre, hätten sie dich mir nicht weggenommen.«

Ben wusste nicht, wie er seine Großmutter trösten konnte. Also sagte er einfach: »Jetzt bin ich wieder zu Hause.« Er meinte, sie nicken zu sehen. Das Zirpen der Grillen und das ferne Heulen der Kojoten unterbrachen die Stille. Schließlich wand sich seine Großmutter zum Gehen. Sie gestattete ihm, ihren Ellbogen zu halten. Morgen würde er Sals Familie befragen, eine Datensammlung anlegen und darauf hoffen, etwas zu finden, was die vier Grippetoten gemeinsam hatten.

Julie mochte zwar gerade erst ihren Master in Journalismus an der University of New Mexico gemacht haben, aber sie war gut. Die Beste ihres Jahrgangs. Okay, sie hatte noch nicht viel Erfahrung sammeln können, aber sie vertraute ihrem Instinkt und der irrte sich selten. Wenn ihre Antennen meldeten, dass etwas nicht stimmte, dann war das so.

In der Nachrichtenredaktion des lokalen Fernsehsenders von Albuquerque herrschte geschäftiges Treiben. Zweimal schon hatten sie heute Morgen Anrufe aus Santa Fe erhalten. Zuerst das Fremdenverkehrsamt, dann das Amt für Wirtschaftsfragen, beide mit indirekten Warnungen, nichts Brisantes zu senden, sondern erst einmal abzuwarten. Die brauchten sich keine Sorgen machen. Ihr Chef wollte genau das. Es aus den Nachrichten heraushalten, bis sie sicher waren. Er war kein Reaktionär. Das mochte erklären, warum sein Sender die besten Einschaltquoten hatte. Und das seit fast zehn Jahren. Julie wusste, dass man sich so etwas verdienen musste.

»Wir treffen uns in fünf Minuten in meinem Büro.« Der Chef lief den schmalen Gang zwischen den ungefähr zwanzig Schreibtischnischen entlang, in denen sein Team saß, und trommelte seine Mitarbeiter zusammen.

»Glauben Sie, das hat mit dieser geheimnisvollen Grippe zu tun?« Julie schloss sich einer Kollegin an.

»Gut kombiniert!«

Sie setzten sich in den hinteren Teil von Bob Crenshaws geräumigem Büro und sahen zu, wie sich der Raum füllte.

»Wundern Sie sich auch manchmal über die Kleiderordnung hier? Er kann es sich ja leisten.«

Die Journalistin neben ihr war zum gleichen Zeitpunkt eingestellt worden wie sie. Beide trugen maßgeschneiderte Kostüme und hochhackige Schuhe Der Chef hatte ein Harley-Davidson-T-Shirt und Levi's an.

»Er bekennt sich damit zu etwas.«

»Schätzchen, in seinem Alter sollte die Zeit für Bekenntnisse schon ein paar Jahre rum sein.«

Die Frau schien wirklich verärgert. Exzentrik störte Julie nicht. Bob war wahrscheinlich schon fünfzig. Ein Althippie? Ein Überbleibsel aus Woodstock? Das war ein wenig vor ihrer Zeit. Auch wenn sie sich alt vorkam, war vierundzwanzig manchmal schrecklich jung. Abgesehen davon mochte Bob es, sich die Hände schmutzig zu machen, sogar hin und wieder eine Kamera zu bewegen. Dafür respektierten ihn alle. Einen Anzug anziehen brauchte er dafür nicht.

Er zog ein Jackett über das schwarze kurzärmelige T-Shirt

und verdeckte so den Schriftzug der Motorradfirma. Man munkelte, Motorrad-Computerspiele seien seine große Leidenschaft. Es gab keine Ehefrau, keine Familie, nur geerbtes Familienvermögen. Davon jede Menge und ein wirklich Ehrfurcht gebietendes Motorrad. Julie vermutete, er konnte tun und lassen, was er wollte.

Während Bob die Tagesordnung bekannt gab, schaute Julie sich um – zwei Programmdirektoren, drei Redakteure, ein paar Techniker, Reporter, sie mit eingeschlossen – ein guter Querschnitt.

»Okay. Fangen wir an. Ich weiß zwar nicht, wo ich anfangen soll, aber ich sage Ihnen erst mal, was ich bisher weiß. Die Gesundheitsbehörden in Santa Fe sind darüber in Kenntnis gesetzt worden, dass es in den letzten fünf Tagen vier Tote in Tewa Pueblo gegeben hat.«

Er machte eine Pause und beobachtete die Reaktion seiner Zuhörer. »Niemand möchte es eine Epidemie nennen. Nicht in einem Bundesstaat, dessen Ökonomie vom Tourismus abhängt. Die Angelegenheit scheint bereits lokalisiert und unter Kontrolle gebracht worden zu sein, aber ich möchte sofort einen Reporter darauf ansetzen. Julie Conlin?«

Er unterbrach sich, schaute in ihre Richtung und nahm Blickkontakt auf. »Ich möchte, dass Sie das übernehmen. Lassen Sie uns nach der Besprechung kurz darüber reden. Ich habe einen Vorschlag, womit Sie anfangen könnten.«

Julie war begeistert und entsetzt zugleich. Warum sie? Das sah nach Arbeit für erfahrenere Kollegen aus. Was für ein Coup. Sie würde das Angebot auf keinen Fall ausschlagen. Zwei Redakteure zeigten ihr den erhobenen Daumen und die Journalistin neben ihr drückte ihren Arm.

Bob beendete die Besprechung mit Informationen über die bevorstehenden Rocky-Mountain-Radiopreise. Channel Nine war in acht Kategorien nominiert worden. Das wurde bejubelt, die Leute umarmten sich und sprangen vor Freude in die Luft.

Nach ein paar Fragen zum Wettbewerb leerte sich der Raum schnell.

»Setzen wir uns dort drüben hin.« Bob zeigte zum Besprechungstisch in der Ecke und drückte auf die Sprechanlage. »Keine Anrufe, bitte.« Er griff nach ein paar Zetteln und ging zu Julie.

»Es ist wahrscheinlich Zeit, dass wir mal offen miteinander reden. Wie lange sind Sie jetzt hier? Drei, vier Monate?«

»Zweieinhalb«, sagte Julie.

»Ich glaube nicht, dass man sich wegen dieser Todesfälle in Tewa ernsthaft Sorgen machen muss. Alle Toten waren über sechzig. Aber ich möchte, dass Sie etwas herumschnüffeln. Sollte es doch ein Problem geben, eine Epidemie oder so, dann möchte ich, dass wir dran sind.« Er sah sie fest an und trommelte leicht mit den Fingern auf dem Tisch.

»Fangen Sie mit dem Indianischen Krankenhaus an. Finden Sie heraus, was die wissen und wie sie weiter vorgehen wollen. Sekunde, ich habe hier den Namen der Kontaktperson.« Bob sah auf seine Notizen. »Da ist er. Dr. Sanford Black. Er ist der Chef. Seien Sie ruhig ein bisschen aggressiv.« Er wartete, während sie die Nummer aufschrieb. »Das Fremdenverkehrsamt ist interessiert. Sie möchten natürlich vermeiden, dass es publik wird. Es sei Unsinn, die Öffentlichkeit zu beunruhigen. Sie hoffen, die Zeitungsmeldungen verzögern zu können. Nicht verheimlichen, nur verzögern«, beeilte sich Bob zu sagen.

»Ich verstehe. Kein Problem«, sagte sie.

»Und, Kindchen, ich erfahre alles, was Sie herausfinden. Ich möchte die Jungs in Santa Fe nicht noch mehr aufbringen, und vielleicht kann ich ein paar Türen öffnen, wenn es nötig ist.« Er lehnte sich vor und tätschelte ihr väterlich den Arm.

»Das kann Ihre Chance sein, vorwärts zu kommen. Live-Sendungen sind nicht unerreichbar.«

Sie war überrascht, ließ sich aber nichts anmerken. Live-Sendungen? Das war der Traum jeder jungen Journalistin. So plötzlich. Sie machte sich nichts vor. Sie war seit zweieinhalb Monaten hier und hatte sechs Meldungen gemacht. Keine schlechten, einfach gute Tagesmeldungen, aber nichts, was auf sie aufmerksam gemacht hätte. Er ließ seine Hand eine Minute liegen, bevor er sie wieder wegnahm, und Julie nahm sich zusammen, ihren Arm nicht vorher wegzuziehen. Das war also der Grund. Sie hasste diese plumpe sexuelle Annährung. War die Live-Sendung der Köder, um sie an die Angel zu kriegen? Ich tue etwas für dich und du tust etwas für mich?

Sie lächelte süß. Kein aufforderndes Lächeln. Sie würde sein Interesse wie einen väterlichen Segen behandeln und ihn dann mit ihrem Talent überraschen. Sie wusste, dass sie diese Story machen konnte. Ein Traum wurde wahr. Sie bekam also eine Chance wegen ihres Aussehens. Na und? Ein paar Beine und halbwegs gute Titten müssen schließlich zu irgendetwas gut sein.

»Ich gehe heute früher«, sagte Gloria. Sie stand in der Tür von Sandys Büro.

»Ausgerechnet heute?«

Sandy grummelte etwas von verlorener Zeit, und dass er dann seine Berichte selbst heraussuchen musste. An zeremoniellen indianischen Feiern musste man teilnehmen, und die fanden zu unvorhersehbaren Zeitpunkten statt. Regelmäßig, aber ohne Vorwarnung.

»Ich gehe mittags.«

»Muss ich noch irgendetwas wissen?«

»Eine Frau von Channel Nine hat angerufen. Sie möchte Informationen über die Toten im Pueblo.«

»Was haben Sie ihr gesagt?« Sandy wusste nie, wie Gloria mit einer Angelegenheit verfuhr. Ihre Vorstellung davon, wie etwas zu erledigen war, wich häufig von der seinen ab.

»Ich habe ihr gesagt, sie soll heute Vormittag vorbeikommen. Ihre Verabredung mit den Leuten von der Universität ist abgesagt. Sie kommt um zehn Uhr.«

Verdammt. Wie oft hatte er sie schon gebeten, ihn erst zu fragen, bevor sie Termine für ihn machte. Hätte er jedes Mal einen Nickel bekommen, wäre er jetzt reich. »Hat sie einen Namen?«

»Julie Conlin. Sie hört sich hübsch an.«

»Hübsch?«

»Ja, irgendwie jung und lebhaft.«

»Versuchen Sie, einen verheirateten Mann in Versuchung zu bringen?«

»Nein.«

Glorias Wahrheitsliebe. Sandy nahm die Lesebrille ab und rieb sich den Nasenrücken.

»Hat sie sonst noch etwas gesagt?«

»Sie wollte wissen, wie sie Leute aus dem Pueblo befragen kann. Vielleicht jemanden hier im dem Krankenhaus.«

»Und was haben Sie gesagt?«

»Ich habe gesagt, Sie würden ihr helfen.«

»Danke.«

»Ist schon in Ordnung. Sie werden sie mögen.«

Sandy verschluckte ein »Woher wissen Sie das?«, weil Gloria auch darauf sicher eine Antwort hatte.

Julie Conlin wachte vor Morgengrauen auf. Sie konnte ihr Glück nicht fassen. Zwei Monate im Beruf, genauer gesagt, zwei Monate aus der Uni raus, und sie hatte das große Los gezogen. Was hatte Bob gesagt? »Live-Sendungen sind nicht unerreichbar.«

Sie ging zum Badezimmer und trat auf etwas Hartes, das unter den Fransen des Teppichs versteckt lag. Sie knipste die Nachttischlampe an. O Gott, Waynes Schlüssel für ihre Wohnung. Sie setzte sich wieder, um die Abdrücke in ihrer Fußsohle wegzureiben. Der Streit war heftig gewesen. Irgendwo auf dem Teppich musste auch der halbkarätige Diamantring liegen, den sie nach ihm geworfen hatte. Nein, Wayne hatte ihn bestimmt mitgenommen. Er hatte den Teppich mit Sicherheit auf Händen und Knien nach allem durchgekämmt, das auch nur annähernd einen Wert haben konnte und ihm gehörte.

Ihr wars egal. Sie wollte keine Erinnerungen. Sie hatte türknallend das Haus verlassen, und ihm gesagt, er solle bis zehn Uhr weg sein. Sie hatte ihm sogar noch eine Stunde länger gegeben, war bis zur Schließung in der Bibliothek geblieben und hatte danach noch einen Kaffee getrunken. Sie waren seit drei Jahren zusammen und hatten zweimal einen Hochzeitstermin festgesetzt. Doch sie hatten ihn beide Male verstreichen lassen, weil sie wussten, es würde nicht funktionieren, und jedes Mal gehofft, die Beziehung würde irgendwann von selbst zu Ende gehen.

Stattdessen gab es Neid. Ja, Neid hatte letzte Nacht die Entscheidung herbeigeführt. Statt ihr zu ihrem Glück zu gratulieren, hatte Wayne übellaunig gemeint, dass sie den Job vielleicht nicht nur ihrem Talent zu verdanken habe. Vielleicht einer Sharon-Stone-Nummer. Da war sie ausgerastet. Irgendwo zwischen Küche und Esszimmer lag ein Festtagsgeschirrimitat in tausend Teilen.

Sie machte Licht im Bad, trank drei Glas Wasser und spülte den Mund. Ihre Zähne schienen einen Espressobelag zu haben. Würde sie die Beziehung vermissen? Wahrscheinlich nicht. Das Gefühl der Erleichterung war zu stark. Und der Sex war auch nicht so toll. Angenehm, manchmal gut, aber nicht toll. Was wohl toll bedeutete? Hatte sie zu viele Kitschromane gelesen? Oder war es so, wie ihre Mutter zu sagen pflegte: »Liebling, deine Erwartungen sind einfach zu hoch.«

Durch Wayne war sie geheilt. Keine Charmebolzen mehr, nur noch harte Arbeit. Dieser Auftrag war perfekt, das richtige Thema zur richtigen Zeit. Indianerthemen gaben viel her. Sie konnte andere Epidemien ausgraben. Ein bisschen Krach schlagen. Es war ganz einfach, den Männern abzuschwören.

Julie ging um genau fünf vor zehn durch die Glasschwingtüren des Indianischen Krankenhauses. Der Navajo an der Rezeption sah auf.

»Ist Dr. Black im Haus? Ich bin Julie Conlin von Channel Nine.«

»Haben Sie einen Termin?« Die Frage kam mechanisch, nicht feindlich.

»Ja, um zehn.« Julie lächelte und nahm die Sonnenbrille ab. Sie fuhr sich damit wie mit einem Kamm durchs Haar und ließ sie wie einen Haarreif auf dem Kopf stecken. Der vergebliche Versuch, ihre rotblonden Locken zu bändigen. Der junge Mann hinter der Theke hielt inne, um sie anzusehen, rückte dann seinen Kopfhörer gerade und drückte auf einen Knopf auf seinem Pult.

»Doc? Hier ist eine Lady von Channel Nine. Wie war noch gleich Ihr Name?«

»Julie Conlin.«

»In Ordnung. Gehen Sie diese Treppe hoch und dann rechts. Erste Tür.«

Als sie die hinaufging, konnte sie den Blick des jungen Mannes auf den Beinen spüren. Einen Augenblick lang wünschte sie sich, sie hätte ein Kostüm mit einem längeren Rock angezogen. Jetzt war es zu spät. Die Tür zu Dr. Blacks Büro stand offen. Sie zog ihren Rock so weit wie möglich herunter und ging hinein.

Überall lagen Bücher. Was nicht von Büchern bedeckt war, verschwand unter Stapeln von Papier.

Sandy wandte sich von dem Computer ab und sagte: »Lassen Sie mich schnell ein bisschen Platz machen. Sie sind wegen der Todesfälle in Tewa hier, stimmts?«

»Ja.« Sie sah dem etwa vierzigjährigen Mann in Dockers und einem Karohemd zu, wie er einen Stuhl neben dem Schreibtisch frei räumte.

»Forschung ist meine Leidenschaft.« Er grinste. »Ich hoffe, ein wenig Durcheinander stört Sie nicht.«

»Leuten mit einem aufgeräumten Schreibtisch habe ich noch nie getraut. Steriler Schreibtisch, steriler Kopf.«

»Gute Antwort.« Er sah sie wohlwollend an und lehnte sich im Stuhl zurück. »Also, wie kann ich Ihnen helfen?«

»Das Fremdenverkehrsamt ist darauf aufmerksam gemacht worden, dass es im Pueblo vielleicht ein größeres medizinisches

Problem gibt. Nach unseren Informationen gab es vier Tote in vier Tagen. Stimmt das?«

»Ja. Ich möchte nicht gerne beunruhigende Ausdrücke wie Epidemie oder Seuche benutzen, aber wir untersuchen die Möglichkeit einer Seuche.« Sandy zeigte auf einen Computerausdruck. »Alle Toten waren über sechzig. Sie hatten miteinander zu tun. Alle Todesfälle scheinen dem gleichen Muster zu folgen. Eine Infektion der oberen Atemwege, die Lungen füllen sich mit Wasser, und das Opfer erstickt.«

»Warum vermuten Sie eine Seuche?«

»Ich weiß nicht, ob ich das vermute. Es ist nur eine Möglichkeit. Die Krankheit zeigt bis jetzt keinerlei Ähnlichkeit mit bekannten Abläufen. Erstens verläuft sie schnell. Unglaublich schnell. Alle Opfer sind innerhalb von vierundzwanzig Stunden nach Auftreten der Symptome gestorben.«

Das Telefon unterbrach Julies nächste Frage.

»Ja, Twila. Wann? Aus der gleichen Altersgruppe?« Sandy hatte den Hörer unter das Kinn geklemmt und tippte Informationen in den Computer. »Buchstabieren Sie bitte Persingula. Persingula Pecos, Alter achtundsiebzig. Symptome? Müdigkeit, Kurzatmigkeit, schmerzende Gelenke ...« Sandy machte ein Pause. »Seine Großmutter? Das tut mir Leid. Das wird schwer für ihn, aber wir brauchen die Erlaubnis, ein paar Tests durchzuführen. Ich sage nicht Autopsie. Unsere Chancen, die zu kriegen ...« Sandy drehte sich zu Julie um.

Er wünscht, ich wäre nicht hier, dachte sie. Aber war das nicht das, was guten Journalismus ausmachte? Zur richtigen Zeit am richtigen Ort zu sein?

»Bitten Sie ihn, sich in einer Stunde mit uns am Haus seiner Großmutter zu treffen. Ich benachrichtige die Gerichtsmedizin.« Sandy legte auf.

»Nummer fünf?«

Sandy nickte. »Ich möchte, dass Sie die indianischen Sitten und Gebräuche respektieren. Und die Sache mit der Autopsie ..., ich will heute Abend nicht die Nachrichten sehen und hören, dass wir uns vor unserer Pflicht drücken und dass wir mehr Druck machen sollen.«

Julie lächelte. »Ich verstehe. Gibt es im Krankenhaus von Tewa jemanden, der mir helfen kann? Jemanden der aufpasst, dass ich nicht auf irgendwelche Füße trete?«

»Ja, da gibt es vielleicht jemanden. Hier ist seine Nummer. Fragen sie nach Ben Pecos.«

Ben traf Sandy vor dem Haus seiner Großmutter. Verwandte hatten sich versammelt, um den Leichnam vorzubereiten. Seine Onkel waren zur Gemeindeverwaltung gegangen. Sie wollten um »einen Platz für ihre Älteste« bitten. Eine Bitte, die man nicht abschlagen konnte. Die Onkel wollten dann weiter zum Pfarrhaus und Father Emerson um die Totenmesse bitten.

»Es tut mir Leid«, sagte Sandy.

»Ich kann es immer noch nicht glauben. Ihr war nicht gut, als sie heute Morgen aufgewacht ist. Ich glaube nicht, dass sie krank war. Eher müde. Wir waren letzte Nacht bei einer Zeremonie, und ich dachte, sie hätte sich vielleicht übernommen. Ich wollte, dass sie in die Klinik geht.« Ben machte eine Pause und holte tief Luft. »Twila war auch der Ansicht, dass sie wegen der Unterbrechung ihres Rhythmus' so reagierte. Es gab keine anderen Symptome. Deswegen haben wir überhaupt nicht an diese mysteriöse Grippe gedacht. Als wir nach Hause kamen, habe ich darauf bestanden, dass sie sich hinlegt. Und so habe ich sie gefunden. Sie ist im Schlaf gestorben. Twila ist sofort hergekommen.«

»Wir müssen Ihre Großmutter für Tests nach Albuquerque bringen. Ich werde das Wort Autopsie nicht benutzen, aber wir müssen ein paar Tests machen. Wir brauchen Antworten. Können Sie das entscheiden?«

»Nicht allein. Meine Onkel und Großtanten müssen auch zustimmen. Ich weiß, dass es nötig ist, aber es wird nicht leicht, ihre Erlaubnis zu erhalten.«

Ben bat die älteren Familienmitglieder zu ihnen in die Küche. Er wischte die Ameisen vom Tisch und holte zwei zusätzliche Stühle aus dem Esszimmer. Twila Runningfox machte ihm ein Zeichen, dass sie an die Spüle gelehnt stehen bleiben wollte.

»Lassen Sie mich Ihnen zuerst mein Beileid aussprechen. Und Ihnen sagen, dass meine Bitte darauf zurückzuführen ist, dass wir dem Sterben, dieser mysteriösen Krankheit ein Ende bereiten müssen.« Sandy hielt inne, um die ernsten Gesichter der vor ihm versammelten Männer und Frauen zu betrachten. »Ich möchte Bens Großmutter nach Albuquerque bringen, um ein paar Tests durchzuführen.«

»Was werden Sie machen?«

»Blut-, Gewebe- und Flüssigkeitsproben entnehmen«, sagte Sandy.

»Das ist der fünfte Todesfall in dieser Woche. Wir müssen herausfinden, womit wir es zu tun haben, um das Leben von anderen Menschen zu retten«, fügte Ben hinzu.

»Nein.« Die Faust seines Onkels knallte den Tisch.

»Wollen Sie uns nicht dabei helfen, das Sterben zu beenden?« Twila trat von der Spüle weg. »Dr. Black kann die Leiche heute Nachmittag ins Labor mitnehmen und vor Sonnenuntergang wieder zurückbringen.« Sie sah Sandy fragend an.

»Ich bin mit dem Transporter des Krankenhauses gekommen und habe vor meiner Abfahrt die Gerichtsmedizin verständigt. Sie brauchen nur zwei Stunden. Sie fangen sofort an, wenn wir da sind.«

»Ich begleite sie. Ich kann Großmutter noch heute Nachmittag zurückbringen.« Ben sah seinen Onkel an. Es entstand eine lange Pause. Alle warteten. Am Kinn seines Onkels zuckte ein Muskel.

»Ist mir egal. Tun Sie, was Sie müssen.« Der Onkel sprang auf, verließ türknallend das Haus und riss dabei die Zwischentür aus den Angeln.

Sandy und Ben luden den Aluminiumsarg mit der Plastikauskleidung aus und trugen ihn ins Haus. Sandy fuhr zurück zur Klinik, um Papiere auszufüllen und in der Gerichtsmedizin anzurufen. Bens Tanten zogen der Großmutter ihren besten Rock und ihre beste Bluse an, aber keine traditionelle Tewa-Kleidung. Ben ermahnte sich selbst, daran zu denken, die Halskette aus Türkissteinen und die Ohrringe abzunehmen, bevor sie im Krankenhaus ankamen. Er hielt es für keine gute Idee, seinen Tanten zu sagen, dass der Schmuck verschwinden konnte. Ben half seinen Onkeln, den Sarg aus dem Haus zu tragen und ihn auf vier Klappstühle zu stellen, die er vom Gemeindezentrum geliehen hatte. Er stand neben seiner Großmutter und wartete auf Sandy. Eine Brise machte den Nachmittag erträglich, wirbelte aber auch Staub von der ungepflasterten Straße auf und bedeckte den Sarg damit. Ben strich mit dem Finger am Rand entlang und hinterließ eine glänzende, staubfreie Linie. Es war, wie am Strand in den Sand zu schreiben. Noch bevor er fertig war, war die Linie wieder verschwunden. Er schrieb »Ich vermisse dich« und sah zu, wie die Worte verschwanden.

Er war nach Hause gekommen. Hatte das seiner Großmutter genügt? Zu wissen, dass er diesen Ort sein Zuhause nannte und versuchte, seine Wurzeln zu finden? Versuchte, alles geradezurücken? Er wusste es nicht. Die warme Brise trocknete seine Tränen. Wieder einmal hatte er nicht genug Zeit gehabt. Wieder hatte eine Person, die er liebte, ihn vor einem Scherbenhaufen zurückgelassen.

Julie hasste Krankenhäuser. Und die Gerichtsmedizin war schlimmer als ein Krankenhaus. Sie war im Kellergeschoss der Zahnklinik hinter der medizinischen Fakultät der University of New Mexico untergebracht und war die erste Station für alle, die aus ungeklärten Gründen gestorben waren. Nicht gerade der Ort, an dem sie gern ihre Nachmittage verbrachte. Aber für eine Story ging sie überallhin. Na ja, fast überall.

In Tewa hatte man ihr gesagt, dass Ben Pecos um halb fünf im Labor der Gerichtsmedizin sei. Es war Viertel vor fünf. Hoffentlich hatte sie ihn nicht verpasst.

Sie atmete tief durch, drückte die Flügeltür auf und ging so schnell es ihre Absätze erlaubten über den dicken Gummibelag, der den gekachelten Boden bedeckte. Hier roch es zu sauber. Der Gang stank nach Sterilisationsmitteln. Alles war makellos: Boden, Wände, Türen, selbst der Aufzug war blank geputzt. Man hätte vom Boden essen können.

Igitt. Keine gute Idee. Sie hatte immer wieder gehört, dass Laboranten ihrer Umgebung gegenüber so unsensibel waren, dass sie ein Marmeladendoughnut in der einen Hand halten konnten, während sie mit der anderen schnitten. Ekelhaft, stimmte aber vermutlich.

Der Korridor bog nach rechts ab und endete an einer Flügeltür. Dahinter befand sich ein behelfsmäßiges Wartezimmer mit zwei chromledernen Stühlen, einem Aschenbecher, der aussah wie eine Miniaturraumstation und einem an der Wand angebrachten rauchfarbenen Plastikzeitungsständer. Da hatte wohl jemand versucht, den Raum etwas gemütlicher zu gestalten, dachte Julie. Leider vergebens.

Sie sah einen Mann neben einer silberfarbenen Kiste stehen, vermutlich eine Art Laborkasten, der an ein Gestell mit Rädern gegurtet war. Zwei weitere standen dahinter. Der Mann war jung, groß und selbst von der Seite auffallend gut aussehend. Hohe Wangenknochen. Eine Menge widerspenstige, braune, glatte und dicke Haare fielen ihm über das rechte Auge. Er schob sie gedankenverloren zur Seite. Seine 501 und das T-Shirt verhüllten einen muskulösen Körper. »O Gott«, betete Julie, »jetzt nichts vermasseln.« Sie ging auf ihn zu.

»Wenn die schon vergeben ist, kann man Ihnen bis Sonnenaufgang sicher eine leere besorgen.« Sie lächelte einen Moment lang neckisch. Der Mann drehte sich zu ihr um und sah sie an. War er wütend? Fand er sie abstoßend? Sie konnte den Gesichtsausdruck nicht deuten. Schließlich wandte er sich wieder der Kiste zu und sagte: »Das ist meine Großmutter.«

Julie hoffte, dass der Himmel herunterfallen und sie begraben möge. Wie hatte sie so blöd sein können? Sie wurde von einem älteren Mann in einem weißen Laborkittel gerettet, der durch die Doppeltür trat. Er bemerkte Julie, sah abwechselnd sie, dann den jungen Mann an und entschied schließlich, dass sie nicht zusammengehörten.

»Kann ich Ihnen helfen?«, fragte er Julie

»Ich suche Ben Pecos. Die Klinik in Tewa sagte, dass ich ihn hier finde.«

»Ich glaube, das haben Sie schon. Ben, wenn Sie fertig sind, muss ich drinnen mit Ihnen reden.«

Julie sah die Tür zuschwingen. Die Gummiverkleidung hielt sie perfekt zusammen. Ben Pecos. Sie brauchte einen wirklich großen Gefallen von jemandem, den sie gerade tödlich beleidigt hatte. Sie atmete tief durch.

»Es tut mir Leid. Meine Bemerkung war gedankenlos. Ich habe jemanden erwartet, der mehr aussieht wie …«

»Wie ein Indianer?«

Julie nickte und wünschte, sie könnte die Bemerkung zurücknehmen. Warum machte sie alles so kompliziert?

»Können wir noch einmal von vorne anfangen? Ich fühle mich schrecklich.« Sie glaubte, die Andeutung eines Lächelns zu erkennen. »Ich bin Julie Conlin, Channel Nine.« Sie hielt ihm ihre Karte hin. »Dr. Black meinte, Sie könnten mir bei der Berichterstattung über die mysteriöse Krankheit helfen, mich davor bewahren, jemandem auf die Füße zu treten. Was eine Vollzeitbeschäftigung werden könnte, wie Sie ja schon feststellen konnten.«

Dieses Mal lachte er. Ja. Er lächelte. Ihre Blicke trafen sich, und sie bemerkte, dass sie hoffte, er würde sie mögen oder hätte ihr zumindest verziehen, denn das komische Gefühl in ihrer Magengrube täuschte sie nie. Sie fand diesen Mann anziehend.

»Was brauchen Sie?«

»Ein Interview mit dem Klinikpersonal, vielleicht mit jemandem vom Stammesrat.«

»Wann?«

»So schnell wie möglich. Ich mache für heute Abend um zehn einen kurzen Bericht, hauptsächlich Hintergrund, aber morgen muss ich etwas genauer berichten.«

»Kommen Sie morgen Nachmittag zur Klinik. Um zwei. Wissen Sie, wie Sie hinkommen? Die I-25 nach Bernalillo, durch die Stadt auf dem Highway 44, dann nehmen Sie den Highway 4 aus San Isidro hinaus. Zweite links, nachdem Sie das Dorfschild von Tewa passiert haben.«

»Ich werde es finden.« Julie lächelte und streckte die Hand aus. Sie wusste, er sah ihr nach, als sie versuchte, sicher über den Gummibelag zurück durch den Gang zu kommen. Sie zwang sich dazu, professionell zu gehen, und gab sich Mühe, nicht mit einem Absatz stecken zu bleiben. Jetzt war sie froh, dass sie den kürzeren Rock trug.

»Sind Sie das Mädchen schon wieder los? Ist nicht persönlich gemeint, aber ich hätte lieber sie gesehen als Sie.« Der Mann lachte und zeigte dabei eine Reihe ungerader, fleckiger Zähne.

»Ich brauche hier Ihre Unterschrift.« Der Mann zeigte auf das oberste Blatt eines Stapels von Papieren und dann auf eins ganz unten. »Und hier. Schreiben Sie das Datum dazu und los gehts.«

»Wann werden Sie Ergebnisse haben?«, fragte Ben.

»Schwer zu sagen. Ich weiß, das hat Vorrang, aber erwarten Sie nicht zu viel vor Anfang nächster Woche. Kommen Sie. Ich helfe Ihnen, die Kiste in den Wagen zu bringen.«

Es widerstrebte ihm, seine Großmutter auf diese Weise ins Dorf zurückbringen. Ihre Zerbrechlichkeit unter dem Tuch auf dem Tisch zu sehen, hatte ihm den Magen umgedreht. Er hatte ihr nicht helfen können. Er schlug die Hintertüren des Transporters zu und setzte sich hinter das Lenkrad. Er sah die Straße hinunter zur Sonne, die noch hoch über den Baumspitzen stand. Es blieb genug Zeit, seine Großmutter vor Sonnenuntergang für die Beerdigung vorzubereiten.

Normalerweise machte es Ben nichts aus, von Albuquerque zum Dorf zu fahren. Der New Mexico 44 war ein lang gestreckter Highway ohne die üblichen Schilder, Tankstellen oder Häuser. Er wand sich durch das flache Land, bevor er sanft zur Mesa hin anstieg. Die Asphaltstraße war von blau-grünen Chamisa- und Salbeibüschen gesäumt. In der Ferne stiegen die Mesas wie aufgegangene Kuchen hoch über dem Wüstenboden auf, auf den Plateaus standen vereinzelte Kiefern. Die grünen Sprenkel hoben sich in scharfem Kontrast vom Rot der steilen Felsabhänge ab.

Das war das Land, das Coronado vor vierhundert Jahren entdeckt hatte. Er war gekommen, um nach den sieben Städten von Cibola, den golden Städten des Reichtums, zu suchen. Doch er fand nur ein paar sonnenverbrannte Gehöfte aus Lehmhäusern mit Namen wie Halona, Hawikuh, Matsake, Kiakima, Kawkina und Kianawa. Und er hinterließ Religion, Unterdrückung, Krankheit ... Tod.

Vielleicht sollte er wirklich seinem Volk helfen. Das IHS-Stipendium annehmen und im Januar wieder auf die Uni gehen, um zu promovieren. War er das seiner Großmutter schuldig? Selbst wenn das hieß, dass er das Stipendium nach dem Abschluss zurückzahlen und an irgendeinem gottverdammten Ort arbeiten musste. An einem Ort, an dem er nicht leben wollte? Wie Pawnee, Oklahoma oder Rosebud, South Dakota? Er seufzte. Das Praktikum würde ihm helfen, sich zu entscheiden.

In der Zwischenzeit überlegte er, was er Julie, der Journalistin, erzählen sollte. Er merkte, dass er sich auf ein Wiedersehen mit ihr freute. Ob sie sauer würde, wenn sie erfuhr, dass ein Medizinmann bereits ein Reinigungsritual vorbereitet hatte? Ein Ritual, das verlangte, dass der Mann in hellseherische Trance verfiel, um die Hexen zu finden, die das Böse begangen hatten? Ben lächelte.

Seine Tanten erwarteten ihn im Haus. Die Leute brachten schon Essen. Seine beiden Onkel trugen den Sarg ins Schlafzimmer, und seine Tanten schickten alle hinaus, um den Leichnam vorzubereiten. Falls sie überrascht waren, den Leichnam in eine Plastikhülle mit Reißverschluss eingehüllt zu finden, sagten sie zumindest nichts. Ben hatte tatsächlich daran gedacht, den Schmuck neben seine Großmutter in die Kiste zu legen.

Das Grab war ausgehoben worden und drei der vier Laienhelfer kamen zum Haus, um den Leichnam zur Kirche zu bringen. Der vierte Laienhelfer blieb unten im Grab, um sicherzustellen, dass keine Hexen hineinsprangen und es zu ihrem eignen erklärten oder unheilvolle Gegenstände hineinlegten. Ben schloss sich der Prozession an und ging wie betäubt zum Friedhof. Die katholischen Rituale waren kurz. Der Priester versprengte Weihwasser, sprach ein Gebet und warf mit der linken Hand ein paar Hand voll Erde ins Grab. Ein Bündel mit den Wertgegenständen seiner Großmutter wurde unter ihren Kopf gelegt. Das Gefäß, das bei ihrer Taufe benutzt worden war, war auch dabei.

Ein Laienhelfer stand am Kopfende des Grabs und verkündete, dass Bens Großmutter an einen Ort gegangen sei, an dem »die Zikaden immer singen«. Er forderte die Trauergemeinde auf, nicht traurig zu sein und keine Zwietracht in ihre Häuser zu bringen. Ben bezwang seinen Schmerz und konzentrierte sich auf den Spätsommerabend. Er sah zu, wie die flammend rote Sonne hinter den Bäumen im Fluss versank. Ein leichter Wind spielte mit den Blättern der Pappeln. Weit weg, jenseits des Flusses, standen die Mesas wie eine Treppe. Eine purpurschwarze Silhouette riesiger Felsen.

Ben ging ans Ende der Trauergemeinde. Er hatte das Gefühl zu ersticken. Er würde sich später verabschieden. Er schloss die Augen und atmete dreimal tief in den Bauch. Er stand einen Moment im Schatten einer Gruppe von Olivenbäumen und ging dann zum Haus zurück.

Er setzte sich neben die Zwischentür, die an den Türpfosten gelehnt war. Das Haus roch muffig, selbst die Platten mit gebratenem Hühnchen und die Kasserollen voll Enchiladas konnten den

Geruch nicht überlagern. Seine Tante hatte einen Schuhkarton mit Sachen, die seine Großmutter ihm hinterlassen hatte, auf den Tisch gestellt. Sein Name war auf den Deckel gekritzelt. Er spielte mit dem Gedanken, ihn zu öffnen, schob den Karton dann auf die Seite und holte sich ein Glas Wasser. Das Wasser sah leicht gelblich aus, und kleine Partikel wirbelten darin herum. Er stellte das Glas ab, ohne daraus getrunken zu haben. Verschmutztes Wasser war nichts Ungewöhnliches. Die Wasseraufbereitungsanlage hatte oft Probleme.

Was für eine Erleichterung, wenn sich herausstellen sollte, dass der Grund für die Todesfälle so etwas Banales wie verunreinigtes Wasser war. Etwas, das man ändern und kontrollieren konnte. Etwas, mit dem die Anwälte des Stammes einen großen Coup landen konnten – als ob sie eine Entschuldigung für Entschädigungszahlungen brauchten.

Er ging wieder in sein Schlafzimmer. Der Raum wirkte überfüllt, obwohl nur eine Kommode und ein schmales Bett darin standen. Die Tagesdecke sah schmuddelig aus. Ben ging zum Fenster und öffnete die Vorhänge. Es half nicht. Dem Raum fehlte ein neuer Anstrich, helle Farben und die Unbeschwertheit eines Kindes. Die hatte es darin nie gegeben. Wenigstens seit langer Zeit nicht mehr. Seine frühesten Erinnerungen waren, dass er sich hinter der Tür versteckte und weinte, wenn seine Mutter betrunken nach Hause kam. Seine Großmutter hatte ihn dann getröstet und ihn gegen solche Szenen abgeschirmt. Gegen das Geschrei, die Wut, das Kranksein.

Seine Mutter hatte mit dem College angefangen, war aber schon vor Weihnachten schwanger geworden. Jeder hätte der Vater sein können. Einer aus ihrem Jahrgang. Ein Dozent. Sie brachte Ben in diesem Haus zur Welt und stellte Töpfe mit komplizierten schwarz-weißen Mustern auf glattem Ton her, um sie beide zu ernähren. Doch nach einer Weile wurden die Verkaufsreisen nach Santa Fe und Albuquerque zu wochenlangen Partys. Wenn ihr das Geld ausging, kam sie nach Hause und machte neue

Töpfe. Später stellte sie Geschichtenerzählerinnen her, kleine Tonfrauen mit Babys auf dem Schoß. Babys, die sich an die Mütter drückten, sie bewunderten, sie liebten.

Ben hasste die Geschichtenerzählerinnen. In ihrer tönernen Reglosigkeit machten sie sich über das Wesen einer Mutter lustig, die er nie gehabt hatte. Auf der Abschlussreise der Highschool besuchten sie das Smithsonian Museum. Er stand da und starrte die Arbeiten seiner Mutter an. Vierzehn Jahre später und dreieinhalb tausend Kilometer entfernt stand er da, sah sich die perfekt gearbeitete Geschichtenerzählerin an und konnte seine quälenden Tränen nicht zurückhalten. Er weinte über die Mutter, die er nie gekannt hatte, und über die Künstlerin, die so früh gestorben war.

Niemand kannte den Vater des Kindes, das seine Mutter in jenem Frühjahr, als er vier war, verlor. Vielleicht war es der Mescalero-Apache und Stierreiter, der während des Sommers mit einem verletzten Schlüsselbein bei ihnen herumgehangen hatte. Die Schwangerschaft nüchterte seine Mutter aus, und in dem darauf folgenden Winter schuf sie ihre besten Arbeiten. Sie war oft krank. Der Alkohol hatte ihren Körper geschwächt. Sie blieb zu Hause, spielte mit ihrem Sohn und schuf Kunstwerke. Es war der glücklichste Winter in Bens Leben, und er ging erst Ende April zu Ende, als seine Mutter ins Krankenhaus gebracht wurde und nicht mehr wiederkam.

Ben ging zurück in die Küche und öffnete den Kühlschrank. Ein Dr.-Pepper-Sixpack lag im zweitobersten Fach. Das war nicht gerade sein Lieblingsgetränk, aber besser als Leitungswasser. Er saß am Küchentisch. Hatte seine Großmutter das Richtige getan, als sie ihn zur Adoption freigab? Was hätte er gemacht, wenn er geblieben wäre?

Ohne sich etwas dabei zu denken, stupste er den Deckel von dem Schuhkarton und nahm die Lagen von Seidenpapier weg. Er hielt den Atem an. Die Geschichtenerzählerin lag auf der Seite. Er wusste, dass sie eine der besten Arbeiten seiner Mutter war. Er stellte sie behutsam auf den Tisch und schob sie so zurecht, dass sie in der Mitte eines Lichtkegels stand. Er drehte sie erst nach rechts und dann nach links. Eine Mutter mit Kind. Das Kind stand auf dem Schoß der Mutter und hielt die Arme um ihren Hals. Ein kleiner Junge mit braunen Haaren und angloamerikanischen Zügen.

Julie bog in die zweite Straße nach dem Willkommensschild für Besucher des Dorfes ein. Die kurze abfallende Schotterstraße wurde gleich wieder eben und verlief weiter geradeaus, bis sie schließlich in den Parkplatz des Gemeindezentrums, der Klinik und des Stammesbüros mündete. Die Gebäude sahen alle neu und mit ihrem nachgemachten Lehmziegelstil gekünstelt aus. Nur das Feuerwehrgebäude im Hintergrund war funktional und unprätentiös. Ein neuer roter Truck wurde von zwei Männern in hellbrauner Stammeskleidung poliert.

Ben wartete auf Julie und winkte sie zu einem Parkplatz vor dem Büro des Gouverneurs. Freundlich, dachte Julie. Das ist viel versprechend.

»Kann ich Ihnen etwas abnehmen?« Ben lehnte sich an der Fahrerseite ins Fenster.

»Nein, danke.« Julie drehte sich, um den Laptop unter dem Beifahrersitz hervorzuziehen und stockte dann mitten in der Bewegung.

»Ben, da drüben!« Julie zeigte durch die Windschutzscheibe rechts neben das Auto.

»Kein Grund zur Panik. Das ist Lorenzo Loretto. Fragen Sie mich nicht, wie alt er ist. Er ist schon ewig da.« Sie sahen beide zu, wie der gekrümmte Körper vor dem Wagen entlangging. Lorenzo hob seinen Stock in die Luft und bewegte die faltigen Lippen, die in der dunkle Höhle seines Mundes zu verschwinden schienen. Heraus kamen nur sinnlose Laute.

»Ya-tee. Na, na, na. Hey-toe, na. Yahanee.«

»Mit Zähnen würde er besser aussehen«, meinte Ben. »Die Klinik hat ihm ein Gebiss gemacht, aber er hat es verloren. Oder hat es gegen etwas eingetauscht, was er haben wollte.«

»Hat er was?« Julie zeigte auf Lorenzos zerlumpte Decke und sein schmutziges Hemd. Zerfurchte Haut hing von hervorstehenden Wangenknochen herab und zeigte Einbuchtungen, wo Fleisch hätte sein sollen. Feine, verfilzte weiße Haare klebten an seiner Stirn, wo sie von einem zusammengerollten roten Halstuch gehalten wurden, das verwegen über einer Augenbraue saß. Speichel tropfte aus seinen Mundwinkeln und folgte den tiefen Rillen in seinem Kinn, um dann seinen Hals herunterzugleiten.

»Es gibt wahrscheinlich keinen besseren Ort für ihn. Besser hier draußen an der frischen Luft als in einem Krankenhaus oder Altenheim. Hier haben alle ein Auge auf ihn«, sagte Ben.

»Er wirkt ein bisschen unheimlich.«

»Ich behaupte immer noch, es sind die Zähne. Gib ihm ein Gebiss und er ist Cary Grant.«

»Ist er denn harmlos?« Julie sah zu, wie Lorenzo weiter den Stock schwang und die Luft vor ihm aufschlitzte.

»Es gab da einen Vorfall mit einer Nonne.«

»Was?«

»Vor zwei Sommern, auf dem Weg zur Kirche landete ein Junikäfer auf der Brust einer gut bestückten Nonne. Lorenzo schlug den Käfer platt. Er hatte Zeugen. Er hatte nur versucht zu helfen. Alle fanden es komisch, aber die Nonne hat sich ziemlich aufgeregt.«

»Nehmen Sie mich auf den Arm?«

Julie wartete darauf, dass lachte, aber sein Gesicht war todernst. Plötzlich kam eine dicke Frau aus dem Stammesbüro gelaufen.

»Hilfe. Schnell. Hilfe. Der Gouverneur. Er ist zusammengebrochen.«

Julie und Ben ließen die Sachen stehen und rannten hinter ihr her. Im Büro war es düster. Julie brauchte einen Moment, um sich an das schwache Licht zu gewöhnen. Ein überdimensionaler Schreibtisch aus Walnussholz und zwei Bücherschränke mit Glasfront füllten den hinteren Teil des Raums. Auf einem Two-Gray-Hills-Navajo-Teppich vor dem Tisch lag verkrümmt ein älterer Mann. Seine bronzefarbenes Gesicht sah bleich und schmerzverzerrt aus. Die Augen starrten leer zur Decke und der Atem entwich in rasselnden Stößen.

Ben hockte sich an seine Seite, lockerte das enge Lederband des Bolo-Ties und knöpfte das Hemd auf. Er rief der Pueblo-Frau zu, die Sanitäter zu holen.

»Kennen Sie sich mit erster Hilfe aus?«, fragte Ben und drückte seine Finger gegen die Halsschlagader.

»Theoretisch ja.«

»Dann mal los ... Ich fühle keinen Puls. Wir machen es zusammen. Sie nehmen die Brust.« Er langte nach einer Hand voll Taschentücher auf dem Tisch und wischte damit durch den Mund des Mannes. »Alles frei. In Ordnung. Auf vier legen wir los. Ich zuerst.« Ben beugte sich über den Mund des Mannes, hielt ihm die Nase zu und blies Luft in die Lungen.

Julie legte die rechte Hand auf den Handrücken der Linken und setzte beide leicht auf die Brust des Gouverneurs. Sie lehnte sich über ihn, ihre Ellbogen über seinem Brustbein. Auf das Einsatzzeichen hin und leise vor sich hin zählend ließ sie ihren ganzen Körper in kurzen Stößen schräg nach vorne fallen. Eine Rippe gab mit einem Knacken nach. Bei den Gummipuppen passierte das nie, dachte sie. Ben sah ihr verzogenes Gesicht und meinte aufmunternd: »Ignorieren. Knochen heilen, aber dafür muss man am Leben bleiben.«

Sie sah zu, wie er wieder Luft in die Lungen des Mannes blies, und wartete darauf, ihren Teil zu wiederholen. Ben machte eine Pause und suchte nach Lebenszeichen.

»Okay. Noch mal.«

»Er war doch gar nicht krank.« Die Pueblo-Frau war wieder in der Tür aufgetaucht. »Gestern fing er an zu husten.« Sie zerknüllte ein Taschentuch und trat nervös von einem Bein auf das andere. »Er hat erzählt, dass er letzte Nacht nicht geschlafen hat. Der

Husten hätte ihn wach gehalten. Dann ging er um den Tisch herum und fiel um.« Ihre Stimme verlor sich in Schluchzen.

Julie presste weiter. Sie merkte nicht, wie die Sanitäter in den Raum kamen, rutschte aber zur Seite, als zwei uniformierte Männer auf dem Läufer neben ihr knieten. Sie hatte plötzlich keine Kraft mehr und hockte sie sich gegen eine Wand. Durch ihre verschwitzte, feuchte Bluse fühlte sich das Gemäuer kalt an. Sie zog die Knie an und legte das Kinn auf die gekreuzten Unterarme. Sie fühlte sich ausgelaugt und hilflos.

Ben lehnte an der Wand gegenüber. Eine dicke Haarlocke hing ihm in die Stirn. Zwischen ihnen Chaos. Die Sanitäter und der Gouverneur waren Teil eines Durcheinanders von Drähten und Saugnäpfen und Metallkisten mit Diagrammen und elektronischen Messgeräten, die alle piepend Informationen gaben, die sie nicht verstand. Auf Knopfdruck flog der alte Mann in grotesker Weise in die Luft und landete wieder auf dem Boden. Noch einmal schoss Elektrizität durch seinen Körper. Und ein drittes Mal. Plötzlich war es still. Julie, Ben und die zwei Sanitäter verschmolzen zu einem Tableau.

»Wir haben ihn verloren«, sagte ein Sanitäter. Seine Stimme klang hohl.

Julie stand auf und bewegte sich mit Ben zur Tür. Die Indianerin weinte still an ihrem Tisch.

»Können wir dir irgendwie helfen, Mary?«, fragte Ben, als sie aufschaute.

»Nein, ich kümmere mich um alles.« Sie putzte die Nase. »Danke, Ben, dass du versucht hast, ihn bei uns zu halten.«

Vor der Tür wurde Julie von dem hellen Sonnenlicht geblendet. Es war ein herrlicher Tag. Ein leichter Windhauch spielte mit dem Saum ihres Rocks und strich ihr durch die Haare. Sie wartete und hoffte, die Benommenheit würde vergehen. Aber das tat sie nicht.

»Ich muss den Sender anrufen«, sagte Julie. »Bob wird etwas in den Abendnachrichten bringen wollen. Gibt es hier irgendwo ein Telefon?«

»Im Gemeindezentrum«, sagte Ben.

Mary stand an ihrem Schreibtisch, als die beiden indianischen Sanitäter den Leichnam des Gouverneurs auf der Bahre festbanden. Sie schickte einen jungen Mann aus dem Gemeindezentrum los, um die Familie zu benachrichtigen. Seine Brüder mussten informiert werden, um dem Leichnam die traditionelle Tewa-Kleidung anzuziehen. Seine Mokassins mussten auf links gedreht, und etwas von seinem Lieblingsessen musste in Baumwolle gewickelt und in seine linke Achselhöhle gelegt werden.

Mary ging zu seinem Schreibtisch, nahm einige Kürbiskerne aus dem Korb, den er immer dort stehen hatte und wickelte sie vorsichtig in ein Taschentuch. Sie wollte sie zu seinem Haus bringen und dafür sorgen, dass sie die Reise in die nächste Welt mit ihm antraten. Alles in der Nachwelt oder der unteren Welt war umgekehrt. Also stand die Essensmenge, die dem Mann mitgegeben wurde, in direktem Verhältnis zu seinem Status im Leben. Wenn eine Person nicht besonders gut angesehen war, oder schlimmer noch, kein tugendhaftes Leben gelebt hatte, kam zusätzliches Essen und sogar ein Extrapaar Mokassins in den Sarg, denn die Straße hatte dann viele Kurven und war felsig.

Der Gouverneur brauchte nur wenig von seinem Lieblingsessen, denn seine Straße war gerade. Ein paar Kürbiskerne waren perfekt. Dieser Mann war ein guter Mann und war von seinem Volk geliebt worden. Mary suchte nach einem neuen Taschentuch und tupfte ihre Augen ab. Sie konnte nicht glauben, dass sie ihn nie mehr wiedersehen sollte. Sie schloss die Bürotür ab und ging über die Schotterstraße zum Dorf. Was hatte es zu bedeuten, dass ihr Gouverneur einen Platz auf dem Friedhof vor der Kirche einnahm? Einen der Plätze, die durch die Erweiterung entstanden waren. Ob es noch mehr Tote gab? Bis alle Plätze belegt waren?

Mary hielt inne, ehe sie in die Straße einbog, die zum Haus des Gouverneurs führte. Die nächsten vier Tage waren wichtig, um den Gouverneur sicher in die nächste Welt zu bringen. Sie dachte, sie habe die Seele seinen Körper verlassen sehen. Sie musste durch den Mund entweichen und Ben und seine schöne Freundin hatten versucht, sie zurückzubringen. Mary seufzte. Hoffentlich waren sie nicht im Weg gewesen.

Die Seele musste in die nächste Welt übergehen. Nichts in dieser Welt sollte das verhindern. Wenn die Seele fand, dass es auf der Erde noch etwas zu erledigen gab, würde sie alle Menschen aufsuchen, denen sie noch etwas schuldete, und sie um Vergebung bitten. Mary dachte plötzlich an die fünf Dollar, die sie dem Gouverneur am Montag geliehen hatte.

»Ich brauche das Geld nicht. Es war ein Geschenk«, rief sie in den leeren Himmel und bog in die Straße ein, die schon von den Autos der Trauergäste gesäumt war.

Das Münztelefon war unter der Tribüne. Julie warf erst einen Viertel- und dann einen halben Dollar ein und haute gegen die Wand. Sie war immer noch davon geschockt, jemanden sterben zu sehen. Ihr Auftrag hatte plötzlich alle Attraktivität verloren. Als Bob ans Telefon ging, umriss sie kurz ihre Ideen für den Beitrag und bekam sein Okay. Sie ging zu Ben auf die Tribüne und dort saßen sie eine lange Zeit einfach nebeneinander. Ben nahm ihre Hand, sprach aber nicht.

»Danke für deine Hilfe«, sagte er schließlich.

»Ist aber schlecht ausgegangen. Ich kann nicht glauben, dass wir ihn verloren haben. Das war der sechste Tote. Ich habe den Sender überredet, ein Team herzuschicken. Können wir den Beitrag für die Sechs-Uhr-Nachrichten hier irgendwo drehen?«

»Überall außerhalb des Dorfes«, sagte Ben.

»Kann ich dich interviewen?«

»Wenn du meinst, dass es was bringt.«

Die Sechs-Uhr-Nachrichten begannen mit dem Logo und den Themen: »Gouverneur von Tewa stirbt an unbekannter Krankheit, Fluten im Mittleren Westen gehen zurück … all dies und mehr, bleiben Sie dran bei den Nachrichten auf Channel Nine mit …« Dann eine Werbeunterbrechung und dann der Aufmacher: »Channel Nine ist heute Abend vor Ort in Tewa Pueblo, wo es zu einem weiteren unerklärlichen Todesfall gekommen ist. Wir schalten nun zu unserer Live-Korrespondentin Julie Conlin.«

Julie stand am Rand der Straße, die sich hinter ihr durch die roten Felsen des Canyons wand. Die langen Strahlen der Nachmittagssonne färbten den Boden rötlich. Über ihr auf der Mesa waren hohe weiße Kumuluswolken aufgestiegen, ihre gewölbten Ränder wurden von dem azurfarbenen Himmel umrahmt. Sie ging auf die Kamera zu.

»Dan, Margo«, begann sie, »Heute um 14.20 Uhr ist der Gouverneur von Tewa Pueblo an einer unbekannten Krankheit gestorben. Er ist der sechste Tote mit den gleichen Symptomen. Ich habe Ben Pecos gebeten, uns etwas über die Auswirkungen zu sagen …«

Die Kamera zoomte auf den Mann an ihrer Seite und schien in seine dunklen Augen zu gleiten. Sie suchte deren Kern und vermittelte den Schmerz darin an die Zuschauer. Ben war offen und verletzlich, stark und glaubhaft. Er sprach über indianische Epidemien, die Flüche der Vergangenheit und redete gut über die alten Leute, die diese Woche gestorben waren und die die reiche Geschichte seines Volkes mit sich nahmen.

Julie wusste, dass der Beitrag gut war, dem Ernst der Lage angemessen. Menschen in ganz New Mexico und in den ganzen Vereinigten Staaten, fingen an, die Toten an ihren Fingern abzuzählen und ihre Reisepläne nach New Mexico vorerst auf Eis zu legen.

3

Jetzt war er Gouverneur.

Johnson Yepa war Gouverneur von Tewa Pueblo. Er sagte den Titel laut vor sich hin: »Gouverneur von Tewa Pueblo.«

Er wollte sein Volk in dieser schweren Zeit führen. Er wollte die Missbrauchten beschützen und ihnen neue Möglichkeiten eröffnen. Man würde über ihn schreiben, sich an ihn als an einen modernen Messias erinnern. Das Dorf seiner Vorfahren, seiner Freunde, seiner Familie würde nie wieder dasselbe sein. Jetzt gab es genug Geld für alles, was sein Volk wollte. Sogar neue Häuser. Kein Gerangel mehr über Subventionsgelder, so wie bei der Reihe von Giebeldach-Häusern, die das Dorf flankierten. Sie waren das Erste, was ins Auge fiel, wenn man sich dem Dorf von der Hauptstraße aus näherte: Spitzgiebelige Häuser, die eine Viertelmeile lang eine asphaltierte Straße säumten, die in die Berge, ins Nichts führte. Es sah aus, als hätte man irgendeinen beliebigen Vorort von anderswo hierher versetzt. Siebzehn Häuser mit schrägen Dächern, bevor man die vierhundert Jahre alten Häuser sehen konnte, die an den ungepflasterten Straßen lagen, die die Gemeinde wie ein Netz durchzogen.

Johnson erinnerte sich nur zu gut, dass die Häuser ein sehr fragwürdiges Geschenk des Departments für Wohnungsbau und Stadtentwicklung aus Washington gewesen waren. Die Bürokraten hatten versprochen, eine Reihe von Häusern aus Holz und Rigips zu bauen und ließen die Indianer großzügig zwischen flachen und schrägen Dächern wählen. Am Ende hatten alle einen Giebel.

Abgesehen von dem Gezänk darüber, wer überhaupt ein Haus bekam und wer nicht, erregte die mit dem Projekt verbundene Bürokratie den Unwillen des Bureau of Indian Affairs. In Tewa und auch außerhalb herrschte Entsetzen, dass das Dorf Giebeldächer zuließ und damit die jahrhundertealte Ästhetik der Lehmziegelbauweise des Dorfes zerstörte. Johnson und ein paar andere wiesen einfach kühl auf die schludrige Ausführung hin und behaupteten, diese Häuser hielten sowieso nicht länger als zwanzig Jahre.

Die Empörung und das Gerede schienen aufzuhören, als das erste Haus stand. Dann kam der Neid. Es gab eine Warteliste und ein ausgeklügeltes Auswahlsystem. Diejenigen, die ein neues Haus bekamen, standen Schlange, um einen Teppich aus dem Musterkatalog auszusuchen oder um die Ausstattung der Küchen und Bäder zu bestimmen, indem sie sich zehn Zentimeter große Linoleummusterquadrate ansahen, die wie ein Fächer an einem Ring hingen.

Johnsons Mutter hatte eines der Giebelhäuser bekommen. Als sie starb, erbte er es. Seine Mutter hatte die rosafarbene Toilette ausgesucht und passend dazu Waschbecken und Badewanne. Er hatte den Gartenzaun gebaut und den Rasen angelegt. Der einzige Rasen in der Straße, der einzige Rasen im Dorf. Der Streifen rauen Bermudagrases war mittlerweile mit tellergroßen braunen Flecken übersät, die der Hund des Nachbarn durch wiederholtes Pinkeln verursacht hatte.

Johnson hockte sich hin und ging dann auf alle viere. Genug der Tagträume, er hatte den Job, den er begonnen hatte, zu Ende zu bringen. Er zog die letzte der vierzig mit Wasser gefüllten Plastikmilchflaschen hinter sich her und kroch an den Rand des Rasens. Er formte eine Mulde, stellte die Flasche aufrecht hinein und setzte sich zurück, um sein Werk zu begutachten. Auf Händen und Füßen hatte er den größten Teil des Vormittags damit verbracht, diese garantiert wirksamen Hundeabschrecker aufzustellen. Der Rasen sah nun aus, als würden kleine opake Statuen daraus hervorsprießen, von denen jede eine fesche rote oder blaue Kappe trug. Nicht schlecht. Es musste wirken. Seine Frau hatte es in einer Zeitschrift gelesen.

Er stand auf, klopfte Gras von der Hose und ging dann auf die Veranda. Er war gerade dabei, das Arrangement zu bewundern, als er den Hund sah. Er lief auf den Garten zu, hielt an, lief weiter zu der Ecke, an der Johnsons Besitz an den Asphalt grenzte, trottete den Gartenzaun entlang, ließ sich auf den Bauch fallen und rutschte vorwärts, unter dem Zaun hindurch auf den Rasen. Johnson hatte den Eindruck, er versuche Blickkontakt herzustellen, bevor er einen wunderbar grünen Teil des Rasens auswählte und sich genau vor seiner Nase und ohne sein Geschrei zu beachten hinhockte.

Johnson betrachtete ein letztes Mal seinen Rasen. Wegen der heißen, hoch stehende Wüstensonne wurde es langsam unangenehm draußen. Er sah zu, wie der Hund an einem halben Dutzend Wasserflaschen schnüffelte und schließlich nach Hause lief. Er war wahrscheinlich zu dumm, um die Warnung zu verstehen. Vielleicht wirkten die Flaschen wenigstens bei intelligenteren Hunden.

Heute allerdings war das braune Gras nicht sein einziges Problem. Er musste planen. Jetzt, wo der Gouverneur tot war, würde der ehrenwerte Johnson Yepa die Papiere unterzeichnen, um auf indianischem Land ein Kasino bauen zu lassen. Auf seinem Land. Ein richtiges Kasino, keine Bingohalle, keine schlechten Imitationen von Las-Vegas-Tänzerinnen mit Pailletten und Federn. Keine Großmütter, die zwanzig Karten auf einmal nahmen und ihren Sozialhilfescheck verspielten. Nein. Es würde erstklassig werden. Männer in Anzügen und schicken Autos. Männer, die hundert Dollar auf einmal setzten und wiederkamen, um noch mehr zu verspielen.

Johnson hatte Lust, das Bauland unten am Fluss aufzusuchen. Er hatte vor, die Straße vor seinem Haus auszubauen. Sie so führen zu lassen, dass der alte Teil von Tewa nicht von dem Verkehr gestört würde. Die Kasinobesucher würden nicht einmal merken, dass sie in einem indianischen Dorf waren. Er hatte bald verstanden, dass das Leben in den neuen Häusern ihn in Konflikt mit seinem Herkommen brachte. Irgendwie konnte man kein echter Indianer sein, wenn das Dach des Hauses nicht flach und die Wände nicht aus Lehm waren. Seine Frau verkaufte im Sommer jedes Wochenende Brotfladen vor dem Haus, verdiente aber nie so viel damit wie ihre Schwester, die in einem alten Lehmziegelhaus drei Blocks weiter lebte. Soll einer die Anglos verstehen.

Schweißperlen standen Johnson auf der Stirn, als er hinter seinem Haus forschen Schrittes den schmalen Weg nahm, der als Abkürzung zu einer festen Schotterstraße diente, die schließlich zum Fluss führte. Die Steppenläufer wuchsen im frühen August hüfthoch. Johnson kämpfte sich den felsigen Abhang hinauf und machte oben eine kurze Verschnaufpause. Dass seine neuen rotbraunen Stiefel mit rotem Staub bedeckt waren, hatte er kaum bemerkt. Beim Weitergehen kickte er eine platte Pepsidose vor sich her, bis er des Spiels müde wurde und sie aufhob, um sie in die Tasche zu stecken. Müll war ihm zuwider. Er hasste Armut. Als Gouverneur würde er seinen Leuten Arbeit, Ansehen, Geld für eine gute Ausbildung und Gesundheitsfürsorge bringen.

Als kleine persönliche Belohnung würde er sich ein Motorboot und vielleicht einen neuen Cadillac kaufen. Ein rotes Cadillac-Cabrio. Die Investoren hatten eine kleine Vorauszahlung von ungefähr zweihunderttausend Dollar erwähnt. Johnson konnte seine Freude kaum im Zaum halten. Er war reich. Ein Schatten glitt durch die Sonne. Ein Falke vielleicht oder ein noch größerer Vogel. Johnson hielt inne und verbannte den Gedanken aus seinem Bewusstsein, was er getan hatte, um reich zu werden.

»Fast da«, sagte Johnson laut und fühlte wie jedes Mal Aufregung in sich hochsteigen. Ein Spaziergang bei sechsunddreißig Grad Celsius war kein Zuckerschlecken. Aber alle Mühsal war vergessen, sobald er das Land erblickte, das durch seine umsichtige Planung bald berühmt würde. In Johnsons Haaren, die mit Pomade eng an den Kopf geklatscht waren, fingen sich Schweißtropfen. Er konnte sich nicht kratzen, ohne die Frisur zu ruinieren. Er lüftete sein braunes Polyesterhemd und fühlte sich besser, als ein Windhauch hereinwehte, seine Brust kitzelte und den Schweiß unter den Achseln trocknete. Er war schlapp. Warum kam er dann jeden Tag hierher und erduldete Hitze und Unbequemlichkeit? Er wusste warum. Es war sein Traum, sein Leben. Er konnte nicht einfach wegbleiben.

Die Worte der Investoren hallten in seinen Ohren wider.

»Gute Wahl. Perfekt für unser Projekt.« Er erinnerte sich daran, wie die drei zum ersten Mal wortlos dagestanden und auf das leere Feld geschaut hatten. Johnson konnte nicht sagen, was die anderen sahen. Er sah sein Kasino. Der Parkplatz allein würde rund einen Hektar groß sein. Johnson konnte die Lampen sehen, die paarweise aus kleinen begrünten Inseln herausragten. Um Mitternacht war es taghell. Millionen von Spiegelglassplittern waren in die Fassade des Gebäudes eingelassen, jeder Splitter reflektierte das gesamte Farbspektrum, wenn die Scheinwerfer sich drehten und ihr Licht durch die Wasserkaskaden des sechs Meter hohen Springbrunnens warfen. Er konnte mit einem Sattelschlepper durch den goldumrandeten Doppeltüreingang fahren.

Der Teppich drinnen sollte mehrere Zentimeter dick werden. Purpur, ja, er mochte Purpur. Johnson hatte noch nicht entschieden, ob er abends einen Smoking tragen würde. Oder lieber ein Seidenhemd mit Ballonärmeln? Wie hatte es die Verkäuferin genannt? Ein Dichterhemd? Die schwarzen Lederhalbschuhe mit einem Goldriemen über dem Spann und hohen Plateausohlen lagen bereits in einem Karton hinter dem Sitz des Ford Bronco. Seine Frau machte sich manchmal über seine Kleidung lustig und lachte ihn mit ihren Schwestern hinter seinem Rücken aus. Sie brauchte nichts von den Schuhen wissen. Wer aber lachte zuletzt, wenn sie ihn mit Filmstars sahen und er inmitten von wichtigen Politikern auf seinen Erfolg anstieß?

»Das könnte eine weitere Herberge der Berggötter werden.« Johnson erinnerte sich an diese Bemerkung, die sein Herz wild zum Schlagen gebracht hatte. Es war nicht falsch, im großen Stil zu denken. Die Investoren sahen die Möglichkeiten. Und Johnson gefiel die Vorstellung, den Erfolg der Mescalero-Apachen südlich des Ruidoso zu übertrumpfen. Warum sollte sein Dorf nicht richtig am Tourismus teilhaben? Reiche Texaner anziehen? Die Pueblos hatten weder Holz noch Fischfangrechte zu verkaufen, es gab kein Öl auf ihrem Land. Ein Pueblo baute Blue Corn für die Body Shops aus London an, ein anderes hatte eine Gärtnerei mit heimischen Pflanzen eröffnet, zwei weitere betrieben Sand- und Kiesgruben. Aber kein einziges machte richtig Geld. Auch die nicht, die Bingohallen hatten. Kein großes Geld wie mit einem Kasino.

Johnson knibbelte nervös an der Nagelhaut seines Daumens. Einige würden sagen, der Preis all dessen war zu hoch, dass er nicht … nicht hätte tun sollen, was nötig gewesen war. Aber was hatte er denn schon getan? Er hatte einfach eine Gelegenheit genutzt. Hatten es die Investoren nicht so formuliert? Eine Gelegenheit – eine, die so schnell nicht wieder kam.

Er drehte sich um und sah die weißen Wände des Kasinos wie eine Fata Morgana in der Ferne flimmern und spürte, wie die Besorgnis der Erleichterung wich, wie sie von einem sanften Wind davongetragen wurde. Er fühlte sich beschwingt. Er glaubte, dass er berufen war. Ja. Er würde sein Volk vorwärts bringen.

»Ich hab da jemanden auf Leitung eins«, sagte Gloria.

»Legen Sie das Gespräch in mein Büro.«

Sandy lief an den vier Frauen in der Zentrale vorbei. Es war Sonntag, und trotzdem musste der IHS die Telefone besetzt halten. Die Anrufe hatten nach der Sendung am Donnerstag begonnen. »Setze ich mich dieser mysteriösen Krankheit aus, wenn ich nach New Mexico fahre?« Diese Frage war nicht so schlecht, aber manche waren lächerlich. »Ich war letzte Woche in Hobbs, sollte ich mich testen lassen?« Testen. Die Krankheit hatte noch nicht einmal einen Namen. Die Öffentlichkeit erwartete, dass die Medizin auf alles eine Antwort hatte.

Sandy nahm den Hörer ab und war auf das Schlimmste vorbereitet.

»Hallo, Kumpel, Sie stecken ja ganz schön in der Tinte.« Er kannte die Stimme.

»Pres!« Preston Samuels, Direktor des Center of Disease Control, des Zentrums für Seuchenkontrolle in Atlanta, war sein Mentor und Doktorvater gewesen.

»Erzählen Sie mir was zu dieser Pressekonferenz morgen. Ich soll daran teilnehmen.«

»Nur wenn Sie was Neues über die Blut- und Gewebeproben haben, die wir Ihnen geschickt haben.«

»Das klingt jetzt vielleicht etwas krass, aber ich weiß nicht, ob Sie vor den letzten beiden Toten unsere volle Aufmerksamkeit hatten. Wir sitzen nicht gerade untätig herum und warten auf neue Herausforderungen.«

»Die Antwort ist also Nein?«

»Nicht ganz. Wir arbeiten noch daran, aber machen Sie sich nicht zu viele Hoffnungen. Es sieht wie eine Lungenentzündung aus, die aber schwer einzuordnen ist.«

»Wenn wir Glück haben, sind wir schon über den Berg. Wir hatten seit viereinhalb Tagen keinen neuen Todesfall.«

»Hoffen wir mal das Beste. Mit dem Glück ist es immer so eine Sache.«

Drei Epidemiologen, darunter Preston Samuels vom CDC, ein Beamter des Landesgesundheitsamtes, ein Vertreter des Bureau of Indian Affairs und Dr. Sandford Black, Experte für Infektionskrankheiten, saßen auf dem Podium in der Woodard Hall der University of New Mexico. Alles hohe Tiere, dachte Julie, als sie den Recorder einstellte. New Mexico handelte in dieser Angelegenheit ziemlich schnell. Das musste es aber auch. Die Saison war für den Fremdenverkehr wahrscheinlich schon verloren.

Sie kontrollierte ihr Aufnahmegerät. Sie sollte für die Nachrichten am frühen Nachmittag live aus dem Hörsaal berichten. Sie war zu einer richtigen Korrespondentin geworden, gab jeden Tag Kurzberichte und beantwortete Anruferfragen. Sie hatte sich mit dieser Geschichte nicht vertan, damit würde sie Karriere machen. Alle waren interessiert und nach dem voll gestopften Auditorium zu urteilen, würde das Interesse auch so bald nicht nachlassen. Wie auch, wenn Menschenleben in Gefahr waren? Und niemand hatte konkrete Antworten. So etwas konnte leicht

Panik erzeugen. Sie hatte sich gerade einen Platz rechts vom Podium gesucht, als der Moderator anfing.

Dr. Black gab einen Überblick über die Symptome der Opfer und betonte, dass die Krankheit unter Kontrolle sei, dass aber, sobald mysteriöse Symptome auftauchten, sofortige medizinische Behandlung nötig sei – innerhalb der ersten sechs Stunden. Preston Samuels war der Nächste. Er umriss kurz die Geschichte des CDC und erklärte, dass es ein Hochsicherheitstrakt für Mikroorganismen sei und über hundert Wissenschaftlerinnen und Wissenschaftler rund um die Uhr einsetzen konnte, sollte es weitere Tote geben.

Dann gab einer der Epidemiologen der Krankheit einen Namen: *Unexplained Adult Respiratory Distress Syndrome* (UARDS), akutes Lungenversagen bei Erwachsenen, und wies darauf hin, dass es in den Vereinigten Staaten im letzten Jahr etwa dreitausend Fälle von UARDS gegeben hatte. Deutete er damit an, dass man nicht herauskriegen konnte, was die mysteriöse Grippe verursachte? Nicht sehr beruhigend, dachte Julie.

Ein anderer Epidemiologe nahm das Mikrofon, um zu erklären, dass man dabei war, Ursachen auszuschließen, und erinnerte das Publikum daran, dass die meisten Entdeckungen auf diesem Wege gemacht worden seien. Man zog momentan alles in Betracht, von einer Seuche bis zu Paraquat, einem oft auf Marihuanafeldern eingesetzten Pestizid. Und er verglich das momentane »Nicht-Wissen« mit der Zeit vor den Wettervorhersagen, als ein Tornado oder Hurrikan ohne Warnung auftreten konnte. Aus dem Publikum kam zustimmendes Gemurmel.

Schließlich fragte jemand nach Autopsien. Dr. Black nahm das Mikrofon. »Wir arbeiten mit den Pueblos zusammen und werden ihre Gebräuche so weit wie möglich respektieren. Wir konnten eine Reihe recht umfassender Tests an einem der Opfer durchführen, aber die Ergebnisse haben uns wenig Aufschluss gegeben. Lassen Sie mich den Mitarbeiter des Bureau of Indian Affairs bitten, den Standpunkt der Indianer darzulegen. Ed?«

Ein hoch gewachsener Indianer in roter Jacke und Blue Jeans stand auf. Er kam aus Santo Domingo und trug den traditionellen Chongo, einen geflochtenen Zopf, bei dem bunte Bänder im Nacken mit dem schwarzen Haar verflochten werden. Drei mit Perlmutt und Türkis besetzte Bänder traten unter den grellen Fernsehscheinwerfern besonders hervor. Er sprach deutlich, aber zurückhaltend und wählte seine Worte mit Bedacht.

Es gab keinen Zweifel, dass die indianischen Sitten die Suche nach Antworten erschwerten, sinnierte Julie. Sie hörte, wie er berichtete, dass einige ältere Indianer MTV, Videospiele und sogar Fastfood verantwortlich machten. Die Medizinmänner der Tewa führten Säuberungsrituale durch, aber der Vertreter des Bureau of Indian Affairs versprach, dass die Pueblos die westliche Medizin in Zukunft unterstützen würden. Als er sich setzte, gab es höflichen Applaus.

»Nicht gerade viele Antworten.« Sie hatte Ben im Publikum nicht gesehen, bis er sich gegen Ende der Veranstaltung neben sie setzte.

»Wie laufen die Befragungen der Familien?«, fragte sie.

»Bisher haben sie nichts gebracht. Das Einzige, was die Opfer in letzter Zeit gemeinsam hatten, war der Besuch einer Versammlung des Ältestenrats im Gemeindezentrum. Und vier von ihnen sind letzten Sonntag kurz vor ihrem Tod in der Kirche gewesen, wie meine Großmutter.«

»Es scheint, als hätte das CDC auch noch keine Antworten parat.«

»Hast du Zeit für einen Kaffee?«

»Wir nehmen die Veranstaltung für die Mittagsnachrichten auf, und ich habe mit einer Epidemiologin gleich einen Interviewtermin vereinbart. Können wir es auf ein anderes Mal verschieben?« Julie hoffte, ihn mit ihrem strahlendsten Lächeln überzeugen zu können.

Johnson hatte den Latino-Vorarbeiter am Montagmorgen am Rand des Dorfes aufgegabelt und den Trupp von fünf Männern zu der Parzelle geschickt, die aufgeräumt werden musste. Seitdem hatte er jeden Tag am Rande des Feldes gestanden und den Fortschritt beobachtet. Bahnbrechend konnte man es noch nicht nennen, aber in einem Monat würde der Grundstein für das Kasino gelegt werden.

Er trat zur Seite, als die Maschinen die Bäume aus dem Boden rissen. Er ließ fünfzehn Bäume retten und umpflanzen. Der Journalist, der darüber berichtete, sollte wissen, dass er ein Umweltschützer war. Die Anglos hatten es gerne, wenn die Indianer naturverbunden waren.

»He, Sie da.« Johnson winkte dem Baggerführer zu. »Lassen Sie nicht allen Dreck hier auf einem Haufen. Ich will, dass das gleichmäßig verteilt wird ...« Eine Wolke von Abgasen verschluckte den Rest seiner Anweisungen, als die Maschine gefährlich nah an ihn heranholperte und dann zurücksetzte. Schwein. Johnson fluchte leise vor sich hin.

Die erste Pappel bekam ein neues Zuhause. Johnson hatte eine Gruppe aus dem Dorf angeheuert, um den Bewässerungsgraben an der Baustelle entlang umzuleiten. Zwei Kiefern und ein Bergwacholder folgten. Er hatte die Bauarbeiter angewiesen, alle in einer Gruppe rechts vom Eingang wieder einzupflanzen, dort, wo eine lange Straßenschleife die Autos zurück zur Waschanlage brachte. Sein Neffe sollte für die Waschanlage verantwortlich sein. Jedes Kind mit Führerschein war scharf auf einen Job. Johnson hätte als Jugendlicher alles getan, um einen BMW, Mercedes oder Lincoln zu fahren, auch wenn er den Wagen nur auf dem Parkplatz hätte bewegen dürfen.

Sein Restaurant würde nur die anspruchsvollsten Gäste anziehen. Er würde Mollie von den Andersons abwerben. Wie nannten sie sie? Hausangestellte? Hausangestellte hin oder her, sie war die beste Köchin in New Mexico. Er grinste. Sie war auch in ein paar anderen Dingen ziemlich gut. Mollies weiche Brüste wogten vor seinen Augen.

»He! Passen Sie auf, oder wollen Sie sich umbringen?«, schrie der Baggerführer zu ihm herunter. Johnson überlegte, ob er ihn rauswerfen sollte. Er musste dem Idioten zeigen, wer hier das Sagen hatte. Stattdessen staubte er seine Hosenbeine ab und ging die Straße zu seinem Büro zurück. Ben Pecos würde heute Mary zum Tod des Gouverneurs befragen. Besser, wenn er dabei war.

Ben sah, wie Johnson Yepa auf ihn zukam. Er fand es unmöglich, diesen Mann zu mögen. Er konnte einem fürchterlich auf die Nerven gehen.

»Wie gehts, Ben?« Johnson streckte ihm die Hand entgegen und sah zu ihm auf. »Wird das Anti-Alkoholprogramm irgendwann losgehen? Du weißt, das ist genau die Art von Arbeit, die wir vom IHS erwarten: Vorbeugung.«

Ben war kurz versucht, seine Hand nicht zu nehmen. Er hasste den feuchten Griff, den Johnson Händeschütteln nannte.

»Es soll im Oktober losgehen. Aber reden wir über heute. Ich treffe mich gleich mit Mary und würde dir danach auch gerne ein paar Fragen stellen. Hättest du in einer Stunde Zeit?«

»Ich weiß nicht. Schwer zu sagen. Ich fürchte, da kann ich dir nicht helfen.« Johnson sah weg und Ben hatte den Eindruck, er täusche Interesse für etwas irgendwas am Highway vor.

»Glaubst du, nicht helfen zu können, weil du keine Zeit hast oder weil du denkst, du weißt nichts, was hilfreich sein könnte?«

Guter Gott, der Mann war vielleicht nervös. Er hatte das Konzentrationsvermögen eines Spatzes. Ben wusste, dass er log, sobald er den Mund aufmachte. Er hatte wahrscheinlich vergessen, dass er heute Morgen befragt werden sollte. Mary hatte die Augen verdreht, als Ben nach dem Zeitplan gefragt hatte.

»In den Tagen, bevor der Gouverneur gestorben ist, wart ihr beide mit ihm zusammen. Ich kann mit dir anfangen und danach mit Mary sprechen oder umgekehrt.«

»Oh, mir ist gerade eingefallen, dass ich um zehn Uhr in Albuquerque ein wichtiges Treffen habe.« Da war sie, die Lüge.

»Willst du dabei sein, wenn ich Mary befrage?«

Ben wartete an der Tür darauf, dass Johnson mit hineinging.

»Nein. Macht das ruhig allein.«

Mary leitete ihr Telefon um und machte ihm ein Zeichen, ihr den Gang hinunter zu folgen.

»Wir können uns in den Aufenthaltsraum setzen. Die meisten Mitarbeiter haben heute freigenommen, um sich auf die Feier am Montag vorzubereiten. Wirst du auch tanzen?«, fragte sie.

Ben versuchte die Frage zu interpretieren. Rügte sie ihn? Spottete sie?

»Diesmal nicht.«

»Komm zum Essen zu uns. Und bring deine Freundin mit.«

Freundin? Julie. Er hatte vergessen, dass Mary sie kennen gelernt hatte.

»Vielleicht mach ich das.« Gar keine schlechte Idee, dachte Ben. Er hatte vor, Julie öfter zu sehen, aber diese mysteriöse Krankheit nahm viel Zeit in Anspruch, bei beiden.

»Macht es dir etwas aus, wenn ich unser Gespräch aufnehme? Ich bin nicht gut im Notizenmachen.« Mary schüttelte den Kopf, und er stellte den Recorder zwischen sie.

»Ich möchte die Tage vor dem Tod des Gouverneurs rekonstruieren. Ich möchte zum Beispiel etwas über seine Gewohnheiten erfahren, haben sie sich verändert, hat er über irgendetwas geklagt? Und damit meine ich nicht nur körperliche Schmerzen, ich möchte über alles Bescheid wissen, was ihn aufzuregen schien. War er länger oder kürzer als üblich im Büro? Ich möchte, dass du mir alles erzählst, was wichtig sein könnte. Und auch Sachen, von denen du meinst, dass sie mich interessieren könnten. Ich werde dich zu seinem Speiseplan befragen, ob er am Schreibtisch gegessen hat oder mittags nach Hause fuhr. Hast du noch Fragen, bevor wir anfangen?«

Mary schüttelte den Kopf.

»Dann fangen wir damit an, wie lange du den Gouverneur kanntest.«

»Mein ganzes Leben. Er war der Vater meiner besten Freundin in der Schule.«

»Die Woche, in der er starb – war sie anstrengender als gewöhnlich?«

Mary hielt inne. »Nein. Er war aufgewühlt durch den Tod der alten Leute. Sie waren Freunde. Er sprach davon … Er sprach über ihre Geister. Es hatte eine Warnung gegeben.«

»Was für eine Warnung?« Ben drehte den Lautstärkeregler hoch. Er war immer noch ein Außenseiter für sie. Sie redete mit ihm nur widerwillig über Glaubensangelegenheiten.

Sie schaute anklagend hoch. »Der Friedhof. Es gibt dort Platz für neue Gräber, du weißt doch, dass sie sich füllen werden.«

Er war schon wieder durchgefallen. Er hatte nicht daran gedacht. Ben wartete, aber Mary sprach nicht weiter. Er entschloss sich, das Thema zu wechseln.

»Erzähl mir von seinen Essgewohnheiten. Hat er jeden Tag das Gleiche gegessen? Hat er hier im Büro gegessen?

Mary lachte in sich hinein. »Es gab jeden Tag Brotfladen mit Bohnen. Seine Nichte hat ihm sein Essen eingepackt und ich habe es in der Mikrowelle aufgewärmt. Es hat lange gedauert, bis er der Mikrowelle traute. Einmal hat er Alufolie hineingelegt, und danach hatte er Angst davor.

»Was hat er getrunken?«

»Cola, immer. Drei, vielleicht vier Cola jeden Tag.«

»Hat er Junkfood gegessen?«

»Nein. Jedenfalls nicht oft. Er hat viel Kerne und Nüsse gegessen. Er hatte immer einen Korb voller Kürbis- oder Sonnenblumenkerne auf seinem Schreibtisch stehen. Manchmal auch Pinienkerne.«

Ben verbrachte eine Stunde mit Mary und ging dann nach Hause. Der Bewässerungsgraben war voll. Meterbreite Kanäle verteilten das Wasser des Hauptlaufs und wanden sich durch unbefestigte Hinterhöfe, unter Wäscheleinen durch und am Schulhof der Missionsschule entlang. Das Wasser war ein freundlicher, kleiner, glucksender Strom, der am Rand des Dorfes entlangeilte und dann zu den Maisfeldern floss. Ben hielt am Friedhof an und sah auf die frischen Grabhügel. Drei der Gräber hatten neue Kreuze.

Einige Türen und mehr als ein Hühnerstall hatten für die einfachen, gravierten Holzkreuze auf dem Kirchhof ihre Latten hergeben müssen. Die Bronzeplatte und den Marmorgrabstein für seine Großmutter hatte er in Albuquerque gekauft. Sie passten nicht in diese Umgebung.

Die älteren Gedenktafeln hatten durch die Witterung einen blaugrauen Ton angenommen. Die Plastikblumen, die an ihrem unteren Rand befestigt waren, gaben dem Ganzen einen surrealen Touch, der sich jeder Veränderung widersetzte. Ihr Rot und Gelb waren unter einer Staubschicht verblasst. Eine Reihe von Fuchsien und weißen Kosmeen lehnte sich an die Begrenzung aus Stacheldraht zu seiner Linken. Im nächsten Frühjahr wollte er Blumen auf das Grab seiner Großmutter pflanzen.

Ungefähr eine halbe Meile südlich brummten Maschinen. Durch den Staub konnte Ben nur eine Walze und mehrere Bagger ausmachen. Sie befanden sich auf indianischem Land. Er folgte der Straße, die weg vom Dorf und hin zum Fluss, den Bergen und weg von den Zivilisationsgeräuschen führte.

Große orangefarbene Schaufelbagger bewegten sich vorwärts und drehten sich, hoppelten zurück und drehten sich wieder. Dabei warfen sie die ganze Zeit Staub auf und schleuderten kleine Steine und harten Ton durch die Luft. Die Maschinen heulten auf und stießen Rauch aus, der sie in der windstillen Luft einhüllte. Einer der Fahrer machte ihm Zeichen zurückzugehen und zeigte auf seinen Kopf. Wahrscheinlich will er, dass ich einen Helm trage, mutmaßte Ben. Er ging näher an die Straße heran und wollte aus sicherer Entfernung eine Minute lang zuschauen. Was immer hier geschah, es war etwas Großes. Die Ansammlung von Maschinen war beeindruckend.

Ein Mann, der eine Walze bediente, stand in seinem Führerhaus und lehnte sich aus dem Fenster, um seine Fortschritte zu kontrollieren. Anschließend drehte er und begann damit, den Streifen Land zu seiner Rechten flach zu walzen. Er hatte das Hemd ausgezogen, und über seinen muskulösen Rücken zogen sich Streifen von angetrocknetem gelb-orangem Ton, die an einigen Stellen von feuchten Schweißspuren unterbrochen waren. Der Mann hatte sich ein Halstuch vor Mund und Nase gebunden. Er lehnte sich noch einmal hinaus, um die Erde vor dem sich langsam bewegenden Riesen zu begutachten, und dann fiel er, noch während Ben zusah, einfach nach vorne. Alle viere von sich gestreckt, fiel er aus dem Führerhaus heraus auf die Walze und wurde kurz darauf unter ihr begraben. Die Walze stockte kaum, als sie den Körper in den gerade erst geebneten Weg presste. Sie lief schnurgerade weiter und bewegte sich gemächlich Stück für Stück vorwärts.

Ben schrie nach dem Fahrer, der ihm am nächsten war. Ein kräftiger älterer Latino war schon zu der herrenlosen Walze geeilt, um sie abzuschalten. Doch auch die Hinterräder waren schon über den Körper gerollt. Noch bevor er neben dem Mann kniete, war Ben klar, dass er nichts mehr tun konnte. Er war sofort tot gewesen.

Der Körper war schlimm gequetscht. Dennoch kontrollierte Ben den Puls und bemerkte dabei die erhöhte Temperatur. Der Mann brannte. Und das kam nicht von der Sonne. Dann bemerkte er den hellrosa Schimmer im linken Auge des Mannes. War er vielleicht schon vor dem Sturz tot gewesen?

Als der Krankenwagen kam, halfen die Männer, den Leichnam aufzuladen.

»Bringen Sie ihn sofort ins Institut für Gerichtsmedizin. Ich rufe an. Jemand aus dem Indianischen Krankenhaus, wahrscheinlich ein Dr. Sanford Black, wird Sie dort erwarten.« Ben sah dem Krankenwagen nach, wie er mit Blaulicht und Sirene davonbrauste. Das war ein Tiefschlag. Er wandte sich der Gruppe bedrückter Männer zu. »Hat jemand gehört, ob sich der Mann krank fühlte?«

»Ja. Gestern war er krank, aber er brauchte das Geld dringend, also ist er heute wieder arbeiten gekommen.«

»Worüber klagte er?« Ben konnte es sich schon denken, bevor der Mann antwortete.

»Er hatte Grippe.«

»Ist er aus der Gegend?«

»Aus Pena Blanca.«

»Wie lange arbeiten Sie schon hier?«

»Etwa drei, vier Tage.«

»Wer ist hier der Chef?«

»Das bin ich.« Der ältere Latino trat vor.

»Ich hätte gerne die Adresse der Familie des Mannes.«

»Klar. Ich besorg sie Ihnen. Hier drüben.«

Ben folgte dem Mann zu einem Pick-up, der am Straßenrand stand. Auf der Seite stand »Romero Construction«. Er notierte die Telefonnummer.

»Sie glauben doch nicht, dass es ein Problem gibt, oder? Ich meine, hier sind doch vor ein paar Wochen ein paar Leute gestorben. Können wir uns anstecken?«

»Ich weiß es nicht, aber Sie wollen heute wahrscheinlich sowieso nicht mehr weiterarbeiten.« Ben warf einen Blick auf die Gruppe der schockierten Männer.

»Ja, wir machen Schluss.« Der Vorarbeiter gab ihm ein Stück Papier mit Namen und Adresse des Mannes.

Ben musste Sandy anrufen, damit er den Krankenwagen im Institut für Gerichtsmedizin abfangen konnte. So viel zu dem beruhigenden Gedanken, die Sache sei vorbei. Nur ein paar tote Alte und weiter nichts. Vielleicht suchten sie nach einem Virus, einem Mörder, der doch nicht zwischen Altergruppen unterschied, und wenn sie …

Ben wollte nicht über die Konsequenzen nachdenken.

4

Im Sommer gab es zwei Plätze, an denen Lorenzo am liebsten sein Nickerchen machte. Unter der vierhundert Jahre alten Pappel am Fluss und auf der Empore der Missionskirche. Er hatte auf seinem Weg zum Fluss zusehen wollen, wie die großen Maschinen die Erde umgruben, aber die blitzenden Lichter des Krankenwagens hatten ihn dazu gebracht, Abstand zu halten. Er hatte am Rande des Feldes gestanden und darauf gewartet, dass sie verschwanden. Die roten Lichter drehten und drehten sich in ruckartigen, halbkreisförmigen, blitzartigen Bewegungen und rasten dann die Straße zum Highway hinauf. Ihre Geschwindigkeit gab Lorenzo die Gewissheit, dass der Geist eines Mannes zurückgelassen worden war. Oder vielleicht war der Geist wütend und verfluchte den Ort und diese Maschinen. Lorenzo wandte sich um und humpelte zurück zur Missionskirche.

Die kühle Dunkelheit hüllte ihn ein, während er die geschwungenen Stufen zur Empore hochstieg. Die groben Holzbänke standen durch einen Gang getrennt in Sechserreihen. Lorenzo beugte sich hinunter zum Boden, wo er durch das Geländer zum Altar schauen konnte. Eine Marienstatue hielt die Arme zum Willkommensgruß ausgebreitet. Der blaue Gips ihrer Robe fiel großzügig um ihren Körper herum und bildete am Boden einen Sockel für die Statue. Ihre Haare waren blond, ihre Hände blass-cremefarben mit rosa Fingernägeln. Jemand hatte einen Rosenkranz um ihr Handgelenk gelegt. Um ihren Hals hing eine Kette aus Maiskörnern.

Lorenzo kannte die Sommer- und Wintermutter seines Volkes. Als sie unter dem See von Sipofene beheimatet waren, lebten sie alle zusammen – Übernatürliche, Männer, Frauen und Tiere. Es gab keinen Tod. Jetzt beschlich die Dunkelheit sein Volk. Der Medizinmann musste die Mächte anrufen, um sie aus dem Dorf zu jagen. Aber die Dunkelheit war stark.

Lorenzo dachte an den Anfang eines Tewa-Gebets: In und um die Erde, in und um die Hügel, in und um die Berge kommt deine Macht zu dir zurück ... Die Geister hörten zu. Als er jünger war, hatte er den Nabel der Welt auf den vier heiligen Bergen, die Seen oder *Nan Sipu* besucht, wo die Geister lebten. Er sollte die Geister aufsuchen und sie um Hilfe bitten. Er musste eine Reise in die Berge planen.

Als Sandy ankam, lag der tote Bauarbeiter bereits auf einem Untersuchungstisch, der an einem Ende einen Abfluss hatte.

»Ich warte auf das Okay für die Autopsie. Es sollte kein Problem sein. Gibt es irgendwas, das wir wissen sollten?«, fragte Sandy den Pathologen, der seine Hände abwesend an seinem Laborkittel abrieb.

»Wie Sie vermutet haben. Seine Lungen sind voll Flüssigkeit.«

»Wollen Sie die Vermutung wagen, ob er vor oder nach dem Unfall aufgehört hat zu atmen?«, fragte Sandy.

»Mit Gewissheit kann ich es noch nicht sagen, aber ich glaube, er war klinisch tot, bevor er umfiel. Er muss aufgestanden sein, um Luft zu bekommen und dann einen Blackout gehabt haben. Von da an hat er wahrscheinlich nicht mehr geatmet.«

»Darf ich Ihr Büro benutzen?« Sandy war schon auf eine offene Tür zu seiner Rechten zugegangen.

»Natürlich. Ich mache ein paar Sachen fertig. Sagen Sie Bescheid, wenn ich mit Ihrem Mann hier anfangen soll.«

Sandy schloss die Tür und wählte die Nummer in Atlanta.

»Pres, schön, dass ich Sie erwische. Wir haben den ersten Toten unter sechzig, einen Bauarbeiter.«

»Indianer?«

»Nein, ein Latino, der im Dorf in einem Bautrupp gearbeitet hat.«

»Die gleichen Symptome?«

»Genau die gleichen. Wenn das etwas ganz Neues ist, ein ganz neues Virus, das es nirgendwo in der Literatur gibt, was für einen

Zeitrahmen müssen wir von seiner Isolierung bis zu seiner Ausmerzung ansetzen?«

»Unter uns, Monate. Vielleicht vier bis sechs. Es hat fünf Monate gedauert, die Legionärskrankheit dingfest zu machen. Seitdem hat sich nicht viel verändert, wenn wir bei einer Krankheit ganz von vorne anfangen müssen.«

»Verdammt. Mir ist gerade etwas eingefallen: der Festtag am Montag.«

»Ein Festtag?«

»Ja. Ungefähr fünfhundert Touristen und Schaulustige werden in Tewa einfallen, um die Tänze zu sehen und dort zu essen.«

»Schlechtes Timing.« Pres pfiff leise. »Ich denke, auf der Grundlage der Autopsie des Bauarbeiters sollten Sie die Medien dazu bringen, darüber zu berichten. Haben Sie eine Kontaktperson? Jemanden, dem Sie vertrauen können, wahrheitsgetreu zu berichten und die Situation nicht auszunutzen? Das ist eine ziemlich heiße Sache.«

»Ja, ich kenne jemanden. Eine junge Frau vom Fernsehen. Ihre Berichterstattung ist bis jetzt positiv gewesen. Sie arbeitet mit meinem Praktikanten in Tewa zusammen … Bis jetzt hat sie sich bemüht, niemandem auf die Füße zu treten.«

»Klingt gut. Halten Sie mich auf dem Laufenden. Was Sie mir auch schicken wird mit äußerster Priorität behandelt.«

Sandy hielt noch den Hörer in der Hand, als Pres schon aufgelegt hatte. Was tun? Seine Intuition sagte ihm: eine deutliche Warnung über die Medien verbreiten. War das klug? New Mexico würde dabei verlieren. Das Pueblo würde verlieren. Aber die Todesfälle konnte man nicht einfach ignorieren. Er rief den Sender an und fragte nach Julie Conlin.

Julie setzte mit Dr. Black ein Live-Interview für die Zehn-Uhr-Nachrichten des gleichen Abends an. Bob Crenshaw war erst nicht einverstanden gewesen, aber als er die Überschrift der *Tribune* sah »Sind wir hier sicher? Mysteriöse Todesfälle beunruhigen Pueblobewohner«, stimmte er zu und bat sich nur aus, das Skript zu sehen, bevor sie auf Sendung ging.

Vor ihrem Treffen mit Dr. Black um halb neun arbeitete Julie eine Reihe von Fragen aus. Als er ankam, war der Sender so hektisch wie immer um diese Zeit, also setzten sie sich in Bobs Büro, wo sie ungestört waren. Dr. Black wirkte, als fühle er sich in dem ganzen Wirrwarr unbehaglich, aber Bobs Begrüßung war überschwänglich und fast feierlich und nach zwei Minuten hatten sie alle Formalitäten fallen lassen und nannten sich beim Vornamen. Bob wollte bei ihrem Gespräch dabei sein. Das ärgerte sie, aber sie schob es auf ihre Unerfahrenheit.

»Also, wie ist Ihre Strategie? Wie werden Sie die Zuschauer informieren, ohne sie unnötig zu verängstigen?« Bob verschränkte die Arme hinter dem Kopf. Julie ignorierte das »unnötig«.

»Ich möchte, dass Sandy die Leute an unlängst aufgetretene Fälle von unbekannten tödlichen Infektionskrankheiten erinnert. Die Beispiele sollten relativ bekannt sein und nicht länger als zehn Jahre zurückliegen. Fangen wir mit der Streb-Bakterie an, die 1990 Jim Hensen getötet hat.« Julie blieb kurz stehen, um sich eine Notiz auf ihrem Block zu machen, und ging dann weiter vor seinem Schreibtisch auf und ab. »Und dann sprechen wir über die E.-coli-Bakterien, die die Kinder an der Nordwestküste umgebracht haben – die Geschichte mit den verdorbenen Hamburgern von Jack-in-the-Box.«

»Die Idee gefällt mir«, meinte Sandy.

»Glauben Sie, wir sollten noch weiter gehen und die Leute vor dem Festtag warnen?« Julie stand vor Bob, sah aber Sandy an.

»Nein«, unterbrach Bob. »Definitiv nein. Die Beweise sind noch nicht schlüssig, und ich will nicht, dass der Sender allein vorprescht und die Leute beunruhigt.«

»Aber meine Magengrube sagt mir, dass wir bis jetzt nur die Spitze des sprichwörtlichen Eisbergs sehen«, meinte Sandy.

»Bei allem Respekt, Doc, aber ich glaube, Sie heben ganz schön ab. Ihr Forschungsleute wollt doch alle, dass euer Fachgebiet Presse bekommt. Das bringt mehr Geld, oder? Oder bezahlte Zeit für die Forschung?« Julie war drauf und ran, ihn zu unterbrechen, um zu sagen, dass ein Krankenhausdirektor in einer etwas anderen Position war. Sie tat es aber nicht.

»Ich stimme mit Sandy überein. Ich glaube, wir können uns nicht darauf verlassen, dass die Zuschauer die Schlüsse ziehen, die wir wollen. Guter Journalismus nimmt sie nicht nur bei der Hand, sondern zieht auch angemessene Schlüsse.«

»He, Kindchen, hören Sie genau zu, ich will die Glaubwürdigkeit des Senders nicht aufs Spiel setzen.«

»Okay. Ich will nur keinen Aufguss von Legionärskrankheit oder Aids. Was wir erzählen, muss aktuell sein und die Leute zum Nachdenken anregen.«

»Dem stimme ich zu«, sagte Sandy. »Ich denke, dass ich die Leute warnen sollte, die Geschichte nicht auf die leichte Schulter zu nehmen. Wir dachten, wir hätten den Kampf gegen Infektionskrankheiten in den Fünfzigerjahren gewonnen. Aber zwanzig Jahre später brach die Hölle los. Selbst bei Tuberkulose gibt es wieder mehr Fälle.«

»Was sagt die jüngste Forschung?«, fragte Julie.

»Die National Academy of Science hat über fünfzig neue Infektionsherde isoliert. Es scheint, dass Krankheiten sich dann ausbreiten, wenn der Mensch in die Natur eingreift.«

»Was meinen Sie?« Julie wandte sich an Bob. »Kommt das dem näher, was Sie sich vorgestellt haben?«

»Ich möchte, dass Sie betonen, dass die Krankheit nicht sehr ansteckend zu sein scheint. Sechs alte Leute und dieser Bauarbeiter, aber keine Familienmitglieder der Opfer oder irgendeiner von denen, die die Kranken betreuen, ist erkrankt. Würden Sie daraus nicht auch schließen, dass die Öffentlichkeit nicht in Gefahr ist?«

»Bis jetzt scheint das zu stimmen. Zugegebenermaßen gibt es keinen Beweis, dass es gefährlich ist, an den Tänzen im Pueblo teilzunehmen«, sagte Sandy.

»Sehen Sie? Wenn wir dem Onkel Doktor nicht trauen können, wem dann?« Bob sah Julie an, als ob er Protest von ihr erwartete.

»Das heißt aber nicht, dass es keine Probleme geben kann. Das Pueblo ist bisher der einzige Faktor, den alle Opfer gemeinsam hatten. Es gibt also wirklich keinen Grund, unvorsichtig zu sein«, meinte Sandy. »Der CDC nimmt die Angelegenheit sehr ernst.«

»Was wird von deren Seite unternommen?«, fragte Bob.

»Wir haben heute Nachmittag eine Reihe von Blut- und Gewebeproben hingeschickt. Sie setzen ein Team von zwanzig bis sechzig Labortechnikern darauf an. Das soll nicht heißen, dass wir nicht durch eine andere, gefährlichere Sache wieder ins Hintertreffen geraten können. Aber zurzeit haben wir ihre volle Aufmerksamkeit.«

»Wann werden Sie etwas von ihnen hören?«, fragte Bob.

»Schwer zu sagen, vielleicht Mitte nächster Woche.«

»Haben Sie sonst noch etwas?«, fragte Julie Bob und hoffte, ihr Tonfall würde den Sarkasmus nicht verraten.

»Nein. Das reicht.«

Nach einem kurzen Besuch in der Maske, brachte Julie Sandy zu einem der Tontechniker, um ihm ein tragbares Mikrofon anzustecken.

»Nervös?«, fragte sie.

»Ein bisschen.« Er grinste. »So was steht nicht in meiner Stellenbeschreibung.«

»Sie schaffen das schon.«

Vor dem Mittagessen gab es eine Pause zwischen den Tänzen. Johnson ging nach Hause, um sich auszuruhen. Die Augustsonne zehrte an seinen Kräften und zum Tanzen brauchte man Muskeln, von denen er noch nicht einmal gewusst hatte, dass er sie besaß. Er streckte sich auf dem Gästebett im Nähzimmer seiner Frau aus, breitete aber vorher ein Handtuch darauf aus, um die zeremonielle Farbe auf seinem Körper nicht auf der Patchwork-Decke zu hinterlassen.

Er döste, wachte einmal auf und sah auf die Uhr, sah, dass er noch eine Stunde Zeit hatte, und legte sich wieder hin. Johnson schlief unruhig. Zuerst träumte er, dass der alte Gouverneur bei einem Volksfest auftrat, er zauberte Münzen hinter den Ohren von Kindern hervor, die nach mehr quengelten. Der Gouverneur grinste und reichte jedem kleinen Besucher im Publikum einen Kaugummi, einen Lutscher oder eine Zuckerstange. Die sonnengebräunte Haut um seine Augen herum hatte tiefe Falten. Er lachte häufig, hörte aber plötzlich damit auf und drohte Johnson mit dem Finger. Und dann sah Johnson sich selbst. Er war eins der Kinder, die etwas Süßes wollten und den Gouverneur anbettelten.

Johnson setzte sich auf und schluckte erst einmal, dann blinzelte er, um das Bild des alten Mannes zu vertreiben. Es war so echt gewesen. Wie oft hatte er gesehen, wie der Gouverneur junge Gäste unterhalten hatte. Für Kinder hatte er immer Zeit gehabt.

Der Wind hatte die Vorhänge durch das Fenster nach außen gezogen, aber das war nicht das Geräusch, das ihn geweckt hatte. Nein, es war etwas anderes gewesen. Er lag völlig still da und lauschte. In der Ferne konnte man die Trommeln hören und das Geschrei von Kindern, die am Bewässerungsgraben spielten. Er hörte Autos durch seine Straße und dann wieder zurückfahren, wenn sie keinen Parkplatz hatten finden können. Er bewegte keinen Muskel, isolierte aber weiter die Geräusche um sich herum und versuchte, sie zu bestimmen.

Da war es wieder. Das feine Klicken von Kieselsteinen, die übers Dach tanzten. Das Stakkatoklopfen von jemandem, der ihm etwas antun wollte. Die Arbeit einer Hexe. Johnson brach der Schweiß aus. Es war nicht das erste Mal, dass er mit einem Fluch belegt war. Vor zwei Jahren hatte es ihn fünfhundert Dollar gekostet, eine immer wiederkehrende offene Stelle auf seiner Oberlippe loszuwerden.

Das Klopfen hatte für eine Minute aufgehört, bevor es irgendwo an der Vordertür wieder losging und sich zurück zum Nähzimmer bewegte. Sein Herz schlug schneller und es wurde schwierig, ruhig zu atmen. Dann hörte es so plötzlich auf, wie es begonnen hatte. Er wartete eine ganze Weile, ehe er aufstand.

Er sah aus den Fenstern des Nähzimmers, des Badezimmers, der Küche und des Wohnzimmers. Niemand zu sehen. Dann öffnete er die Haustür, der Atem stockte ihm, und er taumelte gegen den Türpfosten. Vor der Tür lagen fein säuberlich aufgereiht fünf runde, glitzernde Obsidiankugeln. Hexenwerk. Er schloss die Tür. Er musste aus dem Haus hinaus.

Seine Frau und er benutzten die Hintertür nur selten. Er hatte den Rasenmäher zwischen die Holzstufen geschoben, die lose am Haus lehnten. Er hatte drei Jahre lang versäumt, sie zu befestigen. Aber jetzt machte ihm ein Sprung bestimmt nichts aus. Er steckte die beiden Äste des rituellen Immergrüns in sein Armband und warf die Hintertür auf.

Er sah sie, als er zum Sprung ansetzte, das Bein schon in der Luft. Fünf schimmernde schwarze Kiesel, die zu denen auf der Vorderveranda passten. Oder waren es dieselben? Er geriet in Panik. Er musste hier raus. Er konnte den Fluch um sich herum spüren. Er schnappte mehrmals nach Luft. Ein Gewicht lastete auf seinem Kopf, das nun schwer an dem Federkranz zog, der an seinem Haar befestigt war und seine Ohren klingeln und taub werden ließ.

Er eilte zum Nähzimmer und rannte dabei gegen einen Tisch voller Zeitschriften. Er schob eine Truhe unter das Fenster und kletterte hinauf, warf ein Bein über den Fensterrand und sah auf den Boden unter sich. Nichts. Sand und Erde, das war alles.

Der weiße Wildlederrock seiner Tracht verfing sich im Rahmen und hielt ihn zurück, bis er ihn losmachen konnte. Dann stolperte er vorwärts und schlug dumpf auf den Boden auf.

Irgendwo tat es weh. Er ignorierte den Schmerz und kämpfte sich auf die Füße. Er klopfte die Erde von seiner Tracht, seinen Armen und seinen Beinen und untersuchte dann den kiltähnlichen Lederrock. Er war nicht allzu sehr beschädigt. Aber die rotockerne Farbe auf Brust und Rücken war verlaufen und hatte auf dem weißen Wildlederoberteil um die Hüfte Flecken hinterlassen. Seine Frau wusste, wie man die Flecken entfernen konnte. Es würde wieder in Ordnung kommen. Er atmete jetzt leichter.

Vor seinem Haus parkten drei Autos nebeneinander. Mit den Rädern auf Johnsons Rasen.

Ben mochte die vielen Gerüche nicht; Hotdogs aus Maiskolben, Tamales, Tortillas, in Öl gebackene Brotfladen, Staub und Autoabgase vermischten sich mit der Hitze und zogen über die Menge hinweg. Wie gewöhnlich standen ungefähr tausend Besucher am Rande der Plaza; die Sommerfeste und Tänze waren beliebt. Für ihn war es ein normaler Anblick, aber Julie konnte von der Volksfeststimmung nicht genug bekommen. Es war eine gute Idee gewesen, sie einzuladen. Er hatte vergessen, wie viel Spaß es machte, die Tänze mit jemandem anzusehen, für den das alles neu war.

Überall waren Verkaufsbuden. Stände mit Silber- und Türkisschmuck standen im Schatten heller Sonnenschirme, welche die ohnehin schon vollen Straßen säumten. Julie hielt an, um ein Paar gravierte, silberne Conchos an ihre Ohren zu halten und beugte sich zu einem Spiegel an einer Stange, die den Sonnenschirm hielt.

Auf dem Weg zur Plaza kamen sie an einem Karussell mit Plastikhasen, Schildkröten und Stinktieren vorbei, auf denen quietschende Vorschulkinder saßen. Andenken-T-Shirts flatterten im Wind. Die Mülleimer waren voll mit Melonenschalen, Maiskolben und der üblichen Ansammlung von Plastiktellern und Bechern. Sie mischten sich am westlichen Ende der Plaza unter die Menge und arbeiteten sich langsam nach vorne, um besser sehen zu können. Julie versuchte, auf Zehenspitzen über die Leute vor ihr hinwegschauen zu können.

Den Tänzern schienen weder die Menschenmenge noch die Hitze oder der Krach etwas auszumachen. Sie drehten und wiegten sich, und setzten dabei zum Rhythmus der Trommeln in perfekten Schritten ihre in Mokassins steckende Füße auf. Nur die Schweißspuren auf ihren Brustkörben und unter den Armen zeigten, dass sie nicht gegen die Hitze des windstillen Tages immun waren. Einige Frauen waren barfuß, nichts federte ihr raues Auftreffen auf den heißen Lehm des Plazabodens ab.

»Sieh mal. Irgendwas stimmt nicht mit einem der Tänzer.« Julie deutete auf eine Gruppe von Männern, die fast genau vor ihnen standen. Ben schob sich durch die Menge und sah Twila Runningfox neben einem hingefallenen Tänzer knien.

»Hitzschlag«, sagte Twila. »Wir müssen ihn reinbringen.«

Ben half dem Mann auf die Füße.

»Seine Tante wohnt zwei Straßen weiter«, sagte sie.

Der Mann stützte sich schwer auf Ben und wirkte benommen, als sie langsam vom Platz weggingen. Die geparkten Autos und Stände der Händler verlangsamten ihr Fortkommen. Die Pueblos müssen ihre Tänze vielleicht doch ohne Öffentlichkeit abhalten, dachte Ben. Eine Gruppe von Touristen drückte sich an ihnen vorbei und blieb dann stehen, um in die Fenster eines Hauses zu sehen.

»Wir sind da.« Twila öffnete die Hintertür und Ben trug den Mann fast durch die Küche, in der zwei Indianerinnen dicke Scheiben Schinken auf einer Platte anrichteten. Sie trockneten die Hände schnell an Papiertüchern ab und sprachen aufgeregt miteinander auf Tewa, während sie die Gruppe durch den Türbogen und das Wohnzimmer dirigierten.

Der Mann plumpste auf ein durchhängendes Sofa und saß da, den Kopf in die Hände gestützt. Die eine Frau brachte ihm ein Glas Wasser, während die andere ihm ein leichtes Tuch um die Schultern legte. Twila setzte sich neben ihn, kontrollierte zuerst seinen Puls und fühlte dann seine Stirn. Sie stellte der einen Frau ein paar Fragen und notierte ihre Antworten in einem kleinen Notizbuch.

»Leichtes Fieber. Ich möchte ihn nach Albuquerque bringen. Wir sollten nichts riskieren.«

»Ich hole die Sanitäter und den Kliniktransporter und rufe den IHS an. Kannst du uns folgen?«, fragte Ben Julie.

Es war spät am Nachmittag, als Ben das Krankenhaus in Albuquerque erreichte. Julie wartete am Empfang auf ihn, während er Sandy Bericht erstattete. Peter Tenorio war ein in New Mexico berühmter Langstreckenläufer, weil er in Sandias den La-Luz-Lauf gewonnen hatte. Er war die Strecke schneller gelaufen als je ein Mensch zuvor. Und jetzt kämpfte er um sein Leben. Ein achtundzwanzig Jahre alter Mann, in guter körperlicher Verfassung und in der Blüte seines Lebens.

»Musst du sofort zurück?«, fragte Julie.

»Das sollte ich wohl. Ich muss mich mit seiner Familie treffen. Ich kann mit den Sanitätern mitfahren.«

»Es macht mir nichts aus zurückzufahren.« Julie lächelte, nahm seine Hand und sie gingen zusammen zum Parkplatz.

In Julies Miata saß er ein wenig beengt, aber er bemerkte es kaum, denn sie lockte ihn aus der Reserve, ermutigte ihn, über sich, seine Familie und seine Zukunft zu sprechen. Sie handelte als Freundin nicht als Journalistin. Er erfuhr etwas über Wayne, und über das Versprechen ihres Chefs, das wie ein Hauptgewinn vor ihrer Nase baumelte, und über Mom und Dad in Phoenix, die gerne hin und wieder vorbeikamen, auch wenn sie nicht eingeladen waren.

Er sah zu, wie die untergehende Sonne ihre Haare kupfergold färbte und ihre Haselnussaugen wärmer aussehen ließ. Er streckte sich, ließ einen Arm auf ihrer Rücklehne liegen und fühlte, wie ihre Haare an seiner Haut entlangstrichen. Sie roch frisch, wie ein Lufthauch, der Regen verhieß. Trotz der Hitze sah sie knackig aus. So hätte er sie eigentlich nicht beschrieben. Aber knackig war gar nicht falsch.

Er sprach über seine Mutter und die Geschichtenerzählerin und versprach, ihr die Figur zu zeigen. Und Julie war an seiner Herkunft interessiert – an ihm. Ganz vorsichtig richtete sie ihre

Schultern auf, sodass nackte Haut seinen Arm berührte. Er drängte die Vorstellung zurück, wie sie beide nackt aneinander gedrückt daständen, ehe er ihren Körper mit den Fingern, seiner Zunge …

»Ist es hier?« Julie war in eine ungepflasterte Straße mit Lehmziegelhäusern eingebogen. Er lotste sie ein bisschen, und schon standen sie vor dem Haus seiner Großmutter. Es waren jetzt weniger Autos da als vorher, aber die Straße war an manchen Stellen immer noch blockiert.

»Möchtest du reinkommen?« Ben machte keine Anstalten auszusteigen.

»Lieber nicht.« Julie hielt inne und fügte dann rasch hinzu, »Ich muss morgen früh aufstehen.« Er glaubte nicht, dass das der wahre Grund für ihre Absage war. Er beugte sich zu ihr, legte seine Hände auf ihr Gesicht und zog sie zu sich. Ihre Lippen öffneten sich und ihr Arme legten sich um seinen Hals. Der Kuss dauerte lange, und er konnte fühlen, wie ihr Atem schneller wurde und mit seiner eignen Erregung Schritt hielt. Sie zog sich zurück.

»Ich werde jetzt richtig prüde sein und sagen, dass ich wirklich losmuss.« Sie klang ein wenig atemlos. »Und vielleicht sagt mir eine leise Stimme, dass ich unsere Beziehung auf der professionellen Ebene halten soll.«

»Willst du das?«, fragte Ben.

»Das hat nichts mit Wollen zu tun. Ich glaube einfach, dass es das Beste ist«, sagte sie reumütig.

»Es besteht immer die Möglichkeit, dass Dinge sich ändern.« Ben lächelte und öffnete dann die Autotür. »Ich laufe ja nicht weg.«

»Ich glaube, ich auch nicht.«

Diesmal war der Kuss beinahe keusch. Dann stieg er aus, lief über den sandigen Boden vor dem Haus seiner Großmutter und drehte sich noch einmal um, um ihr zu winken.

Das schrille Klingeln drang in Sandys Bewusstsein. Er drückte ein Kopfkissen gegen die Ohren. Seine Frau rekelte sich und drehte sich dann zur Wand. Dienstagmorgen. Warum ging der Wecker, obwohl es noch dunkel war? Er griff nach dem Leuchtzifferblatt und grinste als der Wecker auf den Boden klatschte. Er drehte sich auf den Rücken, als das Klingeln erneut begann. Das Telefon. Er setzte sich auf, hellwach und schaute zu Boden. Die Uhr war um vier Uhr stehen geblieben.

»Ja?«

»Dr. Black, dem jungen Mann, der heute Nachmittag eingeliefert wurde, geht es schlechter. Der Doktor hätte Sie gerne hier.« Die Stimme der Nachtschwester klang dringend.

»Wer hat Bereitschaft?«

»Dr. Burns.«

Ein älterer Arzt. Keiner, der unnötig Panik machte. Es musste ernst sein. Er saß im Auto, noch ehe er an seinen Pieper gedacht hatte. Eine nervende Erinnerung an die Wirklichkeit, aber er bestand immer darauf, dass alle Ärzte einen trugen. Er fand ihn auf dem Küchentisch, befestigte ihn am Gürtel und kontrollierte die Batterien.

Ein junger, im Sterben liegender Mann. Sie hatten um sein Leben gekämpft. Eine Behandlung auf gut Glück mit einem Breitbandmedikament war so, wie eine Hand voll Sand gegen die Wand zu werfen und zu hoffen, einen stecknadelgroßen Bösewicht zu treffen. Bis jetzt hieß es beim CDC, dass die Tests noch kein aussagekräftiges Ergebnis hervorgebracht hätten. Nicht aussagekräftig. Wenn ihn ein Wort verrückt machen konnte, dann dieses.

Die beginnende Morgendämmerung nahm dem Indianischen Krankenhaus die Farbe. Es stand blass und dunkel da. Sandy parkte weit hinten und joggte über den Parkplatz. Sechs Autos standen in der halbrunden Einfahrt der Notaufnahme. Wahrscheinlich Verwandte.

Als er oben an der Treppe angekommen war, sah er die Mitglieder der Familie des jungen Mannes in der Halle warten. Er blieb kurz stehen, legte einem Mann die Hand auf die Schulter und munterte eine junge Frau, die an der Wand lehnte, mit ein paar Worten auf. Er konnte nur hoffen, dass er keine Lügen erzählte.

Er drückte die Tür zum Untersuchungsraum auf und nickte Dr. Burns zu. Der Mann auf dem Tisch war an das Beatmungsgerät angeschlossen und hing am Tropf. Dr. Burns sagte etwas zu einer der Schwestern und folgte Sandy aus der Tür in die Halle.

»Können wir in Ihrem Büro sprechen?«

Sandy konnte an seinem Gesicht sehen, dass es nicht gut stand. Sie gingen in sein Büro, und er schloss die Tür hinter ihnen.

»Es sieht nicht gut aus. Können Sie sich vorstellen, dass ein Langstreckenläufer, der in ausgezeichneter Verfassung ist, um sein Leben kämpft?«

»Gab es irgendwelche Anzeichen?«, fragte Sandy.

»Nein, keine. Die Familie dachte, er wäre einfach erschöpft vom Tanzen. Er hat in der Woche davor gefastet. Also schien es normal, dass er müde war. Und es war gestern heiß dort.« Dr. Burns lehnte den Stuhl ab, den Sandy für ihn frei geräumt hatte. »Ich muss mit der Familie sprechen. Sie vorbereiten.«

»Lassen Sie es mich wissen, wenn sich irgendetwas tut«, meinte Sandy.

Er sah Dr. Burns nach und drehte sich dann mit seinem Stuhl zum Computer. Erstens musste die mysteriöse Krankheit jetzt als Epidemie bezeichnet werden. Das war kein Begriff, den die staatlichen Gesundheitsbehörden leicht schlucken würden, aber es war jetzt so weit. Zweitens musste er die Wartungsleute sprechen, damit sie eine Station am Ende der vierten Etage abtrennten. Er dachte an zehn Betten. Die Wartungsleute mussten den Bereich außerdem neu belüften. Eine neue Belüftung und neue Kompressoren. Die Luft in der Station konnte nicht wieder verwendet werden. Die gesamte Luft musste abgeleitet werden. Das war ein normales Verfahren für Intensivstationen. Er hoffte, dass die vor ein paar Jahren durchgeführten Umbauten die Umleitung der Belüftung nicht erschweren würde.

Viertel vor fünf. Es klopfte. Dr. Burns stand da, sah Sandy an und schüttelte den Kopf. Tot. Ein junger Mann in den Zwanzigern. Sandy griff nach dem Telefon. Pres war normalerweise früh im Labor. Sie mussten in die Gänge kommen. Ein Labor in New Mexico einrichten. Am besten auf dem IHS-Gelände. Der Zementblock des Wartungsgebäudes war am leichtesten umzubauen.

»Ich bin mit einem Labor vor Ort einverstanden. Ich kann Laboranten abstellen und bis Freitag bei Ihnen haben. Das Gleiche gilt für die Ausstattung. Bis zum Wochenende haben Sie alles, was Sie brauchen.«

Pres versicherte Sandy, dass er ihm noch Einzelheiten durchgeben werde. Aber Sandy musste sein Team mit dem Umbau beginnen lassen. Gott sei Dank hatten alle Pieper. Er rief den Wartungschef an. Sandy brauchte die Station bis zum Mittag. Er schrieb sich selbst eine Notiz. Die Dienst habende Schwester sollte den Vorrat an Atemmasken, Handschuhen und Kitteln kontrollieren und um sieben Uhr dreißig eine Teambesprechung anberaumen.

Der Wartungschef rief sofort zurück. Ja, der Umbau hatte die Umleitung der Luft aus bestimmten Bereichen des Krankenhauses vorgesehen. Er meinte, die Station auf der vierten Etage einzurichten sei kein Problem. Er stützte seine Annahme auf ein paar Pläne, die er zu Hause hatte, würde das aber noch bestätigen, sobald er im Krankenhaus sei. Das Wartungsgebäude benötigte die gleiche Ventilation, verstärkte Türen, und wahrscheinlich mussten die Fenster abgedichtet werden. Er klang nicht begeistert über die Frist von zweiundsiebzig Stunden, aber Sandy wusste, er würde es schaffen.

In der Station sollten keine Besucher erlaubt sein. Sandy beschloss, Warnschilder am Empfang aufstellen zu lassen. Das Team in der Klinik in Tewa musste vergrößert werden. Vielleicht eine weitere Ambulanz einrichten. Er würde das mit Twila diskutieren. Die Ärzte vom IHS in Albuquerque mussten kürzere

Schichten machen und die Dienstpläne geändert werden, um zwei Ärzte für die Nachtschicht zu haben.

Sie hatten Blut und Gewebeproben von Bens Großmutter, dem Latino- Bauarbeiter und jetzt von Peter Tenorio. Und es gab die fünf vorherigen Toten einschließlich des Gouverneurs. Es gab keinen Grund anzunehmen, sie hätten nichts miteinander zu tun. Die Symptome waren die gleichen, nur ihr Alter war verschieden. Es waren jetzt acht Tote.

Er musste sich beeilen, neue Geräte zu bekommen. Er wusste, dass das Krankenhaus mindestens zwei neue Ventilatoren brauchte. Er musste sicherstellen, dass die Klinik in Tewa einen davon bekam. Und ein Gerät, das Luft in die Lungen drückte, während das Wasser abgesaugt wurde, konnte wahrscheinlich Leben retten, wenn es früh genug eingesetzt wurde. Zeit. Das war das Einzige, wovon sie nicht genug zu haben schienen.

»Santa Fe auf Leitung eins«, sagte Gloria von der Tür aus.

»Wer?« Sandy hatte immer noch die Dockers und das Sweatshirt an, das er sich um vier Uhr morgens übergezogen hatte. Er sah auf die Uhr. Halb zwölf.

»Jemand Wichtiges.«

»Haben Sie einen Namen?« Sandy versuchte, nicht genervt zu wirken.

»Nur einen Titel.«

»Und?«

»Sie ist eine Direktorin.«

»Danke.« Sandy drückte den blinkenden Knopf.

»Dr. Black.«

»Sharon Walter, Fremdenverkehrsamt New Mexico. Wenn ich den Zeitungen glauben darf, haben wir einen weiteren Toten?« Sie wartete nicht auf seine Antwort. »Und wenn ich den Zeitungen weiter glauben darf, haben Sie keine Ahnung, was die Leute umbringt. Sagen Sie, was tun Sie eigentlich, außer die Leute zu Tode zu erschrecken?« Ihre Stimme wurde lauter und schwankte ein wenig. »Ich habe aus den ganzen Vereinigten Staaten Anrufe bekommen. Vier der wichtigsten Hotels in Albuquerque haben vierzig Prozent weniger Reservierungen als im gleichen Zeitraum des Vorjahres.«

Sie hielt inne, um Atem zu holen. »Die Messe steht vor der Tür und das Ballonfest. Manche Geschäftsleute verdienen während des Ballonfests so viel, dass sie den Rest des Jahres davon leben können. Jetzt kommen die meisten Sommerbesucher in unsere Nationalparks und zu unseren Denkmälern, ehe die Schule wieder anfängt. Die nächsten dreißig bis sechzig Tage werden die Wirtschaft New Mexicos retten oder ruinieren. Verstehen Sie das?« Sandy hörte dem aufgeregten Ton ihrer Stimme zu und wünschte, er wäre nicht so müde. In einem Staat, in dem fünfzigtausend Menschen Lohnschecks aus der 2,8 Milliarden Dollar umsetzenden Tourismusbranche bezogen, konnte er durchaus Verständnis dafür aufbringen.

»Ich glaube, es geht nicht darum, den Ernst der Lage zu begreifen. Eine Epidemie ist immer ...«

»Epidemie? Sie benutzen ein Wort wie Epidemie?« Sandy hielt den Hörer von seinem Ohr weg. Besser. *»ABC World News Tonight* hat einen Sonderbericht gebracht, in dem einige medizinische Halbidioten zitiert wurden, die Touristen vor New Mexico warnen. Und jetzt benutzen Sie das Wort ›Epidemie‹? Rotten Sie sich jetzt mit denen zusammen und lassen Außenstehende den Staat zumachen? Haben Sie überhaupt eine Ahnung, wie lange es dauert, bis sich New Mexico von so eine Anti-Werbung erholt?«

»Hat sich jemand wegen einer Richtigstellung an *ABC World News* gewandt?«

»Peter Jennings hat versprochen, noch einmal neu zu formulieren, was der Fachidiot gesagt hat, aber der Schaden ist bereits entstanden.« Ihre Stimme klang jetzt, als wäre die Luft raus. Der Hurrikan war vorbei.

»Wie kann ich Ihnen nur glaubhaft machen, dass wir so schnell und so verantwortlich wie möglich arbeiten? Vierzig Ärzte der Regierung und Gesundheitsbeamte werden sich an diesem Wochenende im Landeslabor von New Mexico treffen, um eine Strategie für die Erforschung und Eindämmung der Krankheit auszuarbeiten. Ich werde Ihnen die Entscheidungen persönlich mitteilen.« Sandy rechnete mit einer weiteren Standpauke und war nicht darauf vorbereitet, am anderen Ende der Leitung ein Klicken zu hören. Aufgehängt. Sie hatte einfach aufgehängt. Er mochte Hysterie nicht.

»Dr. Black? Sie sollen sofort nach oben kommen«, sagte Gloria. Ihre kurze stämmige Figur füllte den Türrahmen.

»Stimmt was nicht?«

»Wieder jemand mit der mysteriösen Grippe. Peter Tenorios Verlobte. Sie haben sie gerade eingeliefert.«

»Ich bin schon unterwegs.«

Die zweite Etage sah noch genau so aus wie um halb fünf Uhr morgens, nur die Gesichter der Verwandten, die sich in der Halle drängten, hatten gewechselt. Sandy nickte zur Begrüßung und ging durch die Tür in das Behandlungszimmer. Die junge Frau trug noch Straßenkleidung, aber er erkannte in ihr die Frau, die letzte Nacht in der Halle gestanden hatte. Sie war noch nicht von der Trage losgebunden worden.

»Zu spät.« Einer der neuen Ärzte zog seinen Atemschutz ab und ging auf Sandy zu.

»Symptome?«, fragte Sandy.

»Die gleichen. Sie ist bei der Trauerfeier für ihren Verlobten zusammengebrochen.«

»Das lässt auf ein Virus schließen«, meinte Sandy.

Das quadratische Gebäude, früher grau und unauffällig hinter dem Krankenhaus versteckt, stach nun im Glanz der schimmernden Leitungen auf seinem Flachdach und durch einen neuen weißen Anstrich ins Auge. Zwölf Spezialisten wechselten sich rund um die Uhr ab, gaben Daten ein und Testergebnisse, Bens Befragungen, die Krankengeschichte der UARDS-Opfer aus den ganzen Vereinigten Staaten, alles was bei der Eingrenzung hilfreich sein könnte. Krankheitsübertragung und Risikofaktoren waren vordringliche Fragen.

Weitere sechs Spezialisten führten Tests an Blut-, Gewebe- und Sekretproben von Mund und Nase durch. Beide Gruppen suchten nach Gemeinsamkeiten. Sandy managte das Krankenhaus und verbrachte möglichst viel Zeit am Mikroskop.

»He, alle mal herhören, mir fehlen immer noch zwei Dollar. Der Pizzamann wartet.«

Ein junger Laborant war für das Abendessen verantwortlich. Sandy zog eine Grimasse. War das nicht schon der dritte Abend hintereinander, an dem sie Pizza aßen? Er war wahrscheinlich der Einzige, der auf seinen Cholesterinspiegel achtete. Aber er wollte ihnen keine Vorhaltungen machen. Er mochte anderer Meinung sein als sie, was das Essen betraf, aber an ihrer Hartnäckigkeit und Brillanz bei der Forschung gab es nichts auszusetzen.

In der Woche seit Bestehen des Labors waren die üblichen Viren untersucht und ausgeschlossen worden, die die Atemwege angriffen. Zuerst Grippe-, dann Drüsenviren, Cytomegaloviren und so weiter. Als Nächstes untersuchten sie Gifte, Herbizide, Schwermetalle und giftige Gase. Es kam nichts dabei heraus. Dann ansteckende Krankheiten, Malta- und Queensland-Fieber. Wieder nichts. Niemand wollte sagen, dass es etwas »Neues« sein könnte, bis alle anderen Möglichkeiten ausgeschlossen worden waren.

Als die zweite Woche begann, hatte Sandy den Eindruck, die Gruppe sei unzufrieden. Die Frustration war groß, es wurde kaum noch gescherzt. In dem Labor in Albuquerque und dem CDC in Atlanta waren insgesamt fünfundzwanzig Krankheiten getestet und ausgeschlossen worden. Das plötzlich auftretende Wasser in den Lungen war das Bindeglied zwischen allen Opfern. Es war aber auch der größte Stolperstein. In Nordamerika gab es kein hämorrhagisches Fieber. Und nicht eins der Opfer war im Ausland gewesen oder hatte mit Ausländern zu tun gehabt.

5

Johnson hatte heute Morgen einen klaren Kopf. Seit Tagen hatte er zum ersten Mal richtig durchgeschlafen. Dies war der Moment. Der Tag, auf den er gewartet, nein, für den er gearbeitet hatte. Selbst seine Frau schien erleichtert, dass er nicht mitten in der Nacht aufgewacht und im Haus herumgewandert war. Sie machte noch nicht einmal eine Bemerkung, als er unter der Dusche falsch pfiff. Er aß ein üppiges Frühstück mit Eiern und Schinken, Tortillas und Bohnen und nahm sich dann fünfzehn Minuten Zeit, nur um sich zu frisieren. Plötzlich war die Welt ganz wunderbar.

Der weiße Chevy Suburban fuhr sich wie ein Panzer. Er hätte lieber nur noch den Ford Bronco gefahren, aber dies war eine offizielle Stammesangelegenheit. Deshalb musste er den offiziellen Wagen mit dem Stammeswappen an beiden Türen nehmen. Er war auf dem Weg zu den Andersons in Santa Fe. Heute Abend würde er ein reicher Mann sein. Ein sehr reicher Mann. Dies war der Tag. Er konnte seine Begeisterung kaum zügeln. Als der ehrbare Johnson Yepa, neuer Gouverneur von Tewa Pueblo, würde er die Dokumente unterschreiben und das Glücksspiel auf indianischen Boden bringen. Das erste Spielkasino in einem Pueblo.

Johnson manövrierte durch den Verkehr der Interstate 25. Er würde zu spät kommen. Das war dann indianische Zeit. Es war allgemein bekannt, dass die Indianer nie auf die Uhr sahen. »Pünktlichkeit« bedeutete ihnen nichts. Abgesehen davon, was sollten sie schon machen? Sie brauchten ihn genauso, wie er sie brauchte. Sie mussten nett zu ihm sein. Sie mussten ihn bezahlen.

Johnsons Gedanken verweilten einen Moment bei seinem Wunschzettel. Das Motorboot war immer noch Nummer eins. Er hatte sich fast entschieden. Eines dieser neuen meterlangen Dinger mit vielen PS. Eins, das er auf einem Anhänger nach Arizona bringen konnte, vielleicht zusammen mit ein paar Freunden. Oder er ließ es einfach in Elephant Butte, dann konnte er immer hinfahren, wenn ihm danach war. Aber ein Wagen war auch verführerisch. Ein rotes Cabrio. Er hatte sich nun endgültig für den neuen Caddy entschieden.

Die Abfahrten nach Santo Domingo und San Felipe Pueblo flogen vorbei. Er lachte. Vielleicht würde er das Pueblo dazu bringen, ihm einen Caddy zu kaufen und die offiziellen Wappen an dessen Türen anzubringen. Er würde für fünfundsiebzig bis hundert neue Jobs sorgen, vielleicht sogar für noch mehr. Der alte Gouverneur hatte die Ansicht vertreten, dass Glücksspiel das Dorf ruinieren würde. Wie oft hatte Johnson benachbarte Dörfer die Angebote ausschlagen sehen, mit deren Hilfe sie der Armut hätten entkommen können. Er würde es ihnen zeigen. In sechs Monaten würden seine Leute ihm dankbar sein.

Die Sirene erwischte ihn in einem unaufmerksamen Moment. Er fuhr an den Rand und holte seine Papiere heraus. Der Polizist war jung. Johnson kannte ihn nicht. Schade. Wenn er beruflich unterwegs war, bekam er normalerweise keine Strafzettel.

»Ihren Führerschein bitte.«

»Ist etwas nicht in Ordnung, mein Sohn?« Johnson setzte seine beste »ich-habe-doch-nicht-etwa-etwas-falsch-gemacht«-Stimme ein, aber er hatte so eine Ahnung, dass das mit diesem Jungen nicht funktionierte.

»Tja, Sie sind 110 Stundenkilometer gefahren. Auf diesem Stück der I-25 sind aber nur 90 erlaubt. Sie scheinen es ja sehr eilig zu haben.« Johnson gab ihm den Führerschein und die Wagenpapiere. »Ich überprüfe sie kurz und bin gleich zurück.« Der junge Polizist ging zu seinem Streifenwagen. Johnson wartete. Er wollte nicht an die Andersons denken. Vater und Sohn waren beide Pünktlichkeitsfanatiker. Johnson sah zu, wie ein Kaninchen von einem Chamisabüschel zum nächsten hoppelte.

Das gab ihm Zeit, seine Gedanken zu sammeln, sich zu überlegen, was er sagen würde. Wie konnte er neun Tote erklären, wenn doch nur der Gouverneur hatte sterben sollen? Jener Nachmittag stand noch deutlich vor ihm. Der Gouverneur stand in der Tür und wartete darauf, mit Johnson zu reden, ehe er über den

Parkplatz ging, um an einem Treffen des Ältestenrates im Gemeindezentrum teilzunehmen. Johnson ging mit dem Päckchen Kerne in der Hand in sein Büro. Die Kerne, die er von der Investorengruppe bekommen hatte – Kürbiskerne, die Lieblingskerne des alten Mannes.

Johnson überlief ein Schauer. Er konnte den Gouverneur hören, wie er ihn fragte, ob er zum Treffen mitkam. Johnson versprach, später vorbeizukommen. Er fühlte noch immer das Prickeln des Schweißes, der sich auf seiner Oberlippe gebildet hatte, als er das Tütchen geöffnet und dem Gouverneur die Kürbiskerne angeboten hatte. »Nicht sehr clever«, hatte der Gouverneur gesagt. Dann hatte der Gouverneur – Johnson durchlebte diese Szene wieder und wieder – das Tütchen, das ganze Tütchen genommen und den Inhalt schnell in einen Korb auf seinem Schreibtisch geschüttet, in dem schon andere beigefarbene, flache Kerne lagen und den Inhalt vermischt, indem er das Körbchen ein paar Mal schüttelte. Dann war er aufgestanden und mit dem Korb unter dem Arm aus der Tür gegangen.

Johnson war vor Schock handlungsunfähig gewesen. Was hätte er tun sollen? Noch ehe er eine Entscheidung treffen konnte streckte Mary, die Sekretärin, ihren Kopf zur Tür herein. Sie brauche Johnsons Unterschrift auf einigen Fahrtbelegen, und zwar sofort. Er folgte ihr in den Empfangsbereich.

Er hatte keine Zeit gehabt nachzudenken. Er konnte nicht einfach dem Gouverneur den Korb aus der Hand reißen. Seine Hände wurden feucht, als er jetzt daran dachte.

Als die Touristen auf der Suche nach dem Zentrum für indianisches Kunsthandwerk hereingekommen waren, hatte er die Gelegenheit ergriffen und das Gebäude verlassen. Er ging mit ihnen hinaus in den Sonnenschein und stand auf dem Parkplatz und plauderte mit ihnen – was sich lohnte und was sie für einzelne Sachen bezahlen sollten. Sie dankten ihm überschwänglich und fuhren davon. Zwei Kinder lehnten sich aus den Fenstern und winkten.

Und dann war ihm das Päckchen wieder eingefallen. Der Gouverneur hatte es auf die Ecke des Schreibtischs gelegt. Das Päckchen war das Einzige, das irgendjemanden in Schwierigkeiten bringen konnte. Der Gouverneur hatte die Kürbiskerne. Dieser Teil des Plans war ausgeführt. Er stürmte in das Büro des Gouverneurs und ging zum Schreibtisch.

Aber es war nicht mehr da gewesen. Er holte tief Luft, schloss die Augen, zählte bis zehn und öffnete sie. Es war einfach nicht mehr da. Das glänzende Tütchen aus Aluminiumfolie war nirgendwo. Er hockte sich hin, um mit einer Hand unter dem schweren Mahagoni-Schreibtisch entlangzufahren. Er kroch um ihn herum und zog sich an dem Plastikgleiter unter dem Stuhlbein einen Faden an seiner Hose. Sein Herzschlag wurde so laut, dass es in seinen Ohren hämmerte. Er hörte nicht, dass Mary hereinkam, bis sie ihn fragte, ob er etwas verloren hatte.

Er nahm einen Briefumschlag vom Schreibtisch und sagte, er suche nach einem Aluminiumbeutel in dieser Größe. Sie hatte nichts gesehen. Jede weitere Frage wurde durch das Eintreten des Gouverneurs unterbunden. Es waren nicht genügend Mitglieder gekommen, deshalb war das Treffen verschoben worden. Johnson erinnerte sich, wie begeistert er gewesen war, den Korb mit den Kürbiskernen in seiner Hand zu sehen.

Johnson schaffte es irgendwie aus dem Raum und zurück in sein Büro. Er setzte sich und drehte sich mit dem Stuhl. Die Bewegung beruhigte seine flatternden Nerven. Dann unterbrach die Putzfrau, die den Müll ausleeren wollte, seine Träumereien. Und in dem Moment wusste er, dass sie das Tütchen hatte. Es war schließlich leer. Es sah nach Abfall aus. Er kämpfte gegen den Impuls, die rundliche Frau, die mit schief sitzender Schürze vor ihm stand, zu umarmen.

Aber das erklärte nicht den Tod von Peter Tenorio und seiner Verlobten oder des Bauarbeiters. Die fünf alten Leute waren wahrscheinlich bei dem Ältestenrattreffen mit dem Gouverneur gewesen. Er musste ihnen die Kürbiskerne angeboten haben. Was war also mit den anderen geschehen? Wie konnte diese mysteriöse Grippe ansteckend geworden sein? Aber lag das nicht sowieso alles an der Vergrößerung des Friedhofs? Jenseits von Johnsons Verständnis und sicherlich außerhalb seiner Kontrolle. Es würde nur noch drei Tote geben. Es gab noch drei freie Gräber. Daran musste er denken.

»Alles in Ordnung. Hören Sie? Hallo?« Der junge Polizist zuckte die Schultern. »Ich brauche Ihre Unterschrift.« Der Streifenpolizist lehnte sich in den Wagen und deutete auf eine gepunktete Linie an der Seite des Strafzettels.

Johnson rieb seine Hände an einem Papiertaschentuch aus dem Behälter auf dem Armaturenbrett ab. »Ich habe ein sehr wichtiges Treffen mit Anderson & Anderson Investment in Santa Fe. Ich bin der Gouverneur von Tewa Pueblo.« Er setzte sich gerade hin und fügte hinzu: »Ich bin in offiziellen Stammesangelegenheiten unterwegs.« Er betonte das Wort Stamm und wartete. Der Polizist stand einfach da. »Ich denke, Sie könnten ein Auge zudrücken.« Diesmal lächelte Johnson. Aber nicht so breit, dass man seinen Backenzahnlücke sehen konnte.

»Tja, danke diese Information. Aber ich bin nicht befugt, einen Strafzettel zu ändern. Ich mache eine Notiz, dass Sie in offizieller Angelegenheit unterwegs sind.« Der Streifenpolizist balancierte den Block auf der Fensterkante und machte eine Notiz. »Könnten Sie nun bitte hier unterschreiben.« Er zeigte wieder auf die gepunktete Linie. Johnson unterschrieb, steckte den Führerschein zurück in die Brieftasche und warf die Fahrzeugpapiere zusammen mit dem Strafzettel zurück ins Handschuhfach. Er ließ den Streifenpolizisten vorfahren.

Johnson bog fünfundvierzig Minuten zu spät in die Einfahrt zu dem ausladenden Bürokomplex von Anderson & Anderson auf der Cerillos Road ein. Er bewunderte sich selbst in der bronzefarbenen Glasfassade, als er auf die handgeschnitzten Mahagonitüren zuging. Es gefiel ihm, wie der Bund seiner schokoladenbraunen Farah-Hosen auf der Hüfte saß. Der Kragen des dazu passenden kakaofarbenen Seidenhemds stand offen und gab den Blick frei auf die schwere Goldkette mit den Goldnuggets und dem Türkisanhänger. Er war froh, dass er anderthalb Zentimeter hohe Sohlen in die Stiefel eingelegt hatte. Die zusätzlichen Zentimeter brachten es. Er fühlte sich wie ein Mann auf dem Weg zum Reichtum.

Die Sekretärin von Anderson, eine schlanke elegante Frau Ende vierzig, sagte etwas in ihre Sprechanlage und winkte ihn in Richtung der Nussbaumtür zu ihrer Rechten. Johnson lächelte und nickte, wohlwissend, dass sie ihn ignorieren würde. Sie mochten sich nicht. Er hatte sie einmal zum Mittagessen eingeladen, und sie hatte ihre Abneigung deutlich gezeigt. Johnson war es immer noch ein Rätsel, warum er sie überhaupt eingeladen hatte. Der Herausforderung wegen, vermutete er. Alles an ihr war ernst – das zu einem Knoten hochgesteckte Haar, die bis zum Hals geschlossene Bluse. Keine Brüste. Diese Frau hat die Beine schon lange nicht mehr breit gemacht, dachte er. Er drückte die Tür auf.

Die Andersons, Douglas senior und junior, standen am Fenster. Beide waren ähnlich gekleidet. Beide sahen ihn an. Johnson machte den Mund auf. Und wieder zu.

»Kommen Sie nicht mit diesen idiotischen indianischen Erklärungen. Sie sind verdammte fünfundvierzig Minuten zu spät.« Das Gesicht des alten Mannes war rot, seine Augen waren hell, kalt und blau. Wie die Augen des australischen Lamms, das seine Tochter mit nach Hause gebracht hatte, weil ein Auto es angefahren hatte.

»Der Gouverneur ist tot.« Johnson fand schließlich die Stimme wieder.

»Und wie viele gottverdammte Menschen noch?« Die Ader über dem Auge des älteren Andersons stand hervor, und Johnson bemühte sich, nicht hinzustarren. Aus Respekt sah er auf den Teppich.

»Hören Sie mir zu?«

Johnson sah hoch. Die Anglos wollten immer Augenkontakt. Seine Ohren und Augen funktionierten unabhängig voneinander.

»Sagen Sie mir …« Der alte Mann stotterte. »Sagen Sie mir, wie das passieren konnte.«

Johnson zuckte mit den Schultern. »Es waren fast alles alte Leute. Niemand weiß, was genau passiert ist. Die Tests laufen noch.«

»Das kommt noch dazu. Sie haben gelogen. Sie haben gesagt, es gibt keine gottverdammten Tests.« Seine Worte waren jetzt schrill. »Sie haben uns erklärt, es sei gegen die indianische Religion, einen Leichnam durch Untersuchungen zu entweihen. Sie haben gesagt, bei Ihrem Volk müssen die Toten bis Sonnenuntergang beerdigt sein.«

»Ja.« Johnson zog mit der einen Stiefelspitze eine Blume im Teppich nach. Das Motorboot wurde zu einem Kanu ohne Paddel. »Wir sind da irgendwie überrannt worden. Irgend so ein Infektionsspezialist beim IHS wollte ganz sichergehen.«

»Sichergehen? Mit was sichergehen?« Johnson fielen die geballten Fäuste des älteren Anderson auf. Seine Knöchel waren weiß.

»Beruhige dich, Dad. Das ist vielleicht gar nicht so schlecht, wie du denkst. Sechs waren schon älter. Es gibt auch so etwas wie Zufall.«

»Neun gottverdammte Zufälle? Glaubst du das, Junior?« Douglas senior drehte sich zu seinem Sohn um. Johnson warf einen Blick auf die Tür und rechnete jeden Moment damit, dass die ohne Titten hereinstürzte. Hoffentlich konnte sie nicht mithören.

»Hat Ihnen Ihr Labormensch irgendeine Garantie dafür gegeben, dass die Krankheit nicht ansteckend ist?«, fragte Johnson.

Der Senior drehte sich um, um Johnson in die Augen zu sehen, antwortete aber nicht. Johnson wusste, damit hatte er ihn. Wer konnte sagen, es sei allein seine Schuld? Im Bruchteil einer Sekunde wusste Johnson, dass der ältere Anderson seiner Quelle nicht hundert Prozent vertraute.

»Setzen wir uns, Dad. Wir müssen erst einmal hören, was Johnson zu sagen hat.« Der ältere Anderson sah schließlich weg und folgte seinem Sohn zur Couch. Die Andersons saßen an den äußeren Enden einer orangefarbenen Monstrosität aus Leder und sahen auf den Stuhl, auf dem er Platz nehmen sollte. Johnson setzte sich. Schon besser. Er schluckte.

»Einer der Tests hat lediglich bestätigt, dass eine alte Frau gestorben ist. Sie war achtundsiebzig und war schwach auf den Lungen. Es kann nicht sein, dass sie die ... dass sie die Krankheit bekommen hat«, sagte er wenig überzeugend. Johnson merkte, dass niemand über das hermetisch verschlossene Päckchen Kürbiskerne sprechen wollte. Jedenfalls nicht über seinen Inhalt.

»Haben Sie das Päckchen bei sich?« Das kam vom jüngeren Anderson.

»Ich habe es weggeworfen.«

»Ist das wahr?« Der ältere Anderson sah ihn eindringlich an. Johnson wünschte, er würde nicht so starren. Er fühlte sich immer komisch nach diesen Treffen. Der Mann war wahrscheinlich ein Hexer. Mit den Augen.

»Wollten wir nicht die Dokumente unterschreiben?« Johnson versuchte, das Thema zu wechseln.

»Wir machen die Vereinbarung mit Ihrem Einverständnis, das Kasino auf Tewa-Land zu bauen, heute fertig. Aber Dad und ich möchten lieber warten, bis diese Sache mit den Toten vorbei ist. Ich weiß, dass in den letzten zehn Tagen niemand mehr krank geworden ist, aber eine Pressekonferenz könnte jetzt einen falschen Eindruck erwecken. Meinst du nicht auch, Dad?«

»Ja. Es ist wichtig, nicht zu viel Aufmerksamkeit auf uns zu ziehen.«

»Wir stehen kurz vor dem Verhandlungsabschluss für eine Lizenz vom Bundesstaat New Mexico. Wir rechnen nicht mit Problemen. Wir haben die Unterstützung einiger anderer Pueblo-Gouverneure und Dad hat enge Beziehungen zu den Gesetzgebern des Landes. Wenn alles läuft wie geplant, sind die Bagger am

Montag wieder da. Sie können dann allmählich mit den Arbeiten beginnen, bevor wir es öffentlich machen. Hört sich das gut an, Johnson?«

Johnson nickte. Er wusste nicht, ob er erst das Boot oder erst den Caddy kaufen sollte. Nein, er würde beim Boot bleiben.

»Wir zahlen Ihnen einen Teil der vereinbarten Summe jetzt. Sagen wir hunderttausend Dollar, und den Rest, wenn das Kasino eröffnet wird«, sagte Junior. Der ältere Anderson unterbrach ihn, »Wir stecken bis zum Hals drin. Verstehen Sie das?« Er sah Johnson an. Seine Augen schienen sich in Johnsons Stirn zu brennen. »Sagen Sie mir noch einmal, dass wir uns keine Sorgen zu machen brauchen. Sagen Sie mir, dass Sie alle Vorsichtsmaßnahmen getroffen haben.«

»Sicher. Es ist alles in Ordnung.« Johnson sah ihm fest in die Augen. Um ein Haar hätte er gesagt, dass der Friedhof fast voll war, dass die Todesfälle nun unter Kontrolle waren. Aber das tat er nicht. Er dachte nur daran, was er mit den hunderttausend Dollar kaufen konnte. Besser als nichts. Der alte Mann ging zum Schreibtisch und kam mit einem dicken Briefumschlag wieder.

»Hier. Die erste Rate.« Er klang ein wenig gereizt. Johnson nahm den Umschlag und ging.

Zweiter Teil

6

Der Morgen in Santa Fe war klar und heiß. Larry Bernowich trat zurück in den Schatten und wischte sich die Stirn ab. Wer sagt denn, dass die trockene Hitze besser war als die Feuchtigkeit von Peoria? Heiß war heiß, mit oder ohne Feuchtigkeit. Es war völlig windstill. Er sah auf die Fahnen vor dem Gouverneurspalast. Schlaff. So wie ein bestimmter Teil seines Körpers. Ferien und Flirts mochten zusammengehören. Ferien, Sex und zwei Kinder nicht. Er sah wohlwollend auf das Hinterteil seiner Frau, als sie sich vor dem Stand einer indianischen Händlerin bückte. Ein bisschen breit um die Hüften. Aber immer noch eine gut aussehende Frau.

Er sah auf die Uhr. Pfui. Das war im Urlaub nicht erlaubt. Anweisung von Marilyn. Er sah noch einmal kurz darauf und steckte die Uhr in die Hosentasche. Elf Uhr. Sie wollten in Albuquerque anhalten, damit Marilyn ihre Tante anrufen konnte. Das hieß, dass sie nicht vor dem Abend in Carlsbad ankamen.

Die Autofahrt nach New Mexico war Marilyns Idee gewesen. Sie wollte eine erholsame Fahrt. Halten und weiterfahren wie sie gerade Lust hatten. Sie hatte darauf bestanden, einen großen Kombi zu leihen, damit alle genug Platz hatten. Larry fand die Idee theoretisch gut. Aber die letzten fünf Tage hatten ihn fast in den Wahnsinn getrieben.

Er sah auf sein Handgelenk und fragte sich, wie lange es dauerte, bis er verinnerlicht hatte, dass die Uhr in der Hosentasche war. Marilyn und die Kinder sollten sich beeilen. Zu Hause bearbeitete Frank wahrscheinlich gerade die großen Bestellungen. Larry hoffte, dass es keine Probleme mit den Lieferanten gab. Marilyn wollte nicht, dass er an die Arbeit dachte. Er hatte es versprochen. Er hatte auch versprochen, im Schatten zu bleiben und nach Filmstars Ausschau zu halten. Aber er ging gar nicht oft genug ins Kino, um zu wissen, wer wer war. Geistesabwesend biss er an der Nagelhaut seines Zeigefingers herum.

»Dad. Dad. Guck mal, was ich bekommen habe.« Der siebenjährige Ryan rannte auf ihn zu und hielt etwas in der Hand, was wie ein Speer mit Federn und Lederbändern an der Seite aussah. Larry atmete erleichtert auf, als er sah, dass die Spitze aus Gummi war.

»Das ist toll, mein Sohn.«

»Ich auch, ich auch.« Amy war dicht hinter ihrem Bruder. Sie hüpfte auf ihren kurzen Beinen in die Luft und landete immer wieder auf ihren Nikes.

»Ich hab Ürbiserne.« Sie öffnete die schwitzige Hand und zeigte ihrem Vater ein Dutzend beigefarbene Kürbiskerne, die an ihrer Handfläche klebten.

»Ürbis-erne.«

»Kürbiskerne. Kürbis-kerne.« Ihr Bruder sprach es deutlich aus.

»Ürbis-erne«, wiederholte Amy trotzig und zog dabei auch die Silben lang, wobei ihre Stimme am Ende hoch ging.

»Schon gut, schon gut, Liebling. Lass mal sehen.« Larry nahm das Kind auf den Arm. »Wo hat sie die her?«, fragte er Marilyn.

»Von der Indianerin, bei der ich das Armband gekauft habe.« Marilyn sah bewundernd auf ein silbernes Armband mit großen eingesetzten Steinen. »Sie hatte einen ganzen Korb voll davon.«

»Kann man die essen?«, fragte Larry.

»Natürlich, sie sind wie Sonnenblumenkerne. Aber ich glaube, wir sollten unseren Appetit für das Mittagessen aufheben. Amy, lass uns die Kerne in ein Plastiktütchen tun, und sie für später aufheben.« Marilyn holte eine Tüte aus ihrer Tasche und half Amy, die Kerne hineinzutun. »Steck das Tütchen in deine Hosentasche.«

Larry rechnete mit Protestgeschrei. Mit ihren drei Jahren war

Amy selten bereit, das zu tun, was andere wollten. Überraschenderweise hielt sie sich diesmal an die Anweisungen ihrer Mutter.

Marilyn sah auf die Uhr. »Es ist zwanzig nach elf. Wir brauchen über eine Stunde nach Albuquerque. Ich denke, wir essen hier. Was meinst du, Schatz?«

Larry seufzte, nickte aber.

Larry wachte um fünf Uhr morgens auf. Er wusste jetzt schon, dass es ein furchtbarer Amy-Tag werden würde. Sie war nachts zweimal aufgewacht. Beim ersten Mal wollte sie Wasser trinken. Beim zweiten Mal war ihr zu heiß. Er war mit ihr aufgestanden. Die Klimaanlage im Fenster ihres Motelzimmers in Carlsbad gab mehr Krach als frische Luft von sich. Also erzählte er Amy, er würde es auf ihr Bett regnen lassen. Dann wäre es kühler. Er holte ein Glas Wasser und sprenkelte es auf ihrer Seite des riesigen Betts. Es war ein Spiel und Amy half, indem sie ihr Kopfkissen nass machte. Fünf Minuten nachdem Larry das Licht gelöscht hatte, saß Amy im Bett und schrie, ihr Bett wäre nass. Dieses Mal stand Marilyn auf und erklärte, wenn das Nassmachen der Laken so wunderbar wäre, könne er ja darauf schlafen. Amy wurde auf seine Seite des riesigen Betts neben Marilyn gelegt und er kroch neben Ryan. Amy hatte Recht; die Laken waren feucht. Larry wickelte sich in eine leichte Decke, stellte zwei Lehnstühle zusammen und einen Teetisch dazwischen. Es war nicht gerade ein Bett, aber es war trocken.

Larry lehnte sich an das Waschbecken und starrte in den Spiegel. Er fühlte sich wie gerädert. Ein Spaziergang wäre gut, um die hämmernden Kopfschmerzen loszuwerden. Vielleicht sollte er nach einem Vorwand suchen, um nicht wie geplant Stalagmiten in einer Tropfsteinhöhle bewundern zu müssen, sondern sich einfach ein paar Stunden aufs Ohr zu legen. Wenn er Glück hatte, gab es im Fernsehen ein Spiel der Cubs.

Er sah zum Bett und bemerkte, dass Marilyns Nachthemd bis zur Taille hochgerutscht war. Ein rundliches Bein hing verführerisch über die Bettkante. Verdammt. Zu jeder anderen Zeit war das eine offene Einladung. Besser gar nicht daran denken. Larry öffnete die Tür des Motelzimmers und schloss sie hinter sich.

Er war weniger als eine Stunde weg. Als er auf den langen Streifen Asphalt einbog, der zurück zum Zimmer 122 führte, sah er einen Krankenwagen. Er fing an zu rennen und erreichte die Tür gerade, als die Sanitäter eine Trage über die Fensterbank hievten und sich anschickten, sie in den Krankenwagen zu heben. Die kleine Gestalt war in eine Decke eingewickelt und an der Trage festgebunden. Amy. Eine Sauerstoffmaske verdeckte ihr Gesicht. Marilyn warf Amys Teddybär in seine Arme und griff nach Ryans Hand.

»Wir fahren im Kombi hinterher«, sagte sie.

Larry war zu überrascht, um Fragen zu stellen. Er schloss den Kombi auf; Ryan setzte sich vorne neben ihn, Marilyn nach hinten. Er konnte ihre Augen im Rückspiegel sehen. Sie waren vor Entsetzen geweitet, weil sie nicht wusste, was los war.

»Was …« Larry wollte fragen, was passiert war, aber sie schüttelte schnell den Kopf und deutete auf Ryan. Larry konzentrierte sich darauf, mit dem Kombi halbwegs dicht hinter dem Krankenwagen zu bleiben und überfuhr zwei rote Ampeln, um ihn nicht zu verlieren.

»Wow, Dad, das war wirklich scharf.«

»Ryan, schnall dich an.« Marilyns Stimme war schrill und schwankte. Als sie bei der Notaufnahme vorfuhren, war sie schon aus dem Kombi gestiegen, ehe Larry etwas sagen konnte. Er sah sie auf den Krankenwagen zurennen. Die Sanitäter zogen die Trage heraus, balancierten sie zwischen sich und brachten die Füße in die richtige Stellung. Dann spurteten sie los, schoben die Trage dabei vor sich her und durch die Schiebeglastür. Weg waren sie, verschluckt von dem vierstöckigen Gebäude. Larry parkte in aller Eile den Kombi und fand Marilyn im Korridor vor dem Behandlungszimmer.

»Sie haben gesagt, ich soll hier warten. Larry, ich habe es heute

Morgen nicht geschafft, sie aufzuwecken. Ihr Atem war so rasselnd.«

Er legte die Arme um sie. Er zog sie an seine Brust, ihr Körper wurde von Schluchzern geschüttelt. Er hatte sich noch nie so hilflos gefühlt. Er versuchte, Ryan aufmunternd zuzulächeln, spürte aber, dass das nicht funktionierte.

Ein Mann mit einem weißen Atemschutz kam aus dem Zimmer, als er sie bemerkte, nahm er den Atemschutz ab und streckte Larry die Hand hin.

»Ich bin Dr. Randolph. Ich habe noch keine Neuigkeiten, aber ihr Zustand ist stabil. Sie ist eine tapfere kleine Kämpferin. Eine Schwester soll Ihnen den Aufenthaltsraum zeigen und einen Kaffee bringen. Ich komme zu Ihnen, sobald ich etwas weiß.«

Zwei Stunden später zog der Arzt einen Stuhl zu ihnen heran. »Offen gesagt, ich bin erstaunt. Ich vermute, dass sie sich mit einer ziemlich heftigen Infektion der oberen Atemwege angesteckt hat, die dann schnell auf die Lungen geschlagen ist. Ihre Größe und ihr Alter sind dabei wichtige Faktoren. Im Moment ist sie stabil. Ich würde sie gerne für Tests nach Albuquerque bringen lassen. Dort sind sie besser ausgestattet.«

»Wird sie wieder gesund?« Larry und Marilyn hielten sich bei den Händen und suchten im Gesicht des Arztes nach der Wahrheit.

»Es spricht einiges dafür. Ihr Alter ist ein Pluspunkt und ich denke, was auch immer es ist – wir haben in einem frühen Stadium mit der Behandlung begonnen. Ich habe die Universitätsklinik angerufen. Heute Abend wissen wir mehr.«

Zurückhaltend, dachte Larry. Sie wollen sich nie aus dem Fenster hängen. »Kann ihre Mutter sie begleiten?« Als der Arzt nickte, sprang Marilyn sofort auf. Das waren nicht die Ferien, die sie sich vorgestellt hatten.

Sechs Uhr früh. Sandy fuhr drei Runden über den Parkplatz am Krankenhaus. Es gab keine Parkplätze. Schließlich öffnete der Sicherheitsmann die Schranke der Wartungszone und des Labors hinter dem Krankenhaus. Gute Idee. Sandy würde dort einen Wächter postieren und das Klinikpersonal am Hintereingang parken lassen.

Sandy beobachtete, wie ein Mann im Garten etwas mit einer Metallröhre machte. Zusätzliche Ventilationsröhren. Nur eine Vorsichtsmaßnahme. Der Mann hatte eine Schutzbrille auf und schweißte zwei lange Rohrstücke zusammen. Die blaue Flamme des Brenners wanderte über die Naht.

Sandy öffnete die schwere Kellertür. Alle Gerüche des Krankenhauses zogen an ihm vorbei: antiseptische Mittel, Lysol und das Donnerstagsmenü der Kantine, Leber mit Zwiebeln. Er lief die Rampe zum Aufzug hinunter und bemerkte, dass der Aufzug im zweiten Stock stand. Das Ding war unberechenbar. Die Hälfte der Zeit defekt. Er musste die Treppe nehmen.

Das Empfangs- und Wartezimmer war schon voll. Etwa dreißig Personen saßen an der Wand und ein weiteres halbes Dutzend warteten darauf, sich anzumelden. Der Mann am Empfang winkte ihm mit einer Hand voll Notizen zu.

»Gleich der erste ... ein Dr. Randolph aus Carlsbad hat schon dreimal angerufen.

»Randolph? Sagt mir nichts. Ich rufe zurück.«

Sandy sah runter zum Empfangsbereich, als er die Treppen zur zweiten Etage hochlief. Eine solche Krise hatte er noch nie erlebt. Nicht in den zwölf Jahren, die er jetzt im öffentlichen Gesundheitswesen arbeitete. Er warf einen Blick auf die Telefonnotizen. Hauptsächlich von IHS-Außenstellen, Gallup, Crownpoint, Santa Fe. Es war zu erwarten, dass sie auf andere Krankenhäuser zurückgreifen mussten, wenn die Sache größere Ausmaße annahm. Aus langer Gewohnheit öffnete er die Jalousien an den östlichen Fenstern seines Büros und stand einen Moment da, um die rosarote Färbung des Morgenhimmels zu genießen. Es mochte für den Rest des Tages der einzige ruhige Moment sein. Ein Post-it hing am Computermonitor. Wieder dieser Dr. Randolph. Sandy griff nach dem Telefon. Ted Randolph antwortete beim dritten Läuten.

»Dr. Randolph? Sandy Black hier. Ich habe um diese Uhrzeit mit einem Anrufbeantworter gerechnet. Ich soll Sie zurückrufen?«

»Danke, dass Sie sich melden. Vielleicht ist es nicht von Bedeutung, aber falls doch ... Sie verfolgen sicher jede Spur nach der Ursache des UARDS.«

»Hat es in Carlsbad Fälle gegeben?«

»Möglich. Ich habe erst nicht vermutet, dass ein Zusammenhang besteht, aber möglicherweise habe ich hier den zweiten nicht-indianischen Fall.« Sandy konnte hören, wie er in Papieren wühlte. »Ein drei Jahre altes Mädchen wurde am Sonntagmorgen um 5.30 Uhr in die Notaufnahme gebracht. Sie war komatös und hatte eine Lungenentzündung. Die Lungen fingen an, sich mit Wasser zu füllen. Wir haben ihr Antibiotika gegeben und sie beatmet. Wir konnten sie stabilisieren, aber ich habe sie in die Universitätsklinik bringen lassen, um sicherzugehen, dass alles unter Kontrolle ist. Ich höre, es geht ihr wieder besser. Sie kann schon Morgen entlassen werden.«

»Lebt sie in Carlsbad?«

»Nein, sie ist aus Illinois. Die Familie macht in New Mexico Urlaub. Ich glaube nicht, dass sie im Pueblo gewesen sind, aber vielleicht möchten Sie sie befragen. Manchmal sind Überlebende der Schlüssel zu den ungeklärten Fragen. Ihr Name ist Amy Bernowich.«

»Ich werde mit ihnen reden. Danke.«

Sandy saß eine Minute lang da und starrte das Telefon an. Eine Überlebende. Etwas, das sie nicht für möglich gehalten hatten. Aber was hieß das, wenn sich eine Touristin, die nie im Pueblo gewesen war, ansteckt? Das warf die Theorie um, dass die Angelegenheit örtlich begrenzt war und nicht sehr ansteckend.

Larry und Marilyn Bernowich trafen ihn an der Tür zu Amys Zimmer. Hinter ihnen spielte die Dreijährige mit ihrem Bruder ein Brettspiel. Dabei protestierte sie lauthals oder sprang begeistert auf dem Bett herum.

»Sie hat viel Energie«, sagte Sandy.

»Sie war so krank. Ich glaube wirklich, dass wir sie fast verloren hätten«, sagte Marilyn.

»Wir haben uns so erschrocken«, fügte Larry hinzu. »Dieses UARDS ist tödlich, nichts, womit man spaßen sollte. Ich sage das nicht gerne, aber ich bin froh, wenn wir aus New Mexico raus sind.«

»Das kann ich Ihnen nicht verübeln. Ich möchte Ihnen gern ein paar Fragen stellen, wo Sie in New Mexico waren, was Sie getan haben, was Sie gegessen haben. Könnten wir uns in die Halle setzen? Dort ist es ruhiger.« Sandy lächelte, als er die blonden Löckchen wütend herumtanzen sah, als Amy ihren Kopf hin- und herschüttelte, ehe sie schließlich das Brett ergriff und die Spielsteine auf den Boden schleuderte.

»Dr. Randolph sagte, dass Amy am Morgen des 10. August in die Notaufnahme gebracht wurde. Das war ein Sonntag. Gehen wir zurück zum Freitag. Können Sie mir erzählen, was Sie da gemacht haben?«

»Am Freitag waren wir in Taos. Wir waren bei einer Tanzvorführung auf dem Dorfplatz im Zentrum. Wir hatten in Angel Fire übernachtet und waren für den Tag nach Taos gefahren. Wir haben den ganzen Tag nicht auswärts gegessen, weil wir ein Apartment mit Kochgelegenheit hatten. Die Kinder sind schwimmen gegangen und dann sind wir nach Santa Fe gefahren. Ist das alles, Schatz?«, fragte Larry.

»Ja. In Santa Fe haben wir mehr Zeit verbracht. Wir haben in dem McDonald's am Stadtrand gefrühstückt und dort auch zu Mittag gegessen. Den Namen der Straße habe ich vergessen.«

»Haben Sie etwas angesehen? Sind Sie einkaufen gegangen? Haben die Kinder etwas Besonderes gemacht?«, fragte Sandy.

»Sie waren beide mit mir einkaufen. Wir haben im Zentrum in der Nähe des Platzes geparkt und unter dem Portal eingekauft, wissen Sie, dort wo die Indianer ihre Handarbeiten auf Decken anbieten«, sagte Marilyn.

»Haben Sie irgendetwas gekauft?«

»Dieses Armband.« Marilyn streckte den Arm vor.

»Und haben die Kinder etwas bekommen?«, fragte Sandy.

»Ryan hat einen Speer mit Gummispitze bekommen, den wir, glaube ich, in der Aufregung in Carlsbad vergessen haben«, meinte Larry.

»Und Sie alle haben nur bei McDonald's etwas gegessen?«

»Ja. Nein. Warten Sie.« Larry sah perplex aus. »Marilyn, was waren das für Kerne, die die Indianerin Amy gegeben hat?«

»Kürbiskerne. Amy nahm eine Hand voll aus einem Korb, den die Frau ihr hingehalten hat. Ich glaube nicht, dass sie welche gegessen hat. Es war kurz vor dem Mittagessen.«

»Erinnern Sie sich an den Namen der Verkäuferin? Oder woher sie kam?«, fragte Sandy.

»Nein, aber ich habe sie gebeten, ihren Namen auf die Quittung zu schreiben. Ich dachte, ich würde vielleicht noch etwas von ihr kaufen wollen. Ich habe die Quittung in meiner Tasche.«

Marilyn zog ein halbes Dutzend Quittungen aus ihrer Tasche und gab Sandy eine davon.

»Hier ist sie. Die Frau kam aus Tewa. Ist das nicht das Dorf, in dem die Leute sterben?«

»Ja, die Krankheit scheinen nur Menschen zu bekommen, die in Tewa wohnen oder kürzlich dort waren«, sagte Sandy.

»Mal sehen, ihre Unterschrift ist schwer zu lesen. Sieht aus wie Mary Toya. Kennen Sie sie?« Marilyn gab Sandy die Quittung.

»Es gibt mehrere Mary Toyas im Pueblo. Aber die Sekretärin des Gouverneurs heißt Mary Toya. Ich glaube, jemand hat mir erzählt, dass sie an den Wochenenden in Santa Fe verkauft. Sie haben nicht zufällig noch welche von den Kernen?«

»Ich habe Amy sie in ein Plastiktütchen stecken lassen, um sie aufzuheben. Ich weiß nicht, wo das Tütchen hin ist. Ich kann im Motel die Schmutzwäsche durchsehen, aber ich bin fast sicher, dass wir die Kerne weggeworfen haben.«

»Wenn Sie sie doch noch finden, rufen Sie mich an. Sie können sie in einen Umschlag stecken, meinen Namen draufschreiben und am Empfang abgeben. Kommen wir zu Albuquerque. Was haben Sie dort getan?«

Sandy wechselte das Band in seinem Aufnahmegerät aus und hörte sich einen Bericht über Anrufe bei Marilyns Tante an, wie sie in die Stadt kamen, über den Besuch bei ihr und die Weiterfahrt nach Carlsbad. Larry und Marilyn war immer noch durcheinander. Sandy brach die Befragung ab.

Er wusste nicht, ob sie eine große Hilfe gewesen waren. Es gab jedoch eine Verbindung zum Pueblo. Kürbiskerne. Waren die verunreinigt? Oder hatte diese Mary Toya die Infektion übertragen? Er benötigte auch einen ausführlichen Bericht der Ärzte, die Amy behandelt hatten. Als erste Überlebende war sie besonders wichtig.

In Lorenzos Taschen klimperten die Metallverschlüsse der Flaschen. Einmal in der Woche ging er zu dem Lebensmittelhändler am Highway und sammelte die Deckel auf, die neben dem Laden weggeworfen worden waren. In den Sommermonaten fand er am meisten. Dann versammelten sich ein paar Männer im Schatten und erzählten sich Geschichten oder zogen einen kaputten Truck neben das Gebäude und machten einen Ölwechsel.

Manchmal tauschte der Ladenbesitzer eine Hand voll Deckel gegen eine Flasche Soda oder ein Paket Twinkie-Teigröllchen. Heute hatte Lorenzo nur fünf Deckel gefunden, und drei davon waren platt gefahren. Er überlegte, sie wegzuwerfen, dachte aber dann daran, dass er großen Hunger hatte. Er würde sie gegen einen Tootsie-Pop-Lutscher eintauschen.

Er musste sich am Geländer festhalten, um die drei unterschiedlich hohen Stufen zur Veranda des Ladens hochzugehen. Er hielt oben einen Moment, um wieder zu Atem zu kommen. Manchmal, wenn der Atem ihn verließ, konnte er sehen, wie der Geist ihn aus seinem Mund zog. Er zog und brachte seine Lungen zum Brennen. Er klopfte auf seine Brust. Er bekam wieder Luft. Seine Seele hatte ihn noch nicht verlassen.

Er hob den Stock, um den Ladenbesitzer zu grüßen und trat

über die Schwelle. Der Laden war dunkel und kühl. Die hohen Regale warfen langen Schatten in die Gänge zwischen den Lebensmitteln. Lorenzo schaute sich gerne die Bilder auf den Konserven und Kisten an. Manchmal piekste er in einen Mehlsack und sah zu, wie eine weiße Wolke durch die Baumwolle entwich. Aber meistens öffnete er die Schiebetür des Gefrierfachs und fasste kleine Beutel mit Eisklümpchen und Eis am Stiel an, bis seine Hand taub wurde.

Heute wickelte er seinen Lutscher draußen aus, nachdem er die Flaschendeckel eingetauscht hatte. Der Ladenbesitzer hatte ihm auch einen Taschenkamm mit einem hellen Metallclip an der Seite gegeben. Er hielt den blauen Plastikkamm in die Sonne. Dann hielt er den Kamm vor seine Augen und sah die Welt farbig werden. Das Haus auf der anderen Straßenseite war blau, genauso das Straßenschild und die Tanksäule. Er umklammerte den Kamm und ging langsam Schritt für Schritt die Veranda des Ladens hinunter. Das war ein Schatz, den er in sein Versteck legen würde. Seine Enkelin war heute in die Stadt gefahren. Er war allein.

Er drückte die massive Holztür seines Zimmers auf, blinzelte und blieb ruhig stehen, bis er besser sehen konnte. Dann schloss er die Tür vor den Strahlen der Sonne. Er mochte sein Zimmer. In einer Ecke stand der Schaukelstuhl seiner Mutter, der nicht mehr schaukelte. Die Kufen, die die vier Beine verbanden, waren inzwischen abgeflacht. Die Wände waren aus rohen Ziegeln, sie waren weder verputzt noch weiß gestrichen worden. Lorenzo mochte die rohen Lehmblöcke, die der Mann seiner Enkelin am Flussufer gestochen hatte. Unkraut und Gras machte die Blöcke stabil und hielt sie davon ab auseinander zu bröckeln. Und sie waren leicht auszuhöhlen. Vor einigen Jahren hatte er mit einem Löffel ein Versteck für seine Schätze ausgehöhlt und den Lehm weit vom Haus weggebracht, damit es niemand bemerkte.

Vorsichtig ließ er sich mithilfe seines Stocks auf den Boden nieder, griff unter die Ecke des Betts und begann seine Schatztruhe zu leeren. Zuerst holte er die verschlissene Bibel hervor, die verzogen und von Mäusen angefressen war. Der Einband war verblichen und etwas schimmelig. Dann drei bunte Murmeln, die er am Spielplatz gefunden hatte, sowie ein zerfleddertes Bündel Federn, ein kleines Holzkreuz, einen Rosenkranz, eine alte Münze, einen Holzknopf, und schließlich ein glänzendes Tütchen mit einem metallenen reißverschlussähnlichen Verschluss.

Er stand auf und trug das Tütchen zum einzigen kleinen Fenster des Zimmers. Die Folie war hell und knisterte, wenn er sie drückte und glatt strich. Sie glänzte im Licht. Er kannte jemanden, der seinen Schatz wollte. Jemand, der ihm immer nachjagte. Aber Lorenzo war zu schnell für ihn. Der kleine Mann mit den hohen Absätzen hatte nicht gesehen, dass er ihn von dem Schreibtisch des Gouverneurs weggenommen hatte. Lorenzo kicherte und drückte seinen Schatz an sich.

Das Spielfeld zwischen Comanche Road und Pennsylvania Street in Albuquerque hatte nur dünnes Gras, dafür aber drei sechsstufige Tribünen für die Fans. Was bei Fußballspielen meistens Eltern bedeutete. Die Spiele der American Youth Soccer Organization kosteten keinen Eintritt. Ben Pecos hatte sich überreden lassen, eine Busladung zwölfjähriger Mädchen zu einem Auswärtsspiel zu begleiten, sie zu beaufsichtigen und ihr Trainer zu sein. Er war nicht sicher, ob er dafür qualifiziert war, aber die IHS-Mitarbeiter waren dazu angehalten, Zeit für Gemeindeaktivitäten abzuzwacken. Und er brauchte eine Pause von der Datensammlerei.

Auf der Fahrt wurde so viel gekichert, dass es bis ins nächste Jahrhundert reichte. Was war denn bloß so lustig? Er ermahnte die Mädchen pausenlos, nicht in den Gängen zu stehen und sitzen zu bleiben. Die drei Mütter, die im Bus mitfuhren, waren mit ihren Ermahnungen auch nicht viel erfolgreicher. Zu viel Adrenalin, vermutete Ben.

Nach dem Spiel wollten sie auf dem Rückweg an Furr's Cafeteria anhalten. Er sollte schon mal anrufen, damit sie genügend gebratene Hähnchen da hatten. Er lächelte. Einmal hatte eine Mannschaft Furr's leer gegessen. Alle gebratenen Hähnchen und alle Hamburger verputzt. Wenigstens würde die Rückfahrt ruhiger und kühler werden. Der große gelb-schwarze Schulbus hatte keine Klimaanlage.

Der Bus bog in einen Parkplatz hinter den Tribünen ein und niemand hörte auf seine gemurmelte Bitte, einzeln auszusteigen. Er sprang schließlich hinter der letzten Mutter aus dem Bus und öffnete die Türen des Gepäckfachs. Er verteilte Trikots und Knieschützer und sah zu, wie sie alle zu den Umkleideräumen gingen.

Der Sommer war bereits vorbei. Es war die erste Septemberwoche und er war der Lösung seines Dilemmas keinen Schritt näher. Sollte er nach Ablauf des Praktikums im Januar wieder zur Universität gehen oder nicht? Es war leicht gefallen, sich von der Aufregung über die mysteriöse Krankheit einnehmen zu lassen. Bald ging es mit den Forstleuten nach draußen. Im Dorf und seiner Umgebung war eine Jagd auf Nagetiere geplant. Das verschob die Drogen- und Alkoholgruppen, die er einrichten wollte, weiter nach hinten.

Er sprang auf, als sich plötzlich rundliche Arme von hinten um seine Hüften schlangen. Er machte sich frei, drehte sich um und sah ein hübsches, noch vorpubertäres Mädchen mit langen dunklen Haaren, die sie auf einer Seite ihres Kopfes zusammengebunden hatte. Und die Ansätze zu einer Superfigur. Jennifer.

»Wenn ich bloß älter wäre«, sagte sie und sah ihn erwartungsvoll an. Ben glaubte, die Antwort schon zu kennen, fragte aber trotzdem.

»Warum?«

»Dann könntest du dich in mich verlieben.« Sie hatte ihre Haare auf die eine Seite geworfen und knabberte an den Enden eines Pferdeschwanzes, der auf ihre Schultern fiel.

Er lächelte sie an. Entweder war das Schwärmerei, oder die anderen Mädchen der Mannschaft hatten sie auf ihn angesetzt. Er sah sich um, konnte aber niemanden entdecken.

»Ich kann ja einfach auf dich warten. Kein Grund zur Eile. Lass uns in fünf Jahren noch einmal darüber reden.«

»Du machst doch bloß Spaß.« Der Schmollmund machte sie älter, wie sie so auf ihre Unterlippe biss und ihre Augen mit den langen Wimpern vor Tränen schimmerten.

»Woher willst du das wissen? Jetzt geh und sag den anderen, wir treffen uns in fünf Minuten zur Mannschaftsbesprechung.«

Er sah zu, wie sie zu den Umkleideräumen zurücklief, schüttelte den Kopf und fing an laut zu lachen. Nun gut, der Sommer hatte seine Anziehungskraft nicht verringert. Er wirkte immer noch auf das andere Geschlecht. Er dachte an Julie. Der Festtag war ein Reinfall gewesen. Er hatte sie seitdem ein paar Mal angerufen, aber sie war immer beschäftigt gewesen. Er hatte ihr geglaubt. Sie beabsichtigte, das Beste aus ihren »Karrierechancen«, wie sie es nannte, zu machen.

Er hätte sie heute Morgen anrufen und fragen sollen, ob sie nach dem Spiel mit ihnen essen gehen wollte. Er überlegte, warum er das nicht getan hatte. Hatte er Angst, sich zu verlieben? Vielleicht. Eins nach dem anderen. Das war einfacher.

Die Mannschaft verlangte seine Aufmerksamkeit. Ihre Gegnerinnen, Mädchen in orangefarbenen T-Shirts und weißen Hosen, standen in einer Reihe auf dem Spielfeld. Nachdem er ein paar aufmunternde Worte gesagt hatte, ging er zur gegnerischen Trainerin.

Tewa schoss das erste Tor. Die drei Mütter schrien laut genug, um die fehlenden Fans zu ersetzen. Ben sorgte dafür, dass alle spielten und setzte die drei Ersatzspielerinnen ein. Nachdem er eine halbe Stunde an der Außenlinie entlanggelaufen war und »Sieh hinter dich« und »Nimm du den Ball« gerufen hatte, war er müde. Zur Halbzeit lag Tewa mit zwei Toren vorn.

Das Spiel hatte gerade wieder angefangen, als Jennifer hinfiel und nicht wieder aufstand. Ben rannte aufs Feld und ließ alle zurücktreten. Zuerst dachte er, sie sei in Ohnmacht gefallen. Aber als sie nicht reagierte, bestellte er einen Krankenwagen.

Ihre Mutter, eine der Frauen, die mitgekommen waren, schrie

immer wieder: »Nicht meine Kleine, nicht meine Kleine.« Ben musste sie mit Gewalt davon abhalten, Jennifer aufzurichten. Ein Elternteil der gegnerischen Mannschaft schrie, alle würden sie sich mit der Indianer-Krankheit infizieren. Daraufhin herrschte Chaos. Alle drängelten, um wegzukommen. Autos fuhren davon und wirbelten Staubwolken über das Feld. Angloamerikanische Eltern sagten laut, dass ihr Leben in Gefahr sei und dass der Fußballverband davon erfahren würde.

Ben nahm Jennifer in die Arme und konnte das Fieber fühlen. Sie sprach unzusammenhängend, ihre Arme und ihr Kopf zuckten krampfartig. Dann war sie still. Ihr Atmen war sehr angestrengt, ihre Brust schien bei jedem Atemzug zusammenzufallen.

Die Sanitäter legten sie auf eine Trage und eilten mit ihr zum Krankenwagen. Ben bat sie, die Mutter mitfahren zu lassen, und half ihr, hinten neben Jennifer einzusteigen. Der Krankenwagen raste mit heulender Sirene davon. Er sah ihm nach, bis er sich im Verkehr verlor.

Als er sich zu der Gruppe von Mädchen umdrehte, merkte er, dass die meisten unter Schock standen. Manche weinten, manche standen einfach da und starrten zu Boden.

»Wird sie wieder gesund?«, fragte jemand.

»Um ehrlich zu sein, ich weiß es nicht«, sagte Ben.

»Wohin bringen sie sie?«

»In das Indianische Krankenhaus.« Ben winkte eine der Mütter zu sich. »Ich werde Mrs. Tafoya bitten, dass sie mit euch etwas essen geht und dann nach Hause fährt. Zieht euch schon mal um und trefft euch mit ihr und dem Fahrer in zehn Minuten am Bus.«

Ben bemerkte eine Gruppe von angloamerikanischen Eltern an der Ecke des Spielfelds. Ein Mann löste sich aus der Gruppe und kam auf ihn zu.

»Ihr gottverdammten Indianer. Glaubt ihr, ich stehe einfach nur rum, wenn ihr das Leben meines Kindes gefährdet?«

»Es sind keine Leben in Gefahr.« Ben war nahe genug bei dem Mann, um seine Alkoholfahne zu riechen.

»Ach ja? Sagt wer? Ein paar verdammte, rothäutige Arschlöcher?« Er stieß Ben hart mit der Faust gegen die Brust. Ben gewann das Gleichgewicht wieder, antwortete aber nicht.

»Du behauptest, meine Kleine war da draußen nicht eurer Krankheit ausgesetzt?« Der Mann stand fünfzehn Zentimeter von Bens Gesicht entfernt und fuchtelte mit einer Hand in Richtung Spielfeld. »Das kannst du verdammt noch mal doch gar nicht. Sie sollten euch unter Quarantäne stellen, einen Zaun um euch ziehen und euch alle in eurem eignen Dreck verkommen lassen.«

Ben ballte die Hände zu Fäusten, zwang sich aber, ruhig zu bleiben. Rechts sah er zwei Polizeiwagen in der Nebenstraße hinter dem Feld halten. Zwei Cops rannten auf ihn zu. Er drehte sich wieder dem Mann vor ihm zu und hatte keine Zeit mehr, sich zu ducken, als die Faust mit voller Kraft auf seiner Nase landete. Er wusste, noch bevor er auf den Boden aufschlug, dass sie gebrochen war.

»Da, du Bastard. Und du kriegst noch mehr davon, wenn meine Kleine krank wird.« Die Polizisten ergriffen den Mann, drückten ihn zu Boden und legten ihm Handschellen an.

»Sie wollen jemandem Handschellen anlegen?« Er versuchte, sich umzudrehen. »Da ist der, den ihr sucht. Nehmt den Abschaum und werft seinen Arsch ins Gefängnis.«

Im Ü-Wagen von Channel Nine in Albuquerque herumzufahren und darauf zu warten, dass etwas passierte, war nicht gerade ihre Vorstellung von einem spannenden Abend. Als Julie im Polizeifunk hörte, dass es eine Schlägerei auf einem Fußballplatz gab, war sie nicht unbedingt begeistert. Sie seufzte. Live dabei sein war alles.

Als der Ü-Wagen neben dem Schulbus aus dem Pueblo hielt, sah Julie, dass die Fußballmannschaft sich um den Fahrer und zwei Tewa-Frauen drängelte. Dann sah sie Ben am Boden, das Gesicht voller Blut. Sie rannte auf ihn zu, drängte sich zwischen den beiden Polizisten durch und hockte sich neben ihn. Ein Polizist versuchte sie wegzuziehen.

»Sie behindern eine Festnahme …«, fing er an.

»Julie Conlin, Channel Nine.« Julie befreite ihren Arm aus dem Griff des Polizisten und strich Ben sanft die Haare aus der Stirn. »Er braucht einen Arzt. Rufen Sie einen Krankenwagen. Sofort. Oder ich kriege Sie wegen unterlassener Hilfeleistung dran.«

Der Polizist wich zurück. Eine der Tewa-Frauen war zu den Umkleideräumen gegangen und brachte zwei Hände voll nasser Papiertücher mit. Sie kniete sich neben Ben und half Julie, die Kompressen auf Bens Nase zu legen.

»Ihr Weicheier. Ihr lasst euch von einem Rock sagen, was ihr zu tun habt?« Die Polizisten hatten den Mann in Handschellen auf die Füße gestellt, und er ließ seine Wut jetzt an Julie aus.

»Raymond!«, rief Julie den Kameramann, der hinter ihr auftauchte. »Ich möchte Großaufnahmen von diesem Mann und alle seine Bemerkungen auf Band. Ich zeige sie heute in den Abendnachrichten auf Channel Nine.«

»Ich habe alles im Kasten.« Raymond ging zur Seite, seine Handkamera war auf die Szene vor ihm gerichtet. Julie stand auf und blieb ruhig vor dem Mann stehen. Ihre Stimme war kalt und scharf. »Vielleicht möchten Sie uns jetzt ein Interview geben. Nur ein paar Sätze, um alles richtig zu stellen. Aber ich muss Sie warnen, dieses Band kann wegen der grundlosen Aggression gegen diesen Mann von der Staatsanwaltschaft beschlagnahmt werden, wenn der Fall vor Gericht geht.«

»Kein verdammter, verblödeter Indianer bringt meinen Arsch vor Gericht.«

Der Mann beugte sich zu ihr, er wurde zwar an beiden Armen von den Polizisten festgehalten, schien aber immer noch etwas loswerden zu wollen.

»Das reicht«, unterbrach ein Polizist. »Gehen wir. Der Krankenwagen ist unterwegs, Miss.«

Ben setzte sich auf. Wenn es nicht so wehgetan hätte, hätte er gelacht. Julie war schon eine! Er sah zu, wie sie ihre Aufmerksamkeit darauf lenkte, die Busladung voller Fußballspielerinnen auf den Weg zu bringen. Sie machte den Mädchen Mut und kontrollierte zweimal, ob der Fahrer den Weg zum Restaurant wusste. Als das schwerfällige Gefährt wegfuhr, hielt quietschend ein Krankenwagen.

»Ich fahre mit dir ins Krankenhaus. Ich möchte nicht, dass jemand deine Nase ruiniert.«

Sie half ihm auf die Füße. Als er an ihrer Schulter lehnte, fiel ihm auf, dass seine Nase noch immer funktionierte, denn aus ihrem Haar stieg ihm ein frischer zitronenähnlicher Duft in die Nase. Komisch, die Nase schien nicht mehr so wehzutun. Er spürte deutlich, wie Julies Körper sich gegen seine Seite presste, als sie ihm zum Krankenwagen half. Es überraschte ihn nicht, wie sehr er es mochte, ihr so nah zu sein. Es war nicht Teil des Plans, aber vielleicht war das die Art von Komplikation, die er brauchte.

Jennifer starb um 0.01 Uhr. Sandy gab der Mutter ein Beruhigungsmittel und behielt sie über Nacht da. Sie war nicht von Jennifers Seite gewichen und weigerte sich, die Tatsache zu akzeptieren, dass sie an der mysteriösen Krankheit gestorben war. Sie bestand darauf, dass Jennifer ein schwaches Herz gehabt und die Anstrengungen dazu geführt hatten, dass es versagte. Sie bestand auch darauf, dass Jennifer keine Zeichen einer Atemwegserkrankung gezeigt und sich heute Morgen nur über Kopfschmerzen und Kratzen im Hals beklagt hatte.

Am nächsten Morgen war Jennifer bereits eine Nummer. Für die Medien war sie die Tote Nummer zehn. Und sie war eine Schlagzeile. Sandy bekam einen Anruf von Johnson Yepas Büro wegen der Einberufung einer Gemeindeversammlung. Sie wollten, dass er daran teilnahm. Sie war für Montagabend im Pueblo anberaumt. Der Direktor der Highschool rief an. Er war schockiert über Jennifers Tod, wollte aber auch wissen, ob ihre Krankheit ansteckend gewesen war und ob er sich Sorgen um seine Schülerinnen und Schüler machen musste und ob Vorkehrungen zu treffen waren. Die Fragen schienen eher aus persönlichen Motiven gestellt zu werden, dachte Sandy.

Er wusste nicht, wie viele neue Informationen er für die Besprechung in Tewa Pueblo haben würde. Hunderte von Blut- und Gewebeproben waren nach Atlanta geschickt worden. Weitere Hunderte von Proben wurden hier untersucht. Aber bisher gab es nichts Definitives. Spekulationen ja, aber keine Fakten. Kandidaten waren Viren, die innere Blutungen verursachen, tödliche Organismen wie die afrikanischen Marburg-, Ebola- und Lassaviren und die asiatischen Hantaviren. Am Ende der Woche würden sie das Problem von einer anderen Seite angehen. Sie wollten die bekannten Überträger dieser Krankheiten sezieren: Nagetiere, die im und um das Dorf herum lebten.

Tragbare Nitrogentanks standen bereit, um darin ihre Überreste im Labor hinter dem Krankenhaus aufzubewahren. Ein neuer, zimmerhoher Gefrierschrank war gestern aufgestellt worden. Eine weitere Reihe von Computern stand an der Wand an der Westseite. Das Labor kam bei weitem nicht an das zweitausend Kilometer entfernte Gegenstück heran. Aber immerhin machte eine ganze Armee von Experten Jagd auf den schnellen, leisen Killer, dachte Sandy.

Das CDC hatte versprochen, so lange wie nötig mitzuarbeiten. Jedes Mal, wenn Sandy zum Labor hinüberging, sah er neue Nummernschilder. Fachleute aus Arizona, Colorado, Alaska und aus dem Osten waren da. Andere Labors hatten geschlossen, um bei der Lösung des Rätsels zu helfen.

7

Johnson Yepa mochte seine Arbeit als Gouverneur nicht mehr so wie anfangs. Er verstand Angloamerikaner nicht und wollte auch keine Zeit darauf verwenden, es zu versuchen. Diese mysteriöse Krankheit war ihm ein Dorn im Auge. Wie eine eiternde Wunde. Sein Volk fühlte sich herumgestoßen. Und sie erwarteten Lösungen von ihm.

Er wusste, es wurde eine schlechte Woche, als das Gefäß mit fermentiertem Kalbshirn und menschlichem Urin – ein Gebräu, das die Kräfte mobilisierte – in seinem Truck hin und her kippelte und dann überschwappte. Er musste am Straßenrand halten. Der Gestank war unerträglich. Er hatte zwei älteren Schülern ein paar Dollar angeboten, um den Truck sauber zu machen, sie hatten abgelehnt. Er hatte ihn nach Albuquerque zurückgebracht und vierzig Dollar in einer Waschanlage bezahlt. Jetzt ließ ihn die Mischung aus frischer Minze und Urin würgen.

Vor zwei Tagen hatte er sich im Bett voller Lust seiner Frau zugewandt und, mit einer Hand auf ihrer Brust, sehr deutlich »Mollie, komm schon« gesagt. Seine Frau hieß nicht Mollie. Das hatte sie ihm sofort klar gemacht. Er wusste nicht, wie lange sie sich im Badezimmer eingeschlossen hatte. Er war irgendwann eingeschlafen.

Noch schlimmer, seine Frau hatte sie beide bei einem Psychologen vom IHS zur Eheberatung angemeldet. Einen Termin hatte er schon verpasst, aber er hatte den Eindruck, dass er den nächsten Termin wahrnehmen sollte. Denn gestern Abend stand kein Essen auf dem Tisch, als er nach Hause kam, und heute Morgen hatte seine Frau das Haus verlassen, ohne ihm Frühstück zu machen.

Er verließ sein Büro, um über den Parkplatz in das Gemeindezentrum zu gehen. Er würde die Kinder aus der Turnhalle verjagen müssen, um Stühle für die Versammlung hinzustellen. Die Sonne ging jetzt früher unter. Es war erst sieben Uhr, und die langen Schatten fielen schon bis hinter die geparkten Autos auf der Mitte des Parkplatzes. Vielleicht gab es einen »Indian summer«, einen Altweibersommer. Indian summer. Was bedeutete das? Er hatte es einmal in der Schule im Wörterbuch nachgeschlagen: »Eine Phase milden, trockenen und meist diesigen Wetters, die in den Vereinigten Staaten und Kanada im Spätherbst und frühen Winter auftritt.« Indianer wurden gar nicht erwähnt. Indian Corn – Mais, Indian file – Gänsemarsch, Indian giving – Geschenke zurückfordern – diese Ausdrücke verstand er. Aber was hatte das Wetter mit Indianern im Südwesten der Vereinigten Staaten zu tun?

Als er die Klinke an der Tür zum Gemeindezentrum herunterdrückte, kam ihm aus drei Ghettoblastern ein Schwall Rockmusik entgegen. Zehn Highschool-Schüler spielten Basketball. Johnson tat es Leid, sie hinauswerfen zu müssen. Letztes Jahr hatte das Valley Team die Regionalmeisterschaften gewonnen.

Er bückte sich, um eins der Radios auszuschalten, und ging dann zu den anderen. Nur so konnte er ihre Aufmerksamkeit erlangen. Ehe sie gingen, holten die Jugendlichen Klappstühle aus dem Raum unter den Zuschauerplätzen und stellten sie in U-Form um das tragbare Mikrofon auf. Einem von ihnen gelang es sogar, den schrillen, hohen Ton des Mikrofons abzustellen, der die Fenster jedes Mal erzittern ließ, wenn Johnson es zu sich hin zog und »Test, Test, Test, 1, 2, 1, 2« sagte.

Johnson war gerade fertig geworden, als die ersten Familien kamen. Er begrüßte sie an der Tür. Mary, seine Sekretärin, brachte eine Kaffeemaschine mit und steckte sie bei der Theke in der Küche ein. Jemand stellte drei große Zellophantüten voller Kekse und mit Schokolade überzogenen Marshmallows mit süßem Teigboden hin. Die, von denen er immer Zahnschmerzen bekam.

In weniger als einer halben Stunde strömten über hundert Menschen in die Halle. Als die Leute anfingen, auf die Zuschauerränge zu klettern, um sich dort hinzusetzen, und sich über die Hitze da oben beklagten, machte Johnson die Klimaanlage wieder an. Mit so vielen Leuten hatte er nicht gerechnet.

Die Wut schlug Sandy bereits entgegen, als er die Tür aufmachte. Wut und Angst, dachte er. Er war allein gekommen, doch als ihm klar wurde, dass er der Einzige war, der unter dem Basketballkorb vor der Menschenmenge sitzen sollte, wünschte er sich sofort, er hätte jemanden mitgenommen. Auf die erste Frage war er nicht vorbereitet.

»Warum haben Sie beim Tod meiner Tochter gelogen?«, fragte Jennifers Mutter, umringt von einer Gruppe Unterstützerinnen. »Warum haben Sie gesagt, es war diese Krankheit, wo sie doch Probleme mit dem Herzen hatte und es eindeutig Herzversagen war?«

Sandy erinnerte sich, dass diese Frau ziemlich streitlustig sein konnte. Früher war sie Vorsitzende einiger Organisationen für die Rechte der Indianer gewesen und ihr eilte der Ruf voraus, die Dinge immer sehr einseitig zu betrachten. Jetzt, weniger als eine Woche nach dem Tod ihrer Tochter, war sie wie ein Büffel mit Hörnern. Bereit, willkürlich Verantwortliche zu suchen und alles, was ihr im Weg stand, niederzuwalzen.

»Sie haben unsere Verdienstmöglichkeiten ruiniert. Man hat uns verboten, auf der diesjährigen Herbstmesse Nahrungsmittel und Handarbeiten zu verkaufen.« Sie war aufgestanden und wurde von ihren beiden älteren Töchtern flankiert. »Ein Austausch von Highschool-Schülerinnen und -Schülern mit Northridge, Kalifornien ist abgesagt worden, weil man befürchtet, sich zu infizieren. Das riecht nach Rassismus.«

Drei Reihen weiter hinten hielt ein alter Mann eine Ausgabe von *USA Today* hoch, mit der Überschrift »Die Tewa-Grippe – der Killer aus dem Südwesten«.

»Letzte Woche haben meine Frau und ich in Albuquerque in einem Restaurant gegessen und gesehen wie unsere Teller vorsichtig weggenommen wurden und auf einen Extra-Stapel kamen.« Das kam von einem anderen Mann hinten in der Halle.

»Einen Tag nach Peters Tod sind zwei Journalisten zu mir gekommen«, rief ein Mann laut aus der Menge. »Während die noch da waren, kamen schon wieder zwei Mitarbeiter des Gesundheitsamts. Ich spreche mit niemandem mehr.«

»*Unsolved Mysteries* hat schon fünfmal angerufen.« Das kam von Mary, Johnsons Sekretärin. »Dann NBC *Dateline*, Das *Wall Street Journal* und eine Pariser Zeitschrift. Aber was mir am besten gefallen hat, sind die vierunddreißig Anrufe von Priestern und spirituellen Heilern. Eine Menge Menschen haben ihre Unterstützung angeboten und werden für uns beten.«

Danke, Mary, dachte Sandy. Die Menge wurde durch die positive Seite der Dinge etwas ruhiger. Positive Seite? Die Menge wandte sich jetzt wieder an ihn.

»Was soll ich tun?«, fragte Sandy.

»Wir wollen, dass Sie die Wahrheit sagen. Erzählen Sie nichts, was nicht stimmt. Der Bauarbeiter aus Pena Blanca hat seiner Familie bei der Farmarbeit geholfen. Am Wochenende bevor er gestorben ist, hat er ein chemisches Pestizid versprüht, um die Grashüpfer loszuwerden. Hat irgendjemand untersucht, welche Wirkung das Mittel auf ihn hatte?«

»Und wir wollen, dass die Leute unseren Umgang mit den Toten respektieren.«

Sandy sah nach diesem Einwurf viel zustimmendes Nicken.

»Wir wollen nicht mehr diskriminiert werden«, rief jemand. Nun würden ihre Erwartungen in Richtung Wunschträume abdriften, dachte Sandy.

»Ich möchte die Zeit heute Abend gerne darauf verwenden, Ihnen zu erzählen, was getan werden muss und warum. Dann würde ich gerne mit Ihnen zusammen überlegen, wie wir diese Ziele mit möglichst wenigen Unannehmlichkeiten für das Dorf erreichen können.«

Sandy verbrachte die nächsten zwei Stunden damit, zuzuhören und die notwendigen Schritte zu schildern. Er versuchte zu erklären, warum sie Nagetiere im Dorf und der Umgebung fangen wollten. Er spürte Skepsis, aber im Ganzen verlief das Treffen gut. Ehe er abfuhr, hatte Sandy Gelegenheit, mit Mary Toya zu sprechen.

»Mary, haben Sie eine Minute Zeit für mich? Ich muss eine Mary Toya finden, die am Gouverneurspalast in Santa Fe einen Verkaufsstand hat.«

»Ich mache das manchmal.«

»Es geht um das Wochenende des 8. August.«

»Lassen Sie mich nachdenken. Ja. Ich habe ein Wochenende im August verpasst, aber das war der sechzehnte. Meine Schwester und ich wechseln uns manchmal ab. Ich war alle drei restlichen Wochenenden im August in Santa Fe.«

»Eine Frau aus Illinois, die hier mit ihrer Familie Urlaub gemacht hat, hat ein Armband bei ihnen gekauft. Ihre dreijährige Tochter hat ein paar Kerne aus einem Korb genommen. Es waren Kürbiskerne. Wie dem auch sei, wir glauben, dass das Kind darauf allergisch reagiert hat, und wir versuchen herauszufinden, woher sie sie gehabt hat«, log Sandy.

»Kürbiskerne? Ich habe eine Korb voller Pinien- und Sonnenblumenkerne. Ich habe nicht oft Kürbiskerne bei mir.«

»Wo kaufen Sie die Kerne?«

»Bei Bernie«, sagte sie.

»Der Lebensmittelladen oben am Highway?«

»Er kauft große Mengen Kürbis- und Sonnenblumenkerne. Er hat auch fast immer Pinienkerne. Sind Sie sicher, dass es Kürbiskerne waren?«

»Ja. Ich frage mal bei Bernie nach. Danke«, sagte Sandy.

Der UPS-Lieferwagen fuhr die Schotterstraße entlang, wurde langsamer, hielt an und setzte zurück. Der Fahrer sprang heraus, klopfte an eine Tür, stieg wieder ein und fuhr in eine andere Straße hinein. Er hatte im Lebensmittelladen nach dem Weg gefragt und war immer noch mehr oder weniger orientierungslos. Weniger, weil er zweifelte, dass er im richtigen Dorf war, als weil alle Häuser gleich aussahen. Auf den Papieren, die am Armaturenbrett klemmten, prangte ein »eilig«. Eine wichtige Lieferung der Regierung, die heute noch hierher gebracht werden musste. Er fluchte, als er auf gut Glück in eine weitere ungepflasterte Straße hineinfuhr, die sich als Sackgasse entpuppte.

Die Ladung war nicht gerade klein. Der Lieferwagen war vom Boden bis zur Decke voll gestopft mit Kisten. Bei jedem Schlagloch klapperte es metallisch in den Kisten. Und Schlaglöcher gab es mehr als genug. Er war froh, diese Ladung bald loszuwerden und wieder auf den Highway zu kommen. Seine Frau war schwanger und überhaupt wollte er es nicht riskieren, mit der gewissen Krankheit in Berührung zu kommen und sich länger als unbedingt nötig in diesem Dorf aufzuhalten.

Ben Pecos sah den Lieferwagen, als er aus der Sackgasse an dem Haus seiner Tante zurücksetzte. Er winkte dem Fahrer und machte ihm Zeichen. Die Beifahrertür war offen und Ben sprang hinein.

»Ich unterschreibe für die Lieferung. Können Sie sie bitte zu einer bestimmten Stelle bringen? Folgen Sie einfach dieser Straße zurück Richtung Highway und nehmen Sie die letzte Schotterstraße rechts.«

»Was ist in den Kartons?«

»Fallen. Mindestens eintausend rostfreie Stahlfallen.«

»Was, zum Teufel, haben Sie damit vor?«

»Nagetiere fangen, die vielleicht der Schlüssel zu der mysteriösen Krankheit sind.« Ben hatte schon vorher den Eindruck gehabt, dass der Fahrer möglichst viel Abstand zu ihm hielt. Jetzt sah es aus, als wolle er die Fahrertür umarmen.

»Sie meinen, Mäuse und so könnten die Krankheit verursachen?«

»Möglich.«

»Fangen Sie sie tot oder lebendig?«

»Lebendig. Ich betäube die Tiere dann und schicke sie nach Albuquerque.«

»Wird das richtig gut bezahlt?«

»Ja. Aber es ist Saisonarbeit«, sagte Ben.

Der Fahrer fuhr schweigend weiter über die holprige Straße.

»Ich würde gerne etwas anderes machen, aber UPS zahlt gut. Es sind ziemlich viele Stunden auf der Straße und dann hat man immer mit Leuten zu tun, die entweder meinen, man kommt zu spät, oder die dann gar nicht da sind und sauer werden, weil sie einen neuen Liefertermin vereinbaren müssen.«

»Halt!« Ben hatte nicht schreien wollen, aber sie hätten die Abzweigung fast verpasst, die sie um das Dorf herumführte. Er hatte ungefähr auf halbem Weg zwischen dem Dorf und der offenen Mesa ein Zelt aufgestellt, in dem sich die Grundausstattung befand, um die gefangenen Tiere zu behandeln. Er wollte die Fallen hier lagern, dann musste er sie nicht hin und her schleppen.

»Es ist etwa zwei Kilometer von hier. Gleich nach der Gabelung der Straße sehen Sie links ein hohes grünes Zelt. Halten Sie sich links.«

»Reisen Ihre Leute gern? Oder bleiben sie lieber zu Hause?«

Ben hatte keine Ahnung, was die Fragen sollten, gewann aber den Eindruck, dass es nur Neugier war.

»Ich habe bis zum Sommer in Kalifornien gelebt«, sagte Ben.

»Was haben Sie dort gemacht?«

»Ich bin auf die Universität gegangen.«

»Wirklich?«

»Wirklich«, sagte Ben. Sie fuhren schweigend weiter, bis sich die Straße gabelte.

»Da drüben? Ich glaube, ich sehe Ihr Zelt.« Der Fahrer zeigte aus dem Fenster auf die Rücken dreier Segelplanen, die von einer hohen Kiefer überragt wurden.

»Das ist es. Wenn Sie rückwärts an die Öffnung des Zeltes fahren könnten, ist das Abladen leichter.«

Der Fahrer versuchte dreimal, rückwärts vor den Zelteingang zu setzen. Mit viel Fluchen und Schwitzflecken in der braunen Uniform parkte er schließlich den klobigen Lieferwagen.

»Reicht das?« Der Lieferwagen stand ziemlich gut, aber ein Hinterrad stand auf einem fünfzehn Zentimeter hohen Stein und dadurch hatte der hintere Teil heftig Schlagseite.

»Ja.«

Es waren fünfzig Kartons voller Fallen. Zu zweit brauchten sie eine halbe Stunde, um den Lieferwagen zu entladen und die Kartons unter ein Dach neben dem Zelt zu stellen.

»He, kann man diese Dinger essen?« Der Fahrer hatte sich unter der Pinie niedergelassen und hielt eine Hand voll Pinienkerne.

»Klar.«

»Sie könnten etwas Salz vertragen, aber Sie haben Recht, die sind richtig gut. Ich sehe oft, dass sie am Straßenrand verkauft werden und habe mich gefragt, wozu.« Er saß da und aß die kleinen braunen Nüsse, deren Schalen er mit seinen Schneidezähnen knackte. Er hatte unter dem Baum, versteckt unter einem Haufen Nadeln ein richtiges Lager gefunden.

»Danke für Ihre Hilfe«, sagte Ben.

»No problemo.« Der Fahrer kam auf die Füße und klopfte die Zweige und Blätter von der Uniform. »Ich weiß gar nicht, ob ich schon lange genug Pause gemacht habe Die Firma will, dass wir jede Pause festhalten.« Er stieg in den Wagen und langte nach einem Klemmbrett, das über seinem Kopf hing und machte ein paar Notizen. Dann ließ er den Motor an, legte den Gang ein und der Lieferwagen huckelte von dem Stein hinunter und stand wieder gerade. Die Schnauze des Lieferwagens hob und senkte sich, als der Fahrer durch die vom letzten Winter übrig gebliebenen Furchen zurück zum Highway fuhr.

Ben zog den ersten Karton in das Zelt und machte in der Mitte des Bodens Platz. Ehe er mit den Fallen beginnen konnte, musste er die Plastikboxen, Masken, das Anästhetikum, die chirurgischen Handschuhe, Scheren, Pinzetten – die ganze Laborausrüstung, die für eine erfolgreiche Operation nötig war – inventarisieren.

Es würde Stunden dauern, die Fallen zu inventarisieren und zu beschriften, den Mechanismus zu überprüfen, sie mit einem Köder zu versehen und nach draußen zu bringen, um sie später aufzustellen. Er wollte heute Nacht damit beginnen. Die nächsten drei Nächte war Vollmond, und er hoffte, alle Fallen bis dahin funktionstüchtig zu haben.

Seine Anweisungen waren genau. Die Fallen sollten an verschiedenen Orten aufgestellt werden. Am Fluss, in den Maisfeldern, an den Bewässerungsgräben, an jeder Seite des Dorfes und einige zwischen den Häusern an Holzstapeln und Mülltonnen. Er wollte die Aktivitäten der Nagetiere beobachten, Notizen machen und jedes anormale Verhalten festhalten.

Es war später Nachmittag, als er fertig war und die drei Kilometer zum Haus seines Onkels zurücklief, um dessen Truck zu leihen. Auf den Ford mit der Ladefläche würden fast alle Fallen passen und so wäre das Transportproblem gelöst.

Der orangefarbene Mond war noch kein perfekter Ball. An der Seite unten links fehlte ein Stück. Er erhellte die Mesa und schien auf die Maisfelder und den Fluss. Ben lud die Fallen schon auf den Pick-up. Er hatte drei starke Strahler und einen elektrischen Generator auf dem Truck – genügend Energie, um notfalls ein großes Gebiet auszuleuchten. Er hatte einen Satz Scheinwerfer gewollt, falls er auf größere Spielgefährten traf. Kojoten waren neugierig. Also musste er die Fallen so oft wie möglich kontrollieren.

Er wollte sechs Stunden lang Fallen aufstellen, etwas schlafen, dann die aufgestellten Fallen kontrollieren und weitere aufstellen, danach ausruhen und diesen Rhythmus beibehalten. Je nach Erfolg konnte die restliche Arbeit während des Tages erledigt werden. Sein Vertrag ging über drei Wochen, aber er hoffte, in den ersten paar Nächten eine schöne Anzahl Nagetiere an das Labor in Albuquerque schicken zu können.

Um Mitternacht hatte er zweihundertfünfzig Fallen aufgestellt und änderte seinen Plan. Er würde morgen früh weitere Fallen aufstellen müssen, nachmittags etwas schlafen und sie dann alle morgen Nacht kontrollieren. Er hatte sich eine Skizze des Pueblos und der Umgebung gemacht und hielt genau fest, wo er Fallen aufgestellt hatte. Das machte es einfacher.

In der zweiten Nacht war der Mond voll und sah aus, als sei er am schwarzen Himmel aufgehängt. Fast ein Erntemond, dachte Ben. Hell genug, um loszufahren. Die ersten drei Stunden waren sehr erfolgreich. Siebzig Nager, eine Mischung aus Feldmäusen, Waldmäusen und einem Eichhörnchen waren in den Fallen. Ben arbeitete schnell, als er sie herausholte, narkotisierte und in beschriftete Laborkästen legte. Dann legte er neue Köder in die Fallen und legte sie wieder aus, wobei er Zeit, Datum, Typ und Beute auf einer Plakette über dem rostfreien Stahlrücken festhielt.

Ben zog die festen Handschuhe aus und schob die Chirurgenmaske hoch. Er stieg wieder in den Truck, fuhr an die Nordwestecke des Feldes und sah auf seine Karte. Fünf Fallen standen nah beieinander, eine Reihe weit ins Maisfeld hinein. Er machte den Motor aus und zog die Handschuhe über.

Er wusste, dass mit den Fallen etwas nicht stimmte, noch ehe er sie von nahem sah. Alle Türen waren zugeschnappt und sie lagen auf einem Haufen. Nach den Köteln zu urteilen waren in allen Tiere gewesen. Wer konnte Interesse an gefangenen Mäusen haben? Ben hatte den Jugendlichen im Dorf gesagt, dass sie die Fallen nicht anfassen durften. Aber es war wohl schwer, der Versuchung zu widerstehen. Am Boden waren keine Fußspuren. Es konnte gestern Nacht passiert sein.

Er stellte die Fallen wieder auf und ging zurück zum Truck. Das Geräusch eines Autos kam vom Fluss herüber. Er lauschte, aber das Auto schien zu halten. Vielleicht parkte dort ein Pärchen, dachte Ben und fühlte eine Spur Neid. Die Arbeit würde mit weiblicher Begleitung mehr Spaß machen. Er stieg in den Truck und fuhr ohne Licht am Fluss entlang zu den nächsten Fallen. Fünfundsiebzig Fallen standen in den Felsen und im Sumpf, dort wo der Fluss eine Biegung machte und ein stehendes Gewässer bildete, ehe er sich der Canyonwand näherte.

Er wollte diese Fallen kontrollieren und dann etwas schlafen. Er parkte den Truck bei den Pappeln am hohen Gras. Er hatte seinen Schlafsack mit ein paar Decken auf die Ladefläche geworfen.

Er arbeitete schnell, in weniger als zwei Stunden hatte er siebenundfünfzig Nagetiere verzeichnet und siebenundfünfzig Fallen mit neuen Ködern versehen und wieder aufgestellt. Er hatte sich etwas Schlaf verdient.

Er wachte auf, um die Decken fester um sich zu ziehen und den Reißverschluss des Schlafsacks ganz zu schließen. Vom Fluss zog kalte Luft herauf und die Bodenfeuchtigkeit kroch in seine Decken. Er rollte sich gemütlicher in den Kokon und drehte sich auf die Seite.

Die Kälte weckte ihn zwei Stunden vor Sonnenaufgang erneut auf. Oder lag es daran, dass er mal musste? Er warf die Decken zurück, kroch aus dem Schlafsack und stellte sich hin. Ein gedämpftes Klappern zog seine Aufmerksamkeit an, Metall schlug gegen Metall – das Geräusch von Fallen, die zur Seite getreten oder geworfen wurden. Er war plötzlich hellwach. Jemand raubte die Fallen aus. Er war fünfundzwanzig Meter entfernt. Er zog langsam eine kräftige Taschenlampe aus seinem Bett im Truck – dabei lauschte er die ganze Zeit, um sicher zu sein, dass es Menschen und keine Bären waren.

Dann hockte er sich hin und arbeitete sich kriechend die ersten fünfzehn Meter Richtung Sumpf vor. Jetzt konnte er den Eindringling sehen. Ein Mensch und männlich, aber das war alles, was er erkennen konnte. Ben sah zu, wie er eine Falle hochnahm und wieder wegwarf, als er sah, dass sie leer war. In einer Falle musste ein Nager gewesen sein, denn der Mann griff hinein und ließ dann etwas in seine Tasche gleiten.

Es war noch dunkel und bewölkt. Der mittlerweile hoch am Himmel stehende Mond gab nur wenig Licht. Ben entschloss sich zu handeln. Er sprang aus dem Dickicht, knipste die Taschenlampe an und rannte vorwärts.

»Stopp!«

Die Gestalt stand still und zog dann etwas aus der Tasche. Eine Waffe. Ben sah den Lichtblitz am Lauf und hörte ein Krachen. Aber er hatte sich schon fallen lassen. Er rollte weiter in Richtung des sicheren Sumpfgrases, selbst dann noch, als er wusste, dass der Mann bereits geflohen war. Er lag am Boden, sah den Wolken zu, die vor dem Mond vorbeizogen und versuchte, seinen Herzschlag zu beruhigen.

Er würde die ganz in Armeegrün gekleidete Gestalt mit den Kampfstiefeln und der Baseballkappe über der Skimütze niemals mehr vergessen. Das war kein Indianer und für einen durchschnittlichen Angloamerikaner war er etwas zu zierlich. Und Ben hätte schwören können, dass es auch kein Jugendlicher war. Es ergab überhaupt keinen Sinn, dass er schon gefangene Nager einsammelte. Ben war froh, dass der Mann ein schlechter Schütze war.

Während sie vor der Praxis des Psychologen im Indianischen Krankenhaus saßen, musterte Johnson Yepa seine Frau. Seit dem Frühstück hatte sie nicht mehr als fünf Worte gesprochen. Jetzt saß sie ihm gegenüber und las eine zwei Jahre alte Ausgabe des Redbook. Der Artikel hieß: »Wie komme ich zu einem Rendezvous mit Ihrem Ehemann?«, verfasst von einer Gruppe »anderer« Frauen. Das, was er jetzt dringend brauchte. Er überlegte, ihr eine andere Zeitschrift zu geben, aber er fand nur ein *Popular Mechanics* mit Eselsohren, ein *Field and Stream* und eine Broschüre über Diabetes.

Er seufzte tief, füllte seine Lungen mit Luft und atmete dann schnell aus. Er ließ den Kopf nach vorne und das Kinn vorsichtig auf die Brust fallen. Der deprimierte, vernachlässigte, verschmähte Mann. Er linste durch die Augenlider. Nichts. Sie las gelassen weiter. Er setzte sich gerade hin und griff nach dem *Field and Stream.* Sie waren lange verheiratet, zweiunddreißig Jahre. Er war der Meinung, ihre Probleme hätten mit dem Kurs über Partnerschaftsbeziehungen begonnen, den seine Frau besucht hatte. Sie hatte viel darüber geredet, »in Kontakt zu kommen«. Er war nie dahinter gekommen, was das bedeutete. Aber er wusste, er wollte heute nicht hier sein. Das gab nur Ärger.

Die Tür der Praxis ging auf und eine Frau kam heraus, mit

einen Klumpen feuchter Taschentücher in der Hand. Das war ein schlechtes Zeichen. Johnson hatte am Wochenende genug Heulerei gehabt, als seine Frau ihre zwei Töchter angerufen hatte. Eine lebte in San Diego, die andere in Tuba City, Arizona. Beide hatten sich auf ihre Seite geschlagen.

»Mrs. Yepa? Kommen Sie bitte mit mir?« Der Psychologe hielt die Tür zu seiner Praxis auf. Johnson stand auch auf.

»Mr. Yepa? Ich möchte Sie und Ihre Frau die ersten paar Sitzungen lang lieber einzeln sehen. Machen Sie für sich bitte einen Termin für nächste Woche mit meiner Sekretärin.«

»Ja, klar, Doc. Überhaupt kein Problem.« Johnson sah seine Frau an. Sie hielt den Kopf leicht von ihm weg gebeugt, aber er konnte ihre Zufriedenheit sehen, ihren stillen Spott. »Ich muss sowieso mit Doktor Black über ein paar wichtige Sachen sprechen.« Er nahm die Schultern zurück, blieb aber abweisend. Der Anglo-Psychologe hatte weiche braune Hushpuppies an, die an den Hacken schon ein bisschen abgetreten waren. Der Mann würde nie ein Motorboot haben.

»Mrs. Yepa und ich sind um vier Uhr fertig.« Der Psychologe folgte Johnsons Frau in die Praxis und schloss die Tür.

Johnson wiederholte die Formulierung »die ersten paar Sitzungen«. Er musste dieser Spinnerei ein Ende setzen. Vielleicht besuchte er den Doc einmal, aber öfter sicher nicht. Jetzt musste er eine Stunde totschlagen. Er hasste den Krankenhausgeruch und ging nach draußen.

Er hatte sich gerade auf eine Zementbank bei ein paar Pinien gesetzt, als die Tür des alten Wartungsgebäudes aufging und eine Gruppe weiß gekleideter Männer und Frauen herauskam und zur Hintertür des Krankenhauses ging. Sie sprachen miteinander und gestikulierten, aber Johnson war zu weit entfernt, um sie zu verstehen. Er erkannte Dr. Black und Ben Pecos. Sie schienen alle ziemlich aufgeregt.

Johnson wusste nicht, was ihn darin erwartete, aber das Gebäude machte ihn neugierig. Aus der Nähe sah es ganz anders aus als früher. Es hatte jetzt viele glänzende Rohre auf dem Dach und eins der Fenster war zugemauert worden. Und es hatte einen neuen Anstrich. Ein Batzen Geld, um zwei Regierungstrucks und ein paar elektrische Rasenmäher zu beherbergen.

Die Tür war neu. Schwere, fünf Zentimeter dicke Stahlstreben. Sie wurde von einem Holzkeil aufgehalten. Er hockte sich hin und schaute mit einem Auge durch den Spalt.

Er war überrascht. Da standen keine Rasenmäher oder irgendwelche anderen Gerätschaften. In seinem begrenzten Blickfeld sah er zu seiner Rechten Tische an der Wand. Computercursor blinkten. Im hinteren Teil des Raums standen vier in einer Reihe. Und dann sah er sie. Die toten Nagetiere in durchsichtigen Plastiktüten. Hunderte von toten Mäusen, Ratten und Eichhörnchen. Einige erkannte er nur noch an ihrem Fell, die Köpfe waren abgetrennt.

»Kann ich Ihnen helfen?« Die Tür ging auf, und Johnson verlor das Gleichgewicht. Er brauchte einen Moment, um wieder festen Stand zu gewinnen und die Person hinter der Stimme auszumachen: eine junge Frau in abgeschnittenen kurzen Hosen und einem engen T-Shirt. Um ihren Hals hing eine Chirurgenmaske.

»Ich bin der Gouverneur von Tewa Pueblo. Forschen Sie zu dieser mysteriösen Krankheit?« Schnell geschaltet. Johnson beglückwünschte sich, als er sah, dass ihre Augen bei seinem Titel aufleuchteten. Wenn er Glück hatte, war sie eine Angloamerikanerin, die Indianer wunderbar und mystisch fand.

»Ja. Das ist das Forschungslabor. Ich führe Sie gern herum, wenn Sie Zeit haben. Ich heiße Nancy Carter und bin aus Maryland hierher gekommen.« Sie öffnete die Tür weiter und ging zur Seite. Ihre Brüste waren im Verhältnis zu ihrer Körpergröße riesig, dachte Johnson. Ihre Beine waren perfekt gebräunt; sinnliche Hüften und Waden, schmale Knöchel. Erst dann merkte er, dass sie einen Kopf größer war als er. Einen Kopf größer, trotzdem konnte er sich vorstellen, wie sich ihre Beine um seinen Hals schlangen.

»Sir?« Sie beugte sich zu ihm. Ein blumiger Duft schwebte zwischen ihnen. Er fragte sich, ob sie das Parfüm hinter die Ohren tupfte, in die Kniebeuge oder …

»Danke.« Er trat durch die Tür und ging etwas weiter in den Raum hinein, als sie die Tür schloss. Er bemerkte, dass sie mehrere Schlösser hatte und die Gummidichtungen dicker waren als die an seinem neuen Kühlschrank.

»Ich bin gerade fertig. Kommen Sie, ich möchte Ihnen etwas zeigen.« Sie zeigte auf eine Reihe von Mikroskopen. Glänzende Glasträger schimmerten unter Reihen von fluoreszierendem Licht. Eine Zentrifuge, einige Dinge, die aussahen wie Mikrowellen, Diakästen, zwei Kühlschränke und ein hoher Gefrierschrank drängten sich an der Rückwand. Er folgte ihr zu einem Drehstuhl ohne Lehne, der vor einer hohen Theke stand.

»Haben Sie herausgefunden, was die Krankheit verursacht?«, fragte Johnson.

»Wir sind ziemlich nah dran. Sehen Sie.« Sie rutschte vom Stuhl, nachdem sie das Mikroskop eingestellt und kontrolliert hatte, was auch immer dort unter Glas lag. »Wir suchen nach einer Übereinstimmung. Etwas, das alle Opfer gemeinsam haben. Wir testen auf alles Mögliche, angefangen bei gewöhnlichen Mikrobenkulturen bis zu genetischen Übereinstimmungen. Wir können sogar polymere Kettenreaktionen ablaufen lassen.« Sie schien darauf zu warten, dass er etwas sagte.

»Wirklich?«, sagte er. »Wie funktioniert das?« Er wusste, dass sie nichts lieber tat, als ihm das zu erklären. Weibliche angloamerikanische Wissenschaftlerinnen waren schwer zu verstehen. Er erinnerte sich an die Anthropologin, die ihre Hemden unten verknotete, damit ihr Bauchnabel zu sehen war, und sehr kurze Hosen trug. Sie verbrachte den ganzen Sommer damit, Erde zu sieben und sich orgiastisch über Scherben zu freuen. Frauen ohne Männer konnten seltsam werden.

»Mit dieser Technik versuchen Wissenschaftler, einzigartige genetische Sequenzen aus Blutproben zu gewinnen, sie zu vergrößern, um nach DNS-Übereinstimmungen mit bekannten Organismen zu suchen. Aber ich bringe diese Straßenkiller lieber zurück in den Gefrierschrank.« Sie lachte, zog die Maske über das Gesicht und sammelte einen Arm voll kleiner Tierleichen in Labortüten ein. »Dr. Black hat für eine Konferenzschaltung mit dem CDC in Atlanta alle in sein Büro gebeten. Ich habe versprochen aufzuräumen.«

Johnson nickte und drehte sich dann um, um durch das Mikroskop zu sehen. Wenigstens bewegte sich nichts. Im Biologieunterricht an der Highschool hatte Bobby Wiebe einmal auf dem Klo abgespritzt und den Samen dann auf das Glasplättchen geschmiert. Als Johnson an der Reihe war, durch das Mikroskop zu gucken, war ihm von all der Bewegung übel geworden. Er sah wieder auf das Plättchen und drückte den kalten Metallrand der Linse gegen sein Auge.

»Gut, das ist erledigt. Mal sehen, was es hier gibt.« Sie zog die dicken Gummihandschuhe aus und beugte sich zum Mikroskop. Eine Brust streifte seinen Arm. Er spürte ein Zucken zwischen den Beinen. Er versuchte seinem Anhängsel, das er leidenschaftlich »Montana« nannte, zu signalisieren: Nicht jetzt. Eine Erektion in engen Hosen bedeutete, dass sein Penis in das Hosenbein gedrückt wurde und wie ein Kropf an der Innenseite seines Oberschenkels vorstehen würde. An Baseball denken!

»Wir kriegen langsam eine deutliche Vorstellung davon, wie der Schuldige aussehen könnte. Er hat eine Proteinschicht mit Rezeptorenhaken, die sich an die Zellen haken, die er befällt. Er hat aufgewickeltes genetisches Material, das es ihm erlaubt, sich zu reproduzieren, während er sich in Gastzellen versteckt.« Johnson spürte die gleiche fiebrige Erregung, die ihn schon bei der Anthropologin gestört hatte.

»Wissen Sie, ich fühle mich wie eine richtige Detektivin oder ein Sheriff im Western, der einen Killer jagt.« Ihr Kichern wirkte deplatziert. Sie räusperte sich und fand ihre Haltung wieder. »Hier, sehen Sie sich diese Lungen an.« Zwei Röntgenaufnahmen hingen an Leuchtbildschirmen. »Dies sind die Lungen einer gesunden

Zwölfjährigen. Die Aufnahme ist bei der Schuluntersuchung gemacht worden.« Sie zeigte auf die linke Aufnahme. »Das sind die gleichen Lungen zwanzig Stunden später, nach ihrem Tod.«

Johnson zuckte zusammen. Jennifer. Er mochte es nicht, die Röntgenaufnahme von jemandem anzusehen, den er kannte. Sein Volk hatte Fotografien lange Zeit abgelehnt, weil es glaubte, die Linse stehle die Seele. Was hätten seine Vorfahren von diesen Aufnahmen gehalten? Bilder des Inneren eines Menschen. Aber es war der Tod des jungen Mädchens, der ihn eigentlich störte. Sie hatte das ganze Leben noch vor sich gehabt. Sie hätte nicht sterben dürfen. Das lastete schwer auf seinem Gewissen. Er musste das Thema wechseln. Er räusperte sich.

»Was hat das mit Mäusen zu tun? Mein Volk hält Mäuse für eine lebenswichtige Verbindung, um das Leben in der Wüste zu sichern.« Johnson sah in Nancys Gesicht einen Ausdruck von »Oh, du armer Liebling« und spürte ihre Hand leicht auf seinem Unterarm.

»Das muss für Ihr Volk sehr schwer sein«, sagte sie.

»Ja.« Mehr sagte er nicht, aber er ließ seinen Lippen einen gequälten Seufzer entschlüpfen. Er musste auf die Zeit achten. Außerdem sollte er Douglas Anderson anrufen und ihn über das Labor in Kenntnis setzen.

»Ich muss jetzt los.« Seine Stimme hatte den Tonfall eines Stammeschefs. Nancy sah ihn ehrfurchtsvoll an.

»Wenn Sie wieder vorbeikommen möchten, zeige ich Ihnen jederzeit gerne, woran wir arbeiten.«

»Vielleicht nächste Woche«, sagte er.

Sie öffnete die Tür und Johnson ging. Er war ein paar Schritte gegangen, als er die Feder sah. Er bückte sich und hob sie auf, drehte sich um, drehte sie zwischen den Fingern, die Augen geschlossen, seine Lippen bewegten sich.

»Möge Ihre Arbeit sich mit der Schnelligkeit von Adlerflügeln fortbewegen. Seien Sie gründlich bei Ihrer Jagd und flink auf Ihrem Flug.«

Er gab Nancy die Feder und ging zurück zum Krankenhaus. Er sah sich nicht um. Das war nicht nötig. Er wusste, sie stand in der Tür, hielt die Feder von einem Taubenhintern in der Hand und sah ihm fasziniert nach. Natürlich würde er sich nächste Woche mit dem Psychologen treffen.

»Ich habe eine Dokumentation angefangen.« Gloria saß auf dem Stuhl neben seinem Schreibtisch und verzehrte ihr Mittagessen. Sandy lenkte der Geruch des Navajo-Taco ab.

»Eine Dokumentation? Über was?«, fragte er.

»Über die Todesfälle, und was die Leute darüber sagen. Könnte hilfreich sein.«

»Sie haben Recht. Gute Idee.«

»Ich habe sogar das Buch von Sinclair Lewis gelesen.«

»Was für ein Buch?« Sandy hatte Schwierigkeiten, dem Gespräch zu folgen.

»Das Buch über die Krankheit, die sich fast genau so anhört wie das, was hier gerade passiert.«

Sandy zerbrach sich den Kopf, aber heute war kein Tag für Weltliteratur. »Wie heißt es?«

»*Arrowsmith.* Es steht alles in dem Buch. Das Problem mit dem Tourismus. Wie die Leute nicht über die Epidemie reden wollen, um die Besucher nicht zu vertreiben. Wie sie entsteht, weil jemand den Rattenfänger entlässt.«

»Rattenfänger?«

»Mmhh. Die Gegend wird von Ratten überschwemmt, nachdem der, der sie normalerweise bekämpft, entlassen wurde. Dann gibt es eine Glaubenskrise. Es steht alles da drin.«

»Hört sich nach einer Prophezeiung an.«

»Genau.« Gloria setzte den Deckel auf die runde Tupperdose, in der ihr Essen gewesen war, und gab ihm dann die Dokumentation. »Den Artikel auf Seite siebenundzwanzig finde ich gut.«

Sandy wartete, bis sie in ihr Büro zurückgegangen war, bevor er der Neugier erlag. Auf jeder Seite der Dokumentation waren zwischen einem und fünf Artikel oder Fotos, die etwas mit der Epidemie zu tun hatten. Die Bilder waren beschriftet und alle Artikel waren mit Erscheinungsdatum und Quelle versehen. Erstaunlich. Der Artikel auf Seite siebenundzwanzig berichtete über einen Mann, der immer noch jede Nacht mit seiner toten Tante sprach. Sie gehörte zu den Ersten, die gestorben waren, und sie hatte ihren eignen Tod vorausgesagt. Sie hatte ihren Neffen gewarnt, dass sie »bald gehen würde« und er sich darauf vorbereiten solle. Das war zwei Wochen vor ihrem Tod gewesen. Gloria glaubte wahrscheinlich, dass jemand die Zukunft voraussagen konnte. Und er? Das Telefon hielt ihn von weiteren Überlegungen ab.

Die Nachricht war kurz. »Er wird durchkommen.« Eine Supernachricht, dachte Sandy, als er den Hörer auflegte. Ein Mann hatte Pech gehabt. Er war zur falschen Zeit am falschen Ort gewesen. Gott sei Dank, war es diesmal nicht tödlich. Der UPS-Fahrer hatte Fallen nach Tewa gebracht. Da war er wieder, der gemeinsame Nenner. Dank seiner besorgten Frau war er bei den ersten Anzeichen sofort ins Krankenhaus gebracht und an das Beatmungsgerät angeschlossen worden. Der zweite Überlebende. Er musste jemanden hinschicken, um ihn zu befragen. Aber erst musste er auf die Station. Die Mittagspause war zu kurz.

»Ich gehe zur Visite auf Station zwei.« Gloria nickte, telefonierte aber weiter. Sandy konnte sehen, dass die zwei anderen Telefonleitungen blinkten. Er hielt an, um kurz mit dem Mann am Empfang zu sprechen und eine Liste der neuen Patienten durchzusehen.

»Wie läuft es?«

»Nicht gut. Ich habe den Leuten gesagt, dass sie ein Buch mitbringen sollen, sogar eine ganze Bibliothek, sie werden stundenlang hier sein.«

Die Zahl der ambulanten Patienten war in den letzten zwei Wochen um fünfzig Prozent gestiegen. Der Raum roch nach schmutzigen Windeln und Nasenspray. Nicht gerade zwei seiner Lieblingsgerüche. Jeder, dem die Nase lief, kam zum Röntgen.

Und sie schickten niemanden weg. Wenn weiter so viele Menschen kamen, musste Sandy die Bundesbehörden um Verstärkung bitten.

Er sah sich im Raum um und ihm ging die Ironie der Geschichte auf: An dem Tag, als die erste Nachricht über die mysteriöse Krankheit in der Presse erschienen war, hatte sie sich die Titelseiten mit der Ankündigung einer Haushaltskürzung für die indianische Gesundheitsfürsorge geteilt. Eine sechunddreißigprozentige Kürzung der gesamten medizinischen Versorgung von einer Million nordamerikanischen Indianern. Niemand konnte abschätzen, wie viel die Epidemie kosten würde. Fünfzig Dollar pro Person für Laborarbeiten. Für die Röntgenaufnahmen noch mal zwanzig Dollar. Seit Jennifers Tod war das Wartezimmer sogar an Samstagen voll. Für Tests war bereits ein kleines Vermögen ausgegeben worden.

»Seit wann hustet der Kleine?« Sandy folgte der Mutter, die das fiebrige Baby im Arm hielt, in das Behandlungszimmer, das jetzt aus einer abgeteilten Ecke in der Halle bestand. Eine von zwölf provisorischen Untersuchungskabinen, die den Flur säumten.

»Seit gestern, vielleicht vorgestern.« Die Mutter hielt das Baby fest im Arm. Sandy wusste, dass das ihr erstes Kind war. Sie hatte das Kind mit Twilas Hilfe im Reservat bekommen. Der kleine Kerl musste jetzt sechs Monate alt sein.

»Lassen Sie ihn zur Beobachtung über Nacht hier.« Das einzige Problem war das Zimmer. Inzwischen standen schon Kinderbetten in den Büros, weil so viele Röntgenuntersuchungen gemacht wurden und viele Leute mit einer einfachen Erkältung für eine Nacht aufgenommen wurden.

»Vielleicht bekommen wir ihn noch in der Kinderstation unter.«

»Wird er wieder gesund?« Sie flüsterte vor Angst.

»Wir werden alles tun, was wir können.« Das hörte sich nicht nach viel an. Es war auch nicht viel. Er nahm das Baby aus den Armen der Mutter.

»Ich zeige Ihnen, wo er heute Nacht schläft. Können Sie bei ihm bleiben?« Sandy konnte sich nicht erinnern, ob sie stillte oder nicht. Er war so müde, dass er nachließ.

Es dauerte drei Stunden, bis er an seinen Schreibtisch zurückkam, um den Papierkram zu erledigen. In der Zwischenzeit hatte Gloria siebenundzwanzig Anrufe entgegengenommen.

»Irgendetwas Wichtiges?«, fragte Sandy.

»Eine Bekloppte aus Iowa hat angerufen.«

»Eine Bekloppte?«

»Ja. Sie hat gesagt, das Problem seien die Schafe. Sie sagte, wir müssten aufhören, Lamm zu essen, und die Herde müsse draußen schlafen.«

»Was haben Sie gesagt?«

»Ich habe ihr gesagt, ich mag kein Lamm, und dass sie uns mit den Navajos verwechselt.«

»Und?«

»Sie hat aufgelegt.«

»Irgendwelche anderen wichtigen Anrufe?«, fragte Sandy und wusste, der Sarkasmus war für die Katz.

»Ein Senator.«

»Was wollte er?«

»Er hat sich über den *Scientific American* von diesem Monat aufgeregt. Ich habe Ihnen eine Ausgabe besorgt. Hier ist der Artikel. Da steht, dass die Krankheit die Folge biologischer Kriegführung sei. Ich klebe ihn in die Dokumentation ein.«

»Lassen Sie mich mal sehen. Guter Gott, jetzt müssen wir alle Militärstützpunkte sichern. Und danke für die Zeitschrift, Gloria. Wirklich sehr hilfreich.«

Sandy lehnte sich in seinem Schreibtischstuhl zurück und las den Artikel. Der Autor war in wissenschaftlichen Kreisen angesehen. Aber Kriegführung mit Keimen oder Chemikalien? Als Nächstes wurde sicher Elvis im Dorf gesichtet.

8

Julie machte den Computer an und suchte den Ordner über die mysteriöse Krankheit. Zehn Tote. Bis Morgen musste sie etwas Neues haben. Sie hatte sich Kopien der Befragungen besorgt, die Ben mit den Familien durchgeführt hatte. Sie suchte nach einem Aufhänger, dem menschlichen Aspekt. Aber nicht gerade Liebespaare, die starben, ehe ihr Leben überhaupt begonnen hatte, oder das dreizehn Jahre alte Mädchen, das eine große Fußballkarriere vor sich gehabt hätte.

Der Bildschirm zeigte »Neues Dokument« an. Es gab keinen Ordner namens »myskrank«. Sie versuchte es noch einmal. Das gleiche Ergebnis. Wie konnte ihre Datei verschwunden sein? Sie kontrollierte den Programmmanager. Nichts. Der Ordner »mysteriöse Krankheit« existierte nicht mehr. Keine Panik. Sie hatte die Dateien auch zu Hause auf ihrem Computer. Und Gott sei Dank hielt sie die Sicherheitskopie auf dem aktuellen Stand. Was für ein Albtraum, alles zu verlieren. Noch ein letztes Mal ... Julie verfolgte ihre Schritte zurück durch die Dateien und Sicherungskopien. Nichts. Die Datei war nicht mehr vorhanden. Vielleicht hatte es einen Stromausfall gegeben. Sie ging nach vorne zum Empfang.

»Hat sich jemand über Probleme mit dem Computer beschwert?«

Die Empfangsdame schüttelte den Kopf.

»Sind Sie sicher? Ich habe ohne ersichtlichen Grund einen großen Teil meines Materials zu der mysteriösen Krankheit verloren. Merkwürdig, dass ich die Einzige im Netzwerk sein soll, die es erwischt hat.«

»Zu mir hat niemand etwas gesagt.«

»Ich werde es sicherheitshalber melden. Lassen Sie mich wissen, falls irgendjemand ähnliche Probleme hat.«

»Wo wir gerade von der mysteriösen Krankheit sprechen, haben Sie noch einmal etwas von Ben Pecos gehört? Haben Sie ihn interviewt? Er ist wirklich toll.« Die Empfangsdame hielt eine

Ausgabe des *Journal* in der Hand, in der ein Artikel über das Aufstellen von Fallen stand. Ben stand neben zwei uniformierten Männern von *Fish and Wildlife.*

»Ein paar Mal, glaube ich.«

»Ich wusste es. Sie werden rot. Da läuft etwas, stimmts?«

»Ich werde schon rot, wenn man mich nach der Uhrzeit fragt.« Julie drehte sich um, um in ihr Büro zurückzugehen.

War sie einsam? Aber die wichtigen Dinge zuerst. Wo war der Ordner mit Bens Interviews? Sie öffnete alle Schreibtischschubladen und durchsuchte sie. Kein Interview. Wo hatte sie es hingetan? Sie kontrollierte drei Schubladen mit aktuellen Ordnern. Der Ordner war einfach nicht mehr da. Seltsam. Sie hatte ein paar Akten mit nach Hause genommen, aber sie war sich sicher, dass die nicht dabei gewesen war.

Wer konnte daran Interesse haben? Es gab keinen Konkurrenten. Bob hatte ihr die Story gegeben und schien zufrieden mit ihren Ergebnissen. Sie musste sie falsch abgespeichert haben. Es war schon nach fünf Uhr. Sie würde in ihrer Wohnung nachsehen. Aber wie hatte sie am selben Tag ihre Dateien verschlampen und den Ordner verlegen können?

»Heiße Verabredung heute Abend?«, fragte die Empfangsdame und rollte die Augen, als Julie vorbeiging.

»Tut mir Leid, Sie zu enttäuschen Ich bin heute Abend mit einem guten Buch allein. Ich lasse Sie es wissen, sobald mein Liebesleben interessant wird.« So weit kommt es noch, fügte Julie im Stillen hinzu.

Sie drückte die Fernschaltung der Garagentür und manövrierte den Miata zwischen zwei Reihen von Packkisten hindurch. Wer der Meinung war, man solle alles rausschmeißen, was innerhalb von sechs Monaten nicht ausgepackt war, hatte mit ihr ein Problem. Sie machte die Küchentür auf und warme, stehende Luft kam ihr entgegen. Verdammt. Sie hatte vergessen, die Klimaanlage anzustellen. Vielleicht sollte sie vor dem Abendessen noch kurz schwimmen gehen. Ein Teil der Attraktivität dieses Wohnung war das olympisch große Schwimmbecken. Das Auto und die Wohnung waren ein Abschlussgeschenk ihrer Eltern.

Sie drückte den Knopf zum Abspulen der Nachrichten auf ihrem Anrufbeantworter, drehte die Lautstärke auf und ging nach oben, um sich umzuziehen. Sie war dankbar, dass Wayne aufgehört hatte anzurufen. Er hatte wahrscheinlich den Ring versetzt und war auf der Suche nach der nächsten zukünftigen Ehefrau. Keine der Nachrichten war dringend. Ein Zahnarzttermin am Freitag. Sie sollte ihre Mutter anrufen. Altkleider für die örtlichen Wohlfahrtsorganisationen vor die Tür stellen, sie sollten morgen früh abgeholt werden. Ziemlich langweilige Dinge. Ziemlich langweiliges Leben. Nein. Es war das Leben, das sie sich wünschte. Zuerst die Karriere. Wo sie gerade dabei war: Sie sollte lieber den Ordner finden.

Er war nicht auf dem Schreibtisch. Sie ging durch einen Stapel beschrifteter Ordner neben dem Computer. Nichts. Normalerweise verlor sie Sachen nicht einfach. Dinge konnten eine Weile eingepackt bleiben. Aber sie gingen nicht verloren. Sie schaltete den Computer an. Der Ordner mit den Informationen über die mysteriöse Krankheit war da. Sie würde ihn ausdrucken und eine Sicherungskopie ziehen. Nur die Interviews von Ben waren weg.

Sie zog ihren Badeanzug zurecht. Es klingelte an der Tür. Das musste der Junge sein, der das Altpapier abholte.

»Hallo. Jemand in deinem Büro hat mir versichert, du wärst allein zu Hause.« Ben trat zurück und Julie merkte, wie sie rot wurde, als er den Badeanzug bemerkte.

»Wow. Ich komme gerade richtig. Du solltest diese Farbe immer tragen. Du solltest einfach immer diesen Badeanzug tragen.«

»Was machst du hier?« Julie versuchte ärgerlich zu klingen, aber es gelang ihr nicht.

»Lieferservice. Fünf Sorten chinesisches Essen und Glückskekse.«

Er hielt eine große Tüte auf. »Okay? Darf ich jetzt hereinkommen?«

Julie lächelte ihn an. »Natürlich. Das Esszimmer ist dort hinten. Gib mir eine Minute, um mich umzuziehen.«

»Das ist nicht nötig.«

»Keine Bluse, keine Schuhe, kein Service. Läuft das nicht so?«

Zehn Minuten später saß Julie ihm am Tisch gegenüber und sah zu, wie er sich Essen auf den Teller schaufelte.

»Ich habe nur zwei Stunden Zeit, bevor ich zurückmuss.«

»Wie läuft es mit den Fallen?«

»Ganz gut. Ich habe dem Labor etwa zweihundertfünfzig Tiere geschickt. Ich rechne mit einer weiteren großen Ladung in den nächsten zwei Tagen.«

»Lass mich mitfahren.« Ben hörte auf zu essen, saß da und schaute sie an. »Stimmt was nicht?«, fragte sie.

»Du wirst es nicht glauben, aber gestern ist auf mich geschossen worden.«

»Geschossen?« Ihre Stäbchen fielen auf den Teller.

»Ich habe es den Typen von *Fish and Wildlife* erzählt und sie meinten, dass es ein Wilderer gewesen sein könnte. Jemand, der glaubte, dass ich Biber oder Bisamratten fangen wollte. Aber das ergibt keinen Sinn. Nicht zu dieser Jahreszeit. Die Felle sind nicht gut, sie fangen jetzt erst an, sich zum Winter hin zu verdichten. Und was wirklich verrückt ist: Ich habe ihn dabei erwischt, wie er eine Maus aus einer Falle genommen und in die Tasche gesteckt hat.«

»Er hat eine Maus mitgenommen?«

»Ja.«

»Meine Geschichte ist zwar nicht so aufregend wie deine, aber als ich heute Nachmittag ins Büro zurückkam, waren die Dateien über unsere Krankheit verschwunden. Sie waren einfach nicht mehr da. Und der Ordner mit den Notizen über die Befragungen, den ich mir von dir geliehen hatte, ist auch verschwunden.«

»Passiert so etwas oft?«

»So etwas ist noch nie passiert.«

»Sieht so aus, als will jemand wissen, was wir machen.«

»Ja, aber warum?«, fragte Julie.

»Vielleicht ist es jemand, der herausfinden möchte, was die Krankheit verursacht, sodass er die Ergebnisse zuerst veröffentlichen kann?«

»Und den Pulitzer-Preis gewinnen, indem er auf jemanden schießt?«

»Wahrscheinlich sind dafür schon schlimmere Dinge getan worden. Willst du immer noch eine Nacht in den Wäldern verbringen?«

Sie hatten noch eine Stunde, bis die Sonne hinter der Mesa verschwand. Julie tauchte den Stahlborstenpinsel in die Lysolmischung und schrubbte und spülte die nächste Falle. Sie waren fast fertig. Sie wollten ungefähr hundertfünfzig Fallen an neuen Stellen aufstellen und die Nagetiere aus den Fallen holen, die sie in der letzten Nacht aufgestellt hatten.

Ein Hauch von Herbst lag in der Luft. Die Nacht würde kühl werden. Julie lenkte ihre Gedanken von den Schüssen auf ihre Umgebung. Ein blasses pfirsichfarbenes Licht breitete sich am Himmel aus und wurde immer intensiver je tiefer die Sonne sank. Sie konnte Frösche und Grillen hören. Ihre Gesänge wurden jetzt leiser. Während sie auf dem sandigen Boden vor Bens Zelt saß, spürte sie, wie die Hitze des Wüstenbodens Arme und Beine aufwärmte.

»He, nicht müde werden.« Ben war von hinten an sie herangekommen und grinste, als er sich neben sie hockte.

»Es ist wunderschön hier draußen«, sagte Julie.

»Ich weiß. Komm mit. Ich möchte dir etwas zeigen.« Ben zog sie ahoch und ging voraus zum Fluss.

Zuerst konnte sie nur den Hügel aus Ästen sehen, die an einem Ende des aufgestauten Beckens lagen.

»Da. Am anderen Ende. Da sind zwei von ihnen.« Julie fühlte Bens Arm um sich, der auf etwas im Schatten zeigte. Biber. Wahrscheinlich ein Paar. Ben schloss seine Arme um ihre Taille und legte sein Kinn auf ihren Kopf. Sie sahen zu, wie die zwei Tiere faul dahinschwammen, dann untertauchten und verschwanden.

Ben zog sie näher an sich heran und Julie kam ihr Lieblingssatz von Mae West in den Sinn, »Ist das da eine Pistole in der Hosentasche oder freust du dich einfach, mich zu sehen?« Es gefiel ihr, seine Erregung zu spüren. Sie wollte sie fühlen. Sie wollte eine körperliche Beziehung. Sie wollte sie nur nicht jetzt. Sie drehte sich zu Ben um. Der erste Kuss war sanft, nur ein Berühren der Lippen. Dann legte sie ihre Hände in seinen Nacken, zog ihn an sich heran und küsste ihn fester.

Als sie sich voneinander lösten, strich er ihr Haar sanft aus ihrem Gesicht, küsste ihre Augen, ihre Nasenspitze, und folgte dann mit der Zunge der Linie ihrer Lippen. Er drückte sie an sich. Sein Mund bedeckte den ihren; seine Zunge spielte mit der ihren, stieß vor. Zuerst hörten sie die Geräusche nicht. Ein brechender Ast. Das Rascheln von Blättern. Jemand kam durch das Dickicht auf sie zu. Bens Reflexe waren schnell. Er drückte sie auf den Boden und wirbelte herum, um den Eindringling zu konfrontieren.

»Ben. Nicht. Es ist Lorenzo.« Julie kam auf die Füße und lief auf den alten Mann zu. »Er ist ganz kalt. Er hat bestimmt seine Decke verloren. Bleib bei ihm. Ich bin gleich wieder da.«

Julie lief zum Zelt und kam mit ihrem neuen Pendleton-Poncho zurück.

»Den kannst du ihm nicht geben.«

»Doch, kann ich. Er wird ihn warm halten.« Sie warf den Poncho über Lorenzos Kopf. In der Dämmerung war die Helligkeit des türkisen und goldenen Musters schlecht zu sehen, aber sie konnte sehen, wie er mit seinen arthritischen Fingern über die weiche Oberfläche strich.

»Er mag ihn.« Julie ging zurück und Lorenzo sah sie an. Er versuchte etwas zu sagen, während er seine Finger weiter in den dicken Stoff grub. Er klopfte sich auf die Brust und die Arme, drehte sich dann um und ging Richtung Fluss.

»Jetzt wird dir heute Nacht kalt werden«, sagte Ben.

»Nur, wenn du nicht noch eine Decke für mich hast.«

»Was hältst du davon, eine zu teilen?« Die Idee gefiel ihr – sehr sogar – mehr, als sie zugeben wollte.

Denk an deinen Beruf, ermahnte Julie sich selbst. Du willst jetzt keine Beziehung. Egal wie sehr du diesen Mann magst.

»Man braucht Sie da draußen.« Gloria stand in der Tür zu seinem Büro. Sandy hatte sie einmal gefragt, warum sie die Sprechanlage nicht benutzte, und sie hatte gesagt, sie brauche die Bewegung. Schwer, etwas dagegen zu sagen. Aber es irritierte ihn doch, wenn sie von der Tür aus Nachrichten durchgab.

»Im Labor?«

»Mmhh.«

»Haben sie gesagt, ob es dringend ist?« Sandy sah zu einem Stapel vernachlässigter Post.

»Ich glaube, sie haben die bösen Jungs gefunden.«

»Die bösen Jungs?«

»Ja, die, die die Krankheit verursachen.«

»Sie machen Witze.« Sandy war so schnell auf den Beinen, dass sein Schreibtischstuhl nach hinten kippte. »Stellen Sie keine Anrufe durch. Notieren Sie alles.«

»Wird gemacht«, sagte Gloria zu dem leeren Zimmer.

Sieben aufgeregte Labortechniker waren in der hinteren Ecke versammelt. »Das ist es. Wir, das CDC, die Mycoplasma-Experten der Universität von Alabama, UNM, wir alle sind der gleichen Meinung.« Ein Mann holte eine Flasche Sekt aus dem Kühlschrank. Ein anderer teilte Plastikbecher aus.

»Sind Sie sicher, dass das nicht etwas voreilig ist?«, fragte Sandy.

»Diesmal nicht. Wir haben den Kerl festgenagelt.« Der Sektkorken prallte von einem hohen Ventilator ab und ein leichter Sprühregen zog über Sandys Stirn.

»Das CDC hat Antikörper gegen das Hantavirus in Gewebeproben von drei der vier Verstorbenen gefunden, die wir testen konnten. Zweiundvierzig der 257 Nagetiere, die hier im Labor getestet wurden, haben Antikörper, die darauf hindeuten, dass sie dem Hantavirus ausgesetzt waren. Zwölf der zweiundvierzig Mäuse wurden in der Nähe des Hauses von Peter Tenorio und seiner Verlobten gefunden. Ich glaube, eindeutiger kann es nicht sein.«

Der Techniker drehte sich um, um seinen und weitere sechs Plastikbecher, die man ihm hinhielt, noch einmal zu füllen.

»Ist irgendein bestimmtes Nagetier häufiger betroffen als andere?«, fragte Sandy.

»Waldmäuse. Die süßen mit den großen Ohren. Vierzig von ihnen waren positiv, aber nur zwei von den gewöhnlichen Feldmäusen.«

»Also haben wir einen Namen, Hantavirus« sagte Sandy. Ein Virus, das weltweit bekannt ist, nur nicht in den Vereinigten Staaten. Das musste ja mal passieren. Internationaler Handel. Reisen. Früher oder später werden nur noch wenige Krankheiten auf einen Teil der Welt beschränkt sein.

Er ging in sein Büro zurück und hielt bei Gloria an, um ihr zu erzählen, was das Labor herausgefunden hatte. Warum war er darüber nicht begeistert? Irgendetwas nagte an ihm. Eine unbeantwortete Frage.

»Ist es vorbei?«, fragte Gloria.

»Sie meinen, dass die Leute krank werden?«

»Ja.«

»Ich wünschte, ich könnte Ja sagen«, sagte Sandy.

»Wie geht es jetzt weiter?«

»Es ist jetzt noch wichtiger, im Dorf, in seiner Umgebung und in ganz New Mexico Nagetiere zu fangen.«

»Mein Mann ist Navajo. Sein Volk hat das vorausgesagt.«

»Hat was vorausgesagt?«

»Mäuse leben nachts und auf der Mesa. Menschen leben tagsüber und in Häusern. Es passiert, wenn reichlich Pinienkerne vorhanden sind und es viel geschneit hat. Es ist eine sehr alte Geschichte. Wenn die Mäuse in die Welt der Menschen kommen, wird eine alte Krankheit wieder ausbrechen.«

»Ich kann das nicht glauben, Gloria. Es gibt eine Legende darüber, dass Menschen sterben, weil sie mit Mäusen zusammenleben?«

»Mmhh.«

»Ist das schon einmal passiert?«

»Bei den Navajos zweimal. Einmal 1918 und dann noch einmal 1933.«

»Sagt die Legende etwas darüber, wie sich die Krankheit ausbreitet?«

»Mäuseurin. Die Alten haben die Menschen dazu angehalten, ihre Heime sauber zu halten und das Essen in Behältern aufzubewahren. Wenn eine Maus sie berührte, sollten sie ihre Kleidung verbrennen.«

»Ich will verdammt sein.« Sandy lehnte sich an die Wand und starrte Gloria an.

»Diese Dinge passieren, wenn zwischen Mensch und Natur ein Ungleichgewicht herrscht«, sagte sie.

Sandy durchquerte die Halle zu seinem Büro. Verblüffend. Volksglauben und westliche Medizin kamen zum gleichen Schluss. Aber irgendetwas stimmte noch nicht. Etwas, worüber er nachdenken sollte. Es fehlte ein Bindeglied.

»Doktor Black?«

»Gloria, Sie haben mich erschreckt.«

»Ich habe vergessen, Ihnen das zu geben. Die Universitätsklinik hat es mit der Post geschickt.«

Der weiße Umschlag beulte sich. Auf der Rückseite hatte Marilyn Bernowich unterschrieben. Bernowich. Amy, natürlich. Eine der Überlebenden. Das war das Detail, das nicht passte. Wie konnte sie Mäuseurin, Fäkalien oder Spucke von Mäusen aus dem Dorf ausgesetzt gewesen sein? Ihr Kontakt war Mary Toya. Hantaviren wurden nicht von Menschen an Menschen weitergegeben. Außer ... Sandy griff nach einer Pinzette in seiner Schublade. Er nahm die Plastiktüte aus dem Umschlag. Kürbiskerne. An ihnen konnten Spuren von Mäusen kleben. Er wollte sie ins Labor bringen. Das konnte ein wichtiges Teil des Puzzles sein.

»Hier entlang, Gouverneur Yepa.« Der Psychologe hielt die Tür zu seinem Büro auf. Johnson wäre es lieber gewesen wenn der Mann nicht wie der Schauspieler Bob Newhart ausgesehen hätte, aber er ging hinter ihm hinein.

»Das muss alles sehr anstrengend für Sie sein. Ich bin sicher, Ihre Aufgaben als Gouverneur halten Sie von Ihrer Familie fern.« Der Psychologe saß da und sah ihn an. Sollte er etwas dazu sagen? Johnson wusste es nicht. »Ihre Frau hat mir erzählt, dass Sie Schwierigkeiten miteinander haben. Ich glaube, darüber sollten wir heute reden. Ich möchte Ihnen versichern, dass ich beiden Seiten zuhöre und mit Ihnen beiden arbeite, aber ich kann kein Feuer entfachen, das bereits verlöscht ist.« Der Mann sah ihn erwartungsvoll an.

Johnson sah zu Boden. Vielleicht sollte er reuig, besorgt, hilfsbereit tun. Vielleicht sollte er die Wahrheit sagen. Nancys Figur trübte seine Sicht. Er schüttelte den Kopf. Besser. Er sah den Schreibtisch und den Psychologen jetzt wieder deutlich vor sich.

»Ich weiß nicht genau, was meine Frau Ihnen erzählt hat … etwas über eine andere Frau?« Johnson wartete, aber der Doc war nicht auskunftsfreudig. Kein Nicken, kein Kopfschütteln. Nichts, nur dieses geduldige Warten.

»Nun ja, Doc, Sie wissen, wie das ist. Ein Mann muss sein Blut in Wallung halten.«

»Ich bin nicht sicher, ob ich Sie verstehe.«

»Der Krieger nach dem Kampf, der Jäger nach der Jagd. Man hat das Bedürfnis nachzuladen, mit einem Mädchen zusammen zu sein und die Quelle der Männlichkeit neu zu speisen.«

Der Doktor schob die Lippen vor, zog die Stirn nachdenklich in Falten, entspannte sich dann wieder und nahm die ganze Zeit den Blick nicht von Johnson.

»Ich dachte, die Leute des Pueblo seien Bauern«, meinte er.

Johnson machte eine Pause. Damit kam er nicht durch. Neue Strategie:

»Wissen Sie, Doc, ich stehle Ihnen wahrscheinlich nur die Zeit.

Meine Frau und ich haben miteinander geredet und wir glauben, es kommt alles wieder in Ordnung. Ich hätte das Treffen heute abgesagt, aber ich wollte hereinschauen und Danke sagen. Das Treffen letzte Woche mit Ihnen, das hat uns wirklich geholfen.«

Johnson stand auf und ging zur Tür. Der Psychologe blieb sitzen.

»Wenn Sie ihre Meinung ändern und reden möchten, vereinbaren Sie einfach einen Termin mit meiner Sekretärin.«

Johnson nickte, verließ das Büro, zog die Tür hinter sich zu und eilte zur Hintertür des Krankenhauses. Wenn er Glück hatte, war Nancy allein im Labor. Er überlegte, wie weit er bei ihr wohl kam. Ob er eine Hand unter ihr T-Shirt schieben konnte? Sogar den Stoff bis zum Hals hochschieben und sein Gesicht in den Duft der blumigen, warmen Haut vergraben. Die Vorstellung war fast zu viel für ihn. Er fühlte sich verschwitzt und klebrig an, als er die Tür des Labors erreichte. Sein Geschlechtswerkzeug juckte.

»Hallo, ich bin Dave. Sie sind der Gouverneur, oder? Nancy hat gesagt, dass Sie vielleicht vorbeikommen. He, Nancy, Ihr Freund ist da.«

Johnson folgte ihm ins Labor und kämpfte gegen den Impuls an, sich kratzen zu wollen. Nancy strahlte, als sie die Hand ausstreckte.

»Ich habe gehofft, dass Sie heute vorbeischauen. Wissen Sie schon, dass wir das Rätsel gelöst haben?«

Johnson schüttelte den Kopf. Er war mehr daran interessiert, Dave loszuwerden.

»Kommen Sie mit.« Nancy deutete nach hinten ins Labor.

Johnson fielen die Plastikbeutel mit Waldmäusen auf, die beschriftet in hellen Plastikbehältern steckten. Vielleicht machte es nichts, dass Dave da war. Schließlich war es so, als denke man in einem Leichenschauhaus über Sex nach. Er betete kurz für die Seelen der kleinen Kreaturen.

»Was machen Sie mit so vielen Waldmäusen?«, fragte er.

»Wir haben nachgewiesen, dass sie der Hauptüberträger des Hantavirus sind, des geheimnisvollen Killervirus.«

»Woher haben die Mäuse das Virus?« Johnson versuchte, nicht an die Investmentgruppe zu denken.

»Gute Frage. Es gibt eine ganze Reihe von Antworten. Entweder haben die Mäuse das Virus schon seit einiger Zeit, aber in zu geringer Zahl, um Menschen zu infizieren, bis dann eine Reihe von Dingen passierte. Wie zum Beispiel, dass die Mäuse sich auffällig vermehrt haben und mit mehr Menschen in Kontakt gekommen sind, deren Immunsystem nicht in der Lage war, das Virus zu bekämpfen. Oder es ist vor kurzem zu einer neuen, tödlichen Form mutiert. Wissen Sie, es war einfach nur da und veränderte sich, bis es einen neuen Träger mit Erfolg infiziert hat.«

Sie tat so, als sei das in der Natur ein alltäglicher Vorgang. Nicht etwas, das von Menschen in einem Labor herbeigeführt wurde. Aber vielleicht sollte er sichergehen. Wenn die Andersons das erfuhren ... Wenn sie sicher sein konnten, das niemand Verdacht geschöpft hatte ...

»Wodurch hat es sich verändert?«, fragte Johnson.

»Durch den Austausch von genetischem Material. Hantaviren können immer dann mutieren, wenn zwei zur gleichen Zeit die gleiche Zelle befallen.«

Johnson zog die Stirn in Falten. »Ich glaube, das verstehe ich nicht.«

»Wissen Sie, wie es zu Grippeepidemien kommt? Warum die Menschen jedes Jahr geimpft werden müssen und von einem Jahr zum nächsten nicht immun bleiben?«

Johnson schüttelte den Kopf.

»Asiatische Enten mit Grippeviren infizieren sich auch mit gutartigen Grippeviren des Menschen. Sie tauschen genetische Segmente aus und stellen einen neuen Virenstrang her, den das menschliche Immunsystem nicht abwehren kann. Darum kommen Grippeepidemien meistens aus Asien.«

Nancy sah mit sich zufrieden aus. Johnson bemerkte, wie ihre harten Brustwarzen sich unter der weißen Baumwolle abzeichneten. Asiatische Enten konnten diese Frau erregen. Was würde sie mit seiner Hand zwischen ihren Beinen tun? Und noch wichtiger: Wann konnte er das herausfinden? Er versuchte, sich darauf zu konzentrieren, was sie sagte.

»Das ist für Hantaviren wahrscheinlich nur theoretisch möglich, aber ich glaube, dass es so laufen könnte. Wir wissen zum Beispiel, dass dieses Hantavirus ein wichtiges neues Merkmal hat. Anstatt die Nieren anzugreifen, wie es bei den vier anderen Hantaviren ist, greift es die Atemwege an. Aber ich rede immer weiter. Wollen Sie etwas Kaltes zu trinken?«

Johnson sah zu, wie sie zum Kühlschrank ging und bewunderte, wie der Stoff ihrer Hose zwischen ihren Pobacken stippte.Als sie sich nach vorne beugte, konnte er einen weißen Streifen Haut sehen.

»Oh, wir haben kein Wasser mehr. Ich hole schnell welches.« Sie war schon aus der Tür, bevor er sagen konnte, dass er keinen Durst hatte. Er saß faul auf einem der Stühle und drehte sich herum, um die hohe Theke anzusehen. Überall lagen Ringbücher und voll geschriebene Notizblöcke. Vor ihm lag ein Umschlag von Dr. Black. Er hob ihn auf, sah hinein und schnappte nach Luft. Er rutschte vom Stuhl und fing sich im letzten Moment indem er nach einer Ecke der Theke griff. In dem Umschlag war ein Tütchen mit Kernen. Kürbiskernen.

Auf einem daran befestigten Zettel stand »Mary Toya, Tewa Pueblo, 9. August.« Mary Toya. Seine Sekretärin Mary Toya? Die Sekretärin des früheren Gouverneurs? Hatte sie das Originalpäckchen weggenommen? Hatte sie sie hierher gebracht?

Seine Beine fühlten sich an wie Gummi. Er hielt sich an der Theke fest und drückte die Knie durch. Selbst seine Zähne fingen an zu klappern. Er sah sich um. Konnte Dave ihn sehen? Nein, Dave saß vor einem Computer an der Rückseite des Gebäudes und drehte ihm den Rücken zu. Irgendein Kompressor brummte so laut, dass er sowieso jeden Laut übertönte. Gut. Johnson kontrollierte das Zittern seiner Hände und ließ das Tütchen und die Notiz in seine Tasche gleiten. Er musste hier weg. Er musste nachdenken.

»Richten Sie Nancy bitte aus, dass ich die Zeit vergessen habe. Ich muss um vier Uhr zu einer Ratssitzung.«

Dave wedelte mit der Hand, ohne die Augen von seinem Bildschirm zu nehmen.

Douglas Anderson senior saß am Esstisch, schlug die Zeitung auf und las die Schlagzeile: »Massenmördervirus gefunden! Laut Berichten haben Mäuse das Hantavirus bereits seit den frühen Achtzigerjahren.« Er schob seinem Sohn die Kaffeekanne hin und lächelte breit.

»Es könnte nicht besser laufen.« Er klopfte auf die Zeitung. »Die Wissenschaft hat triumphiert. Die Hälfte der Mäuse im Staat wird umgebracht, Mäusegift wird ein Verkaufsschlager und wir bauen weiter an dem Kasino.«

Douglas sen. fühlte sich sicher und auch ein wenig selbstzufrieden. Sie hatten also nur einen unwesentlichen Rückschlag einstecken müssen. Sie konnten das Kasino Anfang des Jahres eröffnen. Und die ganze Aufregung um das Virus lenkte ihre Gegner davon ab. Bei den öffentlichen Anhörungen im letzten Jahr hatten ein paar Leute protestiert, wenn auch nur wenige. Der alte Gouverneur hatte ihnen im Weg gestanden. Zum Glück hatte Gouverneur Yepa das Potenzial erkannt, das darin lag, sich einer Industrie anzuschließen, die jährlich sechs Milliarden Dollar abwarf. Manche Stämme verdienten eine Millionen Dollar täglich und investierten einen großen Teil davon in Stammesprojekte.

Offizielle Stimmen hatten vorgeschlagen, sie sollten langsam anfangen, mit den weniger geldintensiven Glücksspielen wie Bingo und Zahlenlotto. Es war aber das Beste, aufs Ganze zu gehen. Die Gesetze waren immer noch unklar, was die Beteiligung der örtlichen Gemeinden anging. Sie hatten sich beim Grund und Boden eingeklinkt. Sie wollten einen Präzedenzfall schaffen: Den wirtschaftlichen Standard des Dorfes erhöhen und die über dreißig Prozent hohe Arbeitslosenquote abbauen.

»Überlegst du, wieder einen Trupp nach Tewa zu schicken?«, fragte Junior.

Douglas sen. zeigte auf die Zeitung. »Ich glaube, es ist Zeit. Vielleicht ist es sogar Zeit für die Party.«

»Eine Party?«

»Klar. Wir sollten sie groß aufziehen. Der Gouverneur von New Mexico, Abgeordnete, alle wichtigen Leute aus Santa Fe. Einfach nichts auslassen.«

»Hört sich großartig an.«

»Ja. Wir könnten ein bisschen Publicity gebrauchen.«

Das Smokinggeschäft roch muffig. Eine Mischung aus Mottenkugeln und ungewaschenen Laken zusammen mit einem starken Geruch nach Ralph Lauren. Eine kleine Klingel, die an der Eingangstür angebracht war, kündigte Johnsons Eintreten an. Sie verliehen »Abendgarderoben«, hatte die etwas zu weiblich klingende Stimme am Telefon gesagt, »für Anspruchsvolle.« Johnson war sich da nicht sicher. Er war hier, weil es das einzige Geschäft in Albuquerque war, das zusicherte, den Smoking und die Änderungen bis Freitag fertig zu haben.

Er hatte mit seiner Frau darüber gestritten, ob er einen Smoking kaufen oder leihen sollte. Er wollte seinen eignen. Nicht nur für die Party der Andersons. Er wollte ihn auch im Kasino tragen. Ausleihen war Geldverschwendung. Aber er hatte nachgegeben. Es war schlimm genug, dass er sie nicht zu der Party mitnahm. Er begann, mit einem Gentleman zu sprechen, der einen schwarzen Frack trug, bemerkte aber, bevor er sich lächerlich machte, dass er mit einer Schaufensterpuppe sprach. Der Raum war voller fein gekleideter Schaufensterpuppen, die so angeordnet waren, als unterhielten sie sich vertraulich miteinander. Perfekt manikürte Hände hielten Teetassen und Ausgaben der *New York Times*.

Überall Zylinder. Und ein Hund neben seinem Herrchen. Der Hund sah echt aus. Johnson ging hinüber, um ihn zu streicheln.

»Sind sie nicht wunderbar?« Johnson machte vor Schreck

einen Satz. Ein schmal gebauter Mann unbestimmbaren Alters kam wie schwebend aus dem Hintergrund auf ihn zu. »Das ist Fred Astaire, natürlich. Und das ist Clark. Oh, und hier ist der Duke. Er würde dafür sterben, ein Tête-à-tête mit diesen Leuten zu haben.« Der Mann wieherte und huschte zwischen den zwanzig seltsamen Figuren hin und her, rückte hier einen Schlips und dort einen Schal zurecht.

»Sie sind anatomisch korrekt.«

»Was sind sie?«

»Ihre kleinen Pimmelchen sitzen an der richtigen Stelle.« Er tätschelte den Unterleib des Duke.

»Warum?« Das war das Einzige, was Johnson dazu einfiel.

»Damit sie in Badesachen und Unterwäsche besser aussehen. Ich war Schaufensterdekorateur in New York. Ich habe die Sommermonate gehasst. Man kann ein schlechtes Modell mit guter Kleidung verdecken, aber bei einem flachen Unterleib in einer knappen Badehose kann man gar nichts machen.« Er unterbrach sich, um ein Taschentuch locker anzuordnen. Johnson fühlte sich leicht unwohl.

»Ich sollte einmal ein ganzes Fenster mit Männern in offiziellen olympischen Badehosen dekorieren. Diese Spandex-Dinger, die nichts mehr der Fantasie überlassen. Ich sage Ihnen, furchtbar. Nichts an der richtigen Stelle. Natürlich hätte ich sie ausstopfen können, aber früher oder später wäre der Stoff zusammengedrückt worden oder die Socken wären gerutscht.« Er beugte sich konspirativ zu Johnson.

»Ich wette, Sie erraten, was ich getan habe. Knetgummi. Kinderknetgummi. Er hat hervorragend funktioniert, bis eines Tages die Klimaanlage ausfiel.«

Johnson ließ seiner Fantasie freien Lauf und stellte sich vor, wie es ausgesehen hatte, schmelzende Knetgummis, die sich lösten und das Bein herunterrannen. Nicht schön.

»Hat man Ihnen gekündigt?«

»Deswegen nicht. Aber lassen Sie uns mal sehen. Sie brauchen etwas für Freitagabend, richtig?«

»Ja.« Die Antwort ging unter, denn der Mann war schon im hinteren Raum verschwunden. Johnson versuchte, nicht auf den Unterleib des Duke zu sehen.

»Sie haben Glück«, rief der Mann hinter einem Vorhang. »Ich habe sogar einen tollen kastanienbraunen, der nach ein paar kleinen Änderungen ganz toll aussieht.«

Er tauchte mit vier Anzügen wieder auf, die er über die Theke warf.

»Wollen wir zuerst einen Blick auf den Kastanienbraunen werfen?« Der Mann zog ihn mitten aus dem Haufen. »Und dazu ein Kummerbund in einer anderen Farbe. Ist er nicht todschick?« Er hielt den Anzug vor Johnson hoch und zeigte auf den Spiegel. Johnson gefiel er. Perfekt, um darin dem Gouverneur von New Mexico vorgestellt zu werden und um Mollie zu beeindrucken.

»Ich nehme ihn.«

»Wir müssen da und dort ein bisschen abstecken.« Der Mann stand hinter Johnson, hielt das Jackett an einer Schulter hoch und raffte und zog mit der anderen Hand an dem Stoff, während er die Wirkung im Spiegel begutachtete. Johnson war unsicher, ob er ihn so nah an sich dran haben wollte.

»Wenn Sie mal reinschlüpfen möchten. Die Umkleidekabinen sind dort drüben.«

Der Umkleideraum war wunderschön. Eine weinrote Samtcouch füllte die eine Ecke aus und an den Wänden war eine Art flockige Tapete, die sich eher wie wuscheliger Stoff anfühlte. Engel aus Messing breiteten die Arme aus, um seine Kleider zu halten. Johnson bemerkte, dass ihre kleinen Beine gekreuzt waren. Das beruhigte ihn.

Die gesamte Rückwand bestand aus einem Spiegel. Vom Boden bis zur Decke. Johnson betrachtete genau das dicke Glas. Ein seltsamer Spiegel. Dann ging ihm ein Licht auf. Zweiseitig. Vermutlich konnte man von der anderen Seite hindurchsehen.

»Wie geht es da drinnen?« Es hörte sich an, als stehe der Mann direkt neben ihm.

»Gut. Ich bin fast fertig.« Johnson drehte dem Spiegel den Rücken zu und kämpfte sich aus seinen Sachen. Er war froh, dass er Halbschuhe ohne Schnürsenkel an hatte.

»Olala, die Farbe ist perrrrfekt. Und der Schnitt der Jacke …« Der Mann zog die Lippen zusammen und begutachtete Johnson, während der sich in den Ausstellungsraum vorkämpfte. Die Hosenbeine stippten an den Knöcheln und er hatte das Jackett über sein T-Shirt gezogen.

»Haben Sie schon einmal daran gedacht, Modell zu stehen?« Johnson sah den Mann verstohlen an, ob der ihn hochnahm. Dann sah er in den Spiegel. Nicht schlecht. Wirklich nicht schlecht.

»Ich stecke die nur schnell hoch.« Der Mann kniete sich mit dem Mund voller Stecknadeln hin, nachdem er Johnson gebeten hatte, sich auf einen Stuhl vor den Spiegel zu stellen.

»Nur ein Vorschlag: Ein Korsettband würde das Bäuchlein straffen und diese schrecklich schmalen Hüften noch mehr hervorheben.«

Johnson konnte seine Frau lachen hören. Noch etwas, was er dann im Bronco aufbewahren musste. Aber er sollte es in Erwägung ziehen.

Die riesige Adobevilla lag in den Hügeln außerhalb von Santa Fe. Das Licht der Fenster durchdrang die umliegende Dunkelheit. Pinienholzrauch stieg aus mehreren Kaminen hoch und verschwand im Nachthimmel. Auf beiden Seiten der Straße, die zur Villa der Andersons führte, waren Wagen abgestellt. Johnson parkte eine halbe Meile entfernt und konnte das Lachen der Leute hören, die im Garten saßen. Es war Ende September, es wurde erst nachts kühler.

Ein Butler öffnete ihm die schwere Eichentür und verkündete in den gefliesten Flur hinein seine Ankunft. In den Leuchtern steckten Bienenwachskerzen, die eine Nische mit dem heiligen Isidro erhellten. Graublaue Balken mit dem Durchmesser seiner Hüfte zogen sich über die sechs Meter hohe Decke des großen

Raums. Sie waren so lang wie Telefonmasten. Zwischen den Balken verliefen Zedernholzleisten in einem winkeligen Muster und trugen zu dem starken Holzgeruch bei, der das Haus füllte.

Die Nordwand wurde von dem Kamin eingenommen. Der hochgezogene, weiß verputzte Kamin verbreiterte sich an der Öffnung und ging an den Seiten in Sitzbänke über. Kissen mit Karomustern waren perfekt auf den Bänken angeordnet. Ein gerahmtes Ölbild mit zwei riesigen sich kreuzenden Mohnblüten dominierte den Kamins. Das muss von jemand Berühmtem sein, dachte Johnson, als er das indirekte Licht bemerkte, das es anstrahlte.

Der große Flügel sah klein aus, bis Johnson näher kam. Der Mann an den Tasten spielte Oldies. Johnson hielt inne, um *Autumn Leaves* zu lauschen. Der Kellner im weißen Jackett musste ihn zweimal fragen, ob er etwas zu trinken wollte. Perrier hatte teuer geklungen, schmeckte aber wie einfaches Mineralwasser.

Douglas Anderson senior winkte ihm vom anderen Ende des Raums und kam dann mit dem Gouverneur und der First Lady von New Mexico im Schlepptau auf ihn zu.

»Wie schön, dass Sie gekommen sind, Gouverneur Yepa. Ich hoffe, ich bringe bei zwei Gouverneuren nichts durcheinander. Haben Sie Gouverneur Knight und seine liebe Frau schon kennen gelernt?« Johnson schüttelte Hände. Der Gouverneur sagte etwas von einem wirtschaftlichen Schritt nach vorn, um sein Volk aus der Armut zu befreien. Als ob er übte, dachte Johnson. Die First Lady unterbrach ihn ein- oder zweimal, um Fakten richtig zu stellen. Schließlich zog Douglas sie weg, um sich »durch den Raum vorzuarbeiten«, wie er es nannte.

Johnson versuchte gerade zu entscheiden, welcher Flur zur Küche führte, als Douglas an ein Mikrofon neben dem Flügel trat und die ungefähr hundertfünfzig Gäste um ihre Aufmerksamkeit bat.

»Danke. Lassen Sie mich Ihnen einige unserer Ehrengäste vorstellen. Den Gouverneur unseres schönen Staates, der ehrenwerte …«

Johnson hörte nicht weiter zu, sondern suchte den Raum nach Mollie ab und versäumte so fast zu reagieren, als er selbst vorgestellt wurde. Als er auf das Podium ging und der Menge zuwinkte, wünschte er sich, er hätte die Jacke geöffnet, denn sie rutschte hoch über den goldenen Kummerbund und schob das Hemd bis zur Fliege hoch. Er widerstand dem Impuls, die Jacke herunterzuziehen und hörte dem Gouverneur ruhig zu, als der die Vorteile des Glücksspiels für ein verarmtes Volk rühmte. Ein Stamm mit uraltem Glauben und Sitten. Was wusste der denn schon.

Dann kam Bob Crenshaw, Besitzer des größten Fernsehsenders des Südwestens, dann sprachen zehn weitere Staatsgrößen und versammelten sich um ihn. Danach wurden Fotos gemacht. Blitzlichter leuchteten im ganzen Raum. Er posierte mit dem Gouverneur und seiner Frau, dann mit Douglas Anderson senior. Endlich konnte er flüchten. Der Pianist spielte *Smoke Gets in Your Eyes*, gefolgt von *I Left My Heart in San Francisco*. Der Gouverneur und seine Frau tanzten einen Twostepp auf dem Eichenparkett.

Johnson wurde hungrig und ging hinüber zu einem sieben Meter langen Tisch mit Baldachin, der mit Essen beladen war. Einiges davon kannte er, anderes war ihm suspekt. Er wusste, wie Kaviar aussah, und mied ihn, genauso wie den Räucherlachs. Beides lag garniert am Fuße eines anderthalb Meter hohen Springbrunnens, über dessen versilberte Seiten Wasser sprudelte. Er griff gerade nach einem kleinen dreieckigen Stück Brot mit etwas Orangefarbenem darauf – Käse, wie er hoffte – als die Lichter ausgingen.

Es war, als lehnten sich die Hälfte der Tänzerinnen von Las Vegas oben über den Balkon. Sie warfen Küsschen herunter und schüttelten Federn und Körper. Kopfschmuck glitzerte und bewegte sich wellenartig im Scheinwerferlicht. Hinterteile tauchten auf und wackelten über den Rändern steifer Satinkostüme. Netzstrümpfe zogen sich bis zur Taille. Schmale Riemchen aus vergoldetem Leder hielten die Pfennigabsätze an den Füßen. Es war eine fantastische Aussicht. Johnson vergaß Mollie fast.

Dann kamen sie die geschwungene Treppe herunter. Die Scheinwerfer bestrahlten jeden ihrer Schritte. Und den ganzen Weg hinunter warfen sie kleine Netze mit Schokoladentalern, kleinen Kartenspielen und Würfeln in das bewundernde Publikum. Johnson haute die Fülle der fast nackten Körper beinahe um.

»Sie sind schön, aber sie werden sich erkälten.« Die weiche Stimme neben seinem Ellbogen war ihm vertraut.

»Mollie.« Johnson drehte sich zu der kleinen rundlichen Indianerin um. Zu ihrer schwarzweißen Uniform gehörte ein Spitzenhäubchen, das an ihrem frisch dauergewellten Haar festgesteckt war.

»Anglovergnügungen«, sagte sie. Johnson merkte, dass sie das alles nicht guthieß.

»Hast du bald Pause?« Er ließ seine Hand zu ihrem Hintern wandern. Sie wand sich heraus, lachte aber.

»Vielleicht. Warum interessiert dich das?« Johnson hatte die Art, wie sie ihn neckte, schon immer gemocht.

»Das musst du selbst herausfinden.« Diesmal kniff er sie in den Hintern.

»Wir treffen uns in fünfzehn Minuten am Kutschhaus.«

»Kutschhaus?«

»Sie nennen es Garage. Hinten herum, hinter den Gärten.«

Sie schlüpfte gerade davon, als die Lichter wieder angingen und die Vegas-Mädchen sich am Flügel versammelten. Das dauert noch ein, zwei Nummern lang, dachte er. Er sah auf die abstrakt geschnitzte große Holzuhr an der Wand, noch zwölf Minuten.

Die geräumige Auffahrt vor dem Haus führte rechts entlang und verschwand in der Dunkelheit. Zwei Bedienstete in Uniform lehnten sich gegen einen Lincoln und erzählten sich Witze. Sie nickten kaum, als er vorbeilief. Die Hauswände warfen das Knirschen der Kiesel zurück. Er hielt an, um den Geräuschen der Nacht zu lauschen. Gelächter strömte von der Party zu ihm herüber, als ein zotiges Musikstück endete. Er war allein in der kühlen von Pinienrauch geschwängerten Nachtluft.

Das Kutschhaus war in Wirklichkeit ein viertüriges Adobegebäude mit Flachdach und einer Art Werkstatt an einem Ende. Die vorderen Türen waren abgeschlossen, also ging Johnson zur Seitentür. Die Werkstatttür war offen. Er trat über die Schwelle und konnte die Umrisse von Gartenwerkzeugen und einer Bank entlang der Seitenwand ausmachen. Irgendwo in der Garage hörte er eine Autotür aufgehen und sah die Innenbeleuchtung in einem der Wagen angehen.

»Hier.«

Als Erstes bemerkte er ihre sauber zusammengelegte Uniform vorne im Cadillac. Mollie lag mit einem rosa Hemdchen bekleidet, das zur Farbe ihrer Fußnägel passte, auf dem Rücksitz. Hoffentlich hatte sie keinen Slip an.

»Sollen wir die Tür abschließen?«, fragte er.

»Hier kommt niemand her.«

Trotzdem flüstert sie. Er warf seine Smokingjacke auf ihre Uniform, stieg neben ihr ein und zog ihre Füße auf seinen Schoß. Er streichelte erst einen Fuß, dann den anderen, ehe er ihren großen Zeh in den Mund nahm, um geräuschvoll daran zu nuckeln. Hier war eine Frau, die wusste, wo man Parfüm zu tragen hatte. Jedes Mal, wenn sie die Zehen bewegte, umwehte ihn eine Duftwolke.

Mollie knetete seinen Unterleib mit den Zehen ihres anderen Fußes. Montana platzte beinahe, um aus seinem Gefängnis zu kommen. Dann setzte sie sich auf und fing an, sein Hemd aufzuknöpfen. Dabei kämpfte sie mit den kleinen Perlenknöpfen an dem gestärkten Bund des Hemdes.

»Hilf mir mit dem Kummerbund.« Johnsons Stimme war kehlig vor Begehren. Er zog an dem Band und drehte es um seine Hüften, sodass die Haken und Ösen nach vorne zeigten. Jetzt die Hosen. Aber die Hosenträger, von denen der Mann im Geschäft gesagte hatte, dass sie eine perfekte Passform machten, waren schwer zu öffnen. Die kleinen Knöpfe am Taillenband kamen als Nächstes. Er sah sie zögern, als sie das Korsett sah. »Rückenprobleme«, murmelte er, als das Geräusch des sich teilenden Kreppverschlusses die Stille durchschnitt.

Mit den Hosen um die Knie schälte er sich aus seinem Hemd, nachdem er erst gezögert hatte, eine Seite der Fliege zu öffnen. Inzwischen hatte Mollie Montana mit der Hand umfasst und pumpte emsig auf und ab. Er war halb aus dem Unterhemd heraus, als ihm schmerzhaft klar wurde, dass er an Baseball hätte denken sollen. Wie oft war er schon auf halbem Weg zum Ziel gekommen. Zu spät. Wieder ein einsam erstürmter Gipfel.

»Du bist die einzige Frau, die mich so erregen kann«, sagte er und wünschte, seine Unterhosen hätten etwas tiefer gesessen. Die Feuchtigkeit war unangenehm.

»Ich gehe jetzt lieber wieder zurück.« Mollie küsste ihn auf die Wange und griff dann über den Sitz nach ihren Sachen und begann sich anzuziehen. Sie rückte das Spitzenhäubchen zurecht, küsste ihn noch einmal und verschwand hinter dem Auto. Er hörte, wie sich die Werkstatttür öffnete und schloss.

Es wäre nett gewesen, wenn sie ihm mit dem Kummerbund geholfen hätte. Ihm kamen Zweifel, ob er ihn jede Nacht im Kasino anziehen sollte.

»Ich dachte, Sie seien schon nach Hause gegangen.«

Der alte Anderson stand in der Tür, als Johnson die Einfahrt hochkam.

»Ich habe nur etwas frische Luft geschnappt.« Johnson kämpfte den Impuls nieder, den Kummerbund herunterzuziehen. Er hatte gehofft, zu einer Toilette zu gelangen, bevor er jemanden traf.

»Haben Sie Ihre Fliege verloren?«

Johnsons Hand griff an seinen Hals, ehe er daran dachte, einfach zu sagen, dass er sie abgenommen hatte. Na gut. Hoffentlich lag sie irgendwo da draußen und nicht auf dem Rücksitz des Cadillac.

»Es war ein wunderbarer Abend. Er ist der Beginn eines Projekts, von dem ich mein ganzes Leben lang geträumt habe.« Der alte Anderson hakte sich bei Johnson unter.

Woher diese Freundlichkeit? Zu viel Champagner? Johnson hatte ihn nie so schmeichlerisch erlebt. Als sei alles vergeben, oder zumindest vergessen.

»Wird Ihr Volk zu schätzen wissen, was wir für es getan haben?«

Johnson wurde in einen Raum neben dem Eingang geschoben, der wie ein Büro aussah.

»Einige ja.« Das war die Wahrheit. Nicht alle, aber hoffentlich die Mehrheit. Und die anderen wahrscheinlich, wenn das Geld anfing zu fließen.

Douglas Anderson war hinter einen massiven Schreibtisch getreten und setzte sich nun hin, die Füße auf einem Hocker, und lehnte sich in dem kastanienbraunen Bürosessel mit hoher Lehne zurück. »Rauchen Sie?« Er zeigte auf eine Zigarrenkiste an der Ecke des Schreibtischs.

»Wenn es Sie nicht stört?« Johnson zog den Deckel zur Seite und holte eine perfekt gerollte Zigarre heraus. Er bewunderte die feste runde Form und den holzigen und dennoch moschusartigen Geruch. Er zog sie unter der Nase entlang, so wie er es in Filmen gesehen hatte.

Die gleichmäßigen Schnarch- und Gurgelgeräusche, die aus dem Stuhl hinter dem Schreibtisch kamen, überraschten ihn nicht. Der alte Anderson war eingeschlafen. Er war weggedöst, die noch nicht angezündete Zigarre zwischen den Fingern. Der große Mund stand weit offen und ließ die zwei Reihen des zu rosafarbenen Zahnfleisches der falschen Zähne sehen. Johnson suchte den Schreibtisch nach einem Feuerzeug ab.

Als er keins fand, steckte er die Zigarre in die Tasche. Es war ein guter Abend gewesen, nein, ein großartiger Abend, fügte er hinzu, als er an Mollie dachte. In der Stille des Arbeitszimmers, in das durch ein Oberlicht das Mondlicht einfiel, war endlich alles irgendwie in Ordnung. Er seufzte und verließ auf Zehenspitzen den Raum.

Dritter Teil

9

Tony Chang stellte die Infrarotbrille scharf, rückte den Helm auf seinem Kopf in eine bequemere Position und beugte sich dann über den kleinen Käfig auf dem Arbeitstisch. Es machte ihm nichts mehr aus, im Dunkeln zu arbeiten. Er machte es schon so lange. Vorsichtig schob er die Schiebetür der stabilen Holzkiste zur Seite, die am hinteren Ende des Maschendrahtbehälters angebracht war. Dann nahm er die Stoppuhr und wartete.

Zuerst sah man zwei Fühler, die sich am Eingang bewegten. »Komm schon. Mach einen Schritt. Ja, so.« Tony sprach oft so vor sich hin, und ermutigte seine kleinen Zöglinge, die weiße Linie zu überqueren, die Schwelle zwischen Sicherheit und garantiertem Tod. Als Nächstes sah er den schimmernden schwarzen Kopf und ein zögerliches Vorderbein. Ein weiteres Mitglied der Familie Blattidae, um genau zu sein, eine Blattella orientalis, sollte ein neues Insektenvernichtungsmittel testen.

Er hatte hauptsächlich schwarze orientalische und braune deutsche Schaben in seinem Labor. Diese Arten gab es in Albuquerque und sie hatten bereits Resistenz entwickelt. Ihre zunehmende Immunität würde ihn noch lange im Geschäft halten. Tony drückte auf den Knopf der Stoppuhr, als die Kakerlake die Linie überquerte. Jetzt begann der Spaß. Manchmal wettete er mit sich selbst, wie schnell das Gift wirkte. Er tippte heute auf weniger als eine Viertelstunde.

Nachdem sie eine Minute im Käfig herumgeflitzt war, hielt die Schabe inne, um sich zu putzen, dabei zog sie jedes Hinterbein durch ihren Mund. Genau vier Minuten und siebzehn Sekunden nach Beginn des Experiments zuckte die Schabe, erforschte dann aber weiter die Umgebung. Nach zwölf Minuten und zwei Sekunden, rollte sie über die Schulter auf die Seite und kam nicht wieder auf die Beine. Stattdessen drehte sie sich für weitere drei Minuten und sechzehn Sekunden im Kreis.

Dann nichts mehr. Die Schabe, die immer noch auf der Seite lag, hörte einfach auf zu strampeln und wurde steif. Tony drückte den Knopf der Stoppuhr. Achtzehn Sekunden. Er hatte sich um achtzehn Sekunden verschätzt. Jetzt musste er sich um die Brutkästen kümmern, die Tausende von Eiern enthielten, Generationen zukünftiger Opfer. Oder, wie Tony sie gerne nannte, »Freiwillige«.

Er machte das Licht an, hängte den Helm an die Wand, ging zurück in den großen Hauptraum und setzte sich an einen Computer. Die Laborausrüstung, Reagenzgläser, Bunsenbrenner, Glascontainer mit Spritzen, die ordentlich in der Mitte eines langen Metalltisches standen, warfen die morgendlichen Sonnenstrahlen zurück, die durch die zwölf schmalen Fenster am oberen Ende der Ostwand fielen.

In einem weiteren Raum, der mit dem großen, dreizehn mal sechs Meter langen Hauptlabor verbunden war, befanden sich einige Mäuse und Ratten. Manche, wie zum Beispiel die Bandicoot-Ratte, waren in den Vereinigten Staaten selten. In Fässern gelagerte Chemikalien standen in einem kleineren Raum, der vollständig vom Arbeitsbereich abgetrennt war. Manche waren zusätzlich in eine Schutzschicht eingelagert und noch dazu umhüllten Stahltrommeln Substanzen, die schon in kleinen Mengen tödlich waren.

Er fragte sich oft, was die Leute wohl denken würden, wenn sie wüssten, was sein Labor mitten in Albuquerque enthielt. Er lachte leise in sich hinein. Die Öffentlichkeit war so gutgläubig, so dumm. Gegen die Lagerung von Nuklearabfällen dreihundert Kilometer weiter südlich oder für die Auflösung des Waffenlagers in den Manzano-Bergen gingen sie auf die Barrikaden und kamen noch nicht einmal auf die Idee, dass es in ihrer unmittelbaren Nachbarschaft viel gefährlichere Dinge gab.

Er sollte aufräumen. Douglas Anderson hatte angerufen und auf einem Treffen bestanden. Tony wurde nicht gern herumkommandiert. Wer war Douglas Anderson, dass er ihm vorschrieb, alles fallen zu lassen und in einer halben Stunde für ein Treffen bereitzustehen? Wenn überhaupt, dann in seinem Labor, sonst nirgends. Tony ließ normalerweise niemanden in das Labor, nicht einmal seine Mitarbeiter.

Aber er wusste, was Douglas wollte, Rückversicherung, jetzt da sich das Virus irgendwie in seinen ursprünglichen Zustand zurückentwickelt hatte. Die Schlagzeilen der Zeitungen schürten die Panik. Sie hatten es mit Mäusen in Verbindung gebracht und mahnten die Leute zur Vorsicht. Tony hatte lange darüber nachgedacht. Eigentlich hätte nichts Besseren passieren können. Das würde das CDC von der Spur abbringen.

Er rückte vom Computer ab. Der auf einem Beistelltisch platzierte Bildschirm und die Tastatur ließen keinen Rückschluss auf die Festplatte zu, die in einem anderen Raum stand, der durch einen Alarm und einen Code gesichert wurde. Ein drei mal drei Meter großer Raum unterhalb des Labors. Er war vorsichtig. Er war Wissenschaftler. An einer Wand hingen Lizenzen, Zulassungen und Anerkennungsurkunden seiner Verdienste in der Schädlingsbekämpfung aus der ganzen Welt.

Aber Amerika war sein Zuhause. Wo sonst konnte man über Nacht reich werden? Er war in San Francisco geboren, aber nach Albuquerque gezogen, als seine Eltern sich entschlossen, zurückzugehen. Sie hatten nach der Pensionierung in China leben wollen, doch ihre Heimat war noch vor Ablauf des Jahres zu ihrem Grab geworden. Es war ein unbekanntes Virus. Sein Vater hatte die Symptome einer Grippe, dann begann seine Haut zu bluten. Er starb an einem Schock. Die Nieren seiner Mutter hörten auf zu funktionieren. Sie starb an einer Blutvergiftung. Beide innerhalb eines Monats.

Tony war von ihrem Killer besessen. Das gleiche hämorrhagische Fieber hatte hundertneunzig Amerikaner während des Koreakriegs das Leben gekostet. Übelkeit und Durst gingen mit kleinen Hautblutungen einher, die schließlich zu Nierenversagen führten. Er hatte daran gearbeitet, die Macht dieses Killervirus nutzbar zu machen. Es einzusetzen oder zu verkaufen, wie es ihm beliebte, hatte jahrelang daran gearbeitet, das Virus isolieren und verändern zu können. Hatte sich alle Literatur einverleibt, die die Militärlabors darüber veröffentlicht hatten. Hatte es an Menschen in Ländern der Dritten Welt ausprobiert, wo der Tod im alltäglichen Schmutz und der Armut nicht auffiel. Die Suche hatte sein Leben dominiert. Aber das Ergebnis, das Virus, das er für eine Million Dollar an die Investmentgruppe verkauft hatte, würde nie als das erkannt werden, was seine Eltern getötet hatte. Die Virologen rechneten damit, dass zuerst die Nieren versagten. Das war normal. Dass es zuerst die Lungen angriff, würde sie eine Weile auf Trab halten.

Es war pures Glück, dass er überhaupt ein Virus entdeckt hatte, das die Lungen befiel. Er hatte mit einer Veränderung des Puumala herumgespielt, des Virus, das Wühlmäuse in sich trugen. Er hatte sogar einige Wühlmäuse in Skandinavien gefangen, wo die Wühlmauspopulation in einem Vierjahresrhythmus zu- und abnahm. Aber es war schwierig, mit diesen Trägern zu arbeiten. Also hatte er das Experiment zugunsten der norwegischen braunen Ratte eingestellt. Sie war eine Verwandte der braunen Ratte, des Bandicoots, der positiv auf das Hantavirus reagierte, das manipuliert und in seiner Form verändert werden konnte, ohne an Wirksamkeit zu verlieren.

Ein Summer ertönte und eine rote Glaskugel an der zehn Zentimeter dicken Stahltür blinkte warnend auf. Das musste Douglas sein. Er wollte ihn vorne in dem Raum mit den Insektenkäfigen empfangen, damit das Treffen möglichst kurz ausfiel.

»Ist dieser Ort sicher?« Douglas Anderson rieb sein Gesicht mit einem weißen Taschentuch ab, als er ins Labor trat. Tony dachte, er wollte es vor Mund und Nase lassen.

»Sie meinen, ob die Luft gefiltert ist?« Tony erläuterte das

Belüftungssystem, das an große Filtervorrichtungen angeschlossen war, die vierundzwanzig Stunden täglich rumorten und summten und frische Luft durch das Labor pumpten. Weil die Partikel, die von den Nagetieren freigegeben wurden, tödlich waren, hatte er ein System entwickelt, das diese Luft in einen Abzug leitete, der mit der restlichen Luft im Labor nicht in Berührung kam. Sie wurde durch ein eigenes, kleineres System gefiltert. Er hatte an alles gedacht. Er war sehr gründlich.

»Ich zweifle nicht an dem, was Sie sagen. Ich bin nur verdammt beunruhigt, dass dieses … Ding freikommt und sich verbreitet. Das Kasino wird gebaut, aber niemand geht da hin, wenn man dabei Angst um sein Leben haben muss. Wird man nicht Verdacht schöpfen, weil es so plötzlich aufgetaucht ist, und sich wundern, wo es ursprünglich herkam?«

»Die Zeitungen betonen die Tatsache, dass es viele tödliche Substanzen in der Gegend gibt. Substanzen, von denen die Öffentlichkeit keine Ahnung hat. Das meiste davon ist einfach nicht nachweisbar. Es schlummert jahrhundertelang vor sich hin, und dann – päng – stirbt ein halbes Dutzend Menschen. Ein Forscher hat unsere kleine Grippe eine ›metaphorische Eintagsfliege‹ genannt. So wie das Insekt, das jahrelang schlafend unter Wasser liegt, dann an die Oberfläche kommt und nur einige Tage lebt.«

»Was wollen Sie damit sagen?« Douglas klang verärgert.

»Dass niemand Menschen als die Ursache des Virus vermutet. Ich bin vorsichtig gewesen. Oder glauben Sie mir nicht?« Tony wartete auf Douglas' Nicken.

»Ja, ja, aber sagen Sie mir noch einmal, warum man kein menschliches Eingreifen vermuten wird.«

Geduldig wiederholte Tony, »Ich habe Zugang zu einer Viruskette, die in ihrem ursprünglichen Zustand von Spucke, Urin und Fäkalien des Bandicoots übertragen wird.«

»Bandicoot?«

»Eine sehr große Ratte, über sechzig Zentimeter lang.«

»Ich habe noch nie von so einem Tier gehört.«

»Es stammt aus Indien. Es hat einige Verwandte in Australien mit langen Klauen, Insekten fressende Beuteltiere aus der Gattung der *Nesokia.*« Tony erwärmte sich für das Thema. »Sie haben lange Schnauzen und dünne, eng anliegende Ohren.«

»Ich teile Ihren Enthusiasmus für Ungeziefer nicht. Was hat das mit dem Virus zu tun?«

»Ich habe das Virus im Labor verändert, sodass es für Menschen über fünfzig tödlich ist, wenn sie es essen. Es war kein Virus mehr, verhielt sich aber noch wie eins. Ich konnte Essen infizieren, Dinge mit Schalen funktionierten am besten. Deshalb haben wir Kürbiskerne genommen. Sie haben eine harte Hülle und der Gouverneur mochte sie so gern.«

»Wie viele musste er essen?«, fragte Douglas.

»Drei oder vier. Nicht viele. Er hat sie offensichtlich mit Freunden geteilt.«

»Ist es nicht auch möglich zu erkranken, wenn man sie nur angefasst hat?«

»Nein. Ursprünglich musste man sie essen. Aber jetzt ist klar, dass ein artverwandtes Tier die Samen des Päckchens gefressen hat. Das Tier wurde dann zu einem Träger und brachte das Virus wieder in die Umgebung. Ich hatte gehofft, der Gouverneur würde sie einfach essen und sie nicht an Streifenhörnchen verfüttern.« Tony lachte brüllend.

Douglas schien beschwichtigt. Tony sah zu, wie Douglas' Augen durch den Raum wanderten und die Glasbehausungen Tausender von braunen und schwarzen Insekten auf sich wirken ließ. Einige – und Tony war stolz darauf – waren mehr als zehn Zentimeter lang. Von dem Ältesten gab es eine Urkunde, die bestätigte, dass es dreiundsiebzig Jahre alt war. Und immer noch zeugungsfähig, wie Tony herausgefunden hatte.

»Ich habe ein paar Nagetiere aus der Umgebung des Dorfes organisiert und darunter zwei Träger gefunden. Weil das CDC dem Virus einen Namen geben konnte, wird es Schritte unternehmen, um es zu bekämpfen«, sagte Tony.

»Was werden sie machen?«, fragte Douglas.

»Tja, sie werden weiter verschiedene Tiere fangen, besonders Mäuse. Jetzt, wo sie den Schuldigen isoliert haben, werden sie im großen Stil Tiere fangen, werden die Öffentlichkeit darüber informieren, wie man den Bestand von Nagetieren unter Kontrolle halten kann und dann wird sich alles wieder beruhigen.«

»So war das nicht geplant. Ich kann nicht glauben, dass das wirklich passiert.«

Tony sah zu, wie der alte Anderson aufgeregt an den Käfigen vorbeiging.

»O Gott, diese Viecher machen mich nervös. Wie können Sie es ertragen, den ganzen Tag mit ihnen eingesperrt zu sein?« Douglas begann, sich unbewusst unter dem Kragen zu kratzen.

»Sie sprechen nicht«, sagte Tony. Er sah, dass Douglas ihn genau ansah, aber er zeigte nicht die Andeutung eines Lächelns. »Es kann nur jemand Verdacht schöpfen, wenn die ursprünglichen Samen analysiert werden. Aber der Beutel und die Samen sind längst weg, stimmts?«, fragte Tony.

»Richtig.« Douglas saß still da und verfluchte Johnson Yepa. Vielleicht musste jemand einmal rausfahren und ihm Gottesfurcht beibringen. Von Angesicht zu Angesicht. Nichts, was er als Hexerei abtun konnte. Er hatte genau die richtige Person für diesen Job. Vielleicht war das jetzt nötig. Sie konnten sich keine Ausrutscher leisten. Zu viel stand auf dem Spiel.

Entlang des Nagelbetts an der ungleichmäßigen rosa Nagelhaut seines kleinen Fingers klebte etwas Blut. Johnson merkte es nicht einmal mehr, wenn er an den Fingern kaute. Die Nerven. Eigentlich sollte er bester Dinge sein. Er musste nur aus der Tür seines Büros treten, um zu hören, wie all seine Hoffnungen und Träume wahr wurden. Die Andersons hatten die Bagger wieder anfangen lassen zu arbeiten. Die Party war ein voller Erfolg gewesen. Sein Bild war in der Zeitung gewesen. Das Motorboot würde heute geliefert werden. Seine Frau hatte wieder angefangen, für ihn zu kochen. Aber da war diese Nebensächlichkeit mit den Kürbiskernen.

Wie war Dr. Black an das kleine Tütchen Kerne gekommen? Hatte Mary Toya sie ihm gegeben? Und wenn ja, warum? Auf Stirn und Oberlippe bildete sich Schweiß. Und dann an diesem Morgen, als er den Karton mit den Halbschuhen hinter dem Autositz herausgezogen hatte – genau da, wo er sie nach der Party gelassen hatte, da war nur noch ein Schuh im Karton. Nur der rechte Schuh lag unberührt in dem Papier. Jemand hatte den linken genommen, um einen Fluch auszusprechen. Jemand der ihm Böses wollte? Oder nur eine Warnung?

»Ich brauche Ihre Unterschrift auf den Beraterverträgen mit Anderson & Anderson Investments, Inc.« Mary stand mit einem Stapel von Papieren vor ihm. Johnson sah hoch und dann kam ihm die Idee. Vielleicht konnte er selbst ein paar Antworten finden. Er fing eilig an, die Schubladen seines Schreibtisches aufzuziehen.

»Mary, hatte der Gouverneur hier nicht irgendwo ein Päckchen Kürbiskerne? Er hatte doch einen Korb voll davon auf dem Schreibtisch.«

»Ich habe sie mitgenommen, als ich das Büro sauber gemacht habe.«

»Erinnern Sie sich, was Sie damit gemacht haben?« Er sah hoch. Oh. Er musste aufhören zu fragen. Er sah Marys Augen flackern. Erinnerte sie sich an etwas? Fragte sie sich, warum er das wissen wollte? Sie starrte über seine rechte Schulter.

»Ich weiß nicht, warum es so viel Aufregung darum gibt. Dr. Black hat auch schon nach Kürbiskernen gefragt.«

»Hat er?« Johnson tat überrascht.

»Eine Touristin ist krank geworden. Ein kleines Mädchen aus Illinois. Sie war wohl allergisch gegen Kürbiskerne. Ich hatte vergessen, dass ich ein paar mit nach Santa Fe genommen hatte.«

»Nun ja«, Johnson zwang sich zu einem Lachen, »dann will ich sie auch gar nicht mehr essen.« Er unterschrieb die Papiere und sah zu, wie Mary den Raum verließ. Dr. Black hatte die Kerne zwar bekommen, aber er hatte sie nicht mehr. Vielleicht war Johnsons Pech in Wirklichkeit Glück. Die Geister hatten ihn zu dem Labor geführt und ihm den Beweis in die Hand gespielt. Er konnte fühlen, wie sich das bleischwere Gewicht von seiner Brust löste. Er würde die Anhängerkupplung am Bronco anbringen und das Boot holen. Und vielleicht sollte er für ein Reinigungsritual den Medizinmann aufsuchen. Man konnte nicht vorsichtig genug sein.

»Also, was jetzt? Wir müssen das Dorf warnen. Den Leuten sagen, vor was sie sich in Acht nehmen sollen. Was haltet ihr von Flugblättern?« Der Labortechniker saß in der ersten Reihe des vollen Konferenzraums des Krankenhauses.

»Das hat nur eine begrenzte Wirkung«, meinte Sandy. »Wir brauchen etwas Visuelles und persönlich Ansprechendes.«

»Ist frischer Mäuseurin immer noch der Hauptverdächtige?«, fragte eine Krankenschwester.

»Ja. Die Tröpfchen wirbeln durch die Luft und können eingeatmet werden«, sagte Sandy.

»Wir könnten ein Video machen. Die Ärzte tragen alle Mausmasken und pinkeln auf …« Der Rest des Satzes des jungen Arztes ging im Gelächter unter.

»Sexist. Ich bin Ärztin und gedenke nicht, vor einer Kamera auf irgendetwas zu pinkeln«, rief eine Frau in der ersten Reihe. Noch mehr Gelächter. Sandy wartete, bis er wieder ihre Aufmerksamkeit hatte.

»Nichts ist so gut, wie das Dorf mit guten alten Plakaten zu überschwemmen.« Ben sprach von seinem Platz am Boden.

»Sie haben wahrscheinlich Recht. Ich habe auch daran gedacht, im Dorf von Haus zu Haus zu gehen, zu warnen und gleichzeitig Fragen zu beantworten.« Sandy sah Twila in der dritten Reihe. »Twila, könnten Sie mir helfen etwas in der Art zu organisieren?«

»Es wird schwer werden, den Leuten klar zu machen, dass das Virus durch Mäusedreck übertragen wird.« Das kam von einem indianischen Helfer hinten im Raum.

»Wir müssen sie dazu bringen, es zu glauben. Denk nur an die Zunahme von Fällen im Herbst, wenn die Nager in die Häuser gehen«, sagte Ben.

»Es ist möglich, dass ich einen Nachweis dafür habe, dass mit Mäuseurin verschmutzte Nahrungsmittel das Virus an ein Kind übertragen haben. Nancy, haben Sie schon die Kürbiskerne durchgetestet?«

»Dr. Black, die, mmhh, Kerne … das Päckchen scheint verlegt worden zu sein.«

»Verlegt? Sie haben also noch gar keine Tests durchgeführt?«

Nancy schüttelte den Kopf.

Schlamperei. Das Labor war in letzter Zeit chaotisch gewesen, aber das war keine Entschuldigung dafür. »Ich erwarte, dass Sie weiter nach ihnen suchen. Lassen Sie uns so verfahren, als wäre Mäusedreck ein Überträger.« Sandy war es egal, dass man ihm den Ärger anhören konnte.

»Wie wäre es, der Öffentlichkeit eine Liste von Vorsichtsmaßnahmen zugänglich zu machen?«

»Gute Idee. Ben, besprechen Sie das mit Julie«, sagte Sandy.

»Was sind Risikoverhaltensweisen?«, fragte eine Krankenschwester.

»Das Sammeln von Pinienkernen aus Nagernestern, das Säubern von Heuschobern, Gartenarbeit …«

»Wie steht es mit Campen?«, rief ein Mann von hinten.

»Auf dem Boden sollte man grundsätzlich nicht schlafen.«

»Wie weit sind wir mit einem Diagnoseverfahren?«, fragte eine Ärztin.

»Noch nicht sehr weit. Aber das hat Vorrang. Sonst noch etwas?« Sandy ließ den Blick über die Gruppe schweifen. »Wir müssen die Allergie- und Asthmapatienten genau im Auge behalten. Die Besprechung ist zu Ende.«

»Mary Toya hat angerufen.« Gloria gab ihm einen Stapel Telefonnotizen.

»Was wollte sie?«

»Sie wollte bestätigen, dass sie es war, die die Kürbiskerne dem kleinen Mädchen gegeben hat.«

»Hat sie sonst noch etwas gesagt?«

»Sie hatte die Kerne vom Gouverneur. Er hatte sie im Büro. Nachdem er gestorben ist, hat sie sie mit nach Hause genommen. Sie fühlt sich schrecklich, weil sie glaubt, sie ist schuld, dass jemand krank geworden ist.«

»Es war nicht ihre Schuld«, sagte Sandy.

Das ließ den Mäusedreck als Verursacher noch wahrscheinlicher werden. Er musste mit Bernie im Lebensmittelladen reden. Vielleicht bewahrte er seine Lebensmittelvorräte nicht in geschlossenen Behältern auf. Und falls er Mäuse im Lager hatte, konnte das tödlich sein.

»Was meinen Sie, Mr. Yepa? Ist sie nicht eine Schönheit?« Der Verkäufer rieb mit dem Ärmel über ein Chromteil am Bug. »Wissen Sie schon, wo sie liegen soll?«

»Elephant Butte.« Johnson ließ den Blick über das glänzende, von silbernen Streifen unterbrochene Weiß des Rumpfs gleiten. Eine Kette von Federn, verbunden mit einem spinnennetzartigen Kreis von dreißig Zentimeter Durchmesser auf der Steuerbordseite. *Dream Catcher.* Der Name war in Schreibschrift geschrieben und zog sich wie eine Fahne über dem Symbol entlang. Das Symbol war detailgetreu gezeichnet, jedes Federhaar und jedes Stückchen Band war geknotet und gewunden, um wie ein Spinnennetz auszusehen. Von der Mitte zog sich ein langes geschwungenes Band aus Adlerfedern zu einer Seite. Es sah so echt aus. Johnson griff hoch und fuhr mit den Fingern über die glatte Fiberglasoberfläche.

Johnson war gar nicht glücklich damit, ein Symbol der Plains-Indianer zu benutzen, aber es passte. Das Symbol und der Name stimmten. Die Legende erzählte, dass schlechte Träume sich im Netz verfingen, die guten nicht. Er hatte schlechte Träume. Die Leute von der anderen Seite riefen ihn. Sie baten ihn, ihnen zu folgen.

»Kommen Sie doch bitte hier entlang, Mr. Yepa, dann können wir die Papiere fertig machen.« Johnson wollte das Boot nicht verlassen, aber er folgte dem Mann in den Ausstellungsraum.

»Also dann. Sie haben zehntausend Dollar angezahlt. Die Extra-Malerarbeiten belaufen sich auf viertausenddreihundert Dollar.«

Der Verkäufer tippte die Zahlen in einen Taschenrechner ein und füllte ein Formular aus. »Junge, Junge, es war klug von Ihnen, die Malerarbeiten im Werk machen zu lassen. Ich habe einen Freund, der sein Boot in den Hinterhof eines Künstlers schleppen ließ. Noch ehe der Mann zu seinem Boot kam, hatten Rowdys es fast völlig kaputt gemacht. Eine Schande. Ich glaube, es wurde nie wieder wie vorher. Nein. Bringen Sie dieses Baby zum See und sichern Sie es gut.« Der Verkäufer schob Johnson den Vertrag hin. »Sie können loslegen, sobald ich die restlichen 75 432 Dollar bekomme. Ich habe die Summe abgerundet, sodass wir uns keine Gedanken um das Kleingeld machen müssen. Zahlen Sie per Scheck oder per Einzugsermächtigung?«

»Bar«, sagte Johnson. Er öffnete eine Brieftasche und schüttete den Inhalt auf den Tisch.

»Bar? Haben Sie gar keine Angst, mit so viel Geld durch die Gegend zu laufen? Da sind mutiger als ich. Lassen Sie mich das schnell nachzählen, ich bin sofort mit Ihrer Quittung wieder da.«

Das Plätschern des Wassers gegen die Seite des Bootes wirkte beruhigend. Johnson streckte sich auf Deck hinter dem Führerhaus aus und ließ sich in der Sonne braten. Er hatte das Hemd ausgezogen, die Jeans bis zu den Knien aufgerollt und ein Handtuch über die Augen gelegt. Das von der weißen Oberfläche des Schiffs reflektierte Licht blendete und tröstete ihn zugleich. Er thronte zwei

Meter über der Wasseroberfläche. Er entspannte sich und lauschte dem Kreischen der Wasserskifahrer. Gesprächsfetzen der picknickenden Familien wehten aus dem Yachthafen zu ihm herüber. Nummer dreiundsiebzig. Es fühlte sich richtig an. Das neue Zuhause der *Dream Catcher.*

Er döste und ließ dabei die sanfte Bewegung des Boots die Müdigkeit aus seinen Muskeln ziehen. Die ersten Regentropfen überraschten ihn. Er öffnete ein Auge und schielte in den Himmel. Blau. Über ihm, rechts und links, blau. Nicht eine Wolke. Drei weitere Platschen Wasser trafen ihn an der Stirn, der Brust und am Unterleib. Er drehte sich leicht auf die Seite und starrte auf das neben ihm vertäute Boot. Knapp zwei Meter entfernt starrte ein Zehnjähriger zurück. Er hatte eine gigantische Wasserpistole in der Hand.

»Lass das«, sagte Johnson. Er versuchte streng auszusehen. Der Junge rührte sich nicht.

»Haben Sie Kinder, mit denen ich spielen kann?«

»Nein«, sagte Johnson.

»Warum fahren Sie nicht auf den See hinaus?«

»Das mache ich später.«

Das war gelogen. Er hatte nie daran gedacht, dass er Stunden nehmen musste, bevor er das Boot bewegen konnte. Zwei junge Männer hatten die *Dream Catcher* durch den Wirrwarr von vertäuten Booten im Yachthafen und an den Anlegeplatz Nummer dreiundsiebzig manövriert. Er wusste nicht, wie er das Boot wieder heraus- und um die vertäuten Boote herumbringen sollte.

Johnson sah über die Seite. Der Junge mit der Wasserpistole war weg. Elephant Butte war am Wochenende, wenn das Wetter schön war, immer voller Leute. Leute mit ihren Familien. Vielleicht hätte er Lake Powell oder sogar Navajo Lake nehmen sollen. Nein. Butte war näher. Und es war ihm eigentlich egal, ob er hinausfahren konnte. Es war bequem, so wie es war.

10

Das Plakat war einfach. Ein großer durchgestrichener roter Kreis über der Karikatur einer verwundert schauenden Maus. Das Ganze war achtzig mal neunzig Zentimeter groß auf schwarzem Hintergrund. Groß genug, um gesehen zu werden. Ben gab Julie eine Schachtel mit Reißzwecken und eine Rolle Klebeband. Sie ordnete die Plakate in Vierergruppen.

»Glaubst du, wir haben genug?«, fragte sie.

»Vierzig müssten reichen. Ich bin dafür, dass wir zusammen gehen. Dann weiß ich, dass du dich nicht verirrst.« Er wollte, dass sie lachte. Aber das tat sie nicht. Sie blieb ruhig, zurückhaltend. War sie sauer, weil er nicht angerufen hatte? Das hasste er an Beziehungen am meisten. Die unausgesprochenen Erwartungen. Er merkte, wie er sich innerlich zurückzog. Ihre Karriere, die Entscheidung, die er bezüglich der Universität zu treffen hatte. Es war einfach nicht der richtige Zeitpunkt. Oder hatte er nur Angst, dass es zu ernst wurde? Sie hatten sich im Gemeindezentrum von Tewa getroffen, um die Plakataktion zu organisieren. Ben hatte versprochen, ihr danach zu helfen, ein paar Nagetierbauten zu finden, die als Teil von Julies Reihe über die Gefahren des Hantavirus gefilmt werden sollten.

»Julie, wir müssen über uns reden.« Ben nahm ihr die Plakate ab und legte sie auf den Tisch. Julie zu berühren würde das Reden sehr schwer machen.

»Was gibt es zu reden?« Ihre Stimme war normal. So weit, so gut, dachte er.

»Ich habe mich entschlossen, zurück auf die Uni zu gehen, mit einem Stipendium, das Teil eines Darlehenprogramms des IHS ist.«

»Wann?«

»Im Januar.«

»Weißt du schon, wohin?«

»Wahrscheinlich an die Ostküste.«

»Psychologie?«

»Ja.«

»Das ist toll. Du machst das bestimmt gut.« Sie lächelte zwar, aber ihrer Stimme fehlte die Überzeugung.

»Und du?«

»Ein, zwei Jahre beim Sender hier, dann wahrscheinlich Los Angeles oder Seattle.«

»Harte Zeiten für Romantik, was?«

»Sehr hart.« Julie lächelte reuevoll. Ben kämpfte gegen den Wunsch an, sie zu küssen und ihr blaues Hemd aufzuknöpfen.

»Ich werde es schaffen, Ben. Ich habe eine Chance. Das Hantavirus hat mir alle Möglichkeiten eröffnet. Ich habe schon ein paar Anrufe von Leuten bekommen, die mir Spots anbieten, aber ich brauche mehr Zeit.«

»In deinen Plänen ist also nicht vorgesehen, zum Beispiel in Rosebud, South Dakota, oder Pawnee, Oklahoma, festzusitzen?«

Julie schüttelte langsam den Kopf. »Du weißt, ich wollte nicht von einer Beziehung in Versuchung geführt werden. Nicht gerade jetzt. Dein Timing ist furchtbar.« Sie lachte, aber es klang halbherzig.

»Ist es zu spät, um damit aufzuhören? Noch mal anfangen? Ich könnte mich zum Beispiel wie ein richtiges Arschloch verhalten.« Ben dachte immer noch daran, sie zu küssen.

»Das wird nicht funktionieren. Wir sitzen fest.«

Sie standen schweigend da. Es schien nicht mehr viel zu sagen zu geben. Ben dachte nach. Ihre Karrieren ließen sich nicht miteinander vereinbaren. Sie oder er mussten etwas aufgeben.

»O nein. Ist das zu fassen? Dieser Typ ruiniert mein Liebesleben.« Ben lachte, als Lorenzo hereinhumpelte und dabei den Stock über den polierten Boden zog.

»Wir müssen ihn gestört haben. Er hat wahrscheinlich da hinten ein Schläfchen gehalten.« Ben fiel auf, dass Julies Poncho leicht staubig war.

»Ich glaube, er erinnert sich an dich.« Ben sah zu, wie Lorenzo Julies Arm tätschelte und auf den Poncho zeigte.

»Ja. Den habe ich Ihnen gegeben.« Sie fragte sich, ob er

schlecht hörte, oder ob sie zu laut sprach. Lorenzo gestikulierte Richtung Tür und zog an Julies Blusenärmel.

»Er möchte, dass du mit ihm irgendwo hingehst«, sagte Ben.

»Ich denke, ich guck mal, was er möchte. Kommst du mit?«, fragte Julie.

»Ich bin ja nicht verrückt und lasse dich mit einem anderen Mann weggehen.« Ben grinste, als Julie ihn mit der Faust fest auf den Bizeps boxte.

»Sein Haus ist nur zwei Straßen entfernt. Ich glaube, da will er hin.«

Ben blieb hinter Julie, die Lorenzo vorausgehen ließ.

»Ja. Hier ist es.« Ben und Julie warteten draußen, während Lorenzo in sein Zimmer ging.

»Hast du irgendeine Ahnung, was er will?«, fragte Julie.

»Nein, aber er hat deutlich zu verstehen gegeben, dass er möchte, dass wir hier warten.«

Lorenzo tauchte wieder auf. Der Poncho war zu einer Seite gedreht und bewegte sich mit der Bewegung seiner Arme auf und nieder. Seine sich überschlagenden Worte wurden von einem Sprühregen von Spucke und noch mehr Armbewegungen unterstrichen. Schließlich griff er in eine der tiefen Taschen des Ponchos und holte ein helles silbernes Tütchen hervor. Als er es hin und her drehte, hüpften die sich darauf reflektierenden Sonnenstrahlen auf der Hauswand. Lorenzo lachte, drehte das Tütchen schneller und brachte damit die Strahlen zum Tanzen. Dann hielt er das Tütchen plötzlich Julie hin.

»Er möchte es dir geben«, sagte Ben. »Es ist offenbar ein Schatz. Du hast ihm den Poncho gegeben. Er gibt dir dafür etwas von sich.«

»Was denkst du, was es ist?« Julie nahm das Tütchen, drehte es um und schaute dann hinein. »Es sieht aus, wie ein Umschlag aus einem Labor. In den Falten stecken Kürbiskerne.«

»Lass mich mal sehen.« Ben nahm das Tütchen. »Kürbiskerne. Das ist komisch, Sandy sprach über ein Tütchen mit Kürbiskernen, das aus dem Labor des Krankenhauses verschwunden ist. Ob es das ist?«

Julie drehte sich zu Lorenzo, nahm seine Hände in die ihren und bedankte sich. Sie wusste nicht, wie viel Englisch er verstand, aber er schien sich über die Aufmerksamkeit zu freuen. Sie rückte den Poncho zurecht und wischte mit einem Taschentuch die Spucke aus seinen Mundwinkeln. Er stand still da und griff dann nach einer ihrer Haarsträhnen.

»Er mag helle Farben«, sagte Ben. »Genau wie ich.«

Ben zog spielerisch eine Locke lang und ließ sie dann zurückspringen. »Wir hängen jetzt lieber Plakate auf.« Ben faltete das Tütchen und steckte es in seine Tasche. »Erinnere mich daran, es Sandy zu geben.«

»Preston Samuels für Sie auf Leitung eins.« Gloria streckte den Kopf zur Tür herein.

»Danke. Pres? Ich vermute, Sie feiern dort draußen auch ein bisschen?«

»Ich möchte, dass alle wissen, dass wir innerhalb von zehn Wochen die Antwort gefunden haben. Das ist ein Rekord. Wie läuft es bei Ihnen mit der Aufklärungskampagne? Gibt es Widerstand? Nehmen die Leute Sie ernst, wenn Sie erzählen, dass die Waldmäuse schuld sind?«

»Das Tierheim in Albuquerque hat keine Katzen mehr. Ein paar Leute glauben uns also«, Sandy lachte. »Aber viele sind skeptisch. Verschwundenes Uran käme besser an.«

»Das wäre auch für uns leichter. Wissen Sie, es gibt da noch etwas, was mich stört. Wir haben in den ganzen Vereinigten Staaten Nagetiere gefangen. An Orten, von denen wir wissen, dass es dort Träger des Hantavirus gibt. Aber diese Art, die die Lungen angreift, scheint völlig einzigartig zu sein. Sie kommt offensichtlich nur in Tewa Pueblo, New Mexico, vor.«

»Haben Sie irgendwelche Vermutungen, warum?«, fragte Sandy.

»Bis jetzt nicht.«

»Wie weit sind Sie mit einem Impfstoff?«

»He, wir haben bei der Lösung dieses Problems einen Rekord gebrochen. Jetzt wollen Sie schon in den nächsten Wochen die Vorbeugung? Ein Dankeschön kriegt man wohl nie.« Pres kicherte. »Zwei Forscher der medizinischen Fakultät der University of New Mexico sind schon ziemlich nah dran. Ich rechne damit, innerhalb eines Monats etwas von ihnen zu hören. Sie hoffen, im Spätherbst mit den Tests für einen Impfstoff anfangen zu können.«

Sandy saß sinnierend da, nachdem Pres aufgehängt hatte. Wenigstens hatte das Antivirenmedikament Ribavirin bei den letzten drei Kranken gewirkt. Oben erholten sich gerade drei Menschen, die ohne Beatmungsgerät und Ribavirin wahrscheinlich nicht mehr am Leben wären.

»Ben Pecos ist da.« Gloria stand in der Tür, die Arme voller Trollpuppen.

»Was haben Sie mit denen vor?«, fragte Sandy.

»Dekoration für den Verkauf des Gebäcks. Die Sammlung meiner Tochter. Vergessen Sie nicht, etwas zu kaufen, bevor Sie gehen. Wir haben viel Brot. Der Erlös geht an die Familie Tenorio.«

Sandy nickte, als Ben hereinkam.

»Ist das das Tütchen Kürbiskerne, das Sie vermissen?«

Sandy nahm das Folientütchen und sah hinein. »Woher haben Sie es?«

»Aus Tewa. Lorenzo Loretto hatte es. Kennen Sie Lorenzo?«

»Jeder kennt ihn. Er kann es sonst woher haben. Das werden wir wohl nie erfahren.«

»Ich nehme an, es ist nicht das, das Sie verloren haben?«, fragte Ben.

»Nein. Aber es ist ein seltsames Tütchen. In jedem Fall kommt es aus einem Labor. Geben wir es den Fachleuten, damit sie uns sagen, was es ist.«

Nancy stand schon in der Tür. Sie versucht, gutes Wetter zu machen, dachte Ben, als sie meinte, wie schön es war, dass sie vorbeischauten, und ob sie etwas für sie tun könne. Sie machte sich wahrscheinlich immer noch Vorwürfe, weil sie das erste Päckchen verloren hatte. Ben sah einem Techniker über die Schulter, der eine Tüte aus einem Gefrierschrank holte. Die Ergebnisse von Bens Fallenstellaktion lagen stapelweise darin, Körper an Körper, Füße an Köpfen. Sie lagen dicht gedrängt und füllten das ganze zwei Meter hohe Fach. Kubikmeter um Kubikmeter mit toten Nagetieren. Erstaunlich. Und alles im Namen der Wissenschaft, dachte Ben. Die armen Kerlchen fingen an, ihm Leid zu tun.

»Sie haben Recht. Das ist ein Labortütchen. Eine neue Art. Teuer, sieht man nicht oft.« Nancy drehte es in der Hand. »Sagen Sie mir noch einmal, wo Sie es gefunden haben.«

»Ein alter Herr in Tewa hatte es.« Ben ging zu Nancy und Sandy. »Wir nennen ihn die Buschschwanzratte. Er ist inzwischen wahrscheinlich fast hundert Jahre alt. Früher, wenn wir etwas Glänzendes vermisst haben, haben wir immer gesagt: Guck mal bei Lorenzo.«

»Da sind Kürbiskerne drin«, sagte Sandy.

Nancy öffnete den Beutel und schüttete vorsichtig vier Kerne auf einen Glasteller. »Glauben Sie, diese stammen aus der gleichen Quelle wie die anderen?«

»Das wäre möglich«, sagte Sandy. »Wenn mein Verdacht stimmt, dass getrockneter Mäusedreck ein Virusträger ist, dann ist das unser erster Beweis.«

»Seltsam, Kerne in einem Labortütchen«, sagte Nancy.

»Nicht, wenn man Lorenzo kennt. Wie lange wird es dauern, bis Sie uns etwas darüber sagen können?«, fragte Sandy.

»Geben Sie mir zwei Tage. Ich fange heute Nachmittag gleich damit an.«

Gute Antwort, dachte Ben. Nancy musste ein paar Punkte gutmachen.

Sandys Bürotelefon klingelte einmal, zweimal, beim dritten Mal nahm er ab. Wo war bloß Gloria?

»Black.«

»Dr. Black, könnten Sie bitte sofort ins Labor kommen?«

»Nancy, was ist los?«

»Ich will am Telefon nicht darüber reden. Sie müssen kommen. Bitte. Es ist sehr wichtig.«

»Ich bin gleich da.« Seltsam, dachte Sandy. Sie klang wirklich aufgeregt. Er zog ein Sweatshirt über und hinterließ für Gloria eine Nachricht.

»Danke, dass Sie gleich gekommen sind.« Nancy sah beunruhigt aus. »Ich habe etwas entdeckt …«

»Was ist es?« Sandy bemerkte, dass ihre normalerweise rosiges Gesicht fahl war. Sie atmete tief durch, ehe sie begann.

»Ich habe den Nachweis dafür …, lassen Sie mich es einleiten mit, es deutet alles darauf hin …« Typisch Wissenschaftler, stelle keine unfundierten Behauptungen auf, dachte Sandy.

»… dass die in dem Tütchen gefundenen Kerne, die Sie mir gestern gegeben haben, manipuliert worden sind.«

»Manipuliert?«

Nancy nickte. »Alle Kerne haben ein mikroskopisch kleines Loch in ihrer äußeren Schale. Dadurch konnte jemand eine fremde Substanz in das Innere injizieren, in diesem Fall in den Kern selbst.«

»Haben Sie irgendeine Ahnung, was für eine Substanz?«

»Ich brauche Ihre Erlaubnis, um den Inhalt nach Atlanta zu schicken, aber …« Nancy schien nicht weitersprechen zu wollen.

»Sie haben meine Erlaubnis.« Sandy wartete, dass sie weitersprach. Sie drehte einen silbernen Ring an ihrem Finger, ohne dass es ihr aufzufallen schien.

»Ich weiß, wie das klingt. Ich möchte Sie nicht unnötig aufregen …«

»Nancy, um Himmels willen, was ist es?« Sandy verlor langsam die Geduld.

»Was wäre, wenn das Hantavirus aus einem Labor stammt?«, platzte Nancy heraus.

»Von Menschen gemacht.«

Es war eher eine Feststellung als eine Frage. Sandy sah Nancy nur an. »Sind Sie sicher?«

»Ich wage zu behaupten, dass ich zu achtzig Prozent sicher bin. Das Labor in Atlanta muss sich das ansehen.«

»Wir reden über Massenmord.«

»Wir reden über hochspezialisiertes Wissen und ebensolche Fähigkeiten.«

»Wer könnte so etwas ...?« Sandy brachte den Satz nicht zu Ende. Warum sollte jemand die Leute aus dem Dorf umbringen wollen?

»Wer das gemacht hat, weiß viel über Infektionskrankheiten, hat Forschung betrieben und kennt sich mit tödlichen Viren aus«, sagte Nancy.

»Reden Sie von einem kriminellen Epidemiologen?« Sandy tat es sofort Leid, dass er versucht hatte, witzig zu sein. Aber vielleicht war genau das die Wahrheit.

»Was sollen wir tun?«

»Schicken Sie die Kerne und Ihre Testergebnisse nach Atlanta. Wir werden die Bundesbehörden nicht informieren, bis wir eine Bestätigung vom CDC bekommen«, sagte Sandy.

»Ich rufe schon mal an und schicke alles noch heute Nachmittag mit Kurier auf den Weg.«

»Gut. Ich brauche Ihnen nicht zu sagen, dass diese Informationen das Labor nicht verlassen dürfen. Wir können nicht voreilig etwas verbreiten. Es gibt zu viele Leute, die glauben wollen, dass es eine Ursache gibt, auf die sie mit dem Finger zeigen können.

»Ich verstehe.«

»Und, Nancy, danke für die gute Arbeit.«

Lorenzo Loretto schlurfte die Straße vor der Missionskirche entlang und seine Mokassins wirbelten kleine Staubwolken auf. Er hielt kurz an und ging dann weiter zum Fluss. Hohe Maispflanzen bildeten ein Dach über seinem Kopf und machten die Straße mehr zu einem grünen Tunnel, als zu einer Arterie, die das Dorf mit den flachen, fruchtbaren Äckern entlang des Flusses verband. Erntezeit. In den Feldern stand Wasser. Eine letzte gründliche Bewässerung, ehe man die Erde trocknen ließ, damit Menschen und Traktoren die Ernte einbringen und die Felder für das nächste Jahr vorbereiten konnten.

Lorenzo sah den träge herumfliegenden zarten Libellen zu, die über dem Wasser am Rand des Feldes dahinglitten. Als Kontrast dazu saßen überall dicke gelbe Grashüpfer. Durch ihr Gehüpfe von Pflanze zu Pflanze hoben und senkten sich die Blätter an den Maispflanzen. An vielen Blättern waren Halbkreise herausgefressen.

Die ungepflasterte Straße führte zum Flussufer. Lorenzo konnte die Stromschnellen nicht mehr hören. Aber manchmal, wenn er in seinem Zimmer war, kam der Fluss in seinen Kopf und plätscherte in seinen Ohren wie die Flut. Er stand am Ufer und lehnte seinen Stock an einen Felsen. Er konnte silberne Elritzen dicht beieinander durch die seichten Stellen schwimmen sehen.

Er war müde. Er wollte sich ausruhen, bevor er flussaufwärts zum Laden am Highway ging. Er musste nicht lange nach einem Schlafplätzchen suchen. Die Wurzeln des über einen Meter dicken Stamms der alten Pappel formten ein V, das seinem Körper Schutz gewähren und helfen würde, die Wärme zu halten, die der Wind während seines Schlafs zu stehlen versuchte. Er riss lange Flussgrasbüschel aus und machte sein Bett.

Johnson Yepa hatte noch anderes zu tun, als sich mit Bob Crenshaw zu treffen. Aber als er heute Morgen ins Büro gekommen war, hatte Mary ihm berichtet, dass Bob gegen elf Uhr vorbeikommen wollte. Er erwog, ihm auszurichten, dass er krank war. Die Dinge liefen nicht so gut. Er wusste nicht, was Bob wollte. Vermutlich nichts Gutes. Bob war einer der Investoren, ein Teil des Anderson & Anderson Investment Teams, das wusste er, und als er Douglas Anderson anrief, um ihm zu sagen, dass er keine

Zeit habe, um Bob herumzuführen, hatte Douglas Anderson ihm das Wort abgeschnitten und gesagt, dass er sich die Zeit liebe nehme. Falls er wisse, was gut für ihn sei.

Es war zwei Wochen her, dass er am Butte auf der *Dream Catcher* gewesen war. Er hatte gehofft, heute Nachmittag wieder hinfahren zu können. Wozu war ein verwirklichter Traum gut, wenn er ihn nie genießen konnte? Er suchte in seiner Tasche nach den Magentabletten und kaute zwei. Er hasste den Geschmack nach Kreide, der seine Zähne überzog.

Er konnte nicht weg, selbst wenn er wollte. Eine Gruppe vom Rechnungshof wollte um halb zehn Uhr kommen. Die Beamten wollten in den Klassenzimmern der Schule und der Missionsschule herumgeführt werden. Das konnte Mary übernehmen, aber sie würden sicher zuerst ihn treffen wollen. Er hasste solche Termine. Sie verlangten Aufmerksamkeit von ihm. Er musste einen feinen Anzug mit einem weißen Baumwollhemd tragen, das ihn würgte. Wenn er ein Hemd mit einem bequemen Kragen kaufte, krochen die Manschetten unter den Ärmeln seines Mantels hervor, ließen seine Fäuste winzig erscheinen und wurden erst von den Fingerknöcheln aufgehalten. Er hatte seine Frau gebeten, die Ärmel zu kürzen, aber danach waren sie ungleich lang. Er wollte beide Seiten perfekt. Seine Frau sagte, dass es in Albuquerque einen Laden gab, in dem kleine Männer die passenden Größen finden konnten. Er ignorierte sie und beschloss, eine Weste zu tragen und die Ärmel hochzurollen.

Die Leute von Rechnungshof waren pünktlich. Das Treffen dauerte weniger als eine Stunde. Sie wollten wissen, ob die Gelder vom Bund richtig ausgegeben wurden, und nachdem sie sich mit ihm getroffen hatten, hockten sie mit dem Buchhalter des Projekts zusammen. Alles war in Ordnung, alle waren froh. Danach nahm Mary sie mit, um mit ihnen die Schulen des Dorfes zu besichtigen. Johnson hatte sie bis an die Ecke des Parkplatzes begleitet.

Er dachte gerade daran, nach Hause zu gehen, um das weiße Hemd zu wechseln, als er das Motorrad von Bob Crenshaw den

Highway hochfahren hörte. Johnson hatte dafür Verständnis. Für einen Mann, der Motorräder mochte. Große Motorräder. Johnson sah die Harley den Highway verlassen und leicht über den schrägen Kies schlingern, ehe Bob sie abbremste und auf Haaresbreite vor ihm zum Stehen brachte. Johnson war beeindruckt. Vielleicht sollte er sich ein Motorrad statt eines Cadillacs kaufen.

»Kann ich das Motorrad hier stehen lassen?«, fragte Bob.

»Natürlich.« Johnson sah zu, wie er abstieg und die schwere Maschine aufbockte. Sie sah noch größer aus, wenn sie genau vor einem stand, dachte Johnson. Es gefiel ihm, wie das Lenkrad geschwungen, und die Gummigriffe am Ende gebogen waren. Schwarze Satteltaschen hinter dem Fahrersitz. Sie hatten Fransen, und silberne Concho-Knöpfe verdeckten die Schnallen. Chromrohre glänzten und verfremdeten durch die Spiegelung Bobs Beine.

»Schön«, sagte Johnson.

»Danke. Ich möchte gerne zur Kasinobaustelle gehen. Es ist besser, wenn wir draußen reden. Ich dachte, Sie möchten mir vielleicht erzählen, wie die Kerne vom Gouverneur verschwunden sind.«

Johnson sah zu Boden. Er hatte Recht gehabt. Das wurde kein angenehmes Treffen. Dann sagte Johnson etwas, was er lieber nicht gesagt hätte.

»Ich werde mich schon um diese Hexerei kümmern.« Johnson wartete. Bob reagierte nicht sofort. Nein, aber die Art, wie er vor Johnson herlief, den Rücken steif, die Hände in den Taschen vergraben, die kannte er. Dumm. Die Anglos glaubten nicht an diese Dinge. Er musste vorsichtiger sein. Vielleicht sollte er über das Motorrad sprechen. Oder er wartete einfach, bis Bob sagte, warum er hier war.

Sie gingen schweigend bis zu den Erdhügeln an der teilweise planierten Straße. Die Walze, die den Bauarbeiter überrollt hatte, neigte sich ein wenig, weil der Regen den Grund aufgeweicht hatte. Der Vorarbeiter hatte zwar gesagt, dass er sie dort herausholen wollte, aber seitdem war sie nicht mehr bewegt worden. Vielleicht hatte er Angst, sie könnte von bösen Geistern umgeben sein.

Die neue Gruppe von Bauarbeitern arbeitete einfach darum herum. Wie immer hüpfte Johnsons Herz vor Freude, als er den Fortschritt sah. Den Grundriss der Wände, den sich ausbreitenden Asphalt, schwarz und glatt. Etwa ein Dutzend Zimmerleute balancierten über Träger und zogen Vierkanthölzer die Leitern hoch. Dann bemerkte er die Bäume. Die umgepflanzten jungen Bäume an der Auffahrt waren welk, die Äste vertrocknet und braun. Kein gutes Zeichen, dachte Johnson. Das konnte heißen, dass die Geister verärgert waren. Er räusperte sich. Er wollte es hinter sich bringen.

»Sie wollten mich sprechen?« Johnson wartete. Bob schien die Absicht zu haben, das Kasino zu begutachten. Johnson wollte nicht drängen. Das war die Art der Anglos, eine Person dazu zu bringen zu reden und sich zu erklären. Die indianische Art war es zu warten. Die Alten erzählten Geschichten, wie Leute aus ihrem Volk stundenlang gewartet hatten, bis jemand endlich angefangen hatte zu sprechen.

Johnson sah über die Baustelle zu den Bergen. Der Tag war bedeckt und diesig. Die Umrisse der purpurnen und grauen Spitzen waren verschwommen. Die Gipfel wurden von langen Wolken verdeckt. Ein großer schwarzer Vogel pickte etwas aus der frisch umgegrabenen Erde vor ihnen. Samen drückten sich durch den flach gewalzten Boden an den Seiten des Asphalts nach oben. Es brauchte nur einmal zu regnen und die Wüste erwachte zum Leben. Überleben, dachte Johnson. Samen konnten jahrelang herumliegen und dann aufgehen und sogar durch Asphalt brechen. Deshalb war der Asphalt des Parkplatzes zwanzig Zentimeter dick.

»Lassen Sie uns hier entlanggehen.« Bob zeigte in Richtung Fluss. Johnson nickte. Er fand Bob übervorsichtig. Niemand konnte sie so weit entfernt von dem Gebäude hören, aber er sagte nichts. Die Luft war feucht. Das weiße Hemd klebte an seinem Rücken. Normalerweise lief Johnson nicht weiter als unbedingt nötig zu Fuß. Er mochte den Staubfilm nicht, der dann seine Stiefel überzog. Sie hätten mit dem Stammestruck fahren sollen.

Sie liefen schweigend weiter, konnten aber jetzt den Fluss hören. Johnson wusste, dass das Wasser kalt war. Es kam aus den Bergen. Es hatte in den letzten Jahren viel Schnee gegeben. Der Fluss führte viel Wasser in diesem Herbst. Er konnte sich an Jahre erinnern, als er zu dieser Jahreszeit nur ein Rinnsal war, aber auch an Fluten mit braunem, strudeligem Wasser, das Felsbrocken wie Murmeln mit sich riss.

Bob war neben der alten Pappel stehen geblieben. Selbst auf seinem schwarzen Harley-Davidson-T-Shirt waren zwischen den Schulterblättern Schweißflecken zu sehen. Er lehnte sich an den Stamm. Johnson stand hinter ihm und wartete.

»Douglas Anderson ist nicht gerade glücklich mit Ihren Antworten. Wie zum Beispiel jener, was mit dem Päckchen passiert ist.«

Johnson musste sich anstrengen, um ihn zu verstehen. Bob stand mit dem Gesicht zum Fluss und seine Worte wehten über das Wasser. Johnson ging um Bob herum, um sich neben ihn zu stellen. Er war versucht, eine Hand voll flacher Steine zu finden, um sie über das Wasser springen zu lassen, ließ es aber lieber sein. Er steckte die Hände in die Taschen. Bob schien darauf zu warten, dass er etwas sagte. Johnson sah geradeaus.

»Sie wissen, dass Sie sich in die Scheiße geritten haben, oder?«, sagte Bob.

Johnson schluckte. Er sah weg und folgte dem Flug eines Turmfalken, der einen Spatz in den Klauen hatte. Er fühlte sich unwohl. Sein Gehirn empfing die Nachricht, dass er pinkeln musste. Zu viel Wasser floss vorbei. Wenn er nichts sagte, redete Bob weiter. Anglos konnten Schweigen nicht aushalten. Johnson stand stumm da.

»Ich würde gern Ihre Seite der Geschichte hören.« Bob hatte sich an dem über einen Meter dicken Stamm einer Pappel hingehockt und rupfte Blätter von einem heruntergefallenen Ast ab. Johnson sah zu und dachte an die Nonne, die ihn in der vierten Klasse unterrichtet hatte.

»Was wollen Sie wissen?« Es funktionierte nicht, zu lange auf taub zu machen. Er musste herausfinden, was Bob hören wollte. Sag Anglos, was sie hören wollen, und sie gehen wieder.

»Tja, etwas über die Kürbiskerne und wo das Päckchen abgeblieben ist. Vielleicht darüber, wie Ihnen diese Angelegenheit aus den Händen gleiten konnte. Wie es zu zehn und noch mehr Toten kommen konnte. Etwas in der Art, wissen Sie.« Bob hockte weiter da und sah auf den Fluss. Seine Stimme war weich und gleichförmig. Johnson konnte sie nicht deuten, aber die Haare an seinem Arm stellten sich auf. Er hatte keine Antwort. Er hatte darüber nachgedacht. Diese Fragen drängten sich ihm immer zur falschen Zeit auf, bei einer Besprechung, mitten in der Nacht, wenn seine Frau versuchte, ihm etwas zu sagen. Welche Verbindung gab es zwischen den Todesfällen? Was hatte eine Hand voll Kürbiskernen mit dem Bauarbeiter oder Peter Tenorio und seiner Verlobten oder mit Jennifer zu tun?

Johnson sah den Schlag nicht kommen. Bob kam aus der Hocke hoch und benutzte sein Gewicht, um Johnson gegen den Baum zu drücken. Seine rechte Faust traf Johnsons Solar Plexus. Johnson krümmte sich. Etwas Saures verteilte sich über seine Zunge und sickerte die Kehle hinunter.

»Du kleiner Hurensohn. Du denkst, du kannst uns verarschen, stimmts?« Bobs Stimme war ein Knurren ungefähr fünf Zentimeter von seinem Ohr entfernt, als er Johnson am Hemdkragen hochzog. Johnson spürte, wie die zwei Plastikknöpfe am Hemdkragen durch den Stoff drückten.

»Antworte mir, du Miststück.«

Johnsons Zunge schien im Weg zu sein. Er spuckte und fühlte, wie sich Bobs Griff lockerte. Vielleicht sollte er es einfach mit der Wahrheit versuchen.

»Ich weiß nicht, was schief gelaufen ist.« Der zweite Schlag erwischte ihn am Ohr. Das Klingeln in seinem Kopf ließ ihn fast die Augen schließen.

»Lass dir was Besseres einfallen.« Bobs Bizeps stand deutlich hervor, er war von dem stundenlangen Training im Fitnesscenter hart. Er war nur einen Kopf größer als Johnson, aber siebzig Pfund schwerer. Johnsons Füße baumelten und schlugen gegen den Baumstamm, während er versuchte, den Boden zu erreichen. Aber Bob hielt ihn fest, mit den Schultern an den Baum genagelt, das Knie zwischen Johnsons Beinen.

Dann, so erinnerte sich Johnson später, kam ein Geist in Gestalt von Lorenzo Loretto aus dem Baum hinter ihnen. Er schwang den Stock und brüllte unverständliche Drohungen. Bob hielt den Atem an, wich zurück und stolperte. Er ließ Johnson los und beide fielen auf die losen Steine.

»Was zum Teufel ist das?«, stotterte Bob.

»Einer unserer spirituellen Führer. Er ist kurz davor, auf die andere Seite zu gehen und ist nicht mehr oft mit uns in dieser Welt zusammen.« Johnson setzte seine frommste und ehrfürchtigste Stimme ein. Er konnte sehen, wie Bob überlegte, was er tun sollte. Bob kämpfte sich auf die Füße und wich vor Lorenzo zurück, der immer noch schrie. Spucke lief ihm aus den Mundwinkeln.

»Können Sie ihn dazu bringen, den Mund zu halten?«, fragte Bob.

»Ich kann einen Alten nicht stören.« Johnson log, dankte aber innerlich den Geistern für die Hilfe. Bob sah sich Lorenzo genau an und kam dann zu dem Schluss, dass er nicht in der Lage war, irgendetwas zu verstehen.

»Sehen Sie das als Warnung. Keinen Scheiß. Sie wissen gar nichts. Sie haben nichts gesehen. Und dieses verdammte Tütchen mit Kernen taucht mir nirgends mehr auf. Verstanden?«

Johnson sah herunter auf den nassen Kreis, der im Schritt seiner Hose verlief und stellte fest, dass Bobs Lederhosen am Knie einen ähnlichen dunklen Fleck hatten. Er lachte in sich hinein und folgte Bob die Straße hoch.

11

Ben sah den blau-goldenen Poncho an der offenen Tür vorbeihuschen, als Sandy in die Tewa-Klinik kam. Um sich in Erinnerung zu halten, hatte Julie nichts Besseres tun können, als Lorenzo ihren Poncho zu schenken.

»Haben Sie ein bisschen Zeit? Wir müssen irgendwo draußen miteinander reden. Ich will dabei nicht gestört werden«, sagte Sandy.

»Sicher.« Irgendetwas stimmt nicht, dachte Ben. Sandy sah aufgeregt aus, älter. Seine Augen waren verquollen.

»Laufen Sie nicht vor eine der Maschinen«, rief Mary hinter ihnen her.

Selbst anderthalb Kilometer entfernt konnte man das Brummen der Baumaschinen hören. Sandy blieb in der Tür stehen. »Was passiert da? Die haben dort schon vor einem Monat gegraben.«

»Sie bauen ein Kasino.«

»Ein Kasino?« Sandy sah überrascht aus.

»Der alte Gouverneur hätte das nie zugelassen. Wenn er noch am Leben wäre, würde das nicht passieren. Glücksspiel ist genauso schlimm wie Alkohol«, meinte Mary.

»Was für Glücksspiel? Bingo?«, fragte Sandy.

»Blackjack, Spielautomaten und solche Sachen. Ein paar von uns haben dagegen demonstriert, aber wir haben nichts erreicht.«

Ben sah Sandy zögern. Irgendetwas störte ihn, das war deutlich zu merken. Sie gingen zum Fluss. Ben schwieg und wartete. Erste Anzeichen von Herbst lagen in der Luft, die Ankündigung einer unerwartet frühen Kälte. Die Blätter an den Pappeln wurden gelb und sammelten sich unten an den Zäunen. Die Blüten der Indian-Paintbrush-Blumen wirkten wie scharlachrote Farbtupfer zwischen den trocknenden Sonnenblumen. Als sie näher kamen, schreckte ein Schwarm Vögel flügelschwingend auf.

Sandy hielt an und zeigte auf einen Felsvorsprung in der Nähe der Flussufers. »Setzen wir uns dort hin.« Ben setzte sich neben ihn und wartete. Es muss ernst sein, dachte er, und es fällt Sandy schwer, darüber zu reden.

»Nehmen wir mal an, dass die ersten Analysen der Kürbiskerne aus dem Päckchen, das Sie von Lorenzo bekommen haben, darauf hinweisen, dass das Virus in einem Labor entwickelt wurde.« Sandy hielt inne und sah ihn an. »Ein Virus aus einem anderen Teil der Welt, das manipuliert worden ist, um eine nicht nachweisbare Krankheit auszulösen, die die Betroffenen schnell tötet. Ein ausgeklügelter und böser Plan.«

»Das ist Mord«, unterbrach ihn Ben. Er wusste nichts weiter zu sagen. Das Wort »Mord« drehte und drehte sich in seinem Kopf. »Sind Sie sicher?«

Sandy seufzte. »Ziemlich. Das CDC hat präzisere Geräte, wir haben ihnen Proben geschickt. Sicher wissen wir es erst nächste Woche.«

»Wer sollte Leute aus dem Pueblo umbringen wollen? Meine Großmutter, Peter Tenorio, Jennifer? Könnte es ein rassistischer Anschlag sein?«

»Ich weiß nicht. Möglich. Glauben Sie, dass wir irgendwie herauskriegen können, woher Lorenzo das Tütchen hatte?«

»Schwierig. Es ist schwer zu sagen, was er versteht und was nicht. Wir können es versuchen. Er mag Julie wirklich gern. Vielleicht kann sie etwas herausfinden.«

»Gute Idee. In der Zwischenzeit möchte ich, dass Sie etwas herumschnüffeln. Ich weiß nicht, wonach wir suchen, aber ich habe das Gefühl, es liegt vor unserer Nase. Wir können die Bundesbehörden nicht informieren, ehe wir die offizielle Bestätigung aus Atlanta bekommen. Sie sind in einer guten Position, um herauszufinden, was vor sich geht. Aber seien Sie vorsichtig.«

Ben beschloss, Sandy nicht zu sagen, dass auf ihn geschossen worden war. Konnte dieser Vorfall etwas damit zu tun haben?

»Das glaube ich nicht.« Julie hatte aufgehört zu essen. Sie saß ruhig da und drehte mit Gabel und Löffel die Spaghetti auf. »Das ist

Mord und wegen der Übertragung der Infektion noch verabscheuenswürdiger, wenn das überhaupt möglich ist. Das Virus hätte sich überall ausbreiten können. Es hat keine Möglichkeit gegeben, es aufzuhalten. Also reden wir von einem Massenmörder.«

»Vielleicht war das ursprünglich gar nicht beabsichtigt. Sieh dir die Liste an. Wer davon ist wichtig? Ich meine, politisch wichtig?« Ben schob ihr eine Serviette mit den zehn Namen hin. Die zehn Toten, neun aus dem Dorf und der Bauarbeiter. Hinten standen die Namen der Überlebenden. Julie legte Löffel und Gabel hin und hielt die Serviette nah an ein Glas, in dem eine Kerze brannte. So viel zu dem romantischen Abendessen bei Kerzenschein in Mama Mias Restaurant.

»Es gibt nur eine Möglichkeit. Das ist leicht. Der Gouverneur.« Julie strahlte. »Kriege ich dafür Punkte?«

»Du hast Recht. Aber er war das sechste Opfer. Also warum hörte es dann nicht auf? Oder besser, warum war er nicht das einzige Opfer?« Ben fing wieder an, auf einer Serviette herumzukritzeln.

»Vielleicht haben sie ihre Spuren mit den anderen Toten verwischen wollen.«

»Vielleicht.« Ben klang nicht überzeugt.

»Ich glaube, es wäre eine gute Idee, mit Lorenzo anzufangen. Wann können wir mit ihm reden?«

»Wie wäre es mit heute Abend? Normalerweise ist er bis neun Uhr abends im Gemeindezentrum«, sagte Ben.

»Gut. Lass uns am Sender vorbeifahren, um mein Aufnahmegerät zu holen.«

Sie brauchte länger als geplant, um das Aufnahmegerät zu finden. Irgendwer hatte es aus ihrem Büro ausgeliehen, also ging sie hinunter, um eins aus dem Magazin auszuprobieren.

»Nachtarbeit, Kindchen? Was gibt es so Spannendes?« Bob Crenshaw hielt ihr die Tür auf.

»Sie werden es nicht glauben.«

»Versuchen Sie es.«

»Nun ja«, Julie zögerte, aber dann dachte sie, es war vielleicht besser, wenn ihr Chef wusste, was sie tat. »Es besteht die Möglichkeit, dass das Hantavirus im Labor hergestellt wurde.«

»Sagen Sie das noch einmal.«

»Möglicherweise hat jemand das Virus im Labor entwickelt und es dann auf die Welt losgelassen.«

»Warum sollte jemand das tun?«

»Ich weiß es noch nicht. Aber ich werde es herausfinden.«

»Haben Sie irgendwelche Beweise?«

»Es dauert zu lange, das jetzt zu erklären. Nur so viel: Eine Hand voll Kürbiskerne wird uns eine Menge Aufschluss geben. Ich halte Sie auf dem Laufenden. Vielleicht weiß ich mehr, nachdem ich heute Abend mit jemandem im Dorf gesprochen habe.«

»Fahren Sie da etwa allein hin?«

»Nein. Ben Pecos kommt mit. Er ist bei den Interviews eine große Hilfe gewesen.« Und jetzt bitte keine Mutmaßungen über mein Privatleben.

»Seien Sie vorsichtig, Kindchen.«

Bobs Hände hinterließen einen feuchten Abdruck, als er die Ecke des Schreibtischs umklammerte. Was sollte er tun? Sie von der Geschichte abziehen oder warten? Sie konnte ihm noch nützlich sein. Er hatte sie als Grünschnabel auf das Thema angesetzt, um davon zu profitieren. Durch sie erfuhr er die Interna, und Julie war lebend noch wertvoll für ihn. Aber wenn sie das Tütchen hatte? Und wenn sie es hatte, wer hatte es noch gesehen? Seine Knöchel brannten, weil er mit der Faust auf die Tür des Magazins eingeschlagen hatte. Sie waren so nah dran gewesen. Dieser verdammte Johnson. Dumme Leute machten ihn wahnsinnig. Dumme Frauen, dumme Männer, kein Unterschied. Es müsste gleich nach der Geburt einen Intelligenztest geben und wer durchfiel, den sollte man ertränken.

Bob Crenshaw sah sich in seinem Büro um. Es gab in seinem Metier keinen wichtigen Preis, den er nicht schon an der Wand hängen hatte. Er hatte sein Leben in diesen Sender gesteckt. Sein Leben und das Geld eines anderen. Er ließ die Leute glauben, dass seine Familie vermögend war, denn seine Geldgeber konnten einigen Leute gegen den Strich gehen.

Die Million, die die Investmentgruppe für Tony Chang brauchte, um die manipulierten Kerne zu kaufen, war leicht zu bekommen gewesen. Seine Freunde hatten Luftsprünge gemacht, als er ihnen die Möglichkeit bot, sich an dem Unternehmen zu beteiligen. Sie wollten unbedingt in das Glücksspiel in den Reservaten einsteigen. Nur die Andersons durften das nicht wissen. Später, wenn es zu spät war, konnten die stillen Partner in Erscheinung treten. Sie würden seinen Teil kaufen. Er würde den Sender verkaufen und als gemachter Mann verschwinden. Bob lehnte sich in seinem Stuhl zurück. Er verdankte alles, einfach alles, seinen Freunden in New York. Sie kontrollierten Vegas. Und jetzt wollten sie auch das indianische Glücksspiel kontrollieren. Sie brauchten das Kasino. Er brauchte das Kasino. Und sein Ausstieg würde ihm die Unabhängigkeit erkaufen.

Vor fünfunddreißig Jahren hatte er für Geld seine Seele verkauft. Er würde sie auf die gleiche Art zurückkaufen. Durch ihr Geld war er jemand geworden. Ein junger Mann auf dem Weg ins Gefängnis, der jemandem an der Spitze der Organisation einen Gefallen getan hatte. Im Laufe der Jahre hatte er ihnen noch weitere Gefallen getan. Einige klein, andere groß. Sie hatten das nicht vergessen. Aber wenn er es vermasselte, war er tot. Er hatte das immer gewusst. Und er hatte gelernt, damit zu leben. Dieses Mal aber war er nicht allein, da waren die Andersons, Tony und Johnson Yepa. Wenn alles gut ging, würde er den Rest seines Lebens damit verbringen, den Wellen dabei zuzusehen, wie sie gegen das Ufer schlugen.

Er nahm seinen Revolver aus der untersten Schublade und ging zur Parkgarage. Nur eine kleine Einschüchterung. Wenn sie verletzt wurde, würde sie ihr Tempo drosseln. Er wollte sie nur davon abhalten, heute Nacht das Interview zu machen. Das konnte wichtig sein. Er sah zu seiner Harley. Nicht gut, mit der Maschine zu fahren. Sie war schnell, aber zu leicht zu erkennen. Bob sah den Lieferwagen des Tontechnikers. Ja. Heruntergekommen. Dunkle Farbe.

Er rannte zurück ins Gebäude. »Tim, ich habe Schwierigkeiten mit dem Motorrad. Ich muss schnell nach Hause, ein paar Werkzeuge holen. Können Sie mir den Lieferwagen leihen?«

»Klar. Ich bin noch ein paar Stunden da. Sie können sich Zeit lassen.« Tim griff in die Tasche nach den Schlüsseln. »Der Anlasser spinnt manchmal, aber er säuft selten ab. Wenn doch, warten Sie einfach ein paar Minuten.«

Bob fing die Schlüssel auf.

»Danke, Kumpel. Bis später.«

Die oberste Etage der Garage war ruhig für diese Uhrzeit. Verdammt. Ihm war die Südstaatenflagge auf dem vorderen Nummernschild an Tims Truck nie aufgefallen. Ein bisschen Dreck drauf. Den Dachgepäckträger abmontieren. Das genügte. Jetzt war der Wagen völlig unauffällig.

Er trat aufs Gas. Der Truck startete. Er brauchte einen Schalldämpfer, aber das würde auf dem Highway niemandem auffallen. Bob beschleunigte im Rückwärtsgang. Nicht schlecht für diesen Gang. Er hoffte nur, dass er auch ein paar PS unter der Motorhaube hatte. Er musste aufholen, und das schnell. Julie hatte ungefähr zehn Minuten Vorsprung. Er wusste nicht, in was für einem Wagen sie fuhren, aber er würde sie leicht erkennen.

Julie saß neben Ben auf dem Vordersitz des Pick-up, die Serviette mit der Liste noch in der Hand.

»Lass uns mit dem Gouverneur anfangen. Wer profitiert von seinem Tod?«, sagte sie. »Johnson Yepa?«

»Der wäre auch später rechtmäßig Gouverneur geworden. Und ich habe nicht den Eindruck, dass ihm die Verantwortung besonders gefällt.«

»Hätte es ein Kasino gegeben, wenn der alte Gouverneur noch

am Leben wäre? Ich erinnere mich an eine Menge Protest im letzten Jahr und als Vorsitzender des All Indian Pueblo Councils, hatte der Gouverneur von Tewa die Macht, das Kasino zu verhindern«, sagte Julie.

»Du hast Recht. Er war unnachgiebig. Er hat gedacht, ein Kasino würde die Lebensweise im Pueblo zerstören. Er hat jede Diskussion zu diesem Thema abgeblockt.« Sie verfielen in Schweigen und dachten darüber nach.

Die hundertzwanzig Kilometer von Albuquerque zum Dorf flogen nur so dahin. In einer mondlosen Nacht war der Highway die dunkelste Strecke im Staat. In der letzten halben Stunde hatte sie nur ein Lieferwagen überholt. Ben sah die Scheinwerfer eines entgegenkommenden Wagens, der noch etwa drei Kilometer emtfernt war. Sie hatten nicht viel Gesellschaft.

Seine beiden Onkel hatten Pick-ups. Heute Nacht hatte er den neuen Dodge Dakota geliehen. Ben hatte seinem Onkel gesagt, dass er ein Rendezvous hatte.

»Ben!« Julie schrie. »Er fährt auf der falschen Straßenseite.«

Ben sah die Scheinwerfer. Wahrscheinlich ein Pick-up aus dem Reservat mit einem betrunkenen Fahrer.

»Moment.« Ben blendete auf. Nichts. Er fuhr näher an den rechten Straßenrand. Der Betrunkene folgte ihnen. Dann riss Ben das Lenkrad herum und wich über den Mittelstreifen nach links aus. Als der Betrunkene versuchte, hinterher zu kommen, ließ Ben den Dakota aufheulen und fuhr wieder scharf auf die rechte Spur und auf den Seitenstreifen herunter vom Highway. Der weiche Boden blieb an den Rädern kleben, als die Hinterreifen versuchten, Halt zu finden. Julie knallte gegen das Fenster, als der Truck zwischen zwei Zaunpflöcken entlangschlitterte, einen Wacholderbusch streifte, eine Reihe Salbei- und Chamisasträucher mitnahm und schließlich mit einem Ruck zum Stehen kam.

Durch den Staub hindurch lauschte Ben nach dem anderen Truck. Stille. Vielleicht hatte sich der Typ überschlagen. Ben stieß die Tür auf und arbeitete sich den steilen, rutschigen Hang hinauf. Zuerst sah er den anderen Pick-up nicht. Der aufgewirbelte Staub im Scheinwerferlicht behinderte seine Sicht.

Dann hörte er den Motor. Der Betrunkene hatte etwa fünfzehn Meter von dort angehalten, wo Ben vom Highway heruntergefahren war. Ben schluckte und hoffte, einen klaren Kopf zu behalten und in seiner Wut nichts Unüberlegtes zu tun, als er auf den Betrunkenen zulief. Die erste Kugel schlug links neben ihm in den Asphalt, die zweite hätte überall landen können. Ben lag aber schon im Graben auf der anderen Seite der Straße.

Er lag da und versuchte angestrengt zu hören, ob jemand näher kam. Nein, der Pick-up wurde lauter und der Fahrer beschleunigte in Richtung Albuquerque. Zum zweiten Mal innerhalb von wenigen Wochen war auf ihn geschossen worden. Guter Gott, die Leute machten seltsame Dinge, wenn sie betrunken waren.

»Ben?« Julie klang panisch.

»Hier.« Ben überquerte schnell die Straße. Julie saß zusammengesunken vor dem Dakota auf dem Boden. Die Scheinwerfer ließen das getrocknete Blut an der rechten Seite ihres Kopfes wie ein schwarzes Muster aussehen.

»Ich habe mir den Kopf angeschlagen.«

»Das kommt wieder in Ordnung. Wir bringen dich in die Klinik.« Er hob sie hoch und trug sie zum Wagen zurück. Die Platzwunde verlief genau unter dem Haaransatz und musste genäht werden. Er schnallte sie an und legte eine alte Jacke zusammengefaltet zu einem Kissen hinter ihren Kopf. Dann küsste er sie.

»Was machst du da?« Sie bewegte sich und sah ihn an.

»Ich mach es nur wieder heil.« Er glaubte ein Lächeln zu sehen, ehe sie wieder die Augen schloss.

»Halt still. Es dauert nur noch eine Minute.« Twila schnitt ein Stück Leukoplast ab und klebte es quer über das weiße Gazeviereck. »So. Fertig. Ich glaube, ihr beide habt heute Nacht Glück gehabt. Diese Straße ist tückisch. Ich weiß nicht, was ihr vorhabt, aber die junge Frau hier sollte für eine Weile nirgends hingehen. Du bringst sie am besten zu dir nach Hause und lässt sie sich ausruhen.

»Gute Idee«, sagte Ben. Er half Julie von dem Behandlungstisch herunter. Er hatte sie noch nie so still erlebt.

»Ich sagte ruhen.« Twila sah Ben streng an.

»Du hast mein Wort.« Ben grinste über Julies Kopf hinweg und verabschiedete sich von Twila mit dem Pfadfinder-Ehrenwort.

Er ließ Julie in eine Decke gewickelt auf dem Wohnzimmersofa sitzen. Ihre blutverschmierte Bluse lag zum Einweichen im Waschbecken des Badezimmers. Er ging noch einmal hinaus, um sich den Pick-up anzusehen. Der hatte bemerkenswert wenig abbekommen. Die vordere Stoßstange stand ein Stück ab und etwas Unterholz klemmte dazwischen. Ein paar Kratzer auf der rechten Seite. Sein Onkel war sicher sauer.

Ben lehnte sich gegen die Hecktür. Er hatte nicht das Gefühl, Glück gehabt zu haben. Aber etwas sagte ihm, dass es so war. Glück, dass der Betrunkene sie nicht gestreift hatte, Glück, dass der Mann ein schlechter Schütze war. Wenn er schon als Zielscheibe diente, dann lieber für Dilettanten. Dilettanten. Das Wort brachte ihn auf eine Idee. Genau damit hatten sie es nicht zu tun. Dilettanten nahmen nicht eine spezielle Personengruppe mit einem komplizierten Virus aufs Korn. Konnte es Zufall sein, dass in letzter Zeit zweimal auf ihn geschossen worden war? War jemand der Ansicht, dass sie zu viel wussten? Jemand von hier? Aus dem Reservat? Von draußen? Was geschehen war, konnte eine Warnung sein. Aber nur jemand aus Tewa kannte den Truck seines Onkels. Wer hatte wissen können, wann er sie abfangen konnte? Es ergab keinen Sinn. Die Vorkommnisse dieses Abends mussten Zufall sein.

Als Julie aufwachte, war es auf dem Reisewecker auf dem Nachttisch sieben Uhr. Sie lag in einem fremden Bett, in einem fremden Haus und konnte sich nicht erinnern, wie sie dort hingekommen war. Ihr Kopf hämmerte, wenn sie sich bewegte. Also bewegte sie sich nicht, fasste sich aber mit einer Hand an die Bandage an der Stirn. Der betrunkene Fahrer. Sie waren von der Straße abgekommen. Mühsam setzte sie sich auf. Ihr Kopf schien zu schwer für ihre Schultern. Sie hatte Aspirin in ihrer Handtasche, wo auch immer die war.

»Heißer Tee, Toast und Orangensaft.« Ben stand in der Tür.

»Riecht gut. Aber ich glaube, ich habe keinen Hunger. Könntest du mir ein Glas Wasser bringen und meine Handtasche mit den Aspirin suchen?«

»Was möchtest du heute machen?«, fragte Ben. Julie schien nach dem Schmerzmittel etwas munterer zu werden, sie aß sogar ein paar Bissen von dem Toast.

»Lorenzo finden.«

»Bist du sicher?«

»Ja. Ich glaube, er könnte uns helfen.«

Ben fand, dass sie mit dem Auto fahren sollten. Ihr erster Halt war Lorenzos Haus. Die Tür zu seinem Zimmer war offen. Ben hüpfte aus dem Wagen, um nachzusehen, aber der Raum war leer.

»Weißt du, wo er gern hingeht?«, fragte Julie.

»Überall. Er hat ein paar Lieblingsschlafplätze, aber er kann überall sein. Lass uns zuerst bei der Kirche nachsehen und dann beim Gemeindezentrum weitersuchen.«

Es war leicht, den hellen Poncho auszumachen, als er aus der Feuerwehr stolziert kam. Ben winkte Lorenzo, sah aber gleich, dass der nur Augen für Julie hatte. Sie umarmte ihn und holte dann ein Stückchen silbernes Kaugummipapier aus ihrer Handtasche. Ohne Worte zeigte sie auf die helle Verpackung und tat dann so, als ob sie etwas in einen Umschlag tat. Dann deutete sie wieder auf das Silberpapier. Sie zeigte mit den Händen ein Objekt von der Größe des Päckchens und dann auf ihn und den Poncho. Lorenzo sah verwirrt aus und begann dann mit dem Armen zu fuchteln und zu »sprechen«.

»Es hat keinen Sinn. Er versteht uns einfach nicht.« Ben klopfte dem alten Mann auf den Arm.

»Ich versuche es noch mal. Ich muss mich klarer ausdrücken«, sage sie. »Hast du jemals versucht, ein Päckchen aus Silberpapier nachzumachen?«

»Es klingt wie eine Mörderscharade.«

»Warte. Sieh mal. Was glaubst du, macht er da?«, fragte Julie.

Lorenzo zog mit der Spitze seines Stocks zwei Kreise in den Sand. Dann verband er die Kreise vorsichtig mit einer geraden Linie durch das Zentrum.

»Eine Eule? Eine Brille?« Ben stand hinter Lorenzo, um besser sehen zu können. Dann zeichnete Lorenzo zwei Linien, kurz und geschwungen, ähnlich einem auf der Seite liegenden V über den ersten Kreis.

»Ein Lenker. Ein Fahrrad.« Julie tat so, als führe sie Fahrrad, und es war klar, dass sie richtig geraten hatte. Dann begann Lorenzo, das gleiche Muster vorne auf sein Hemd zu zeichnen.

»Was macht er jetzt?«

»Ich glaube, es ist ein Emblem, weißt du, ein Rad vorne auf einem T-Shirt. Vielleicht ein Motorrad, wie ein Harley-Davidson-Emblem, etwas, das vielleicht ein Tourist trägt.«

»Weiß Gott, wo er jemanden auf einem Motorrad gesehen hat. Ich kenne im Dorf niemanden, der ein Motorrad hat«, sagte Ben.

»Ich weiß nicht, ob das funktioniert, aber es ist einen Versuch wert. Aber lach nicht.« Julie nahm einen scharfen Stein und malte ein Strichmännchen auf das Motorrad im Sand. »Lorenzo, wer ist das?« Sie zeigte auf den Fahrer. Lorenzo stand still da und dann hob er seine beiden Zeigefinger langsam hoch und hielt jeweils einen über ein Auge an die Stirn, wie kleine Hörner.

»Der Teufel?«, sagte Ben. »Fährt der Teufel jetzt auf einer Harley durchs Land?«

Julie tätschelte Lorenzos Arm. Sie waren so nah dran, aber er blieb einfach nicht lange genug in der Wirklichkeit. Sie wusste nicht, was sie zu erreichen gehofft hatte. Ein sechsundneunzig

Jahre alter Mann war kein guter Zeuge. Jedenfalls ging es um einen Mann auf einem Motorrad. Ein Mann, der wie der Teufel aussah? Der sich wie ein Teufel verhielt? Sie konnten bloß mit Sicherheit sagen, dass dieser Mann Lorenzo aus der Fassung gebracht hatte.

Bob Crenshaw wartete auf sie, als sie ins Büro kam.

»Nehmen Sie sich eine Tasse Kaffee und erzählen Sie mir, wie der Abend gelaufen ist.«

»Er hätte besser sein können.« Julie zeigte auf den Verband, der den Haaransatz an ihrer Stirn verdeckte. »Ich bin in einer Minute bei Ihnen.«

Sie griff nach ihrer Kaffeetasse, auf der in roten Druckbuchstaben »BOSS – Besser ohne Süßen, Süße« stand und goss Kaffee ein.

»Sie machen besser die Tür zu. Das besprechen wir unter vier Augen.« Bob zeigte auf einen gepolsterten Stuhl auf der anderen Seite des Schreibtischs und wartete, bis sie es sich bequem gemacht hatte. »Fangen wir mit dem Verband an. Was ist passiert?«

»Ein Betrunkener ist im Reservat auf der falschen Straßenseite gefahren.«

»Sie haben Glück gehabt.«

»Ich weiß.«

»Dann erzählen Sie mal, wie ist das Interview gelaufen? Wollten Sie nicht jemanden treffen, der Ihnen etwas über das Virus erzählen kann? Darüber, dass es ›aus dem Labor kommt‹, so haben Sie es doch formuliert.«

»Ja. Aber der Zeuge hat sich als, nun ja, als unzuverlässig herausgestellt.«

»Nicht kooperativ?«

»Nein. Er kann sich einfach an nichts erinnern.« Sie wollte nicht zu viel über Lorenzo sagen.

»Wer ist der Zeuge?«

»Das ist nicht fair, Bob. Ich muss diesen Zeugen schützen. Zumindest im Moment.«

»Ich glaube, ich muss nicht über Zeugenschutz aufgeklärt werden, Julie.«

»Entschuldigung, ich möchte den Namen des Zeugen im Moment einfach nicht nennen.«

Die Stille fühlte sich komisch an. Es war schwer, ihrem Chef etwas abzuschlagen. »Was ich Ihnen sagen kann, ist, dass alles mit einem Päckchen Kürbiskernen angefangen hat.«

»Ich nehme an, dieser besondere Zeuge hatte sie?«

»Ja. Der Zeuge hat das Päckchen gefunden und jetzt warten wir darauf, dass wir vom CDC ein paar Antworten bekommen.«

»Was denken Sie, was die finden?«

»Das Labor hier glaubt, dass die Kerne manipuliert wurden, um Personen, die sie essen oder sie vielleicht sogar nur anfassen, mit dem Virus zu infizieren. Wir warten jetzt nur noch darauf, dass das CDC diese Vermutung bestätigt.«

»Wer kann zehn Menschen umbringen wollen?« Bob lehnte sich in seinem Stuhl zurück und legte seine Füße auf die Ecke des Schreibtisches. »Ich habe noch nie verstanden, was in einem Serienmörder vor sich geht. Und was passiert als Nächstes?«

Julie ignorierte den Hinweis auf einen Serienmörder. Aber diese Vermutung war genauso gut, wie jede, die sie bisher gehabt hatte. »Das hängt natürlich von den Ergebnissen ab. Aber ich vermute, dass das FBI eingeschaltet wird.«

»Wann werden Sie etwas hören?«

»In ungefähr fünf Tagen.«

»Wenn ich Ihnen irgendwie helfen kann, lassen Sie es mich wissen.« Bob drehte sich um, um einen Stapel Papiere von einer Kommode hinter seinem Schreibtisch zu holen.

Die Audienz ist zu Ende, dachte Julie. Dann sah sie das Emblem auf der Rückseite seines T-Shirts. Ein Motorrad mit dem Harley-Emblem.

»Sie könnten tatsächlich etwas für mich tun. Würden Sie mir eins ihrer T-Shirts leihen? Eins wie dieses, mit einer Harley auf dem Rücken?«

»Wofür?« Bob sah sie aus zusammengekniffenen, fast geschlossenen Augen an. Julie tat es sofort Leid, dass sie etwas gesagt hatte.

»Es könnte einem Zeugen helfen, einem Jungen, der denkt, er hat jemanden gesehen, der sich an den Fallen zu schaffen gemacht hat. Er hatte Schwierigkeiten zu erklären, was der Mann für Kleidung an hatte.« Sie log. Bob starrte sie weiter an. Guter Gott, lass mich jetzt nicht rot werden.

»Ich kann morgen eins mitbringen.«

»Danke.« Julie hoffte, es sah nicht zu sehr nach Flucht aus, als sie die Bürotür öffnete und in die Halle entkam.

Julie hatte Ben eine Nachricht in der Klinik hinterlassen. Als er nicht zurückrief, entschloss sie sich, zum Dorf hinauszufahren. Sie hatte das T-Shirt in der Handtasche. Es war schwarz mit einem orange- und silberfarbenen Harley-Emblem. Sie musste Lorenzo zeigen, dass er sich verständlich gemacht hatte. Das war ihr wichtig.

Sie gab Twila Bescheid, dass sie Lorenzo suchen wollte und dass Twila das Ben bitte ausrichten sollte. Sie ließ den Miata vor dem Gemeindezentrum stehen und ging auf das Dorfzentrum zu, an der Kirche vorbei und über den Platz, dann zurück zum Highway und zum Lebensmittelladen an.

»Ich suche Lorenzo.«

»Ah, Sie haben ihm den Poncho gegeben. Ben Pecos Freundin.« Der ältere Anglo-Mann hinter der Theke lehnte sich vor, um sie anzusehen, und lächelte breit genug, um die Reihe von Zahnlücken oben rechts freizulegen.

»Ja.« Julie lachte. Das Dorf schien einen guten Nachrichtendienst zu haben.

»Tja, Sie haben ihn verpasst. Er hat seinen Orangensaft genommen und ist vor fünf Minuten zur Tür hinaus. Manchmal sitzt er noch eine Weile auf der Treppe, aber heute wohl nicht.«

»Danke.«

Julie benutzte die hohe Veranda vor dem Laden als Ausguck

und glaubte, einen hellen Fleck aus Blau und Gold zwei Blocks entfernt hinter einer Hausecke verschwinden zu sehen. Als sie dort ankam, fiel sie fast über Lorenzo, der im Schatten saß und sich an die kühle Adobewand lehnte. Sie hockte sich neben ihn und zog seinen Poncho nach vorn, damit er nicht an seinem Hals rieb. Er lächelte und tätschelte ihren Arm.

»Lorenzo, sehen Sie mal.« Sie zog das T-Shirt aus der Tasche und breitete es auf dem Boden aus. »Ist das so wie das T-Shirt, das Sie gesehen haben?« Er sah es sich an und zog dann mit einem krummen Finger die Räder des Motorrads nach. Er zog das Muster genau so nach, wie er es auf den Boden gezeichnet hatte. Dann nahm er die Finger zum Kopf und imitierte Hörner und sah sie wieder an. Ja. Das war es.

Das Nächste war gewagt. Julie kniete über ihrer Tasche und holte das Aluminiumpäckchen heraus, das sie heute Morgen in ihrer Küche gebastelt hatte. Es war entweder eine brillante Idee oder eine weitere Sackgasse.

»Lorenzo. Woher hatten Sie das Päckchen?« Er verstand vermutlich kein Wort von dem, was sie sagte, aber er nahm das Tütchen und schien mit sich selbst zu sprechen. »Woher?« Julie berührte ihn am Arm, zeigte auf das Päckchen und deutete dann mit einer kreisförmigen Bewegung auf das ganze Dorf.

»Haben Sie es hier gefunden?« Julie nahm das Tütchen wieder an sich, legte es unter einen Stein in der Nähe, dann hob sie den Stein hoch und tat so, als ob sie es gerade fand.

Lorenzo machte ein Geräusch, das wie ein Lachen klang und schüttelte den Kopf. Er fing an, den Stock zu schwingen und drückte dann die Spitze in den losen Boden. Mit einer Hand am Haus und der anderen am oberen Ende des Stocks hievte er sich hoch.

Er bedeutete ihr mit einer Kopfbewegung, ihm zu folgen. Julie stand auf und blieb ein paar Schritte hinter ihm, als sie die Straße zum Gemeindezentrum entlanggingen. Als sie zum Stammesbüro kamen, hielt Julie Lorenzo die schwere Tür auf. Mary muss gerade weg sein, dachte Julie, als sie sich im Empfangsbereich umsah.

Auch Lorenzo war stehen geblieben. Dann schlurfte er schnell weiter und durch die Tür, die ins Büro des Gouverneurs führte.

Julie sah einen Mann nach vorne gebeugt mit dem Kopf auf dem Schreibtisch liegen. Lorenzo schwang plötzlich seinen Stock, plapperte Kauderwelsch und näherte sich der bewegungslosen Gestalt. Johnson Yepa schnellte hoch und sprang auf die Füße. Der arme Mann musste geschlafen haben. Die Schreibtischunterlage hatte einen Abdruck auf seiner Wange hinterlassen.

»Was wollen Sie?« Johnsons Stimme war belegt. Er rieb sich die Augen und zwinkerte mehrmals, als versuche er, scharf zu sehen.

Ehe Julie antworten konnte, griff Lorenzo nach dem silbernen Päckchen in ihrer Hand und legte es auf die Ecke von Johnsons Schreibtisch. Sein Geplapper erfüllte den kleinen Raum, als er triumphierend zeigte, was er getan hatte.

Julie kapierte nicht ganz, was dann geschah. Johnson Yepa fing an zu schreien, dann zeigte er auf das Päckchen, sprang zurück und warf dabei seinen Schreibtischstuhl um. Der Stuhl fiel krachend in die Glasfront des Bücherschranks. Die Glasscheiben zersprangen in tausend glitzernde Teile, die den Teppich mit Lichtpunkten übersäten. Doch ihre Aufmerksamkeit klebte an Johnson. Mit dem Rücken an der Wand fing er an zu rutschen, seine Beine hielten ihn nicht mehr, bis er mit großen offen Augen und offenem Mund dasaß. Seine Hände drückten sich in die Glassplitter.

»Was ist hier los?« Mary stand in der Tür.

»Holen Sie Hilfe. Ich glaube Gouverneur Yepa hat einen Schlaganfall.«

Julie nahm seine Hände von dem mit Glas übersäten Teppich weg. Sein Blut hinterließ Flecken auf den weißen Manschetten seines Hemdes und tropfte in die Ärmel.

Julie zog zwei große Splitter aus seiner rechten Handfläche und sprach beruhigend auf ihn ein, obwohl sie wusste, dass er sie nicht hörte. Die Sanitäter kamen, stoppten die Blutungen und legten provisorische Verbände um Johnsons Schnitte. Wo war

Lorenzo? Weg. Das nachgemachte Päckchen war ebenfalls weg. Sie lächelte. Er hatte zum zweiten Mal ein Päckchen aus diesem Büro mitgenommen. Da war sie sich sicher.

Sie stand an der Seite, als die Sanitäter Johnson hinausfuhren. Er war leichenblass und stand immer noch unter Schock. Er sah aus, als wäre er einem Geist begegnet. Sie wusste, dass viele der Tewa an Geister aus der anderen Welt glaubten. Hatte Lorenzo ihm einen so furchtbaren Schreck eingejagt? Er hatte geschlafen. Aber er hatte auch auf das Päckchen reagiert. Er schien es zu kennen. Sie war sich sicher. Lorenzo hatte ihn erschreckt, aber den Schock hatte er von dem Päckchen bekommen.

»Wo bringen Sie ihn hin?« Julie stand an Marys Schreibtisch und sah zu, wie die Sanitäter Johnson in den Krankenwagen hoben.

»Nach Albuquerque. Ich werde zu ihm nach Hause gehen und seiner Frau Bescheid geben. Könnten Sie so lange beim Telefon bleiben?«

Der Lichtpunkt wanderte über seine Augen und verbrannte seine Pupillen. Zuerst in einem und dann im anderen Auge. Jemand zog seine Augenlider hoch und sah in seine Seele.

»Ahh.« Johnson setzte sich kerzengerade hin. Das Untersuchungslämpchen des Assistenzarztes fiel geräuschvoll auf den Boden. Johnson sah sich um. Der erschreckte Arzt war vom Behandlungstisch zurückgewichen und stand nun ungefähr einen Meter weit entfernt.

»Gouverneur Yepa, wie geht es Ihnen?«

Johnson versuchte, sich die Augen zu reiben, hieb sich aber mit einem Knäuel aus Gaze gegen die Nase. Seine Hände waren verbunden. Junge, wenn seine Hände nach dem Kampf so schlecht aussahen, was war dann erst mit den Händen des anderen?

Johnson erinnerte sich aber gar nicht an einen Kampf. Etwas war tief in seiner Erinnerung verborgen und versuchte, in sein Bewusstsein zu dringen. Er bemühte sich, bekam es aber nicht zu fassen. Bekam es …

»Nein. Nein. Nein.« Johnson rückte blitzartig ans Kopfende des Tisches. Das Krankenhausnachthemd, das am Rücken offen war, verfing sich in einem der zwei metallenen Dreiecke, die am Tischende hervorstanden. Er sprang herunter und zog einen Streifen abgerissener blau karierter Baumwolle hinter sich her. Er sah seine Kleider nicht. Er musste hier raus.

»Schwester!« Der Assistenzarzt hatte sich vor die Tür gestellt, um sie zu blockieren und rief über seine Schulter hinweg in die Halle.

»Wo sind meine Sachen?«

»Gouverneur, Sie sind verletzt. Wir müssen Sie fertig untersuchen. Ich schlage vor, Sie bleiben zur Beobachtung über Nacht hier.«

»Das kann ich nicht.« Johnson sah das Päckchen jetzt deutlich vor sich an der Ecke des Schreibtischs, wo Lorenzo es hingelegt hatte. Natürlich, Lorenzo hatte es beim ersten Mal gestohlen. Warum war er nicht gleich darauf gekommen? Und jetzt wusste das Mädchen über das Tütchen Bescheid. Irgendetwas wusste sie. Wie viel wusste sie? Er musste nachdenken. Er konnte nicht hier bleiben.

»Ich entlasse Sie nicht gerne, ohne vorher noch ein paar Tests zu machen. Sie haben ziemlich viel Blut verloren. Sie schienen unter Schock zu stehen, als sie ankamen.«

Eine Schwester streckte den Kopf zur Tür herein: »Seine Frau ist hier.«

»Sie wird mich nach Hause bringen.« Johnson sah sich noch einmal im Raum nach seinen Sachen um.

»Ich werde Sie nicht gegen Ihren Willen hier behalten, aber Sie müssen mir versprechen auszuruhen. Gehen Sie es ein paar Tage etwas langsamer an und rufen Sie uns an, falls irgendeines der Symptome erneut auftritt. Schwester, holen Sie die Sachen des Gouverneurs.«

12

»Was meinen Sie damit, Sie hätten nie daran gedacht, dass es so weit kommt? Wir haben alle gewusst, dass so was passieren kann. Es war nicht sehr wahrscheinlich, aber möglich.« Der alte Anderson lief vor dem Fenster auf und ab, das die Sangre-de-Cristo-Berge einrahmte. Auf den Gipfeln lag bereits eine dünne Schicht Schnee. Er war merkwürdig optimistisch. Besser gesagt, erleichtert. Vielleicht kam das durch sein Bedürfnis nach Kontrolle. Wie auch immer. Der Tod von zwei weiteren Menschen war nötig. Je eher desto besser. Johnson Yepa hatte sich als unzuverlässig erwiesen. Und in Tonys Labor befanden sich alle Antworten auf die Fragen des CDC.

»Was ist mit der Journalistin?«, fragte Bob Crenshaw. »Meinen Sie, ich muss mir Sorgen machen, weil sie nach einem meiner T-Shirts gefragt hat?«

»Warum hat sie danach gefragt?«

»Sie sagte was über ein Kind, das jemanden an den Fallen gesehen hat. Das Kind glaubt wohl, ein Harley-Logo erkannt zu haben.«

»Würde Tony versuchen, Sie da mit reinzuziehen? Wir wissen, dass er sich ein paar Nagetiere beschafft hat. Vielleicht hat er dabei ein Harley-T-Shirt getragen, um witzig zu sein«, meinte Junior.

»Ich traue es dem kleinen Wichser zu, uns zu linken«, sagte Bob.

»Es hört sich nicht an, als hätte diese Journalistin viel in der Hand. Wie dem auch sei, wir sollten uns im Moment keine Sorgen machen wegen ihr. Sie ist doch zurzeit unsere beste Informantin. Sie wird Sie weiter auf dem Laufenden halten.« Douglas Anderson sen. wartete Bobs Nicken ab, bevor er weitersprach. »Ich denke, wir wissen, wer aus dem Weg geschafft werden muss. Wir können nicht riskieren, dass sie erzählen, was sie wissen.«

Douglas reagierte kaum auf ihr Nicken, sondern wandte sich wieder zum Fenster, um weiter die Berge zu betrachten. Diese

Aussicht war Balsam für seine Seele. Er hatte das Bürogebäude entworfen und hatte das Eckbüro mit der 180-Grad-Aussicht für sich reserviert. Die dunkel orangefarbene Ledercouch, ein s-förmiges Sofa und die Polstertruhe waren die einzigen künstlichen Dekorationsversuche. Keine besonders guten, selbst wenn man das Ölgemälde von Peter Hurd mit bedachte.

Er brauchte die Verbindung zur Natur, zu Gottes Werk. Er fühlte sich stark, wenn er auf dreitausend Meter soliden Fels sah. Die Espen färbten sich herbstlich. Sie bildeten Blöcke von lang gezogenen goldumrandeten grünen Streifen, mit denen die oberen Hänge abschlossen. Laubbäume, deren Pracht nur einmal im Jahr zwei Wochen andauerte. Die Natur veranstaltete ein Feuerwerk und wartete dann zwölf Monate, bis sie es wieder tat.

»Dad? Wie ist der Zeitrahmen für das, was anliegt?«

»Kurz. Ich denke nicht, dass wir viel Zeit haben.«

»Wir haben einen ziemlich sicheren Beweis dafür, dass das Laborpäckchen aus dem Büro des Gouverneurs weggenommen wurde«, sagte Julie. »Außerdem denke ich, dass das falsche Labortütchen Johnson so extrem hat reagieren lassen.«

»Was sagen Sie da? Dass Johnson damit zu tun haben könnte? Dass er vielleicht gewusst hat, was in dem Tütchen war?« Sandy hatte Ben gebeten, ihn über den letzten Stand der Plakataktion zu informieren, war aber froh, Julie nach Johnson Yepas so genanntem Fluch fragen zu können, denn der hatte den neuen Assistenzarzt ganz schön Nerven gekostet.

»Ja. Ich werde Nachforschungen über Johnson anstellen. Vielleicht bekomme ich ein paar Antworten«, sagte Julie.

»Was willst du tun?«, fragte Ben.

»Leute befragen, sehen, ob er Vorstrafen hat, einen Blick auf seine Konten werfen, solche Sachen eben. Hat er irgendetwas Ungewöhnliches getan? Ist er mit Leuten gesehen worden, die eventuell ein Motiv haben? Vielleicht hilft es uns weiter.«

»Wissen Sie, als ich das Stammesbüro heute angerufen habe,

hat Mary gesagt, dass Johnson sich in Elephant Butte erholt. Ich fand das so merkwürdig, dass ich nachgefragt habe.« Er hielt inne. »Sie hat gesagt, er habe ein Boot auf dem See. Kein geliehenes, sondern sein eigenes.«

»Ich habe nicht gewusst, dass er ein Boot hat. Welcher Pueblo-Indianer hat schon ein Boot? Er kann es erst seit kurzem haben. Vielleicht höre ich mich mal um. In Albuquerque gibt es nicht viele Geschäfte, die Boote verkaufen.« Ben griff nach dem Telefonbuch. Er wollte ein paar Adressen aufschreiben und dann dort vorbeifahren und mit den Verkäufern sprechen. Am Telefon waren sie wahrscheinlich nicht sehr gesprächsfreudig.

Ben wusste nicht, wonach er suchte, aber Marineland schien ein guter Anfang zu sein. Er parkte in der Einfahrt und hatte das Gelände noch nicht überquert, als ihn schon ein Verkäufer ansprach.

»Wie kann ich Ihnen helfen?« Ben fand, dass das karierte Jackett des Verkäufers teuer, aber geschmacklos aussah.

»Ein Freund von mir hat hier letztens ein Boot gekauft. Es liegt in Butte. Ich würde gern wissen, was so ein Boot kostet.«

Ben hatte den Eindruck, dass sich der Mann um ein Haar die Lippen geleckt hätte. Jedenfalls konnte er seine freudige Erregung kaum im Zaum halten.

»Könnte der Freund ein Gentleman indianischer Herkunft gewesen sein?«

»Ja. Der Gouverneur von Tewa Pueblo. Johnson Yepa.«

»Oh, ja. Ich habe Mister Yepa persönlich bedient Er wusste genau, was er wollte. Starker Motor. Viele PS. Und das Emblem. Wie gefällt Ihnen das Emblem?«

»Das Emblem?«, fragte Ben.

»Ja. Der Fliegenfänger. Nein, das war es nicht. Ein großes netzartiges Etwas mit Federn. Direkt unter dem Namen, wissen Sie?«

»Ein Traumfänger?«

»Ja. Er hat es sich extra im Werk anfertigen lassen. Es ist perfekt geworden, Silber und Weiß mit einem Hauch Türkis.«

»Das muss ihn ein oder zwei Monatsgehälter gekostet haben«, sagte Ben.

Der Verkäufer lachte nervös. »Ich bin zu der Überzeugung gekommen, dass Mr. Yepa sehr wohlhabend ist. Aber kommen Sie mit, werfen wir einen Blick in die Kataloge und reden wir über Ihre Vorstellungen.«

»Können Sie mir das Modell zeigen, das Johnson hat?«

»Hier ist es.« Der Verkäufer breitete eine farbige Werbebroschüre auf dem Schreibtisch aus. »Die Details kommen extra. Ich glaube, er hat alles in allem noch mal viertausend Dollar zugezahlt. Und er hat sich für einen speziell auf seine Bedürfnisse zugeschnittenen Motor entschieden.«

»Was würde es mich also kosten?«

»Nun ja. Vielleicht bekomme ich für dieses Modell einen Rabatt.« Der Verkäufer drückte energisch auf die Tasten des Taschenrechners. »Mit einem Spielraum von ein paar hundert Dollar – vielleicht wollen Sie einen weiteren Gang haben – sollten es siebzigtausend werden.«

Ben war froh, dass er saß. Siebzigtausend Dollar. Woher hatte Johnson so viel Geld?

»Wie lange dauert es, ein Boot hierher zu bringen?«, fragte Ben.

»Ohne Extra-Malerarbeiten etwa zweieinhalb Wochen.«

»Ich gebe Ihnen Bescheid.« Ben stand auf, um zu gehen.

»Es wird mir ein Vergnügen sein, mit Ihnen Geschäfte zu machen, aber tun Sie mir einen Gefallen: Machen Sie es nicht wie Ihr Freund, und tragen Sie nicht das ganze Bargeld mit sich herum. Es ist einfach zu gefährlich. Bitten Sie jemanden, Ihnen zu helfen, ein Konto zu eröffnen. Das ist sicherer.«

»Danke für den Tipp«, sagte Ben.

Anderson junior wartete versteckt im Schatten der Gasse. Schließlich verließ Tonys Sekretärin das Gebäude, setzte sich hinter das Steuer des blauen Ford Escort und fuhr auf den Montgomery

Boulevard. Er hatte den Toyota Jeep abgestellt und war mit dem Mountainbike in die asphaltierte Einfahrt hinter dem Labor gefahren. Er hatte das Glück gehabt, dass zwei Blocks entfernt eine Party in vollem Gang war. Ein Wagen mehr oder weniger fiel da nicht auf. Er rückte den schweren Rucksack zurecht.

Junior lehnte das Fahrrad gegen die Rückwand des Gebäudes und blieb in der Dunkelheit stehen, um zu lauschen. Keinen halben Meter von ihm entfernt dröhnte eine Art Luftkompressor. Er hatte vorher angerufen und gesagt, dass er gegen neun Uhr vorbeikommen wollte. Tony hatte ihn zum Hintereingang bestellt. Vermutete er etwas?

Junior brauchte genügend Zeit, um das Labor inspizieren zu können. Er atmete die kühle Nachtluft ein und begann eine Reihe von Entspannungsübungen gegen seine Migräne. Er spürte, wie der Stress über seine Unterarme aus seinem Körper entwich, aus dem Nacken und den Schultern verschwand und wie sein Kopf anfing, sich leicht anzufühlen. Er lehnte sich gegen die Wand, aber der schwere Rucksack riss ihn fast um. Es war kurz vor neun.

Junior drückte auf den Knopf neben der Tür. Der Ort war abgeschirmt und schallisoliert. Das war gut. Tony kam zur Tür, ehe er den Summer ein zweites Mal drücken musste. Er folgte ihm durch einen verdunkelten Raum zur Mitte des Labors und ließ den Rucksack auf einen Tisch in der Nähe fallen. Ein Tier, das aussah wie eine Ratte mit längeren Eckzähnen, stand in einem Käfig auf Tonys Schreibtisch.

»Was gibt es denn? Brauchen Sie wieder ein paar beruhigende Worte?«

»So könnte man es nennen«, sagte Junior.

Tony ärgerte die Ratte, die schlechte Laune zu haben schien. »Mein Teil der Arbeit war erledigt, als ich Ihnen das Päckchen ausgehändigt habe. Wenn Sie nicht in der Lage sind, die Situation unter Kontrolle zu halten …«

Juniors Faust knallte auf den Schreibtisch. Die verschreckte Ratte schlug gegen den Käfigdeckel, ihre Augen sahen wild aus.

»Und dann nichts wie weg, was? Hören Sie mal gut …«

Er beugte sich über den Schreibtisch, schreckte dann aber zurück, und streifte mit der Hand einen faustgroßen steinernen Briefbeschwerer. Was zum Teufel? Tony schwang die Ratte am Schwanz herum. So weit zu dem Versuch, ihn zu würgen. Ohne nachzudenken, griff Junior nach dem Briefbeschwerer und warf damit nach Tony. Er traf ihn an der rechten Schläfe.

Nach einer schnellen Drehung von Tonys Faust kam die Ratte durch die Luft geflogen, krallte sich an der Vorderseite von Juniors Jacke fest und lief hoch zu seinem Hals. Junior spürte, wie ihre Zähne sich in seinem Daumen festbissen, als er nach ihr schlug. Dann machte er die Jacke auf und ließ sie samt Ratte zu Boden fallen. Er trat das sich bewegende Bündel gegen die Wand. Die Ratte bewegte sich nicht mehr.

Er drehte sich wieder zu Tony um. Aber der war weg. Wo …?

Dann sah er, wie Tony am Boden auf eine Art Falltür unter dem schweren Tisch zurobbte, sie öffnete und kopfüber in der Dunkelheit verschwand. Junior sprang auf die Falltür zu und erwischte gerade noch eine Ecke. Als er sich weiter vorwärts bewegte, merkte er, wie die Ratte sein Hosenbein hochkroch.

»Verdammt!« Junior sprang auf und stampfte auf. Dann zog er seine Levi's herunter. Diesmal ergriff er die Ratte am Schwanz und schlug sie gegen die Wand. Sie wurde schlaff. Er warf sie auf Tonys Schreibtisch. Junior zog sich wieder an. Die Falltür ließ sich nicht mehr öffnen. Sie war inzwischen von innen verriegelt.

Vielleicht besser so. Er musste nur die Falltür blockieren, die Bombe auf zwölf Minuten einstellen, zu seinem Toyota zurück und wäre aus der Gegend verschwunden, ehe das Labor in die Luft flog. Es würde aussehen, als hätte sich Tony selbst eingeschlossen. Nicht als wäre er ermordet worden. Gefangen. Junior fing an zu pfeifen. Beim zweiten Takt von *What A Wonderful World*, hatten sich zwei Reihen der Laborratten aufgesetzt und starrten ihn an.

Julie vertrat eine krank gewordenen Kollegin im Ü-Wagen. Sie hoffte auf einen ruhigen Abend, sodass sie ein bisschen über Johnson recherchieren konnte. Stattdessen gab es einen Großfeueralarm in den Heights. Der Ü-Wagen fuhr die Straße hoch und kam noch an den Polizeisperren vorbei, ehe das Gebiet abgeriegelt wurde. Das Feuer brannte schnell. Die Flammen schlugen über zehn Meter hoch und erleuchteten den Nachthimmel.

»Was ist das für ein Betrieb?« Julie konnte sich nicht erinnern, was dort gewesen war. Das Schild an der Frontseite des Gebäudes war geschmolzen und auf den Bürgersteig gefallen.

»Schädlingsbekämpfung. Irgend so ein Kammerjäger. Deshalb brennt es wahrscheinlich so schnell ab. Voller Chemikalien.« Der Kameramann zog die restliche Ausrüstung aus dem Transporter.

»Ich habe noch nie etwas so brennen sehen. Ob sie uns näher heranlassen?«, fragte Julie.

»Ich glaube, wir müssen einfach warten. Wenigstens sind die Grundmauern aus Zement.« Er fing an, das Feuer und das Einkaufszentrum daneben zu filmen.

»Ich versuche, ein paar von den anderen Ladenbesitzern zu interviewen. Wir treffen uns hier in dreißig Minuten.« Julie ging in Richtung eines Fitnessstudios, vor dem Leute in Sweatshirts und Gymnastikanzügen auf dem Bürgersteig standen.

»Wie hat das Feuer angefangen? Haben Sie irgendetwas gesehen?« Sie fragte die Frau, die am nächsten stand.

»Was heißt hier gesehen, wir haben es gehört.«

»Die lauteste Explosion, die ich je gehört habe. Ein irrsinniger Knall. Die Fenster haben gewackelt.« Die Leute erkannten Julie und scharten sich um sie in der Hoffnung, ins Fernsehen zu kommen.

»Was haben Sie gesehen?« Julie wandte sich einem anderen der Umstehenden zu.

»Das Feuer schoss einfach aus dem Dach heraus.«

»Ja. Ich habe auch niemanden das Haus verlassen sehen«, meinte ein anderer.

»Gibt es Grund zu der Annahme, dass Menschen in dem Gebäude eingeschlossen sind?«, fragte Julie.

»Schon möglich. Mr. Chang und seine Sekretärin sind normalerweise die Einzigen, die abends lange bleiben. Ich habe sie heute Abend nicht weggehen sehen.«

»Mr. Chang?«, fragte Julie.

»Anthony Chang von *Bugs No More.*«

»Kennen Sie Mr. Chang?«

»Nicht richtig. Ich arbeite seit drei Jahren hier im Fitnessstudio und habe ihn ein paar Mal gesehen. Er ist ein Einzelgänger.«

»Danke. Sind Sie später noch hier, falls ich ein Live-Interview machen möchte?« Die Frau zuckte mit den Schultern und schien nicht übermäßig interessiert daran, ins Fernsehen zu kommen.

Die Feuerwehr setzte Schaum ein, um die Flammen zu ersticken. Dann Wasser, um das Gelände zu durchtränken. Julie wartete mit dem Kameramann, bis die Trümmer nur noch eine schwelende Masse waren. Sie sah, wie zwei Feuerwehrmänner in Schutzanzügen in das Innere des Gebäudes vordrangen. Sie ging zum Einsatzleiter hinüber.

»Wissen Sie, ob noch jemand im Gebäude war?«

»Wir haben Grund zu der Annahme, dass der Eigentümer noch gearbeitet hat. Das ist sein Auto.« Er zeigte auf einen ziemlich neuen Buick Sedan.

»Gibt es schon Vermutungen über die Brandursache?«

»Noch nicht. Kein Zweifel, dass Chemikalien verbrannt sind. So viel ich weiß, hatte Mr. Chang ein breites Sortiment von Chemikalien an seinem Arbeitsplatz. Ich glaube nicht, dass es Brandstiftung war. Unsere Fachleute werden sich darum kümmern. Wenn Sie mich jetzt entschuldigen wollen.«

Julie sah, wie der Einsatzleiter zu einem Feuerwehrmann ging, der nicht weit vom dem einstigen Vordereingang des Gebäudes stand. Der Feuerwehrmann schien aufgeregt und deutete auf den Boden. Dann fingen beide Männer plötzlich an, mit den Füßen auf den Boden zu stampfen und herumzuhüpfen. Julie ging auf sie zu.

»Gehen Sie zurück!« Der Einsatzleiter schrie sie an und deutete auf den Boden.

Zuerst konnte Julie nicht erkennen, warum sie so aufgeregt waren. Das Wasser rann in Strömen und geschwärzte Trümmer lagen auf dem Parkplatz herum. Dampf stieg von schwelenden Deckenbalken auf. Überall waren Schläuche. Man hatte eine riesige schwarze Plane über etwas in der Nähe der Tür geworfen.

Dann begann die Plane sich zu bewegen. Hinauf auf einen Haufen von Schläuchen, hinunter um einen Hügel von Wasser getränktem Isoliermaterial herum. Kleine Wellen zogen die Plane lang, dann schob sie sich zusammen und bewegte sich in eine andere Richtung weiter. Sieht irgendwie lebendig aus, dachte Julie.

O Gott, es ist lebendig! Sie rannte zu dem vordersten Feuerwehrfahrzeug. Kakerlaken. Hunderte. Tausende, Millionen. Ein paar Streuner krabbelten an der Grundstücksgrenze entlang, ehe sie über den Parkplatz und in die Dunkelheit davonstoben.

»Holen Sie die Leute von der Schädlingsbekämpfung.« Der Einsatzleiter hatte jetzt wieder alles unter Kontrolle und stand an der Einsatzzentrale. »Setzen Sie das ganze Gebiet unter Wasser. Halten Sie sie zusammen, wenn Sie können. Ja, gut so, drängen Sie sie zurück.«

Der Einsatzleiter wandte sich an Julie. »Ich mache das ja schon lange und dachte, ich habe alles gesehen. Das ist mein fünfundzwanzigstes Dienstjahr, am 1. Dezember gehe ich in Rente, und jetzt erlebe ich tatsächlich noch eine Überraschung. Wer zum Teufel sammelt diese Viecher? Und auch noch lebend? Was denken Sie, womit er sie gefüttert hat?«

Der Schrei eines Feuerwehrmanns rettete Julie vor einer Erörterung über die Unterbringung und Haltung von Kakerlaken.

»Ich brauche hier Hilfe.« Der Feuerwehrmann war aus dem Gebäude aufgetaucht und stand an etwas, das einmal eine Tür gewesen war. »Unter dem Hauptraum ist eine Art Keller. Wir brauchen eine Pumpe, um das Wasser herauszubekommen.«

»Ist da jemand drin?«

»Das wissen wir erst, wenn das Wasser raus ist.«

Julie sah zu, wie drei Männer einen Generator und eine Pumpe brachten und Schläuche zum Inneren des Gebäudes zogen. Schon bald danach lief das Wasser aus dem Raum durch einen Schlauch und ein kompliziertes Filtersystem zurück in den großen Tank einer der Feuerwehrwagen.

»Beweismaterial. Wir heben alles auf, wenn wir meinen, es sei nützlich«, erklärte der Einsatzleiter. »Und glauben Sie mir, man weiß nie.«

Die meisten Schaulustigen hatten die Umgebung nach dem Zwischenfall mit den Kakerlaken verlassen. Ein paar Hartgesottene sahen von der anderen Straßenseite aus zu, aber auch die wurden aufgefordert zu gehen, als die Spezialisten kamen. Zwei Männer in hellgelben Gummianzügen und dazu passenden Helmen zogen Schläuche von ihrem Transporter, sprachen mit dem Einsatzleiter und fingen dann an, den Parkplatz zu besprühen.

»Werden Sie alle erwischen?«, fragte Julie den Mann in ihrer Nähe.

»Wir werden was ganz Reizendes nehmen. Das müsste funktionieren.«

Julie sah zu, wie der tödliche Dampf in die Spalten eindrang und die schwarzen Insekten, die nicht hatten entkommen können, auf den Rücken fielen und mit den Beinen strampelten.

Der Einsatzleiter war wieder ausgestiegen, um zu dem Gebäude zurückzugehen. Zwei Feuerwehrmänner kämpften damit, ein seltsames in Leinen gewickeltes Bündel über die Schwelle zu hieven, ehe sie es auf dem Parkplatz ablegten. Ein Körper, dachte Julie. Sie machte dem Kameramann ein Zeichen, aber der filmte schon von seinem Aussichtspunkt neben dem Transporter der Schädlingsbekämpfer von der Firma Orkin.

»Ist er bereits identifiziert?«, fragte Julie den Einsatzleiter, als er zurückkam.

»Der Besitzer. Tony Chang.«

»Todesursache?« Sie hatte den Eindruck, er zögere.

»Das ist Spekulation. Ich werde sagen, dass ich das nie gesagt habe, wenn Sie mich zitieren sollten, aber das Opfer erhielt einen Schlag auf den Kopf und das könnte …«

»Mit Absicht?«

»Jetzt stellen Sie Fragen, die der Gerichtsmediziner beantworten muss.«

»Aber er starb durch einen Schlag auf den Kopf?«

»Ich habe nicht gesagt, dass er durch den Schlag gestorben ist. Er ist mit aller Wahrscheinlichkeit ertrunken. Er trieb in dem Keller, den wir entdeckt haben.«

»Glück oder Planung?« Douglas Anderson stand vor Bob Crenshaws Schreibtisch.

»Eine Menge Glück. Wussten Sie, dass er im Keller einen Computerraum hatte?«

»Ich hatte keine Ahnung.«

»Wir hatten verdammtes Glück«, meinte Bob.

»Was sagt die Gerichtsmedizin? Tod durch Ertrinken nach einem Schlag auf den Kopf, der wahrscheinlich durch die Explosion der Laborchemikalien verursacht wurde?«

»So weit ich weiß, ja. Setzen Sie sich. Lassen Sie mich mal bei Julie Conlin hören. Sie ist von Anfang an an der Geschichte dran.« Bob wählte Julies Nummer und drückte auf den Lautsprecherknopf.

»Julie. Gibt es irgendetwas Neues in der Brandgeschichte? Oder sind alle damit zufrieden, das Mr. Chang das Opfer seiner eignen Laborexplosion war?«

»Das ist das Letzte, was ich gehört habe. Heute Morgen war ein Bericht im Morgenjournal über die Nachbarn, die wegen der Schaben auf den Barrikaden sind. Hoffentlich haben Sie Aktien bei Orkin«, sagte Julie.

Bob lachte. »Ich werde meinen Broker fragen. Danke.« Er schaltete den Lautsprecher aus und legte auf. »Zufrieden?«

»Wir sind mit dem Schreck davon gekommen. Meine Güte, das hätte ein Drama geben können«, meinte Douglas.

»Bohren Sie nicht weiter darin herum. Wir haben Glück. In einem Jahr lachen wir darüber…«

»Ja, ja. Und wer zuletzt lacht, lacht am besten«, beendete Douglas den Satz.

»Machen Sie sich nur lustig. Ich wüsste nicht, dass Sie in letzter Zeit Geld ausgeschlagen hätten.«

»Ich hoffe nur, dass Sie verdammt noch mal Recht haben«, meinte Douglas.

Beide Männer drehten sich um, als es zweimal kurz klopfte. Die Tür ging auf und Julie kam herein.

»Oh. Entschuldigung. Ich wusste nicht, dass Sie Besuch haben. Ich wollte Ihnen nur die Abschrift von dem Interview mit dem Gerichtsmediziner geben.«

»Danke. Ich bin jetzt eine Weile beschäftigt. Aber ich rufe Sie später an.«

»Natürlich. Entschuldigen Sie, dass ich Sie unterbrochen habe.« Julie lächelte Bob und dem älteren Herrn in dem sorgfältig gebügelten Nadelstreifenanzug zu und schloss dann die Tür hinter sich.

Der alte Mann saß im Schneidersitz an die Lehmwand der Hütte angelehnt. Er sah Johnson durchdringend an. Johnson hatte kein gutes Gefühl. Er hatte heute Morgen den zweiten Halbschuh gefunden. Er steckte im Kamin des Holzofens. Er hatte ihn gefunden, nachdem das ganze Haus voller Qualm war. Er glaubte nicht an einen Streich. Außerdem hatte er angefangen, Stimmen zu hören. Also traf er mit dem Medizinmann Vorbereitungen, um den Fluch loszuwerden, um die Hexen aus seinem Leben zu vertreiben.

Johnson saß vor dem Mann auf dem Boden. Feuchtigkeit und Kälte setzten ihm zu. Seine Kleider waren klamm und klebten an seinem Hinterteil. Er verlagerte das Gewicht. Er wusste, dass der alte Heiler sich Zeit nahm, über die Zeremonie nachzudenken. Dann würde er einen Tag bestimmen. Das war nur der erste Schritt.

Zur Heilung wollte sich der alte Mann zwei Schwanzfedern des rotschwänzigen Falken auf seine Oberlippe legen. Das ermöglichte es dem Medizinmann, Hexen selbst in der Dunkelheit zu sehen und mit der Geschwindigkeit des Falken auf sie niederzustoßen. Am rechten Arm wollte er eine Bärentatze mit Krallen tragen. Keine Hexe konnte diese Macht überleben. Männer wie er waren als *Tsiwi* oder »die mit den fegenden Augen« bekannt. Sie sahen alles.

Der alte Mann begann zu sprechen. »In zehn Monden.« Johnson überlegte, was das für ein Datum war. In zehn Nächten.

»Lebe nach der Art deines Volkes. Bitte den *Po war ha* um Führung. Lass den *akon gein* wachen.«

Warum sollte er Hunde wachen lassen? War es so schlimm? Sein Leben war in Gefahr. Aber das wusste er doch schon.

»Es wird einen weiteren Toten geben, ehe das Sterben aufhört. Aber, mein Sohn, nicht alles Sterben kommt von der Feigheit her oder wird von Unfall oder Zorn verursacht. Manche sind tapfer zur Stunde ihres Todes. Führer, an die sich alle erinnern.«

Johnson wartete, aber es kam nichts mehr. Der alte Mann machte eine Bewegung, mit der er ihm bedeutete zu gehen. Johnson strauchelte, als er aufstand. Ein Bein war völlig taub. Er humpelte zur Tür, hinaus in den grauen, bedeckten Tag und ging die Straße zu seinem Büro hinauf.

Mary hatte eine Ausgabe des *Journals* auf seinen Schreibtisch gelegt. Er schob es zur Seite. Er konnte nicht noch mehr über Tony Changs Tod lesen. Das Opfer eines Unfalls. Johnson wusste es besser. Ihm war klar, dass Tony zu viel gewusst hatte. Er war eine Bedrohung gewesen. Man hatte sich um ihn gekümmert.

Johnson ging zum Bücherschrank, in dessen Türen kein Glas mehr war, und zog ein Wörterbuch heraus. Inmitten der Seiten lag flach gedrückt das Päckchen mit den Kürbiskernen, das er aus dem Krankenhauslabor mitgenommen hatte. Allmählich wurde es Zeit, seinen Plan in die Tat umzusetzen. Seine Versicherung. Er setzte sich an seinen Schreibtisch, nahm einen Stift und begann zu schreiben.

»Sagen Sie das noch einmal. Habe ich richtig gehört, siebzigtausend Dollar?« Sandy beugte sich vor und stützte die Ellbogen auf den Schreibtisch.

»Hier ist die Broschüre.« Ben zeigte auf das Bild von dem Boot.

»Nett.«

»Irgendwie kann ich mir nicht vorstellen, wie Johnson auf dem Butte herumschippert. Weder damit noch in irgendeinem anderen Boot.«

»Ich auch nicht.«

»Julie meint, das Geld stammt aus einem Geschäft, das etwas mit dem Kasino zu tun hat.«

»Was denken Sie?«

»Ich werde es herauskriegen, aber ich fühle mich nicht so wohl bei dem Gedanken, dem Gouverneur des Dorfes auf die Pelle zu rücken. Irgendwann will ich mit dem Anti-Alkoholprogramm in der Gemeinde anfangen. Er kann mir das Leben zur Hölle machen, falls wir uns irren.«

»Verstehe.«

»Ich werde mich dabei mehr auf Julie verlassen. Sie soll die meiste Arbeit machen.«

»Preston Samuels auf Leitung eins.« Gloria winkte Ben von der Tür aus zu.

»Danke, Gloria.« Sandy nahm den Hörer ab. »Ben, bleiben Sie da. Das könnte interessant sein.

»Pres, was ist die gute Nachricht?«

»Tja, ich glaube diesmal haben Sie nur die Wahl zwischen schlecht und nicht ganz so schlecht.«

»Toll. Was haben Sie herausgefunden?«, fragte Sandy.

»Ich muss sagen, ich hätte diese Person gern auf meiner Seite. Ich könnte jemanden mit dem Fachwissen brauchen. Ich nehme an, Sie haben keine Idee, wer dahinter steckt?«

»Bis jetzt nicht. Das hört sich an, als würden wir nach einem Spezialisten suchen.«

»Er oder sie muss einer sein. Zum Beispiel sind die Hüllen der vier Kürbiskerne, die Sie mir geschickt haben mit winzigen Partikeln eines veränderten Virus behandelt worden, von dem bekannt ist, dass es für Menschen über vierzig am gefährlichsten ist. Bei noch älteren Menschen wirkt es sehr schnell und ist tödlich.«

»Ein künstliches Virus?«

»Nicht ganz. Hier am CDC haben wir Hantavirusketten von Proben aus Japan, China, Skandinavien, Indien und sogar aus New Orleans. Der Ursprung dieser besonderen Kette ist die gestreifte koreanische Feldmaus. Sie trägt immer die Erreger von hämorrhagischem Fieber in sich. Die Krankheit bricht in der Regel nur bei Erwachsenen aus. Besonders bei denen ab vierzig. Kinder scheinen nahezu immun zu sein.«

»Wir haben im Koreakrieg zweihundert Soldaten wegen dieses Virus verloren, stimmts?«

»Stimmt. Und weil Ihr Virus die Lungen und nicht die Nieren angreift, haben wir zuerst nicht an das Hantavirus gedacht. Erst nachdem wir bei Nagern aus der Gegend das Hantavirus nachgewiesen haben, waren wir sicher. Dann fanden wir es natürlich auch in menschlichen Blut- und Gewebeproben.«

»Gehen wir noch einmal einen Schritt zurück. Sie glauben, dass jemand das Virus so verändert hat, dass es die Lungen befällt?«

»Wir sind uns sicher. Die chemische Zusammensetzung, die wir in der gestreiften koreanischen Feldmaus gefunden haben, ähnelt dem Typ, den wir in den Bandicoots fanden.«

»Bandicoots?«

»Eine große Ratte, wie die braune Wasserratte, aber sie kommt sonst nur in Indien vor. In den Küstenstädten hier in den USA übertragen normale Ratten seit einiger Zeit das Hantavirus.«

»Wie beruhigend«, sagte Sandy.

»Ein Grund, warum wir menschliches Eingreifen vermuteten, war, dass der Speichel des Bandicoots verwendet wurde. Wenn sie einfach bei der heimischen braunen Ratte geblieben wären, würden wir vielleicht immer noch im Dunkeln tappen. Aber der Speichel des Bandicoots hat sie verraten. Es ist definitiv ein Import.«

»Wie hat man das gemacht?«

»Ich kann Ihnen sagen, was wir denken, was passiert ist. Aber es kann Jahre dauern, bis wir die Biochemie dahinter entschlüsseln. Erinnern Sie sich an die L-tryptophan-Panik 1989 in New Mexico? Wir haben den Überträger entdeckt, eine Verunreinigung aus einem japanischen Labor, aber wir versuchen immer noch herauszufinden, wie diese Verunreinigung sich verbreiten konnte.«

»Ich kann mit einer Vermutung leben«, sagte Sandy.

»Ich hasse kluge Vermutungen. Aber offen gesagt, vielleicht ist das alles, was wir für eine Weile haben. Wir haben es wahrscheinlich mit einem Bakteriophagevirus zu tun. Ein Virus, das nur Bakterienzellen befällt.«

»Komplett mit kleinen Greiffüßen, die als Rezeptoren fungieren«, sagte Sandy.

»Ja, genau so. Wie Sie wissen, injiziert ein Bakteriophage seine eigene DNS in die Zelle und macht die reproduktive Maschinerie der Zelle zu einer Fabrik für Viren.«

»Und wenn das Virus bei diesem Vorgang Teile der DNS der Zelle annimmt, kann es mutieren und in sehr kurzer Zeit zu einem neuen Virus werden.«

»Genau. Nehmen Sie den Bandicoot, einen Träger des Hantavirus, mit dem noch keine spezielle Krankheit in Verbindung gebracht wird, und kreuzen Sie sein genetisches Material mit dem der gestreiften koreanischen Feldmaus, von der bekannt ist, dass sie ein Virus trägt, das für ältere Menschen tödlich ist. Dann haben Sie ein neues Virus, in diesem Fall eines, das die Lungen von älteren Menschen angreift.«

»Erstaunlich. Ich frage mich, wie lange jemand gebraucht hat, um darauf zu kommen?«, sagte Sandy.

»Ich glaube nicht, dass es der Person gelungen ist, die beiden gleich beim ersten Mal erfolgreich zu kreuzen. Es ist wahrscheinlicher, dass wir es mit jahrelanger Forschung zu tun haben und auch mit empirischen Versuchen an menschlichen Versuchskaninchen.«

»Sie zeichnen nicht gerade das Bild eines Humanisten.«

»Nein, tue ich nicht.«

»Haben Sie irgendeine Erklärung dafür, warum das Virus nicht wie anfangs nur ältere Menschen befallen hat, sondern später auch junge?«

»Eine weitere Mutation. Wir führen gerade Tests durch, aber wir glauben, dass die Kürbiskerne anfangs einen Träger infiziert haben. Einen Menschen, der sie gegessen hat. Dann wurden weitere manipulierte Kerne von einer artverwandten Spezies gefressen, in unserem Fall der Waldmaus. Die Verbreitung des nochmals veränderten Virus nahm daraufhin ein völlig willkürliches Muster an. Das heißt, es war nicht länger durch die DNS daran gebunden, vorrangig eine bestimmte Altersgruppe zu befallen. Die Mäuse waren zu einem neuen Reservoir geworden, das es dem neuen Virus erlaubte, auf andere Spezies überzuspringen.«

»Ein einfacher Fall von genetischer und entwicklungsbedingter Modifikation als Reaktion auf Möglichkeiten in der spezifischen Umwelt«, sagte Sandy.

»Das beantwortet mit Sicherheit die Frage, warum es lokal begrenzt geblieben ist.«

»Genau. Ich will noch sagen, dass wir Spuren von Mäusedreck in dem Aluminiumtütchen gefunden haben. Wo auch immer es aufgehoben wurde, die Mäuse sind drangekommen. Also ist wenigstens dieser Teil des Rätsels gelöst.«

»Und jetzt?«

»Wir haben unsere Befunde an die Bundesbehörden weitergeleitet. Vielleicht haben die jemanden in den Akten, dessen Profil dazu passt. Wer weiß? Ich bin einfach froh, dass wir etwas gefunden haben.«

»Sollen wir weiter Nagetiere in der Gegend des Dorfes fangen?«, fragte Sandy.

»Unbedingt. Fangen und testen. Wir weiten das Gebiet auf ganz New Mexico aus und führen Stichproben in grenznahen Gegenden von Colorado und Arizona durch.«

»Lassen Sie es uns wissen, wenn sich etwas tut«, meinte Sandy.

»Ja, Sie auch.« Sandy legte auf.

»Haben Sie das meiste davon mitbekommen?«, fragte Sandy Ben.

»Ich denke ja. Es ist schwer zu glauben, dass meine Großmutter das unschuldige Opfer irgendeiner Verschwörung war. Dass sie einfach dummerweise in die Schusslinie geraten ist.«

»Ja, ich weiß. Zehn Unschuldige sind gestorben und weitere sechs beinahe.«

Die beiden Männer saßen schweigend da. Ben dachte daran, wie seine Großmutter gestorben war. Wie er darum betrogen worden war, Zeit mit ihr verbringen zu können, jetzt da er mit ihr im Dorf gelebt hätte und die Sitten seines Volkes kennen lernen wollte.

»Ich will den Mörder kriegen«, sagte Ben.

»Das sollten wir den Bundesbehörden überlassen. Sie könnten denen in die Quere kommen.«

»Oder ihnen helfen. Ich kenne das Reservat. Falls Johnson Yepa mit drinsteckt, müssen sie es wissen. Julie kann dabei helfen. Es ist wichtig für mich, das zu tun.«

»Ich verstehe das, aber ich würde es Ihnen lieber ausreden. Wir brauchen Sie noch, heil und unversehrt.«

»Danke. Aber ich muss das herausfinden.«

»Seien Sie vorsichtig. Das waren keine Grünschnäbel, die diesen Plan entworfen haben.«

»Ich weiß«, sagte Ben.

»Und die Beweise sind schlüssig? Da draußen gibt es wirklich jemanden, der einen Massenmord verübt hat?«, fragte Julie.

»Ja, kein schöner Gedanke, was? Warum sie es auf das Dorf abgesehen haben, wissen wir nicht. Ich bin sicher, dass das kein Zufall war.«

»Ich komme immer wieder auf Johnson Yepas Siebzigtausend-Dollar-Boot. Jemand hat ihn bezahlt, um etwas zu tun. So muss es sein«, sagte Julie.

»Schmiergeld, um das Kasino auf Tewa-Land zu erlauben.«

»Ist das illegal?«, fragte Julie.

»Wahrscheinlich nicht. Es könnte Probleme geben, wenn der Stamm das wüsste. Die eigenen Taschen auf Kosten anderer zu füllen. Aber im Dorf denkt man, dass das Kasino Arbeitsplätze bringt. Die meisten Leute unterstützen es. Wenn Johnson also etwas getan hat, um Geld ins Reservat zu bringen, schauen sie sicher weg.«

»Ich könnte ihn zum Kasino interviewen und einfach mal sehen, was er sagt.«

»Das wäre ein guter Anfang. Ihn einfach zu fragen, was er für den Stamm zu tun hofft, indem er diese Art von Unternehmen ins Dorf bringt.«

»Halte den Ball aber lieber flach. Du willst ihn ja nicht verschrecken. Und er kann ja auch völlig unschuldig sein.«

»Denk daran, dass ich Johnsons Gesicht gesehen habe, als Lorenzo das nachgemachte Tütchen auf seinen Schreibtisch gelegt hat. Er war schockiert. Meine Intuition sagt mir, dass er bis zu seinem schmierigen Haaransatz da drinsteckt.«

»Und wir wissen beide, dass Lorenzo nicht aussagen kann. Was haben wir also in der Hand?«

»Nicht viel.« Julie lächelte zerknirscht. »Also gut, zurück auf Start. Gibt es irgendwelche anderen Spuren außer Johnson? Irgendetwas, was wir übersehen haben?«

Ben hatte Glorias Album ausgeliehen und setzte sich neben Julie auf die Couch. »Vielleicht bringt es etwas, die Zeitungsausschnitte durchzusehen.« Ben fing an, Seiten umzublättern.

»Warte mal.« Julie blätterte eine Seite zurück.

»Ich hatte das kleine Mädchen aus Illinois fast vergessen. Ist sie nicht die erste Überlebende gewesen?«

»Ja. Das ist weiteres Material gegen Johnson. Die Kerne, an denen sie erkrankt ist, kamen aus dem Büro des Gouverneurs Wenn bloß dieses Päckchen nicht verloren gegangen wäre.«

Ben wurde still und schloss das Album. Schließlich ging er zum Kamin.

»Was hältst du davon, wenn ich ein Feuer mache?«, fragte er.

»Willst du einen wild romantischen Abend vor dem Kamin abziehen?«

»Klingt gut.«

»Du vergisst, dass ich arbeite und dass es schon nach elf ist. Wenn ich dich morgen um neun Uhr in Tewa treffen soll, dann muss ich langsam ins Bett.«

»Das soll wohl so viel heißen wie: Ich will lieber nicht mit einem Mann allein sein, der mir gefällt. Richtig?«

»Ich dachte, wir hätten entschieden, dass eine Beziehung nur schwer funktionieren würde«, sagte Julie.

»Vielleicht hast du das entschieden.«

»Ich bin ziemlich sicher, dass wir das gemeinsam entschieden haben.«

»In Ordnung. Verschieben wir das Feuer und den romantischen Abend und die Diskussion über die Beziehung. Wir sehen uns morgen.« Er redete locker. Er war sich nicht sicher, ob er nicht auch ihrer Meinung war. Eins war jedenfalls sicher, Ben wagte es nicht, sie zu küssen. Sie wussten beide, dass es nicht dabei bleiben würde. Julie blieb auf der Couch sitzen, als er das Haus verließ.

13

Die Ulme hatte wahrscheinlich nur überlebt, weil ihre Wurzeln in die Sickergrube eingedrungen waren. Sie spendete der Westseite des Hauses seiner Großmutter Schatten und noch nie war jemand ungestraft auf ihr herumgeklettert. Aufgeschürfte Knie und ein gebrochenes Handgelenk waren fester Bestandteil der Sommer gewesen, die Ben hier verbracht hatte.

Das Sisaltau, das von einem großen Ast herabhing, war verrottet und gab sofort nach, als er daran zog. Er würde diesmal eine Nylonschnur verwenden, die war sicherer und hielt länger. Ben sah nicht, dass sich der Miata näherte.

»Was machst du?« Julie war schon fast auf seiner Höhe, als er sie sah.

»Ich repariere die Reifenschaukel. Eine der Sachen, die ich erledigen will, ehe ich wieder abreise.« Julie sah weg. Er wollte sagen: »Du kannst doch mitkommen«, tat es aber nicht. Stattdessen versuchte er, sich auf den Vormittag zu konzentrieren, der vor ihnen lag.

»Nervös?«, fragte er.

»Ein bisschen. Ich habe eine Reihe von Fragen ausgearbeitet. Ich werde das Interview allgemein halten. Mal sehen, was passiert. Ich möchte nicht riskieren, dass er noch einmal im Krankenhaus landet. Bleibt es bei neun Uhr dreißig?«

»Mary hat es so in seinen Kalender eingetragen.«

»Dann geh ich jetzt wohl besser. Ich treffe dich in einer Stunde wieder hier«, sagte Julie.

»Probierst du dann die Schaukel aus?«

Ben hielt einen glänzenden neuen Gummireifen hoch. »Wenn du zurückkommst, ist sie fertig.«

»Klar. Warum nicht.«

Ben mochte ihr Lachen.

Julie saß im Empfangsbereich und sah zu, wie zwei Arbeiter rechteckige Glasscheiben in das Büro des Gouverneurs trugen.

»Es wird noch ein paar Minuten dauern«, sagte Mary. »Sie reparieren den Bücherschrank. Möchten Sie einen Kaffee?«

»Nein, danke.« Julie zögerte. »Mary, waren Sie dafür, dass hier ein Kasino gebaut wird?«

»Nein, ich hasse allein die Vorstellung. Zu viel Veränderung. Bald werden täglich Fremde ins Dorf kommen, nicht mehr nur an Festtagen.«

»Wer wollte das Kasino denn?«

»Leute, die damit Geld verdienen.«

Julie wollte gerade noch eine Frage stellen, als Johnson in der Tür zu seinem Büro erschien und Mary zunickte.

»Sie können jetzt hinein«, sagte sie.

»Vielen Dank, dass Sie bereit waren, sich mit mir zu treffen.« Julie setzte sich auf einen Stuhl gegenüber von Johnsons Schreibtisch. Die Arbeiter sammelten ihr Werkzeug ein. Ein Mann saugte den Boden ab. Johnson und Julie warteten. In den neuen Glastüren spiegelten sich Fetzen hoher Zirruswolken und ein Baum, der kaum noch Blätter trug. Das Fenster ging nach Westen und war das einzige in dem Büro.

»Gouverneur Yepa«, fing Julie an, als die Männer den Raum verließen, »ich würde Ihnen gern ein paar Fragen zu dem neuen Kasino stellen, das hier in Tewa gebaut wird.« Sie wartete auf sein Nicken, bevor sie weitersprach.

»Warum haben Sie sich entschlossen, mit Glücksspiel der Klasse III zu beginnen, statt mit Klasse II wie die meisten anderen Stämme?«

»Meinem Volk wurde die Möglichkeit zuteil, großen Nutzen aus dem Glücksspiel um hohe Einsätze zu ziehen. Wir haben drei größere Projekte in Planung. Eine Klinik mit acht Betten, eine Bücherei und eine Grundschule. Alle diese Projekte werden den Leuten hier Arbeit geben, genau wie das Kasino.«

Julie fand, dass die Antwort einstudiert klang. Johnson lehnte sich im Stuhl zurück. Er thronte gut fünf Zentimeter über ihr. Sie unterdrückte die Versuchung, unter den Schreibtisch zu schielen, um zu sehen, ob seine Füße den Boden berührten. Standen sie auf einem kleinen Hocker oder auf einer Kiste? Er hatte jedenfalls den Stuhl ganz hochgedreht.

»Welche Sicherheitsmaßnahmen haben Sie getroffen, um Ihre Interessen gegen das organisierte Verbrechen zu schützen?« Julie fand, dass Johnson überrascht wirkte. Sie war sich nicht sicher, wohin diese Frage sie führen würde, aber es war eine wichtige Überlegung. Eine, die in letzter Zeit das ganze Land beschäftigte.

»Ich verstehe Sie nicht.«

»Lassen Sie mich den Finanzminister zitieren: ›Indianische Kasinos sind ein attraktives Ziel für Geldwäsche und andere kriminelle Machenschaften geworden.‹ Vor zwei Wochen hat Ted Turner verkündet, jedes Kasino auf indianischem Land habe Verbindungen zur Mafia.«

»Wir haben eine lokale Investorengruppe als Berater für das Projekt gewählt. Es gibt keine Hinweise für irgendein ungesetzliches Verhalten. Die Gruppe genießt hohes Ansehen und steht dem Gouverneur von New Mexico nah.«

»Wie heißt sie?« Julie fragte das, während sie zusah, wie Johnson anfing in einem Stapel von Umschlägen und Dokumenten zu wühlen.

»Anderson & Anderson, Inc. Hier.« Johnson leerte einen Umschlag auf dem Schreibtisch aus, der mehrere prächtige Fotos enthielt. »Da sehen Sie den Gouverneur und meine Wenigkeit.«

Johnson schien über seine Prominenz erfreut. Julie beugte sich vor und hielt das Bild ins Licht. Ein lächelnder Johnson in einem Smoking stand zwischen dem Gouverneur von New Mexico und seiner Frau.

»Hier ist ein Bild von Mr. Anderson.« Johnson schob Julie das Foto hin.

Wieder stand Johnson neben einem Mann, der einen Arm um seine Schulter gelegt hatte. Der andere lag auf der Schulter von Bob Crenshaw. Julie sah genauer hin. Anderson war der Mann, der letzte Woche in Bobs Büro gewesen war. Welche Rolle spielte

Bob? War er ein Investor oder einfach ein Freund von diesem Anderson?

»Wo sind diese Fotos aufgenommen worden?«

»Im Haus von Douglas Anderson in Santa Fe. Er veranstaltete eine Feier anlässlich der bevorstehenden Eröffnung des Kasinos.«

Julie sah kurz ein paar Fotos an, auf denen ein euphorischer Johnson zu sehen war, flankiert von langbeinigen Tänzerinnen, deren Brüste seinen Kopf berührten. Auf einem weiteren Foto sah man lachende Menschen um einen Flügel herumstehen. Dann war da noch eins vom Gouverneur von New Mexico und seiner Frau beim Tanz und ein letztes Foto zeigte Douglas Anderson, Bob Crenshaw und wichtige Politiker, die von einem Buffet mit einem Springbrunnen in der Mitte Essen auf ihre Teller schaufelten.

»Kennen Sie diesen Mann?« Julie zeigte auf Bob.

»Ja.« Julie hatte den Eindruck, dass Johnson sich nicht weiter dazu äußern wollte.

»Gehört er zu der Investmentgruppe?«

Johnson zuckte die Schultern. »Ich nehme an.«

Julie wartete, aber er sprach nicht weiter.

»Haben Sie diesen Mann vor der Party schon einmal getroffen?«

Johnson wollte etwas sagen, nickte dann aber nur. Julie fiel auf, das sich an seinem Haaransatz Schweißtropfen gebildet hatten, die kurz davor waren, seine Stirn hinabzulaufen.

»Ist Mr. Crenshaw jemals im Pueblo gewesen?« Julie hatte den Eindruck, dass Johnson versuchte, seine Angst zu verbergen. Sein Blick ging von ihr zurück auf die Fotos auf dem Schreibtisch. Er hat eine Todesangst vor Bob, dachte Julie. Seltsam.

»Du bist früh zurück.« Ben wartete an der Reifenschaukel.

»Es war interessant. Ich habe den Namen der Investmentgruppe herausgefunden, die als Berater für das Kasino agiert, Anderson & Anderson, Inc. aus Santa Fe. Bob Crenshaw gehört auch dazu. Zumindest nehme ich das an.«

»Dein Chef?«

»Ja. Das wirklich Interessante daran ist, dass Johnson vor ihm eine Todesangst zu haben scheint.«

»Gibt es dafür einen Grund?«

»Nichts Offensichtliches. Er hat das Interview abgebrochen, kurz nachdem ich angefangen hatte, ihn nach Bob zu fragen.« Julie hielt inne. »Ich habe die Kasinobaustelle schon eine Weile nicht mehr gesehen. Können wir mal hingehen?«

»Solange wir den Arbeitern nicht zwischen den Füßen herumlaufen. Du wirst überrascht sein. Sie kommen schnell voran.«

Zwei Vierzigtonner standen sich gegenüber und ließen nur eine Spur auf der Schotterstraße frei, ehe der Asphalt breiter wurde und in den Parkplatz mündete. Julie sah auf die schwarze Fläche, die durch große Aluminiumstümpfe unterbrochen wurde: Ausgänge für die elektrischen Leitungen, in deren Mitte aufgewickelte abgeschnittene Kabel lagen. Irgendwann würden hohe Masten darauf stehen.

»Wie viele Lampen werden das?« Julie hatte ungefähr vierundzwanzig ovale Löcher in der Asphaltierung gezählt.

»Genug, um dieses Scheißding kilometerweit leuchten zu lassen«, sagte Ben.

»Können wir uns das näher ansehen?«

»Wenn nicht, wird es uns schon jemand sagen.«

Auf diesen Parkplatz passen leicht zweihundert Autos, dachte Julie, als sie die lange Einfahrt entlanggingen, die sich um das Gebäude herum zur Rückseite hinzog. In unregelmäßigen Abständen waren noch mehr Löcher abgesteckt und das Gelände leicht erhöht worden. Darin sollten sicher Bäume oder Sträucher gepflanzt werden. Sie sollten die sterile Oberfläche etwas auflockern. Als sie sich der Vorderseite näherten, zeichnete sich die massive Höhe des Eingangs im Stil der Dreißigerjahre ab, die jetzt durch Bauholz gerahmt und abgedeckt wurde.

»Was glaubst du, was das ist?« Julie zeigte auf ein sieben Meter breit ausgebaggertes und mit Plastik ausgelegtes Bassin.

»Jemand hat erzählt, es wird ein Springbrunnen. Das ist das Becken.«

»Unglaublich.« Julie ging auf die große Öffnung zu, in die die Eingangstür kommen sollte. »Sieh dir die Größe an. Alles sieht so gigantisch aus.«

Sie ging weiter in einen offenen Teil mit elektrischen Ausgängen, die in Abständen von etwa einem Meter aus dem Zementboden herausragten.

»Spielautomaten?«, fragte sie.

»Wahrscheinlich. Es sieht so aus, als sollten es fünf Reihen mit je zehn Automaten werden.«

Einige Teile des Raums lagen höher. Sie nahm an, dass dort andere Spiele stattfinden sollten.

Während sie nach hinten lief, sah sie zu der hohen Decke. Bis jetzt ließ sich die Höhe nur erahnen, da noch die bloßen Balken und Streben in den hellblauen Himmel ragten.

»Hier ist nichts klein.«

»Und nichts billig«, fügte Ben hinzu.

Im hinteren Teil fand Julie die Küche. Rechts davon war ein Raum, der so aussah, als sollte er zu einem abgetrennten Speisesaal werden.

»Wusstest du, dass auch ein Restaurant hineinkommen soll?«

»Nein. Aber mich überrascht gar nichts mehr.« Ben sah sich das Areal an, wo später die Toiletten und eine Lounge hinsollten.

»Ich sehe mich mal an der Rückseite um.« Ben folgte Julie durch die Küche und zurück zu einer asphaltierten Kurve, die zu einem kleinen Gebäude mit Kuppeldach führte, das an der Seite des großen Gebäudes lag.

»Was soll das denn sein? Sieht aus wie ein Aussichtshäuschen.«

Julie fand die Architektur ein bisschen zu auffällig. Aber deswegen passte es gut zum Rest.

»Ich glaube, da sitzt der Parkwächter.«

»Die haben wirklich an alles gedacht.« Julie ging um das Gebäude herum und sah hinein. Sie stand eine Minute da und sah sich die Architektur genauer an. Dann ließ sie ihren Blick an dem Gebäude vorbei über das asphaltierte Feld hinweg bis hin zum Fluss und den Bergen schweifen. Wie unpassend. Das Gebäude wirkte klobig, gigantisch. Ein selbstgefälliger Versuch, Schönheit zu schaffen, der jetzt schon gescheitert war.

»Hast du genug gesehen?«

»Ja. Ich muss auch zurück.«

»Verschieben wir auch die Reifenschaukel wieder auf ein anderes Mal?« Er grinste. »Ich habe schon eine ganze Sammlung von Aufgeschobenem.« Er ging neben ihr, als sie den riesigen Parkplatz überquerten.

»Was machen wir als Nächstes?«

»Ich versuche etwas über Anderson & Anderson herauszufinden. Und vielleicht warne ich dann ganz New Mexico, weil so ein Kasino ein gefundenes Fressen für das organisierte Verbrechen ist. Ganz klar, dass Johnson noch nie darüber nachgedacht hat.«

»Das ist verantwortungsloser Journalismus und eine verdammte Lüge.«

Bob Crenshaw lief vor dem Schreibtisch auf und ab und schwenkte ein paar Kopien, die er in der Faust zerknüllte.

»Ich behaupte nicht, dass das Tatsachen sind. Im besten Fall eine Warnung. Ein Bericht, der auf Vermutungen basiert, die ziemlich realistisch sind.« Julie saß am Konferenztisch. »Es wäre nicht das erste Mal, dass sich das organisierte Verbrechen einmischt und eine gutgläubige Gruppe übernimmt. Johnson Yepa war völlig unvorbereitet, als ich ihn gefragt habe, wie der Stamm sich dagegen schützen kann, dass so etwas passiert.«

»Johnson Yepa ist ein dummer kleiner Mann, der nicht einmal das sieht, worauf man ihn mit der Nase stößt.«

»Woher kennen Sie Johnson?« Julie beobachtete Bob, wie er einen Stuhl heranzog und ihr gegenüber Platz nahm.

»Geschäftlich.« Ein Muskel in Bobs Gesicht zuckte ein paar Mal und beruhigte sich dann wieder.

»Dazu gehört auch das Kasino, stimmts?«

»Und wenn?«

»Dann spreche ich mit der richtigen Person. Kasinos bieten als bargeldintensive Unternehmen viele Möglichkeiten zur Geldwäsche. Das indianische Glücksspiel allein wirft jährlich fast sechs Milliarden Dollar ab.«

»Sie haben nichts, worauf sich diese Anschuldigungen stützen.« Er presste die Zähne aufeinander, als wolle er das Zucken des Gesichtsmuskels stoppen.

»Ich beschuldige doch niemanden. Ich möchte lediglich warnen. Ein Wachrütteln der Gesetzgeber in Santa Fe, dass das wahrscheinlich größte Unternehmen im Staat korrupt werden könnte, wenn sie nicht aufpassen. Noch ehe sie es überhaupt mitbekommen. Nevada hat vierzig Jahre gebraucht.«

»Das kann hier gar nicht passieren. Sie kennen doch die Kommission zur Überwachung des Glücksspiels, die Federal Indian Gaming Commission?«

Julie ignorierte seinen abfälligen Ton.

»Noch ein Punkt. Die Kommission ist unterbesetzt, die Leute würden den Enkel von Vito Genovese nicht mal erkennen, wenn er ihnen die Hand schüttelt. Sie sind naiv und wissen nicht Bescheid.« Julie hielt inne und beschloss, an seinen Instinkt für gutes Timing zu appellieren: »Und abgesehen davon fangen nächste Woche die Anhörungen des Unterkomitees beim House of Native American Affairs zum legalen Glücksspiel auf indianischem Land an. Wir sollten dazu einen Kommentar bringen.« Julie wartete ab, Bob starrte auf den Tisch. Als er aufsah, stockte ihr der Atem und sie wich reflexartig zurück. Sein Gesicht war wutverzerrt. Rote Flecken leuchteten auf seinen Wangen, seine Lippen waren fest gegen die Zähne gepresst.

»Sie sind ein Dummkopf. Eine naive, unbedeutende, Möchtegernjournalistin, die vor der Kamera gut aussieht. Noch dazu eine verdammt mittelmäßige.« Er beugte sich näher. »Vergessen Sie nicht, wer Sie groß rausgebracht hat. Ich habe Ihnen eine Chance gegeben. Ich habe Ihnen die Hantavirusgeschichte gegeben. Ich kann geben, ich kann auch wieder wegnehmen.«

Julie stand auf und betete, dass ihre Knie nicht nachgeben würden.

»Ist das eine Drohung?« Hoffentlich klang ihre Stimme kühl und distanziert.

»Ja, so könnte man es nennen.« Er schien seine Wut jetzt wieder unter Kontrolle zu haben und legte ein Bein über die Armlehne des Stuhls. »Überschreiten Sie die Grenze nicht, Kindchen.«

Sie begann die verknitterten Kopien ihrer Story einzusammeln. Plötzlich schlug Bobs Faust hart auf ihre Hand und drückte sie auf den Tisch.

»Ich glaube, die gehören mir.« Er griff nach den Blättern und ging zum Mülleimer an seinem Schreibtisch. »Da gehört diese Geschichte rein, und da kommt sie auch hin.«

Julie wollte nur noch aus Bobs Büro hinaus. Kein Wunder, dass Johnson Angst vor ihm hatte, er konnte ein Monster sein. Als sie zu ihrem Schreibtisch ging, drehten sich die anderen Mitarbeiter verstohlen nach ihr um. Sie hatten das Gebrüll gehört. Sie griff nach der Handtasche, zog sich die Lippen nach, und ging dann durch die Halle zu den Aufzügen. Sie wollte das Auto nehmen, irgendwo essen gehen und nachdenken. Sie hatte einen Nerv getroffen.

Die schwere Kellertür zum Parkhaus klemmte, und sie musste sich mit der Schulter dagegen stemmen, ehe sie aufging. Der Miata stand um die Ecke in einem Bereich für Kleinwagen. Julie suchte nach ihren Schlüsseln und sah Bob Crenshaw erst, als sie ihn schon fast umgerannt hatte.

»Ist schon in Ordnung, Kindchen. Ich wollte Sie nicht erschrecken. Das eben war nicht in Ordnung. Es ist nur so, dass der Sender in diesem Monat etwas schlechtere Einschaltquoten hat als sonst, und ich möchte nichts senden, was die Leute aufbringt, was sie verängstigt. Etwas, wo dann alle rumrennen und Mafia, Mafia schreien. Ich bin einfach ein bisschen übereifrig, wenn ich versuche meinen Sender zu schützen. Können Sie das verstehen?«

Julie sagte nichts.

»He, lassen Sie uns Freunde bleiben. Sie wissen doch, dass ich Sie für eins der größten Talente in Albuquerque halte.« Bob öffnete ihr die Autotür. »Die nächste Live-Sendung gehört Ihnen. Ich schwöre es.«

Julie versuchte, ihre Gefühle einzuordnen. Misstrauen stand ganz oben auf der Liste. Dieser Schizophrene, der sie vor fünf Minuten angeschrien hatte, wollte jetzt alles wieder gutmachen. Sie bestechen. Ihr Instinkt riet ihr, das Spiel mitzuspielen.

»In Ordnung. Ich nehme die Entschuldigung an.«

»Ich wusste es. Sie sind clever und nicht nur schön. Sie sind wieder im Team. Bald werden Sie das Team leiten. Wie ist das?«

Julie nickte, warf die Tasche in das Cabrio und setzte sich hinter das Steuer. Sie sah nicht, wie Bob wegging, war aber erleichtert, als sie die Kellertür zufallen hörte.

Elephant Butte war einer jener Seen, die sich kilometerlang an einem Highway entlangzogen und ihre neugierigen Wasserarme in das flache Land hineinstreckten und sich Ausbuchtungen an Orten suchten, wo sie gar nichts zu suchen hatten. Der See hatte viel Wasser für diese Jahreszeit. Die Sümpfe, die das Ufer säumten, reichten näher an den Highway heran als sonst. Zerbrechliche Rohrkolben standen in voller Blüte und verteilten jedes Mal, wenn der Wind sie leicht anstieß, kleine Wölkchen weißer Samen.

Johnson hielt am Angelladen, um einzukaufen. Er war für das Wochenende gekommen. Vielleicht das letzte schöne Wochenende vor dem ersten Kälteeinbruch. Laut Wettervorhersage im Fernsehen gab es am Montag einen Temperatursturz. Er zog einen Einkaufskorb aus dem Stapel an der Tür und ging den Gang hinunter.

Fünf Tüten Cheetos, ein Weißbrot, Schmelzkäse, Wiener Würstchen, Mayonnaise, zwei Gewürzkuchen und ein Liter Seven-Up. Was hatte er vergessen? Plastikbesteck und Plastikbecher. Johnson ging zu der Ecke mit Picknickbedarf. Er nahm rotweiß karierte Teller mit passenden Bechern und Servietten. Festlich. Freundlich. Er brauchte etwas Aufbauendes.

Seine Welt drohte über ihm zusammenzubrechen. Selbst das Kasino machte ihm keinen Spaß mehr. Er träumte von riesigen sprechenden Kürbiskernen, die ihn jagten und verfluchten. In einem Traum griffen die Kerne den Medizinmann an und trampelten ihn nieder.

Seine Frau hatte ihn gebeten, im Gästebett zu schlafen. Seine Anfälle und nächtlichen Schweißausbrüche machten ihr Angst. Er weigerte sich, zum Arzt zu gehen. Er wusste, was er hatte. Er hatte die Geister verärgert.

Er hatte mit den Warnungen gerechnet. Das Reinigungsritual war nicht stark genug gewesen, um die Geister davon abzuhalten, ihn weiterzuverfolgen. Das Ritual war auch zu spät gekommen. Er hörte den alten Mann singen, »Manche sind tapfer zur Stunde ihres Todes. Führer, an die man sich ihrer Tapferkeit wegen erinnert.«

Deutete er an, was Johnson zu tun hatte? Den Friedhof endgültig füllen? Sein Leben opfern?

»Ist das alles?« Der Angestellte hinter der Theke starrte ihn an. Er hatte wohl schon zum zweiten Mal gefragt, dachte Johnson. In letzter Zeit drifteten seine Gedanken einfach ab. Er verlor den Bezug zur Wirklichkeit.

»Ja. Und geben Sie mir noch ein Paket Eis dazu.«

Er lud alles hinten in den Bronco und bewunderte dann noch einen Moment lang den weißen Liegestuhl, der zusammengeklappt hinter dem Sitz lag. Er hatte ihn per Katalog bestellt. Solche Kataloge lagen jede Woche zu Hunderten in seinem Postfach im Pueblo. Er überlegte, wie er diesen Sendungen einen Riegel vorschieben konnte. Die Postangestellten hatten ihren Spaß damit. Zuweilen umkringelten sie eine Anzeige oder versahen eine bestimmte Seite mit einem Eselsohr. Besonders, wenn es sich um flotte Seglermützen oder T-Shirts mit Seemannsstreifen handelte. Einmal hatten sie an den Rand einer Werbung für rote und blaue Boxershorts direkt unter das Segelbootmotiv auf dem Bündchen einen anzüglichen Kommentar geschrieben.

Der Stuhl war in Einzelteilen geliefert worden. Johnson war stolz, wie er ihn mit den versenkten Holzschrauben zusammenmontiert und dann glänzend weiß angestrichen hatte. Auf die Rückenlehne hatte er mit einer Schablone *Dream Catcher* geschrieben. Silberne Federn rankten sich um das D. Seine Frau hatte ihm zu seinem Werk gratuliert und ihn gebeten, noch einen für den Garten zu bauen, wenn er mit dem Rasen und den Blumenkästen fertig war. Sie wusste nicht, dass er den Frühling nicht mehr erleben würde. Sie wusste nicht, dass er schon bald mit den Geistern gehen würde.

Sie waren überall. Manchmal, so wie heute Nacht, lugten ihre Augen hinter geparkten Autos hervor. Sie folgten ihm, schauten ihm über die Schulter. Seit kurzem hörte er sie auch reden. Es war nur ein Gemurmel, aber es war laut genug, um die Stimmen von Menschen zu übertönen. Zuerst hatte er versucht, ihnen zu antworten, sich zu erklären. Ihnen verständlich zu machen, warum er getan hatte, was er getan hatte. Schließlich war er der Führer seines Volkes.

Die *Dream Catcher* zeichnete sich vor dem Herbsthimmel ab. Ein feuriger Sonnenuntergang breitete sich dahinter aus, tauchte den blassen, blauen Hintergrund in warmes Licht und färbte langsam alles rosa und orange. Johnson schulterte den zusammengeklappten Stuhl und hielt sich mit einer Hand an der Hängeleiter fest. Zuerst hievte er den Stuhl an Deck, dann kletterte er selbst hinauf. Er betrachtete den Sonnenuntergang, bevor er noch einmal losging, um die Lebensmittel zu holen. Dann knurrte sein Magen. Er packte den Schmelzkäse zwischen zwei Scheiben Weißbrot, öffnete eine Packung Cheetos und goss sich ein Glas Seven-Up ein.

Er wischte die Küchenzeile sorgfältig ab, legte alles, was gekühlt werden musste, zurück in den kleinen Kühlschrank neben dem Gasherd und ging mit seinem Abendessen an Deck.

Das rosa-graue Licht, das jetzt herrschte, hielt sich eine ganze Weile. Johnson sah den schmalen Mond am Horizont auftauchen, als wäre er aus dem Wasser gestiegen, um auf die halbkreisförmigen Hügel zu steigen. Am schwarzen Himmel begannen kleine Lichtpunkte zu blinken. Johnson fröstelte. Es war kalt geworden. Die Kühle schien von der Wasseroberfläche aufzusteigen, über das Deck zu ziehen und sich unter seinem Stuhl einzunisten. Er ging unter Deck und kam mit einer Decke und einem Sweatshirt wieder hoch.

Er sann gern über die Ursprünge seines Volkes nach und über die Zeremonien, die ihnen Stärke verliehen hatten. Er zählte sogar noch einmal die Fehler auf, die er gemacht hatte. Während der letzten Wintersonnenwende, als die Sonnengottheit den anderen Göttern berichtete, was während des Jahres geschehen war, war ihm bestimmt worden zu sterben. Johnson hatte sich entschlossen, die Warnung zu ignorieren. Sogar Tiere, die im nächsten Jahr sterben sollten, wurden irgendwie gekennzeichnet. Ein Vogel verlor zum Beispiel ein oder zwei Schwanzfedern, ein Reh hatte plötzlich einen Riss im Ohr.

Selbst damals noch hatte er die Möglichkeit gehabt, dem Tod zu entgehen. Er hätte Pinienharz auf die Stirn, in die Achselhöhlen und auf die Ellbogen und Knie schmieren können. Aber er hatte es nicht getan. Und weil er es nicht getan hatte, konnte er keinen Kontakt zu den Sonnenstrahlen aufnehmen. Er konnte nicht mehr im Licht stehen und unter den Lebenden weilen.

Johnson seufzte. Es war so viel passiert. Er hörte den kurzen, eindringlichen Schrei einer Eule aus dem Wald hinter den Bootshäuschen. Das sanfte Schaukeln des Bootes war beruhigend. Er döste unruhig und wachte auf, weil er glaubte, Stimmen zu hören. Er lauschte. Nichts, nur die Geräusche der Nacht.

Er zog die Decke enger um sich und drehte sich im Stuhl, sodass er den Kopf auf den Arm stützen konnte.

Er träumte, dass er mit der *Dream Catcher* über das Wasser glitt. Wesen, die versuchten, ihm zu folgen, verfingen sich in einem riesigen Netz, während er hindurchschlüpfte. Als der Kopf des Schildkrötenmannes vor dem Boot erschien, war er nicht überrascht. Johnson winkte ihn herbei, stand dann auf, um die Gottheit zu umarmen, und öffnete seine Decke, als der Schildkrötenmann an Bord kam.

»Ich begrüße dich als meinen Gast, Schildkrötenmann. Bitte komm in mein bescheidenes Haus über deinem Zuhause. Du erweist mir eine große Ehre.«

Der Schildkrötenmann antwortete nicht, aber seine großen, glasigen Augen sahen Johnson an. Wasser tropfte von seiner schwarzen glatten Haut herab. Er hinterließ eine Pfütze an Deck, als er auf seinen Schwimmflossen vorwärts schlich, und er rutschte ein wenig unter dem Gewicht des Panzers, der an seinem Nacken ansetzte. Als der Schildkrötenmann seine Hand ausstreckte, nahm Johnson sie und wunderte sich darüber, dass sie sich wie Gummi anfühlte. Der Schildkrötenmann führte ihn an die Seite des Bootes und zeigte auf das Wasser.

»Mit der Einladung in dein Zuhause auf dem Meeresgrund erweist du mir eine zu große Ehre«, sagte Johnson.

Der Schildkrötenmann streckte seine Arme aus. Freundlich und einladend. Dann bedeutete er Johnson, neben ihn auf die Kante der *Dream Catcher* zu steigen. Johnson tat es und blickte über das Wasser. Er seufzte.

»Ich werde mit dir gehen«, sagte er.

Johnson und der Schildkrötenmann sprangen wie in Zeitlupe, schwebend, Hand in Hand hoch und weit hinaus und beschrieben einen anmutigen Bogen, ehe sie ins Wasser eintauchten. Johnson sah überall Blasen, die den Schildkrötenmann streichelten und ihn kitzelten, während er in das Heim des Schildkrötenmannes hinuntersank. Johnson atmete und ließ seine Lungen sich mit Wasser füllen, bis er nur noch einen blendenden Fleck weißen Lichts sah, der zu einem Pfad wurde, auf dem lauter Gottheiten standen, die ihn baten, ihnen zu folgen.

»Was gibt es, Gloria?« Sandy sah von seinem Schreibtisch auf.

»Ist Johnson Yepa im Krankenhaus?«

»Johnson? Nein. Ich glaube nicht. Warum?«

»Er ist letzte Nacht nicht nach Hause gekommen. Seine Frau ist besorgt. Er war das ganze Wochenende über weg.«

»Wo ist er hingefahren?«

»Sie glaubt, er ist nach Elephant Butte gefahren. Aber sie ist sich nicht sicher.«

»Vielleicht sollte sie die Wasserschutzpolizei anrufen.«

»Das habe ich ihr auch gesagt.« Gloria drehte sich um und ging durch die Halle zurück an ihren Platz.

Sandy rückte die Lesebrille zurecht und sah sich die Zahlen auf dem Bildschirm an. Kein Wunder, dass er immer einen steifen Nacken hatte. Er brauchte eine neue Brille. Sandy hasste den Papierkram, der mit dem Management anfiel.

»Dr. Black?« Gloria stand wieder in der Tür.

»Was ist denn jetzt schon wieder?« Er versuchte, nicht zu ärgerlich zu klingen, wusste aber, dass ihm das nicht gelungen war.

»Es geht um Johnson Yepa.«

»Schon wieder? Sagen Sie jetzt nicht, dass er einfach in sein Büro hereinspaziert ist.«

»Nein. Er ist tot.«

Sandy rückte von seinem Schreibtisch ab und sah Gloria an.

»Tot? Wie ist das passiert?«

»Er ist ertrunken.«

»Ein Bootsunfall?«

»Man weiß es nicht. Aber es sieht nicht danach aus.«

»Ist etwas faul?«

»Das glauben sie auch wieder nicht.«

Sandy wandte sich wieder seinem Schreibtisch zu. Er war perplex. Besser gesagt, vor Schock wie gelähmt. Er konnte nicht klar denken. Er musste Ben anrufen. Vielleicht hatten Ben oder Julie etwas herausgefunden. Es konnte nicht sein, dass Johnson tot war. Und dass man davon ausging, er sei ohne fremdes Zutun ertrunken.

»Was meinst du damit? Er hat deine Hand genommen und ist von Deck gesprungen?« Douglas Anderson schenkte sich eine weitere Tasse Kaffee ein.

»Du hättest dabei sein sollen. Es war wirklich so. Er hat meine Hand genommen, mich dabei die ganze Zeit Schildkrötenmann genannt und gesagt, wie gern er mein Zuhause besuchen möchte. Er ist mir einfach an den Rand des Bootes gefolgt und dann gesprungen.« Junior bestrich einen Bagel dick mit Frischkäse.

»Hatte er irgendetwas genommen?«

»Ich glaube nicht.« Juniors Worte waren undeutlich, weil er den Mund voll hatte. Etwas Butter fiel auf den Halsausschnitt seines Sweatshirts und hinterließ einen dunklen Fleck.

»Wie kannst du jetzt bloß essen? Du hast jemanden umgebracht. Und jetzt isst du wie ein Schwein.«

»Was ist los mit dir? Hast du mir nicht zugehört? Ich habe niemanden umgebracht.« Junior legte den Bagel auf den Teller. »Wir haben das große Glück, dass unser potenzielles Opfer uns durch Selbstmord zur Hand gegangen ist. Und dir passt es wieder nicht.«

»Es gefällt mir nicht, dass du die Leiche dort gelassen hast. Hatten wir uns nicht darauf geeinigt, dass du dich darum kümmerst?« Douglas wusste, dass er gereizt klang. In letzter Zeit schien ihn alles aus dem Gleichgewicht zu bringen.

»Es gibt doch gar nichts zu verschleiern. Ich musste ihn nicht erwürgen oder seinen Kopf untertauchen. Ich bin einfach mit ihm schwimmen gegangen und habe dabei zugesehen, wie er untergegangen ist. Er hat noch nicht einmal versucht, Luft zu holen.«

»Wenn du mich anlügst …«

»Dad, warum sollte ich dich anlügen? Ich stecke genauso tief drin wie du. Ich dachte, du freust dich, dass ich nicht selbst Hand an ihn legen musste. Diese ganze Geschichte macht dich nervös.«

»Bob Crenshaw meint, wir sollten die Journalistin loswerden.«

»Das Mädchen?«

»Ja. Es scheint, sie ist ein bisschen zu neugierig. Bob denkt, dass sie vielleicht etwas vorhat. Sie könnte sich an die Bundesbehörden wenden und sie auf unsere Spur bringen.«

»Was hat er denn vor?«

»Er meinte, wir sollten uns keine Sorgen machen. Er kümmert sich darum.«

Douglas rückte vom Tisch ab. Hörte das Töten denn überhaupt nicht mehr auf? Er war zu alt für das alles. Er wollte mit Bob sprechen. Vielleicht hatte er nur überreagiert. Vielleicht musste man das Mädchen gar nicht umbringen. Sie war so ein hübsches Ding. Und sie hatte noch das ganze Leben vor sich.

14

Julie starrte auf den leeren Bildschirm. Ben hatte ihr am Morgen auf ihrem Anrufbeantworter eine Nachricht hinterlassen: »Johnson Yepa ist tot. Ein Unfall am Butte. Könnte aber auch Selbstmord gewesen sein. Ich komme heute Abend vorbei. Ich will das Essen nicht verpassen, das du mir versprochen hast. Dann können wir reden.«

Johnson Yepa hatte sich nicht umgebracht. Wirklich nicht? Nein, es war bloß Instinkt. Und wofür war ihr Instinkt schon gut? Damit konnte sie nicht zu den Bundesbehörden gehen. Sie hatte sich an den Gerichtsmediziner gewandt. Es gab keinen Beweis dafür, oder wie er nachdrücklich betont hatte: »Es gibt nicht den geringsten Hinweis darauf, dass jemand beim Ertrinken nachgeholfen hat.« Was störte sie also?

Anderson & Anderson, Inc. schien sauber zu sein. Keine einzige Unterschlagung von Steuergeldern. Ganz im Gegenteil: Douglas sen. war für seine Menschenfreundlichkeit bekannt. Er hatte in Santa Fe Millionen mit Immobilien gemacht. Sie hatte in der State Gaming Commission angerufen. Sie würde die Geldgeber des Kasinos überprüfen, um herauszufinden wer die Hauptinvestoren waren. Außerdem wollte sie eine Liste aller Berater und Vertragspartner. Irgendwo könnte vielleicht doch noch ein Hinweis, eine Verbindung sein, die belastend war. Sollte dabei nichts herauskommen, musste sie sich eingestehen, dass ihr sechster Sinn versagt hatte.

Sie war entmutigt. Sie wollte die Mörder kriegen. Diejenigen, die Bens Großmutter umgebracht hatten. Um ihre Position als Journalistin zu verbessern? Um Ben zu helfen? Wahrscheinlich Letzteres. Es tat weh, daran zu denken, dass er in ein paar Monaten wegging. Sie musste einige Entscheidungen treffen. Ganz in Ruhe und mit kühlem Kopf. Das Telefon unterbrach ihre Gedanken.

»Ich habe jemanden von der Gaming Commission auf Leitung eins.«

Julie griff nach Papier und Bleistift. Hoffentlich kam dabei etwas heraus. Wenn das Kasino nicht der gemeinsame Nenner war, war sie mit ihrem Latein am Ende. Sie nahm den Hörer ab.

»Julie Conlin? Ed Tafoya von der State Gaming Commission. Womit kann ich Ihnen helfen?«

»Ich sammle Material zum Tewa-Kasino. Im Moment recherchiere ich nur Hintergrundmaterial über Hauptinvestoren, Vertragspartner, Kontakte, die der Stamm möglicherweise gehabt hat, um die Geschichte in Gang zu bekommen.«

»Da kann ich Ihnen weiterhelfen. Das ist alles öffentlich zugänglich. Lassen Sie mich mal sehen. Anderson & Anderson, Inc. sind als Berater aufgeführt. Romero Construction hatte den Zuschlag bekommen, hat sich aber zwei Wochen später wieder aus dem Geschäft zurückgezogen. Dann kam James, Inc. aus Albuquerque. Soweit ich weiß, sind die immer noch dabei.«

»Haben Sie eine Liste der Personen, die sich hinter Anderson & Anderson, Inc. verbergen?«

»Da gibt es zwei Firmen. Die eine ist die ursprüngliche Immobilienfirma mit Sitz in Santa Fe. Die zweite ist eine Investmentfirma. Welche möchten Sie? Moment, es sieht so aus, als hätten beide das Pueblo beraten.«

»Zuerst die Immobilienfirma.«

»Die Hauptaktionäre sind Douglas Anderson, junior und senior. Dann Evelyn Coffer, ein Edward Martinez, Walker Smith, das ist der ehemalige Gouverneur, P. Walker Smith, Andrew Wellington und Martin Sawyer. Haben Sie die?«

»Ja, das Who is Who von Santa Fe.«

»Stimmt. Jetzt die Investmentfirma. Drei Mitglieder haben Sie schon auf der anderen Liste, Wellington, Smith und Sawyer. Dazu kommen dann noch Augustine Chavez, Mr. und Mrs. Walter Monroe und Albert Dunhill, also Senator Dunhill.«

»Und die Hauptaktionäre sind wieder die beiden Andersons?«

»Ja. Nein, warten Sie, da gibt es noch weitere: Robert Crenshaw und Anthony Chang.«

»Ich wiederhole noch einmal alle Namen.« Julie kontrollierte jeden Namen, nachdem er bestätigt worden war.

»Ich habe auch die Namen der Baufirmen. Der Zuschlag ging an eine Firma aus Arizona.«

»In Ordnung. Ich schreibe erst mal alles auf, was Sie haben.«

»Die Wilson Brothers aus Tucson, Arizona, sind das Ingenieurbüro, das das Grundstück vermessen hat. Sie scheinen die einzige Firma zu sein, die nicht aus New Mexico stammt. Ich vermute, man hat versucht, den hier ansässigen Firmen die Aufträge zu geben.«

»Ich gehe davon aus, dass mit den Genehmigungen alles in Ordnung ist. Waren alle mit einer Zulassung der Klasse III einverstanden?«

»Zuerst nicht. Aber Douglas Anderson ist sehr überzeugend. Und er hat den Gouverneur in der Tasche. Wenn Sie das allerdings zitieren, werde ich leugnen, das je gesagt zu haben.« Julie wartete, bis das nervöse Lachen aufhörte. Da war sie wieder, die Vetternwirtschaft. Wenn man sie in Flaschen füllen und exportieren könnte, hätte New Mexico keine finanziellen Sorgen mehr.

»Ihr Chef ist auch nicht schlecht, wenn er etwas durchsetzen will. Bob Crenshaw muss mindestens genauso viel Lobbyarbeit geleistet haben wie Douglas Anderson. Die beiden haben Monate damit verbracht. Zu schade, dass diese Krankheitsgeschichte es ihnen beinahe verdorben hätte.«

Oder es ihnen erst ermöglicht hat, dachte sie, als sie noch einmal die Namensliste durchging.

Und da war sie. Sie sprang sie förmlich an, die Verbindung. Gott sei Dank war ihr sechster Sinn noch intakt.

»Hören Sie, Ed, es tut mir Leid, Sie unterbrechen zu müssen, aber da kommt gerade ein Gespräch auf der anderen Leitung herein. Danke für die Informationen. Sie sind mir eine große Hilfe gewesen.«

Ja, eine wirklich große Hilfe. Jetzt musste sie den Einsatzleiter des Brandes bei Tony Chang anrufen. Es war wahrscheinlich das Beste, einfach vorbeizufahren. Sie nahm ihre Tasche und steckte die zwei Seiten mit Notizen ein. Sie konnte die Liste nicht hier liegen lassen. Ein Laptop und ihr Recorder, die Notausrüstung einer Reporterin im Einsatz, mussten reichen. Sie steckte beides schnell in eine Leinentasche.

»Ich bin heute Nachmittag unterwegs. Ich muss ein paar Interviews führen. Ich weiß noch nicht, ob ich bis fünf Uhr zurück bin. Wenn nicht, sehen wir uns morgen früh.«

Die Empfangsdame nickte, nahm einen Marker, den man wieder ausradieren konnte, und zog neben Julies Namen auf dem großen Terminplan einen Strich.

Der Einsatzleiter war tatsächlich da.

»Ja, ich erinnere mich an Sie. Wir haben vor nicht allzu langer Zeit gemeinsam einen Abend auf einem Löschzug verbracht. Sie sind die Journalistin von Channel Nine.« Er lachte und zeigte auf einen Stuhl vor seinem Schreibtisch. »Aber deswegen sind Sie nicht gekommen. Das Feuer ist doch ein alter Hut.«

Julie zögerte nur eine Sekunde. Eigentlich gab es keinen Grund, nicht gleich zur Sache zu kommen.

»Wenn Sie ein Fan von Channel Nine sind, dann wissen Sie auch, dass ich die Berichterstattung über das Hantavirus geleitet und die Recherchen für den Sender gemacht habe.«

Der Einsatzleiter nickte und zog die Augenbrauen zusammen.

»In Changs Labor waren ein paar hundert Käfige mit Nagetieren. Wissen Sie, was aus denen geworden ist?«

Stille. Er kaute auf der Lippe herum und vermittelte den Eindruck, genau zu wissen, worauf ihre Fragen hinausliefen. Also machte sie weiter.

»Wenn Mr. Chang die Tiere vor Ort gefangen hat, dann ist es wahrscheinlich, dass die Nagetiere des Labors das tödliche Hantavirus in sich getragen haben. Ich habe gehofft, dass Sie eventuell noch lebende Tiere überprüft haben. Ich versuche einfach, ein paar lose Enden meiner Story über das Virus miteinander zu verbinden. Die Nagetiere spielen dabei eine wichtige Rolle.«

»Ich weiß nicht, ob ich befugt bin, Ihnen zu sagen, was mit dem Inhalt des Labors geschehen ist.« Er wirkte besorgt.

»Wenn, und das ist nur eine Hypothese, die Nager oder was auch immer Sie entdeckt haben, nicht auf das Virus hin getestet worden sind ...«

»Ja, ja.« Der Einsatzleiter stand auf und ging um seinen Schreibtisch herum zum Fenster. »Wie Sie wissen, war es ein ziemlich heftiges Feuer. Bei chemischen Bränden ist das immer so.«

»Ich bezweifle, dass irgendwelche Nager lebend gefangen wurden, aber was, wenn einige eingefroren waren, oder in chemischen Lösungen gelegen haben. Ich habe im hinteren Teil des Gebäudes Kanister gesehen.« Sie wartete ab. Sie hatte ihn so weit, dass er überlegte und die Konsequenzen einer nachlässigen Beweisaufnahme abwog. Es gab schon genug Hysterie wegen des Virus. Wenn es die Runde machte, dass es im Nordosten von Albuquerque zu einer potenziell gefährlichen Situation gekommen war ... dass sich eventuell etwas hätte ausbreiten können ...

»Falls Tiere oder Tierleichen, den Brand überstanden haben, und ich sage nicht, dass dem so ist, haben sie ihn überstanden, weil sie weit vom Brandherd entfernt waren, und in diesem Fall sind sie bereits als Beweismittel sichergestellt«, sagte er. »Wir gehen nicht von Brandstiftung aus, aber der Hitzegrad, das Explosionszentrum und all diese Dinge müssen bestimmt werden. Der Inhalt des Labors, auch die Ratten, helfen dabei, uns ein Bild davon zu machen, was geschehen ist. Das ist Routine.«

»Was wollen Sie damit sagen?«

»Dass sie in das Landeslabor geschickt worden sind.« Der Einsatzleiter zog ein Büchlein aus der obersten Schreibtischschublade.

»Aber Sie sind nicht sicher, dass das wirklich erledigt wurde?«

»Ich sage es Ihnen gleich.« Er blätterte ein paar Seiten durch, ehe er fand, was er suchte. Er sah sich mehrere Einträge an. »Eine

Reihe von Päckchen sind nach Santa Fe geschickt worden, aber ich bin nicht befugt Ihnen zu sagen, was genau in diesen Sendungen war.«

Oder die Aufzeichnungen waren nicht korrekt. Der Einsatzleiter sagte ihr deutlich nicht alles. Seinen Gesichtsausdruck besorgt zu nennen war stark untertrieben. Sie hatte auf jeden Fall seine Aufmerksamkeit für die Angelegenheit geweckt.

»Ich möchte Sie bitten, etwas für mich zu tun.« Julie schrieb etwas auf die Rückseite ihrer Visitenkarte. »Wenn da noch Nagetiere sind, senden Sie sie bitte an Dr. Sanford Black, Leitender Arzt im IHS. Das CDC unterhält hier in Albuquerque im indianischen Krankenhaus immer noch ein Labor. Im Moment testen sie hauptsächlich Nager. Es könnte wichtig sein.«

Der Einsatzleiter sah erleichtert aus. Er war wahrscheinlich froh, dass sie nicht angekündigt hatte, die Informationen für eine Story zu verwenden.

»Ich werde Dr. Black sagen, dass er innerhalb der nächsten zwei Tagen von Ihnen hört. Ist das Zeit genug?«

»Ja. Ich werde Santa Fe sagen, dass sie sich sofort mit ihm in Verbindung setzen sollen. Er kann schon morgen Mittag eine Sendung erhalten.« Er nahm die Visitenkarte und stand auf, um sie zur Tür zu begleiten. »Miss Conlin, ich bin sicher, dass bei der Beweisaufnahme alle Vorsichtsmaßnahmen getroffen worden sind.«

Julie lächelte. »Das können wir nur hoffen.«

Sie hatte Ben einiges zu erzählen. Wenn er heute Abend vorbeikam, konnten sie entscheiden, was sie als Nächstes tun wollten. Wahrscheinlich war es an der Zeit, den Behörden von ihrem Verdacht zu erzählen. Es gab zu viele Zufälle: Tony Chang war gestorben, Johnson Yepa war gestorben. Beide anscheinend durch Unfälle. Beide hatten in der Kasinosache wahrscheinlich wichtige Rollen gespielt. Der eine war in der Lage gewesen, das Killervirus in seinem Labor herzustellen. Der andere hatte die Gelegenheit, die Kürbiskerne ins Pueblo zu bringen und sie dem Gouverneur zu geben.

Julie drückte den Öffner des Garagentors und parkte den Wagen zwischen den Kisten. Sie wollte noch einkaufen, nachdem sie Sandy angerufen hatte, also konnte die Garagentür offen bleiben. Es war erst Viertel nach fünf.

Danach wollte sie duschen, die Pasta vorbereiten und Feuerholz für den Kamin hereinschleppen. Julie lachte. Es sollte ein schöner Abend werden. Sie suchte ihre Schlüssel und bemerkte dann, dass die Hintertür offen stand. Sie stand etwa drei Zentimeter auf. Gott sei Dank gab es ja auch noch die Garagentür. Sie hatte wohl vergessen, die Hintertür abzuschließen, nachdem sie den Müll hinausgebracht hatte.

Sie warf die Handtasche auf den Küchentisch. Talavera-Kacheln in terracotta, gelb und blau bedeckten die Küchenzeile und schlossen auch die Saltillofliesen auf dem Boden ab. Sie holte Apfelsaft aus dem Kühlschrank und stellte ihn auf den Küchentisch, drückte die Abhörtaste an ihrem Anrufbeantworter und griff nach einem Glas auf dem Pinienholzregal über der Spüle. Die Wäsche war fertig. Ben wollte um Viertel nach sechs kommen und fragte, ob sie Lust hatte, ins Kino zu gehen. Eine Arbeitskollegin erinnerte sie an die Babydusche für die Empfangsdame. Dann kam nur der Signalton des Anrufbeantworters. Jemand hatte aufgelegt. Manchen Leuten fiel es immer noch schwer, Nachrichten zu hinterlassen. Sie wartete. Noch eine letzte Nachricht.

Sie kannte die Stimme nicht. Vielleicht war sie verfremdet. Ein Mann. Wahrscheinlich älter. Aber es war die Nachricht, die Julie veranlasste, an der Spüle Halt zu suchen.

»Verschwinden Sie, solange noch Zeit ist. Die werden Sie umbringen. Sie wissen zu viel. Verlassen Sie Albuquerque. Das ist kein Scherz. Ihr Leben ist in Gefahr.«

Wollte ihr jemand Angst einjagen? Dann machte er das wirklich gut. Ihre Knie fühlten sich an wie Gummi. Was tun? Zuerst einmal der Polizei das Band geben. Noch etwas, worüber sie mit Ben reden musste. Sie konnte nicht einfach hier herumstehen, sonst war sie nicht bis halb sieben Uhr mit allem fertig. Bevor sie ein neues Band einlegte, sollte sie das Krankenhaus anrufen. Es konnte ja auch ein blöder Scherz sein.

Sie wählte die Nummer des Krankenhauses. Gloria fragte, ob sie eine Nachricht für Sandy hinterlassen wolle?

»Richten Sie ihm bitte aus, dass er aus dem Landeslabor einige Nagetiere bekommt. Nein, das stimmt vielleicht gar nicht. Sagen Sie ihm einfach, dass ich morgen früh noch einmal anrufe.«

Der Arm legte sich ganz plötzlich um sie und drückte ihr die Arme gegen den Körper. Eine Hand wurde auf ihren Mund gepresst. Sie kämpfte, trat nach hinten und nach oben, traf aber nichts Hartes. Sie wurde hochgehoben. Das war das Letzte, woran sie sich erinnern konnte.

Julies Auto war nicht da, als er kam. Aber die Garagentür war offen und die Hintertür auch. Sie war wahrscheinlich kurz noch etwas für das Abendessen einkaufen gefahren. Sie hatte angeboten zu kochen, und er hatte die Einladung begeistert angenommen. Vielleicht konnten sie heute Abend mal wirklich reden.

Der Apfelsaft auf dem Tisch war kalt. Er stand also nicht schon seit dem Frühstück dort. Merkwürdig, dass sie noch nicht angefangen hatte zu kochen. Er sah auf die Uhr. Zwanzig nach sechs. Sie hatte vielleicht länger gearbeitet und keine Zeit gehabt, früher einkaufen zu gehen. Kino war gestorben. Sie mussten sich etwas Neues einfallen lassen. Er lächelte. Er hatte sich endlich entschlossen, Nägel mit Köpfen zu machen. Ihr zu sagen, was er für sie empfand und ihr ein paar Möglichkeiten vorzuschlagen, wie sie weitermachen konnten, wenn er wegging. Ein Jahr lang eine Fernbeziehung führen. Er konnte nicht gehen, ohne zu einer Einigung zu kommen. Einer Einigung über ihre gemeinsame Zukunft.

Er ging ins Esszimmer. Der Tisch war nicht gedeckt. Abgesehen von der offenen Tür und dem Saft, der auf dem Tisch stand, sah es eigentlich aus, als wäre sie noch nicht zu Hause gewesen. Er wollte wieder in die Küche gehen und rückte automatisch einen Läufer zurecht, der sich unter dem Telefontischchen wellte. Der Plastikdeckel des Anrufbeantworters stand offen. Vielleicht hatte sie einen Anruf bekommen und sofort losgemusst. Er sah sich nach einer Nachricht für ihn um. Auf dem Tisch lag nichts. Auch keine Nachricht mit dem Magneten am Kühlschrank. Er spielte mit dem Gedanken, ihre Nachrichten auf dem Anrufbeantworter abzuhören. Zu neugierig. Er würde einfach warten. Sie würde sicher gleich kommen. Er ließ sich auf die Couch fallen.

Ben setzte sich auf und versuchte sich zu orientieren. Lange Schatten fielen ins Zimmer. Die Aussicht von der Verandatür ging auf den schönsten Teil Albuquerques. Das war ein Grund, auf den Hügeln über Albuquerque zu wohnen. Die anspringende Klimaanlage hatte ihn aufgeweckt. Das Gebläse war das einzige Geräusch im Haus. Julie. Er war bei Julie. Und sie war noch immer nicht da. Panik stieg in ihm auf.

Sie waren zum Abendessen verabredet. Wie viel Uhr war es? Er suchte den Schalter der Lampe auf dem Tisch und sah auf die Uhr. O Gott, schon sieben. Irgendetwas stimmte nicht. Ganz und gar nicht. Er spürte das. Sie hätte angerufen und ihn nicht einfach hängen lassen. Hatte sie die Tür nicht für ihn offen gelassen? Er stand auf, ging zu einer Stehlampe und schaltete danach auch noch die Hängelampe über dem Esszimmertisch an. Das Licht beruhigte ihn nicht. Es half nicht, ihm das immer stärker werdende Gefühl einer Bedrohung zu nehmen.

Wenn sie einen Unfall gehabt hatte? Er würde die Krankenhäuser anrufen. Es konnte sein, dass sie zu Fuß gegangen und angefahren worden war. Er ging zum Telefon. Bleib ruhig. Du weißt noch gar nicht, was los ist. Mit sich selbst zu sprechen, beruhigte ihn auch nicht. Er öffnete die Schublade, und suchte nach dem Telefonbuch.

Vielleicht sollte er ihren Anrufbeantworter doch abhören. Er spulte das Band zurück. Er wollte sich nur die letzten drei oder vier Nachrichten anhören. Es konnte nicht schaden.

Er war drauf und dran zuzugeben, dass es keine gute Idee war, als die letzte Nachricht anfing. Eine Morddrohung. Er spielte sie ein Mal, zwei Mal ab. Beim dritten Mal war ihm klar, dass er die Stimme nicht kannte. Er musste das Band zur Polizei bringen. Aber dann hieß es, dass sie einfach abgehauen war. In Panik geraten und die Flucht ergriffen. Er wusste es besser. Wusste er es wirklich besser? Ja. Sie wäre nirgendwo hingegangen, ohne ihm etwas zu sagen.

Vielleicht hatten die Nachbarn etwas gesehen. Er nahm einen Ersatzschlüssel vom Lochbrett an der Hintertür, schloss ab und rannte über den schmalen Streifen Bermudagras, der die beiden Häuser voneinander trennte.

Eine ältere Frau machte auf und hielt die Tür wie einen Schild vor sich, während sie ihn musterte.

»Ich bin ein Freund von Julie Conlin. Ben Pecos. Wir waren heute Abend bei ihr verabredet. Sie hat mir die Hintertür offen gelassen, ist aber nicht nach Hause gekommen. Haben Sie vielleicht gesehen, wie sie weggegangen ist?«

Die Frau betrachtete ihn genau. »Sie hat meinen großen Topf ausgeliehen. Sie hat mir erzählt, dass sie für jemanden kochen will. Es hörte sich an, als sei es jemand Besonderes.« Die Frau lächelte verschwörerisch.

»Haben Sie sie weggehen sehen?«

»Wenn ich es mir recht überlege, ja, das hab ich. Einen Moment, ich werde Harold fragen. Wir sind gerade vom Golf zurückgekommen.« Sie drehte sich um, um ins Haus zu gehen. »O je, ich vergesse meine Manieren. Kommen Sie herein. Es dauert nur eine Minute.«

Es schien Stunden zu dauern, ehe die Frau zurückkam.

»Harold meint, die Garagentür war offen, als wir zurückkamen. Er sagt, er habe ihren kleinen roten Wagen darin gesehen. Ich erinnere mich nur an den großen weißen Transporter in der

Einfahrt. Wissen Sie, so einer wie der Sender sie hat. Sie fährt manchmal damit nach Hause.«

»Haben Sie die Aufschrift von Channel Nine darauf gesehen?«

»Guter Mann, das kann ich nicht sagen.«

»Haben Sie einen der Wagen wegfahren sehen?«

»Ja. Beide. Irgend jemand hat den Transporter gefahren und der folgte Julie in ihrem Wagen.«

»Also saß Julie am Steuer des Miata?«

»Das kann ich nicht beschwören. Ich bin einfach davon ausgegangen, dass es Julie ist. Ich hatte ein paar Lebensmittel im Auto und habe sie aus dem Kofferraum geholt.« Die Frau hielt inne. »Nein, eigentlich habe ich sie nicht gesehen. Ich habe gewunken. Daran erinnere ich mich.«

»Um wie viel Uhr war das?«

»Noch früh. Ungefähr um halb sechs.«

Er bedankte sich und lief zu Julies Haus zurück. Sollte er wieder hineingehen und warten? Den Sender anrufen? Es war jetzt Viertel nach sieben. Nein. Er würde zum Sender fahren. Vielleicht, aber nur vielleicht hatte es einen Notfall gegeben, und man hatte sie angerufen, um noch einen Beitrag zu machen. Das klang gut. Aber er glaubte nicht daran.

Anwendung körperlicher Gewalt, Entführung, Morddrohung … aber man musste am Leben sein, um solche Anschuldigungen vorzubringen. Julie wusste, dass sie das bald nicht mehr war, wenn ihr nicht schnell etwas einfiel. Ihr tat der Kopf weh. Sie erinnerte sich daran, dass sie das Bewusstsein verloren hatte, nachdem jemand ihren Hals zugedrückt hatte. Sie hatte gerade Sandy angerufen. Was hatte sie sonst noch getan? Ben. Er war jetzt schon bei ihr und würde nach ihr suchen. Würde er denken, dass sie arbeiten musste, und wieder gehen?

Sie machte rechts einen Ellbogen frei, um nicht gegen die Seite gedrückt zu werden, als der Transporter um eine Ecke fuhr.

Wer auch immer das Auto fuhr, musste verrückt sein. Die Stimme in ihrer Küche, die gesagt hatte, der andere solle sie hinten in den Transporter bringen und ihm folgen, war ihr nur zu vertraut. Selbst halb bewusstlos hatte sie Bob Crenshaw erkannt. Nachdem sie die Türen des Transporters zugeworfen hatten, hörte sie, dass jemand den Miata startete. Bob musste ihn fahren.

Die Schnur um die Handgelenke drückte und juckte. Dank der dicken Socken scheuerte sie wenigstens nicht an den Fußgelenken. Aber am lästigsten war das dicke Isolierband, das sie zweimal um den Kopf herum über ihren Mund geklebt hatten.

Sie lag ausgestreckt auf dem Boden des Transporters. Es war ein Wagen des Senders. Zumindest das wusste sie. Den Fahrer hatte sie noch nie zuvor gesehen. Ein komischer Typ. Er schien sich in seiner Rolle als schwerer Junge nicht wohl zu fühlen. Eigentlich wirkte er überhaupt nicht bedrohlich. Eher wie ein Buchalter, der Gewichte stemmte und an den Fingernägeln kaute. Er hatte die Hände von jemandem, der am Schreibtisch arbeitete. Und das nervöse Verhalten von jemandem, der wenig Selbstvertrauen besaß.

Wer von beiden würde sie umbringen? Entweder der Fahrer oder Bob Crenshaw, einer von beiden. Sie lag nur deshalb verschnürt wie ein wildes Tier hinten im Transporter, weil sie umgebracht werden sollte. Das bestätigte, was ihr sechster Sinn gesagt hatte. Sie hatte Recht gehabt. Hatte die Nachricht sie nicht auch davor gewarnt, dass sie zu viel wusste? Sie war zu weit gegangen.

Wenn sie wüsste, wo sie mit ihr hinfuhren. Wie viel Zeit hatte sie noch, um zu reagieren? Würde jemand die Türen aufmachen und sie einfach erschießen? Nein, das gab eine zu große Schweinerei. Sie würden sie wahrscheinlich irgendwo aus dem Wagen holen. Und dann?

Der Transporter fuhr wieder um eine Kurve, holperte über zwei Stolperschwellen und fuhr irgendwo hinunter, ehe er plötzlich anhielt. Wo waren sie? Bob öffnete die Beifahrertür und sagte etwas wie »... als er zurückkam ...« Dann wurde die Tür zugeschlagen und der Fahrer drehte das Radio auf. Im gleichen Moment ging die Tür wieder auf und Bob grummelte etwas wie die Aufmerksamkeit nicht auf sie lenken. Das Radio wurde ausgemacht. Sie waren also an einem öffentlich zugänglichen Ort.

Der Sender. Die Tiefgarage des Senders. Sie konnte durch das Klebeband nicht gut hören. Aber die Tür des Transporters erzeugte einen Widerhall wie in einer Tiefgarage. Was jetzt? Hier würden sie sie nicht umbringen. Aber deswegen fühlte sie sich auch nicht besser.

Julie war noch nie gut darin gewesen, ohne Uhr die Zeit zu schätzen. Sie hatte den Eindruck, dass sie länger als eine Stunde dort gewesen war, als sie wieder Geräusche hörte. Neben dem Transporter wurde eine Autotür zugeworfen. Die von ihrem Miata? Der Fahrersitz quietschte unter dem Gewicht des Mannes, als er ihn zurückstellte. Er wollte nicht gesehen werden.

Julie hob ihre Beine hoch über ihren Kopf und schlug mit den Fersen hart auf den Boden. Au. Das war nicht laut genug. Sie drehte sich schnell auf die Seite und schlug ihre Füße gegen die Transporterseite, dann riss der Fahrer an ihren Haaren und hob sie ein Stück hoch.

»Machen Sie das noch einmal, und ich warte nicht erst auf Bob.«

Er warf sie zurück, beugte sich über sie und hielt sie immer noch an den Haaren. Der Druck ließ ihr die Tränen in die Augen schießen. So viel zum Thema Softie. Und so viel auch zu dem Versuch, Aufmerksamkeit zu erregen. Niemand hatte sie gehört. Der Mann setzte sich auf den Beifahrersitz, behielt sie aber im Auge. Dann kletterte er neben sie, rollte eine Plane aus und wickelte sie bis zum Kinn hinein.

»So, versuchen Sie jetzt noch einmal herumzurollen.«

Es war unerträglich in der Plane. Aber Julie hatte sein Gesicht gesehen, während er sie einwickelte. Er hatte jeden Zentimeter ihres Körpers betrachtet. Er hatte sie zwar nicht angefasst, aber mit Blicken verschlungen. Vielleicht konnte sie daraus etwas machen.

Es gab immer noch die Möglichkeit, dass Ben gemerkt hatte, dass etwas nicht stimmte ... Und dann? Er war zu ihr nach Hause gefahren, um mit ihr zu Abend zu essen. Kannte er sie gut genug, um zu wissen, dass sie eine Einladung zum Abendessen nicht einfach platzen ließ? Wahrscheinlich nicht. Es fiel ihr schwer, die Tränen zurückzuhalten. Wie hatte sie so dumm sein können? Warum hatte sie nicht erkannt, was Bob für ein Mensch war? Warum war sie nicht vorsichtiger gewesen?

Ben parkte an der Westseite des Gebäudes. Am Broadcast Plaza, auf einem Besucherparkplatz. Er nahm an, dass Julie ihren Wagen normalerweise in der Tiefgarage auf einem für Angestellte reservierten Platz abstellte. Es konnte nicht schaden, auf dem Weg ins Gebäude nachzusehen. Das Parkhaus war ein zweistöckiger Zementanbau hinter Julies Büro. Die Rampe, die nach unten führte, machte eine Rechtskurve. Alle Schilder und die großen Pfeile sahen neu aus, aber das Neonlicht nahm ihnen die Farbe und ließ wenig Kontrast zwischen den Säulen, dem Boden und der hellbraunen Decke.

Ben joggte die Rampe hinunter und sah in einer Reihe mit dem Schild »Nur für Pkws« an der Nordseite nach. Als er die Hälfte der Reihe abgelaufen hatte, wusste er, dass dort kein roter Miata stand. Er ging zum Aufzug. Die Treppe war noch besser. Er überlegte, ob hier jemand aufpasste. Ein Wachmann zum Beispiel. Er sah niemanden. Um die Aufzüge war eine Glasverkleidung, offensichtlich waren sie klimatisiert und in den Aufzügen standen mit Sand gefüllte Aschenbecher. Das Gebäude war Nichtraucherzone. Das metallene Verbotsschild war mit Graffiti besprüht.

Die Treppe lag hinter den Aufzügen, in der Nähe eines großen geschlossenen Areals, das die Aufschrift »Wartung« trug. Neben dem Raum waren sechs Plätze für Wartungsfahrzeuge reserviert. Und da stand er.

Zwischen zwei weißen Transportern. Ben kontrollierte die Beifahrertür. Sie war offen. Er sah hinein und stieg dann ein.

Nichts Ungewöhnliches. Es sah nicht so aus, als wäre das Handschuhfach vor kurzem aufgemacht worden. Auf den Sitzen und dem Boden waren weder Reste von Kleidung noch Blutspuren. Er suchte zwar nicht danach, aber er war erleichtert, als er nichts dergleichen fand. Wenn ihr Auto hier stand, war sie vielleicht einfach oben und arbeitete.

Er lehnte sich zum Fahrersitz und berührte dabei mit dem Knie den Schaltknüppel. Er stand im Leerlauf. Die Handbremse war bis zum Anschlag angezogen Von jemandem, der stärker war als Julie. Sie hatte auch den Fahrersitz nicht zehn Zentimeter nach hinten verschoben.

Er stieg aus und sah sich um. Nichts. Das Schließen der Autotür hallte zwischen den Säulen wider, aber es tauchte niemand auf, um ihn zu fragen, was er da machte. Also oben nachsehen und fragen, ob irgend jemand wusste, wo sie war. Etwas flüsterte ihm ein, den Vordereingang zu nehmen und niemanden wissen zu lassen, dass er Julies Wagen gesehen hatte.

Die Empfangsdame der Abendschicht war damit beschäftigt, Anrufe entgegenzunehmen, und flüsterte ihm zu, er solle warten. Ben sah sich um. Nur etwa die Hälfte der Arbeitsnischen, die sich hinter der Information befanden, waren erleuchtet. Ben sah noch vier Leute vor ihren Computern sitzen.

»Suchen Sie jemanden?« Die Empfangsdame hielt inne, nahm einen weiteren Anruf entgegen, sprach einen Moment und wandte sich ihm dann wieder zu.

»Wieder eine dieser dämlichen Geschenkaktionen. Können Sie sich vorstellen, dass die Leute die Telefone heiß laufen lassen, um einen Kalender mit dem Bild unseres Mannes von der Wettervorhersage zu bekommen?«

»Ist Julie Conlin da?«

»Ich habe sie nicht gesehen. Ich bin seit sechs Uhr hier. Da war sie nicht da. Es sieht aus, als hätte sie sich um halb vier ausgetragen.« Sie zeigte auf den Terminplan an der Wand. Unter Ort stand »Interview« und unter »Wieder im Haus um« stand ein Fragezeichen.

»Kann ich Ihnen helfen?«

Ben drehte sich zu einem etwa fünfzigjährigen Mann in T-Shirt, Jeans und einer Lederjacke um. Bob Crenshaw. Das musste er sein.

»Ich bin Ben Pecos. Ich will zu Julie Conlin.«

»Julie war gegen sechs Uhr hier.« Der Mann war unfreundlich.

»Ich habe sie nicht gesehen, Mr. Crenshaw«, unterbrach ihn die Empfangsdame. Ben sah, wie ein Gesichtsmuskel zuckte. Er ist nervös, dachte Ben.

»Natürlich nicht. Ich habe sie unten getroffen. Sie hat ihr Auto abgestellt. Sie hat gesagt, sie wolle sich mit einem Freund zum Abendessen treffen.« Ein kleines gezwungenes Lächeln.

»Danke. Schade, dass ich sie verpasst habe.«

»Wollen Sie eine Nachricht hinterlassen?« Die Empfangsdame hielt Papier und Stift hoch.

Bob hatte sich gegen die Theke gelehnt und sah ihn an. Vergewisserte er sich, dass Ben wirklich ging? Ben hatte kein gutes Gefühl. Etwas, was die Nachbarin von Julie gesagt hatte ... ein weißer Transporter. Sie nahm an, er war vom Sender, hatte in der Einfahrt geparkt, und war weggefahren, als der Miata wegfuhr. Unten neben dem Miata stand jetzt ein weißer Transporter.

»Nein. Ich fahre einfach bei ihr vorbei.«

Er würde nicht weiter als bis zum Parkplatz gehen, in den Truck einsteigen, in einer Seitenstraße parken und darauf warten, dass Bob Crenshaw das Gebäude verließ. Er hatte eine Jacke an. Er war sicher auf dem Weg nach draußen. Bob Crenshaw hatte gelogen. Julie hatte Bob nie und nimmer erzählt, dass sie mit jemandem zum Essen verabredet war, wenn dieser Jemand bei ihr zu Hause am anderen Ende der Stadt wartete. Wenn er das mit dem kombinierte, was die Nachbarin gesagt hatte, wirkte der Chef verdächtig. Ben hätte schwören können, das Bob Crenshaw eine Menge mehr wusste, als er sagte.

15

Lorenzo hatte den Streit gewonnen. Aber erst als er den Poncho festgehalten, an sich gedrückt und seine Arme, die aus den Armlöchern hervorkamen, vor der Brust gekreuzt hatte. Seine Enkelin hatte ihm den Poncho wegnehmen wollen. Sie hatte ihm den Poncho, das Hemd und die Unterwäsche ausziehen wollen. Ein Bottich mit warmem Wasser stand auf dem Tisch, daneben lag ein Waschlappen und ein Stück Seife. Sie hatte gezogen, er hatte gezogen. Schließlich war sie erschöpft gegangen, und hatte dabei über ihre Schulter gerufen, dass er ein sauberes Hemd und saubere Unterwäsche anziehen musste. Dass er die Seife und den Waschlappen benutzen sollte. Was sollte der Arzt denken? Dass sie nicht für ihren eigenen Großvater sorgen konnte! Ja, das würde er denken. Die Krankenschwestern würden ihn so sehen. Sie würde ihn nie wieder irgendwohin mitnehmen. Er könne sich ja seine Grippeimpfung in der Klinik abholen und würde nie wieder von einem netten Doktor im Krankenhaus in Albuquerque untersucht werden.

Lorenzo wartete, bis sie aus dem Zimmer war. Er wunderte sich, dass er manchmal Dinge kristallklar hörte, die er gar nicht hören wollte. Aber vielleicht hatte er einfach früher schon einmal alles gehört und wusste, was sie sagte, wenn sie einen Bottich mit Wasser und ein Stück Seife in sein Zimmer brachte.

Er wusste, dass sie bald mit dem Auto fuhren. Lange fuhren. Wie jedes Jahr, wenn der Himmel ein wässriges Blau bekam und die Wolken zu dünnen Streifen wurden, die sich über den Horizont erstreckten. Er hatte heute Morgen zwei Erntemaschinen zu den Maisfeldern fahren sehen. Die großen schwarzen Vögel, die den Winter ankündigten, waren auch wieder da.

Einer hatte ihn gerufen, bevor er in Richtung der Berge davongeflogen war. Sollte er ihm folgen? Er musste auf den Berg. Er hatte es den Geistern im Sommer versprochen. Er musste einen der vier heiligen Berge seines Volkes besteigen. *Oku pin,* den Schildkrötenberg, der über Albuquerque aufragte. Vielleicht sollte diese Reise sein. Die Geister zeigten ihm den Weg. Sie zeigten ihm den Weg, damit er zu ihnen kommen und ihnen Ehre erweisen konnte.

Lorenzo kniete sich an der Ecke seines Bettes hin und griff in sein Versteck. Er hatte im Münztelefon am Gemeindezentrum drei glänzende Vierteldollarmünzen gefunden und holte sie nun hervor. Dann noch zwei Flaschendeckel, ein Stück grünes Glas und zwei Schwanzfedern von einem Falken. Er würde den Geistern am Nabel der Welt am *Oku pin* Geschenke mitbringen.

Er lugte aus dem Fenster. Seine Enkelin drückte mit der Handwurzel unentwegt auf die Mitte des Lenkrads, während sie die ganze Zeit erwartungsvoll zum Haus sah. Sie war verrückt. Er sah sich in seinem Zimmer um. Hatte er alles für die Reise? Eine Decke. Am *Oku pin* war es kalt. Als kleiner Junge war er einmal von zu Hause weggelaufen, war zu den Ausläufern des Berges gegangen und hatte ihn dann bestiegen. Er war fast erfroren und hatte tanzen müssen, um sich warm zu halten.

Als seine Enkelin ihn in der Tür stehen sah, stieg sie aus und öffnete die hintere Autotür. Lorenzo stieg ein und umklammerte die Decke, weil er befürchtete, sie wolle ihm auch die Decke wegzunehmen. Aber sie achtete nicht darauf, was er trug. Sie drückte einfach alle Knöpfchen herunter und setzte sich wieder hinter das Steuer.

Lorenzo sah den *Oku pin* immer größer werden, je näher sie der Stadt kamen. Hoch oben sah er weiße Stellen den Felsen bedecken. Er würde heute bis an die Schneegrenze hochsteigen und zwischen den Bäumen schlafen, die so frisch rochen und unter der weißen Decke grün blieben.

Er versuchte so schnell zu blinzeln, wie die Telefonmasten vorbeirasten, aber ihm wurde schlecht davon. Er drückte das Gesicht an das kühle Fenster und suchte am Straßenrand nach etwas Schimmerndem. Alles bewegte sich so schnell. Autofahren machte ihn schläfrig, also zog er die Kapuze des Ponchos hoch, lehnte den Kopf zurück und schloss die Augen.

Er erschrak, als seine Enkeltochter vom Fahrersitz über ihn hinweg nach der Tür griff, und das Knöpfchen hochzog. Dann stieg sie aus, rückte ihr Kleid zurecht und öffnete Lorenzos Tür. Sie waren beim Krankenhaus.

Er hielt an, um die Spitze seines Stocks durch eine Öllache auf dem Parkplatz zu ziehen. Seine Enkelin zog ihn am Arm weiter. Sie schien es immer eilig zu haben. Sie würden oben ja doch nur herumsitzen. Sie mussten immer warten. Und er würde warten, bis die Zeit kam, um seine Reise zum *Oku pin* fortzusetzen.

Er scheute vor dem Aufzug zurück, stieg aber ein, als er die blinkenden Lichter sah. Als der Boden unter ihm zu schwinden schien und seine Knie versuchten, den Körper aufrecht zu halten, lachte er und klopfte mit dem Stock auf den Boden.

»Er mag Aufzüge.« Lorenzo sah zu, wie seine Enkelin etwas zu einem Mann sagte, der mit ihnen in der schwankenden Kiste stand. Dann öffneten sich die Türen in einen Raum voller Stühle und Menschen. Lorenzo zog seine Decke enger um sich. Seine Enkelin ging voraus und sprach mit einer Frau, die hinter einem Schreibtisch saß, dann führte sie ihn zu zwei Stühlen am Fenster.

»*Oku pin*«, sagte er und deutete auf die Sandia-Berge.

Seine Enkelin sah ihn erstaunt an und nickte dann, während sie sich zu ihm beugte. »Ich geh mal zur Toilette. Du bleibst, wo du bist und rührst dich nicht von der Stelle.«

Lorenzo sah ihr nach, nahm seinen Stock, winkte der jungen Frau hinter dem Schreibtisch zu und schlurfte zum Aufzug.

Niemand stand in dem Kasten, als die Türen aufgingen. Er trat über den Spalt im Boden und wurde um ein Haar eingequetscht, als sich die Türen hinter ihm schlossen. Dann gingen sie nach einem kurzen Rütteln genauso plötzlich wieder auf, und Lorenzo sah den trockenen braunen Rasen vor dem Krankenhaus. Ehe er ausstieg, drückte er noch alle Knöpfe, die auf dem Schaltbrett waren und starrte sie an, als sie alle zu leuchten begannen. Dann ging er los und lief in das Sonnenlicht. Endlich war er frei.

Er ging zur Ecke Lomas und Girard und hielt dann kurz an,

um sich den Berg anzusehen. Eine Gruppe von Menschen sammelte sich um ihn. Junge Leute mit Büchern. Ein Mädchen lachte ihn an. Sie nahm ihn am Arm, als ein riesiges Auto mit unzähligen Fenstern scharf vor ihm bremste. Sie half ihm die Stufen hoch. Er sah, wie sie dem Mann hinter dem großen Lenkrad Münzen anbot.

Lorenzo griff in die Tasche und zog auch zwei glänzende Münzen und einen Flaschendeckel heraus und hielt sie dem Fahrer hin. Der musterte ihn von oben bis unten.

»Wohin wollen Sie?«

Der Mann hatte ihn etwas gefragt. Lorenzo war sich nicht sicher, zeigte aber durch das riesige Frontfenster auf die Berge.

»*Oku pin.*«

»Was sagt er?« Der Busfahrer wandte sich an das Mädchen.

»Ich weiß nicht. Aber ich glaube, er will zu den Bergen.«

Der Busfahrer sah wieder Lorenzo an, nahm vorsichtig den Flaschendeckel und schloss Lorenzos Finger über den zwei glänzenden Vierteldollars.

»Alles klar, Paps. Gehen Sie durch.«

Das Mädchen machte ihm Zeichen, ihr zu folgen und zeigte auf einen Platz am Fenster. Sie saß ihm gegenüber, stieg aber an der vierten Haltestelle aus. Sie lächelte und winkte ihm von draußen zu, und Lorenzo sah, wie sie langsam immer kleiner wurde, als der Bus wieder anfuhr.

Er war aufgeregt. Die Geister würden sich freuen, ihn zu sehen. Er konnte sich bei ihnen ausruhen. Und vielleicht etwas essen. Er sah zu, wie der Busfahrer ein Sandwich aß. Lorenzo sah weg, als Fahrer ihn im Rückspiegel anschaute. An der nächsten Haltestelle kam der Fahrer zu ihm und gab ihm das halbe Sandwich.

Der Bus hielt oft an, und der Berg wurde immer größer. Schließlich hielt der Bus wieder an, und der Busfahrer sagte etwas zu ihm. Er wartete. Der Fahrer kam nach hinten, hockte sich hin und deutete durch das Fenster auf die Berge. Lorenzo nickte und ließ sich von dem Mann durch den Gang und aus dem Bus hinaushelfen. Als der Bus wegfuhr, stand Lorenzo einen Moment lang da. Dann überquerte er die Straße und ging auf die Mesa zu.

Bald ging die Sonne hinter ihm unter. Der *Oku pin* hatte sich bereits rot-violett gefärbt mit rosa Streifen über der Spitze. Er spürte die Härte des sandigen Wüstenbodens nicht, seine Mokassins waren eng um seine Knöchel geschnürt und verhinderten so, dass kleine Steine zwischen seine Zehen kamen. Einmal verfing sich der herausragende Arm eines Chollo-Kaktus in seiner Decke, aber er ging weiter. Ein Stückchen des stacheligen Kaktus baumelte an seiner Seite.

Es war eine herrliche Nacht. Lorenzo hielt an, um einem Kaninchen, das vor einem Hund davonrannte, beim Hakenschlagen zuzusehen. Schließlich blieb es stehen, und putzte sich die Ohren, weil es wusste, dass der Hund in die Zivilisation zurücklief. Die Straße lag nun unter ihm, und er konnte in der zunehmenden Dunkelheit Autolichter vorbeifahren sehen. Aber er war nicht allein. Die Nacht brach herein wie eine weitere Decke und der Mond stieg auf, voll und golden, und tauchte die grün-braune Wüste in filigrane Schatten aus Silber.

»Beruhigen Sie sich doch, Gloria. Wie kann ein sechsundneunzig Jahre alter Mann zwischen dem ersten und dem zweiten Stock eines Aufzugs stecken bleiben?« Sandy folgte Gloria die Stufen hoch, und die beiden gesellten sich zu einer kleinen Gruppe von Schaulustigen vor den Türen des Aufzugs.

»Ist schon jemand von der Wartung da?«

»Hier drinnen, Doc.« Die undeutliche Stimme kam aus dem Schacht.

Sandy trat näher, um mit ihm sprechen zu können, ohne schreien zu müssen.

»Was ist passiert?«

»Wahrscheinlich ein Kurzschluss.«

»Ist Lorenzo Loretto da drin?«

»Jedenfalls ist er das letzte Mal gesehen worden, als er in den Aufzug einstieg. Ich habe überall gesucht. Er muss da drin sein.« Lorenzos Enkelin fing laut an zu schluchzen.

»Gloria ...« Sandy wollte sie gerade bitten, sich um die Frau zu kümmern, aber Gloria war schon mit einer Packung Taschentücher bei ihr.

»Können Sie sehen, ob jemand da drin ist?«, fragte Sandy.

»Noch nicht. Ich bin noch dabei, die Platte von der Decke abzunehmen.«

»Wie lange ist er schon dort drin?«, fragte Sandy.

»Seit über fünfundvierzig Minuten, fast eine Stunde.«

»Es geht ihm sicher gut. Er bekommt genug Luft.« Sandy wusste, dass er nicht sehr beruhigend wirkte.

»Was ist, wenn er einen Schlaganfall hat?« Jetzt ging die Fantasie mit Lorenzos Enkelin durch, dachte Sandy.

»Es dauert nur noch ein paar Minuten.« Sandy hoffte, dass er Recht hatte.

»Bringen sie Mrs. Loretto doch in die Lounge, Gloria. Ein Kaffee tut ihr bestimmt gut.«

»Wie können Sie so etwas vorschlagen? Ich lasse doch meinen Großvater nicht allein.« Noch mehr Schluchzen. Diesmal sah Gloria ihn missbilligend an.

»Kommen Sie voran?« Sandy ging zu den geschlossenen Aufzugstüren zurück.

»Es wird noch fünfzehn bis zwanzig Minuten dauern. Die Elektrik ist ein Chaos. Wollen Sie, dass ich weiter versuche, in den Aufzug hineinzukommen? Die Deckenplatte will sich einfach nicht lösen.«

Sandy zählte bis zehn. Was hatte der Mann die ganze Zeit getan? Sandy fühlte sich unter Druck. Warum hatte der alte Mann sich noch nicht bemerkbar gemacht?

»Dr. Black, Telefon. Ich habe den Anruf in Ihr Büro gelegt. Leitung drei.« Sandy bedankte sich bei der Empfangsdame und ging nach oben.

»Black hier.«

»Sind Sie der Leiter des Indianischen Krankenhauses?«

»Ja. Womit kann ich Ihnen helfen?«

»Nun ja, vielleicht hat es keine Bedeutung, aber je länger ich darüber nachdenke, desto mehr Sorgen mache ich mir. Als ich nach Hause kam, meinte meine Frau, ich sollte Sie lieber anrufen, um sicherzustellen, dass mit dem alten Mann alles in Ordnung ist.«

»Ich kann Ihnen nicht folgen. Wer sind Sie?«

»Oh, Entschuldigung. John Romero. Ich bin Busfahrer bei der Stadt. Bei mir ist an der Ecke Lomas und Girard ein alter Mann eingestiegen. Einer Ihrer Leute. Ein wirklich netter alter Herr, ich glaube, er sprach kein Englisch. Jedenfalls wollte er in die Berge. Es war meine letzte Tour vor dem Feierabend.«

»Wann war das?«

»Ungefähr um halb fünf.«

Sandy sah auf die Uhr. Vor einer Stunde und zehn Minuten. Es wurde bereits dunkel.

»Wo ist der Mann ausgestiegen?«

»Wie ich schon sagte, er wollte in die Berge. Er ist bis zur Endstation Tramway und Menaul mitgefahren.«

»Haben Sie gesehen, in welche Richtung er dann gegangen ist?«

»Er ging direkt über die Straße und auf die Berge zu. Da dachte ich dann, dass vielleicht etwas nicht stimmt.«

»Könnten Sie den Mann beschreiben?« Sandy wusste bereits, dass es Lorenzo war.

»Er war sehr alt. Seine Haut war unglaublich faltig, wenn Sie wissen, was ich meine. Er trug eine Decke über etwas, das auch aussah wie eine Decke. Er war ganz schön dick eingepackt.«

Was für eine Erleichterung, dachte Sandy. Sie würden ihn zumindest nicht wegen Unterkühlung behandeln müssen, wenn sie ihn fanden. Wenn sie ihn früh genug fanden. Jedes Jahr verschwanden Leute, die in den Bergen wanderten. Manchmal gaben die Berge ihre Besucher erst nach dem ersten Tauwetter im Frühling wieder preis.

Sandy bedankte sich bei dem Mann, notierte Namen und Adresse und versuchte nachzudenken, ehe er die Polizei anrief. Sie würden zweifellos eine Suchaktion starten und die Gegend durchkämmen. Hatte ein alter Mann große Chancen, lange in der Kälte zu überleben? Decken hin, Decken her.

Sandy war nicht gerade davon begeistert, der Enkeltochter erzählen zu müssen, dass ihr Großvater nicht in einem Aufzug steckte, sondern in den Ausläufern der Sandias herumgeisterte. Trotzdem konnte er sich ein Grinsen nicht verkneifen. Der schlaue alte Fuchs hatte sie an der Nase herumgeführt. Sechsundneunzig Jahre alt und ganz schön stur. Er wollte mit sechsundneunzig Jahren auch noch so gut dabei sein. Sandy griff nach seinem Mantel. Wenn er die Polizei angerufen und den Leuten oben Bescheid gegeben hatte, würde er nach Tramway und Menaul rausfahren. Vielleicht konnte er sich irgendwie nützlich machen.

»Hat sie Schwierigkeiten gemacht?« Bob Crenshaw sah in den hinteren Teil des Transporters. Die khaki-grüne Plane bewegte sich nicht. »Du hast sie zugedeckt.«

»Ja. Sie wollte ganz clever sein. Sie hat angefangen, Lärm zu machen. Ich dachte schon, ich muss den Kerl auf Eis legen, der vor ein paar Minuten hier herumgeschnüffelt hat.«

»Ja. Das war knapp. Er hat auch oben nach ihr gefragt. Vielleicht hat er einen Verdacht. Schwer zu sagen. Ich glaube, ich bin ihn losgeworden. Ich will nicht, dass wir sie hier umbringen. Dafür ist noch genügend Zeit, wenn wir zur Mesa kommen. Wir müssen einfach warten, bis es dunkel wird.«

»Wieso gerade die Mesa?«

»Da ist schon vor einem Monat jemand verschwunden. Einer mehr oder weniger fällt da kaum auf.«

Bob Crenshaw setzte den Transporter aus der Parklücke neben

dem Miata heraus und ließ ihn aufheulen, während er die Rampe hochfuhr. Gemachte Sache. Er konnte sich darauf verlassen, dass sein Motorradkumpel, der ihm sowieso noch einen Gefallen schuldete, die fünfzigtausend Dollar nehmen und wieder nach Südkalifornien verschwinden würde. Und es wurde langsam Zeit. Zeit, die Miss-Live-Berichterstattung loszuwerden und mit dem Kasino voranzukommen.

Es herrschte wenig Verkehr. Endlich gab es einmal keinen Unfall auf der I-25. Er manövrierte den Transporter über das große Kreuz und fuhr nach Norden, wobei er ein Auge auf den Paseo Del Norte warf. Bob wollte die Ausfahrt Paseo-Ost nach dem Tramway nehmen und den Transporter vor den Wohnhäusern in den Ausläufern der Sandias parken. Jogger wären jetzt, um acht Uhr abends, nicht mehr unterwegs.

Er hatte an alles gedacht. Den weißen Wartungstransporter zu nehmen, der keine besonderen Merkmale hatte. Das Band nicht aus ihrem Anrufbeantworter zu entfernen, sodass alle dachten, sie wäre untergetaucht. Es war ein bisschen beunruhigend, dass die Stimme der von Douglas Anderson ähnelte. Vielleicht hätte er es doch mitnehmen sollen. Nein, sein Instinkt sagte ihm, dass es so in Ordnung war. Er hatte bis spät gearbeitet und dann mit einem Freund zu Hause zu Abend gegessen. Ein Sack voll Powdrells Barbecue hinter seinem Sitz füllte das Führerhaus mit dem starken Geruch von Hickory und gewürzter Tomatensoße und trug zu einem wasserdichten Alibi bei.

Er drosselte das Tempo und fuhr langsam durch das Viertel teurer, ausladender Adobehäuser, zweistöckiger mediterraner Häuser und ein paar ranchähnlicher Villen. Alles war ruhig. Er fuhr auf der Schotterstraße weiter. Endloses Land. Kilometerlang lag es am Fuß der Berge vor ihm.

Er bog von der Straße ab und fuhr über einen sandigen Kamm. Als er in eine Senke kam, in der man ihn nicht sehen konnte, stellte er schließlich den Motor ab.

Ben sah den weißen Transporter die Rampe hochruckeln, anhalten, dann aus dem Parkplatz des Senders nach Westen Richtung Lomas herausfahren. Er konnte den Fahrer nicht sehen, vermutete aber, dass es Bob Crenshaw war.

Er fädelte sich in den Verkehr ein und folgte dem Wagen mit etwas Abstand. Wer auch immer fuhr, er hatte ein Ziel. Er fuhr nicht zu schnell. Der Transporter nahm die Abfahrt Lomas und fuhr dann auf die I-25 in Richtung Norden. Ben verlor ihn auf dem Freeway fast aus den Augen, sah ihn dann aber weiß aufleuchten, als er am Paseo Del Norte abfuhr. Wie blöd, wenn Bob einfach nur auf dem Weg nach Hause war. Sie fuhren bergauf an Louisiana, Wyoming, Eubank und Tramway vorbei.

Ben machte die Scheinwerfer aus und folgte dem weißen Transporter durch das Wohngebiet. Er ließ dem Fahrer einen guten Vorsprung, als er auf die Mesa zufuhr. Als die Rücklichter verschwanden, parkte er, schloss den Truck ab und ging zu Fuß weiter. Der hell erleuchtete Fernsehturm auf dem Berg diente ihm als Orientierung. Der Transporter konnte nicht mehr als anderthalb Kilometer weit weg sein. Wenn Julie hinten drin war …

»Bitte, lieber Gott, lass sie nicht tot sein.«

Sein Atem brannte in den Lungen, als er in die kalte Nacht hineinrannte und dabei gegen Felsen und Kakteen stieß.

Der Mond stand jetzt höher. Sein goldener Schein, sein fahles weißes Licht erhellte das pockennarbige Gesicht. Lorenzo war müde. In der Ferne lockte der Berg. Einige Geisterführer hatten sich zu ihm gesellt, und er hatte oft angehalten, um mit ihnen zu reden und sich auszuruhen. Er hatte kalte Füße.

Oku pin spielte mit ihm. Er entfernte sich, wenn Lorenzo näher kam, und rutschte immer weiter weg, entzog sich seiner Reichweite. Er hatte ihm mit dem Stock gedroht und glaubte daraufhin, den Berg lachen zu hören. Er würde seine Geheimnisse nicht stehlen. Er bat ihn um Einlass, ihn zu den Steinen aufsteigen zu lassen, die zu einem kleinen Hügel aufgeschichtet waren. Zum Nabel der Welt. Er musste den Geistern ein Opfer bringen.

Er rutschte an der Seite des Arroyo hinunter und wartete, bis die Geister ihm den Atem zurückgaben. Er sah sich um. Die Arroyos brachten das Wasser des Berges zu Tal. Die Geister zeigten ihm den Weg.

Sie hatten ihn in ein trockenes Flussbett geführt, das hinauf zum *Oku pin* führte. Er zog sich hoch und rief dem Mond, den Geisterführern und zuletzt dem *Oku pin* ein Gebet zu. Das Herz sprang ihm vor Freude fast aus der Brust. Er drückte den Stock in den weichen Boden und schlurfte weiter.

»Hast du auch etwas gehört?«

Bobs Freund hatte Julie aus dem Transporter gezogen und gegen ein Hinterrad gelehnt. Julie hatte es auch gehört. Es hatte menschlich geklungen. Sie verlagerte ihr Gewicht. Sie schmeckte Blut auf ihrer Zunge, da wo das Isolierband ihre Oberlippe gegen die Zähne drückte.

»Ja. Wahrscheinlich Kojoten. Sie kommen den Berg herunter und jagen Hauskatzen.«

»Du machst Witze.« Der Freund hörte sich ungläubig an.

Bob lachte. »He, wir sind hier in der Wildnis. Vor ein paar Jahren sind Schwarzbären in die Stadt eingefallen. Dreißig oder vierzig haben die Mülltonnen durchsucht und alle zu Tode erschreckt.«

»Lass uns in die Gänge kommen. Ich kriege hier Gänsehaut.« Bobs Freund sah sich nervös um.

»Bleib ruhig. Schneid ihr die Fußfessel durch, aber lass die Hände gefesselt.« Bob gab dem Mann ein Jagdmesser. »Geh etwa zwanzig Meter den Arroyo hoch und lass ihren Körper da offen liegen. Dann kann sie später schwerer identifiziert werden.«

»Um Gottes willen, willst du damit sagen, dass sich wilde Tiere an ihrem Körper …?«

»Komm schon. Du wusstest doch, dass wir sie nicht erschießen. Tu einfach, was ich dir sage.«

Julie sah Bob in den Transporter einsteigen. Die Innenbeleuchtung leuchtete auf, bevor er die Tür schloss. Das gedämpfte Geräusch eines Rocksenders durchdrang die Stille der Wüste. Bob blieb einfach außer Sichtweite sitzen, bis es vorbei war. Der Freund war angeheuert. Er bekam sicher ein dickes Bündel Scheine für den kleinen Gefallen. Julie sah zu ihrem Mörder hoch. Er schwitzte in der kalten Nachtluft. Sollte sie sich darüber freuen, dass sie es nur mit einem von ihnen zu tun haben würde? Jetzt, zum Schluss.

War Ben im Sender gewesen? Hatte er in ihren Wagen gesehen? Im Büro nach ihr gefragt? Vermutete er, dass etwas nicht stimmte? Hatte er die Polizei verständigt?

Julies Körper schmerzte vom langen Liegen in der gleichen Position unter der Plane. Sie sah dem Mann zu, wie er sich hinkniete und das Seil, das ihr langsam das Blut abschnürte, durchschnitt. Ihre Knie gaben nach, als er sie auf die Füße zog. Er musste sie auffangen und festhalten, damit sie stehen konnte.

Das war ihre Chance. Sie musste aufpassen, dass die Panik ihr nicht aufs logische Denken schlug. Gott sei Dank wollte sich Bob die Hände nicht schmutzig machen. Sie sah dem Mann in die Augen. Und sah dann zu, wie sein Blick die Vorderseite ihrer offenen Bluse hinabwanderte. Vielleicht konnte sie das Unausweichliche durch einen Verführungsversuch in die Länge ziehen. Außer er stand auf Leichenschändung.

Sie zog ein Knie an seinem Oberschenkel hoch, ganz langsam. Sie berührte dabei kaum den Stoff seiner Jeans, und hielt Blickkontakt. Die Hände griffen fester nach ihrer Schulter. Auch er dachte darüber nach. Eine kleine Vergewaltigung, ehe er sich sein Geld verdienen musste.

Sie lehnte sich vor und versuchte mit den gefesselten Händen seinen Unterleib zu finden. Ihre Haare berührten sein Kinn, als sie mit dem Reißverschluss seiner Hosen hantierte, ihre Hand dort liegen ließ, um die schwellende Steifheit zwischen seinen Beinen zu streicheln. Er ging darauf ein. Er atmete jetzt schwerer, schob sie grob von sich weg, stützte sie mit seinem Arm und ging dann mit ihr in die Nacht hinein. Wolkenfetzen verdunkelten den Mond, zogen dann weiter, um ihn erneut silbern scheinen zu lassen.

Er griff mit einer Hand in ihre Bluse, befummelte ihr Brust. Dann hatte er es plötzlich eilig. Er zog und schob sie am Arm um eine Biegung im Arroyo herum und außer Sichtweite des Transporters. Warum sollte er seinen Geldgeber sehen lassen, dass er eine zusätzliche Leistung in Anspruch nahm, dachte Julie.

Jemand hatte an der Seite des tiefen Grabens ungefähr dreihundert Meter vom Transporter entfernt eine Matratze liegen lassen. Er zog sie dorthin und warf sie auf den Rücken. Er riss ihre Bluse bis zur Taille herunter, riss den BH hoch, fasste ihr unter den Rock und zog am Bündchen ihres Slips.

Er beugte sich über sie, nahm eine Brustwarze in den Mund, saugte und biss an ihr herum, während seine Hände an seinem Hosenschlitz fummelten. Er drückte sich zurück auf die Knie, zog seine Jeans und die Unterhosen runter und entblößte seinen erigierten Penis. Julie setzte sich auf und nahm ihn in ihre Hände, ließ den Daumen über die Spitze gleiten und drückte und bewegte die Finger auf und ab. Er stöhnte, zitterte, nahm das Jagdmesser und schnitt mit einer einzigen Bewegung das Isolierband hinter ihrem Ohr auf. Er riss eine Seite los, um an ihren Mund zu kommen und zwang ihren Kopf dann zu sich nach unten.

Plötzlich erstarrte er. Sie spürte, wie sein Körper verkrampfte.

»Ein Bär. Ein verdammter Bär.«

Die Worte waren ein unterdrücktes Flüstern. Julie spürte, wie die Hand, die ihren Kopf gehalten hatte, sie losließ, wie er schlaff wurde, als er sich aus ihrem Mund zurückzog, wie er versuchte aufzustehen. Seine Beine waren in der Unterhose verheddert Er schlug zu Boden, der nackte Hintern und das Steißbein stießen gegen ein scharfes Stück Granit, das im Arroyoboden lag und von Chollo-Kakteen umsäumt war. Aber sein Schmerzensschrei ging im Grunzen des sich nähernden Tieres unter.

Julie griff nach dem Jagdmesser, robbte weg und den Hang des Arroyo hoch, ehe sie sich umdrehte. Der große Kopf der Kreatur und sein massiger Körper hielten es davon ab, sich schnell zu bewegen. Bei all seiner Größe stand es auf zwei spindeldürrem Beinen. Beine, die in Leder steckten. Und an den Füßen trug es Mokassins.

»Oh, mein Gott.«

Das Mondlicht tanzte auf dem Karomuster des Ponchos, und erleuchtete das großflächige Muster, ehe es wieder hinter einer Wolke verschwand. »Lorenzo«. Julie begann, sich vorwärts zu bewegen, als sich plötzlich eine Hand um ihren Knöchel schloss. Bob. Sie drehte sich und hob das Messer weit über ihren Kopf, um es ihm in den Hals zu stoßen, als die Füße unter ihr weggezogen wurden und sie spürte, wie sie die Böschung auf dem Rücken herunterrutschte und das Messer dabei auf die Seite fiel.

»Julie, ich bin es, Ben.« Er nahm das Messer, schnitt die Fesseln an ihren Handgelenken durch und zog sie auf die Füße. »Nimm Lorenzo und bring ihn dort weg. Ich kümmere mich um den Mann am Boden.«

Dann war er weg, über den Rand des Arroyos und über den Sand und die Felsen. Julie eilte zu Lorenzo, umarmte ihn und versicherte ihm, dass er in Sicherheit war, dann brachte sie ihn zu einer Gruppe von Pinien. Als sie das nächste Mal hinsah, hatte Ben dem Mann den Arm auf den Rücken gedreht, und hielt ihm das Messer an den Hals. Die Hosen des Mannes hingen immer noch um seine Knöchel.

In der Ferne hörte man ein Auto anspringen. Der Transporter. Bob versuchte abzuhauen. Na und? Er kam sowieso nicht weit. Lichter kamen den Arroyo herunter. Die ersten beiden Polizisten, die sie erreichten, ritten auf Pferden, und nachdem Ben mit ihnen gesprochen hatte, forderten sie sofort Verstärkung an und gaben eine Suchmeldung nach dem Transporter durch. Dann kamen Sandy und ein Suchtrupp. Zu Fuß.

»Abgesehen davon, dass er Hunger hat, ist der Mann in recht

guter Verfassung.« Sandy beendete die Untersuchung Lorenzos und gab ihm einen Müsliriegel. »Und wie geht es Ihnen?« Er wandte sich an Julie. »Es sieht aus, als hätte das Seil die Haut an Ihren Handgelenken abgeschürft. Und lassen Sie mich mal sehen, wie das Isolierband Ihr Gesicht zugerichtet hat.« Sandy drehte ihren Kopf zur Seite und hielt die Taschenlampe auf ihre Wange.

»Ich werde es überleben. Der da ist wahrscheinlich am schlimmsten verletzt.« Sie deutete auf den Mann, der von zwei Polizisten festgehalten wurde.

»Haben Sie eine Minute Zeit, Doc? Dieser Typ hat ein paar hässlich aussehende Stichwunden am Hintern.«

Julie war in Bens Jacke gewickelt und versuchte, das Klappern ihrer Zähne zu unterdrücken. Schock oder Kälte, sie wusste es nicht. Sie wusste nur, dass Ben sie nicht mehr losgelassen hatte, seit die Polizei gekommen war. Seine Arme fühlten sich gut an und hielten sie davon ab, daran zu denken, was um ein Haar passiert wäre.

»Steigen Sie bitte alle in die Streifenwagen ein.« Ein junger Polizist nickte Ben und Julie zu. »Ich würde gerne noch heute Nacht Ihre Aussage aufnehmen. Es sollte nicht länger als etwa eine Stunde dauern.« Während sie zurück zur Straße gingen, hielt sich Julie weiter an Bens Arm fest.

16

Als es Bob dämmerte, dass sein Kumpel sich vielleicht einfach etwas Zeit für ein Stück Hintern genommen hatte, überlegte er, ihm nachzugehen, um sicherzustellen, dass sie schnell umgebracht wurde. Aber dann dachte er, warum nicht? Sie verdiente es, durchgefickt zu werden, und sein Kumpel hatte günstige Gelegenheiten noch nie verstreichen lassen. Fünfzigtausend und ein Fick war keine schlechte Bezahlung.

Er hörte den Schrei, trotz des Radios und kurbelte das Fenster herunter. Warum, zum Teufel hatte er das Isolierband abgemacht? Er wollte gerade den Revolver aus dem Handschuhfach holen, als sich die flackernden Lichter auf ihn zubewegten. Ein Suchtrupp, knapp einen Kilometer entfernt. Die Lichter wippten und gingen in verschiedene Richtungen, dann kamen sie kurz zusammen, ehe sie einzeln ausschwärmten.

Er merkte noch nicht einmal, dass er mit den Fäusten auf das Lenkrad schlug. Er hatte damit gerechnet, dass etwas Derartiges passieren könnte.

Dass etwas schief gehen konnte. Darum hatte er seine Sponsoren an der Ostküste angerufen – es gefiel ihnen, so bezeichnet zu werden. Jetzt musste er zu dem Plan greifen, den sie vorgeschlagen hatten. Er drehte den Zündschlüssel, startete den Motor, und hoppelte über zwei niedrige Hügel mit Kakteen, ehe er den Arroyohang hochfuhr. Bis er wieder auf der Straße war, konnte er nicht riskieren, die Lichter anzuschalten. Der Transporter zog wirklich gut und hatte eine gute Bodenhaftung für einen so schweren und klobigen Wagen. Er glitt eine Böschung hinunter und krachte über den Seitenstreifen. Er schlidderte, während die Reifen versuchten, auf dem sandigen Asphalt Halt zu finden. Er wollte zurück auf den Paseo del Norte, aber zuerst auf die Zufahrtsstraße, die parallel zum Freeway verlief.

Er griff nach dem Handy und wählte die Nummer auf dem gelben Sticker, der an die Seite geklebt war. Ein kurzer Anruf und ein Pilot erwartete ihn am Coronado Airport. Das Bündel von Tausenddollarnoten drückte sich in seinen Unterleib, als er auf das Gaspedal trat. Er hatte an alles gedacht. Bis man suchte, war er längst in Mexico. Und dann in Südamerika.

Der Pilot sollte in dem zweiten Hangar links warten. Bob fuhr den Transporter hinten um die Gebäude herum und blieb dabei im Schatten der riesigen Gebäude. Da. Ein weißer BMW stand vor einer Tür an der Rückseite. Bob parkte den Transporter daneben.

Das lang gezogene Gebäude war nur schwach erleuchtet. Es dauerte eine Weile bis Bob sich orientiert hatte.

»Wir sind voll betankt und zum Abflug bereit.« Die Stimme war nur wenig lauter als ein Flüstern. Ohne Emotion, mit einem Anflug von Dringlichkeit.

»Sie haben mich erschreckt.« Bob hatte den großen Mann in dunkler Kleidung nicht gesehen, bis er fast in ihn hineingelaufen war.

»Hier entlang.«

Der Pilot ging schnell vor ihm her zur Frontseite der Hangars. Da stand nach Norden ausgerichtet ein einmotoriges Flugzeug. Einmotorig. Er hatte keine Lear Jet erwartet, aber das? Es sah aus wie ein Flugzeug für Kunstflug oder für Schädlingsbekämpfung. Es musste ein Überbleibsel aus den Fünfzigerjahren sein.

»Was ist los? Haben Sie Angst, es fliegt nicht?«

»Nein, nein, ich fliege einfach nicht gern.«

»Ich schlage vor, wir brechen auf.« Der Pilot verschwand im Cockpit.

Bob stieg ebenfalls ein. Die Tür machte einen soliden Eindruck, sie war nur etwas klein. Er setzte sich auf einen der beiden Sitze hinter dem Piloten und versuchte, sich auf die Instrumente zu konzentrieren und nicht auf die Tatsache, dass der Motor stotterte. Schließlich sprang er an, und die Maschine kam in Bewegung.

»Los gehts.«

Sie fuhren die Länge der Startbahn ab, drehten, hoppelten, die Maschine stotterte ein letztes Mal, ehe der kleine Flieger zu rollen begann, an Geschwindigkeit gewann und dann vom Boden abhob.

Vor ihnen lagen die Sandias. Der Pilot drehte eine Schleife nach Nordosten. Bob sah zu, wie der Berg größer wurde. Er konnte die Bäume auf der Spitze fast zählen. Er sah hinunter auf die dicht bewaldeten Hänge, der Wald wurde nur durch schmale Schneisen unterbrochen. Skipisten.

»Ich hoffe, Sie haben einen angenehmen Flug.«

Bob zuckte. Der Pilot hielt eine Neun-Millimeter an seinen Kopf. Mit einer fließenden Bewegung stieß er mit dem Stiefel gegen die Tür, bückte sich und sprang rückwärts weit aus dem Flugzeug hinaus. Sein Fallschirm streifte nur kurz die Oberseite der Flugzeugtür. Dann wurde er vom Schwarz der Nacht verschluckt. Das Pfeifen des Windes und die stotternde Maschine begleiteten seinen Rückzug.

Douglas Anderson saß rauchend in seinem Arbeitszimmer. Er hatte die Zigarre vor dem Abendessen angefangen und wollte sie beim Kaffee und einem kleinen B&B zu Ende rauchen. Er rollte sie zwischen den Fingern. Sie war eine von zwölf handgerollten, einzeln verpackten und fein säuberlich in seiner Schreibtischschublade nebeneinander liegenden Zigarren. Eine der kleinen Freuden des Lebens, die er sich gestattete – dank guter Freunde, die viel reisten.

Er hatte versucht, Bob Crenshaw zu erreichen, war aber nur leicht beunruhigt, dass er noch nicht wieder von ihm gehört hatte. Der Vorarbeiter des Bautrupps, der am Kasino arbeitete, hatte ihn angerufen. Noch heute Vormittag konnten sie die gläserne Decke in das Gebäude einziehen. Die große Eröffnung war für den fünfzehnten Januar angesetzt. Keine Verzögerungen. Sie lagen gut in der Zeit. Sogar der neue Gouverneur von Tewa unterstützte sie.

»Das Abendessen ist fertig.« Mollie hatte leise an die Tür geklopft, ehe sie eintrat.

»Wo ist Junior?«

»Er sitzt schon am Tisch, Mr. Douglas.«

»Ich komme gleich. Sagen Sie ihm, dass er nicht ohne mich anfangen soll, Mollie. Und holen Sie die Flasche Weißwein aus dem Kühlschrank.«

»Ja, Sir.« Mollie zog sich in die große Halle zurück und schloss die Tür.

Douglas zog noch zweimal an der Zigarre, ehe er sie vorsichtig ausklopfte und in die Schachtel zurücklegte. Junior konnte ruhig auf ihn warten. Das Alter hatte seine Vorteile. Er hatte einmal überlegt, Junior hinauszuwerfen, ihn nach der Scheidung nicht wieder zu Hause aufzunehmen. Aber das Haus war leer. Zu groß für eine Person, jetzt da seine Frau tot war.

Er ging durch den großen Raum zum Esszimmer neben der Küche. Das handgetöpferte Service und das dazu passende Besteck glänzten im Kerzenschein. Er aß immer bei Kerzenschein zu Abend. Das war zivilisiert und ließ fast jedes Essen gut aussehen. Nicht, dass er sich über das Essen Gedanken machen musste. Mollie war eine Perle. Seine Freunde versuchten ständig, sie abzuwerben.

Junior faltete die Abendzeitung zusammen und legte sie auf den Tisch, als Douglas seinen Stuhl unter dem Tisch hervorzog und sich setzte. Bei Tisch wurde nicht gelesen. Das war eine Regel seit Juniors Kindheit. Mollie servierte einen Teller mit Croutons auf Salatblättern und einem aromatischen Dressing und gab Douglas dann einen abgedeckten Korb mit getoastetem Parmesanbrot.

»Was gibt es? Was Italienisches?«, fragte Junior.

»Mmhh. Linguine mit Pesto. Eins Ihrer Lieblingsessen, Mr. Anderson.«

Keiner der beiden war redselig, dachte Douglas, als er Junior den Wein reichte. Vor Mollie wollte natürlich auch keiner von beiden viel sagen. Douglas nahm sich noch einmal von dem Pesto. Mollie hatte sich selbst übertroffen. Das Pesto war perfekt. Vielleicht sollte er ihr Gehalt erhöhen. Er konnte es sich nicht leisten, sie zu verlieren.

Mollie sah von der Küche aus zu. Sie füllte Teller nach oder lief hinein, um die leeren abzuräumen. Zum Nachtisch gab es Sahnetorte mit Äpfeln und gerösteten Mandeln, aber ihr ganzer Stolz war das Pesto. Sie holte den Zettel aus der Schürzentasche und glättete ihn auf der Anrichte. Sie hatte ihn bis Montag versteckt, aber dann wusste sie, dass es so weit war.

»Wenn mir etwas zustößt, wenn ich sterben sollte oder vermisst werde, nimm die Kerne und mach den Andersons damit etwas zu essen.«

Er hatte einfach mit »Johnson« unterschrieben. Sie machte an dem Putz zwischen den handgemalten Kacheln um die Spüle herum ein Streichholz an und hielt die Flamme an den Zettel. Das Papier fing schnell Feuer. Die Ecken rollten sich ein und er zerfiel zu Asche. Mollie warf den Rest in das fleckenlose Stahlbecken. Gut, das war erledigt. Als Nächstes machte sie den Häcksler im Abfluss an, zielte mit einem Strahl kalten Wassers darauf und wischte die Reste des Pesto und der Linguine in die Mitte der sich drehenden Masse.

Sie wusste nicht genau, was passieren würde. Aber sie konnte es sich denken. Etwas Schreckliches. Es war ihr egal. Sie vermisste Johnson. Und sie würde immer eine neue Arbeit finden. Mollie summte, als sie die Kaffeekanne ins Esszimmer brachte.

»Mollie, Sie haben sich selbst übertroffen. Das Pesto war superb.«

Douglas lehnte sich in seinem Stuhl zurück. »War das ein neues Rezept?«

»Nein. Nun ja, ich habe eine paar geschälte Kürbiskerne zur Garnierung verwendet.«

»Kürbiskerne?« Junior sah seinen Vater an. Dann fingen beide an zu lachen. Als Douglas sich beruhigte, hielt er sein Weinglas hoch.

»Auf die Kürbiskerne. Ein kleines Geschenk der Natur, das mir alles gegeben hat, was ich mir wünschen kann.«

»Hört, hört. Auf die Kürbiskerne.«

Die Andersons stießen an und tranken.

»Die Besprechung geht gleich los.« Gloria stand mit etwas im Türrahmen, was nach gleich fünf Weihnachtslichterketten aussah. Drei hingen um ihren Hals und in jeder Hand hielt sie eine weitere. Eine Woche vor Thanksgiving geriet das Krankenhaus langsam in Festtagsstimmung

»Wofür sind die?« Sandy wollte sichergehen, dass sein Büro verschont wurde.

»Die Cafeteria.«

»Gut.«

»Ich brauche wahrscheinlich noch mehr, um den Eingangsbereich zu schmücken.«

War das eine Bitte um eine Spende? »Brauchen Sie meine Unterschrift, um Geld aus der Handkasse zu bekommen?«

»Das wäre nett.«

»In Ordnung. Erinnern Sie mich daran, wenn ich zurückkomme.«

Weihnachtsmusik erfüllte die Halle. Ein wenig früh. Sie probierten hoffentlich nur die neuen Boxen aus.

Die Besprechung war als Einsatzbesprechung zum Hantavirus gedacht gewesen, wurde aber in eine Abschiedsparty für Ben umgewandelt. Er ging Mitte Dezember weg. Sandy würde ihn vermissen. Der Raum war voller Mitarbeiter des Labors und des Krankenhauses, Ben und Julie waren auch schon da.

»Je eher wir anfangen, umso früher können wir über den Kuchen herfallen. Wer möchte zuerst? Nancy?« Sandy machte ihr Platz, als sie nach vorne kam.

»Dank Julies Verdacht hinsichtlich des Labors von Mr. Chang

konnten wir zwölf Nager testen, deren Körper vom Feuer mehr oder weniger verschont geblieben waren.«

»He, wie soll ich Kuchen essen, wenn du über so was Ekliges redest?«, rief ein junger Arzt und erntete eine Lachsalve.

»In Ordnung. Kein Ekelkram mehr. Die Tatsache, dass ein Bandicoot unter den uns zugeschickten Nagern war, deutet darauf hin, dass Mr. Chang mit großer Wahrscheinlichkeit derjenige ist, der das Virus manipuliert hatte.«

»Was wird das CDC damit machen?«, fragte Sandy.

»Ob Sie es glauben oder nicht, es ist ein wichtiger Durchbruch für uns, dass jemand das Virus isolieren und in einem Labor herstellen konnte. Es bringt uns der Entwicklung von Diagnosemöglichkeiten näher, mit denen die Krankheit schnell erkannt werden kann. Unterm Strich sind wir jetzt näher daran, eine Wiederholung dieser Geschichte verhindern zu können«, sagte Nancy.

»Wie steht es mit einem Impfstoff?«

»Noch etwas, wobei uns die Herstellung des Virus unter kontrollierten Bedingungen helfen kann. Unser in Asien stationiertes Militär würde sich über einen Impfstoff freuen. Hantaviren töten immer noch jährlich zwischen zehn- und vierzigtausend Menschen.«

»Was ist mit diesem Anderson, der letztes Wochenende gestorben ist? Lag das nicht auch an dem Virus?«

»Ja. Aber wir haben Grund zu der Annahme, dass dies ein Einzelfall war und nicht auf einen erneuten Ausbruch der Krankheit schließen lässt. Wir wissen mehr, wenn sein Sohn sich so weit erholt hat, um Fragen beantworten zu können.« Nancy ging zurück an ihren Platz.

»Gibt es sonst noch etwas, ehe wir zu Ben kommen?« Sandy war nach vorne gegangen. »Ben, ich denke, Sie sind dran.« Sandy sah zu, wie Ben nach vorne ging. Zu schade, dass es ein paar Jahre dauerte, ehe er wieder nach Albuquerque kam.

»Wie manche von euch schon wissen werden, gehe ich an die Universität von Illinois. Nächsten Monat fange ich dort mit meiner Doktorarbeit in Psychologie an.« Ben wartete, bis der Applaus verebbte, und dankte dann Sandy und dem übrigen Krankenhauspersonal dafür, dass er sein Praktikum erfolgreich hatte abschließen können.

»Fertig? Ich möchte auch gerne etwas sagen.«

Alle drehten sich zu Julie um.

»Seit heute Morgen um fünf nach zehn bin ich ein neues Mitglied des Teams von Channel Three News in Chicago.«

Sandy sah, wie Ben über zwei sitzende Leute sprang, um zu Julie zu gelangen. Er fasste sie um die Taille und hob sie hoch, sie legte die Arme um seinen Hals und dann standen sie da inmitten des Beifalls, ohne ihn recht mitzubekommen.

»He, eine letzte Sache, ehe die Feier hier außer Kontrolle gerät. Weiß irgendjemand, ob wir Lorenzo seine Grippeimpfung gegeben haben, bevor wir ihn am Freitag entlassen haben?« Keine Chance, niemand hörte ihm mehr zu.

Die Sonne kam mittags heraus, ließ die feine Schicht Pulverschnee schnell schmelzen und hinterließ dabei nasse Streifen auf den Dächern der Adobehäuser. Lorenzo wartete auf eine Möglichkeit, zum Fluss zu gehen. Seit drei Tagen ließ ihn seine Enkeltochter nicht mehr aus den Augen. Sie saß gerade im Wohnzimmer und erzählte noch einmal die Geschichte des *Oku pin*, berichtete über seine Tapferkeit und wie die Geister ihn geführt hatten, um das Leben einer jungen Frau zu retten, die umgebracht werden sollte.

Er seufzte. Er hatte gar nicht zum Held werden wollen. Zu viel Aufregung. Er wusste, dass die Geister wollten, dass er noch etwas Bestimmtes erledigte. Dann war es vorbei. Die Dunkelheit würde sein Volk verlassen, und sie konnten wieder in Harmonie leben.

Er saß auf der Bettkante und steckte erst ein und dann das andere Bein in die neue Jeans, die ihm seine Enkeltochter hingelegt hatte. Der Stoff war so steif, dass ihm die Hose aus den Fingern glitt, als er sich hinstellte und versuchte, sie hochzuziehen. Er stützte sich auf einen Stuhl hinter ihm, ehe er nach dem warmen Flanellhemd griff, dann nach dem Poncho und einer Decke. Fertig.

Er hielt an der Tür an. Die Luft war rein. Er sah um die Ecke des Hauses, um einen Blick durch das Vorderfenster zu werfen. Seine Enkeltochter war beschäftigt. Sie sprach mit vier ihrer Nachbarn, die voller Aufmerksamkeit am Esstisch um sie herum saßen.

Die Sonne ließ die feuchten Kiesel glitzern. Die Straße schimmerte und bat ihn, ihr nach Westen zu folgen. Lorenzo wusste, wo er hinzugehen hatte. Er zog den Poncho enger um sich herum und steckte eine Hand tief in die linke Tasche. Ja, er hatte alles bei sich. Alles, was er brauchte, um die Geister froh zu stimmen.

Es war windstill an diesem frühen Nachmittag. Die Bäume standen regungslos in der Winterstarre. Die Gräser entlang der Bewässerungsgräben waren braun und platt gedrückt, ihre Wurzeln unter der Oberfläche warteten auf die Wärme des Frühlings. Lorenzo mochte den Winter, wenn die Pflanzen schliefen.

Zu dieser Zeit des Jahres konnte der oberste Wintergeist die Gestalt einer Krähe annehmen und ihn auf seinen Spaziergängen begleiten. Er suchte den Horizont ab. Heute würde der Geist sicher zu ihm kommen, um ihn zu führen.

Lorenzo sah schon den Schatten, ehe er den großen schwarzen Vogel sah. Er landete auf einem Zaunpfahl genau rechts vor ihm. Die Krähe beugte ihren Kopf, breitete die Flügel aus und setzte sich dann, um sich zu putzen.

Ihre Federn glänzten im Sonnenlicht in irisierendem Schwarz. Lorenzo sprach mit dem obersten Wintergeist und dankte ihm dafür, dass er ihn auf den *Oku pin* begleitet hatte. Der Geist legte den Kopf auf die Seite, schüttelte die Federn und nickte.

Lorenzo lachte, schloss dann schnell wieder den Mund, denn kalte Luft drang in seine Lungen und versuchte in sein Innerstes vorzudringen. Er zog den Reißverschluss des Ponchos bis zum Hals hoch. Es war Zeit, den Plan durchzuführen. Lorenzo ging mit der von Zaunpfahl zu Zaunpfahl vor ihm her hüpfenden Krähe die Straße entlang und hielt schließlich dort an, wo die asphaltierte Straße anfing.

Das Skelett des Kasinos sah verloren aus. Einige Stücke der Teerpappe hatten sich an den Ecken gelöst. Sie hatten sich aufgerollt und waren nun nutzlos für die Spanplatten an der Seite. Die Fenster waren noch ohne Glas und die Kuppel öffnete sich gen Himmel. Lorenzo ging die lange Einfahrt hinauf. Die Krähe hüpfte jetzt über den Parkplatz neben ihm.

In der Hülle dieses Gebäudes waren keine Geister. Die Leere war vollkommen. Als Lorenzo hineinging, sah er hinauf zu einem blassen, klaren Himmel und die Kälte schien sich um ihn zu legen.

Er zog die Decke bis zu seinen Schultern hoch, und stopfte die Hände noch tiefer in die Taschen seines Ponchos. Auf dem Päckchen Streichhölzer stand auf der einen Seite »Bernies One-Stop Shop« und auf der anderen Seite eine Telefonnummer.

Was sollte er jetzt machen? Er hatte vergessen etwas mitzubringen, womit er das Feuer entzünden konnte, Reisig zum Beispiel. Er sah sich um. Der Wintergeist war hinter ihm hereingekommen und saß auf einem Sägebock. Auf einem Sägebock, auf dem ein Stapel Müll lag – Zeitungen, Isoliermaterial und Holz.

Lorenzo machte aus dem Müll eine Pyramide, indem er das Holz hinstellte, Zeitungen zusammenknüllte und damit das Innere füllte. Dann zündete er ein Streichholz an und legte es unten in den Haufen. Ein Schwall Rauch stieg durch die Holzlatten und das Papier, verschwand aber wieder. Lorenzo kniete sich hin, entzündete ein neues Streichholz und fing vorsichtig an zu pusten. Er hauchte dem Feuer Geist ein und mit einem Mal fing es an zu brennen.

Er krabbelte zurück und kämpfte sich auf die Füße. Der Rauch wurde nach oben durch die offene Kuppel in den Himmel getragen. Er nahm ein brennendes Vierkantholz aus dem Feuer, hielt es wie eine Fackel und brachte es zur Nordwand des Gebäudes.

Die Teerpappe und das Isoliermaterial fingen Feuer, Flammen bewegten sich schnell auf die bloßliegenden Dachsparren zu. In zeremonieller Stille wiederholte Lorenzo den Vorgang und hielt die Fackel an jede der anderen drei Wände. Dann ging er durch die Doppeleingangstür und hinaus auf den Parkplatz. Er stellte sich in die Mitte, hob die Arme gen Himmel und sprach ein Gebet.

Susan Slater

Geboren 1942, aufgewachsen in Kansas. Nach dem Studium unterrichtete sie einige Jahre Englisch in verschiedenen Ländern Zentralamerikas, u.a. in Mexiko. Heute lebt sie mit ihrem Mann in Albuquerque in ihrer Wahlheimat New Mexico. Sie unterrichtet u.a. an der University of New Mexico und engagiert sich in der Fortbildung für indianische Lehrerinnen und Lehrer.

Weitere Romane mit Ben Pecos:
Yellow Lies (2000); *Thunderbird* (2002).

Die Übersetzerin

Mascha Rohner, geboren 1963, Studium zur Diplomübersetzerin in Köln und Barcelona. Yvonne Vera aus Zimbabwe brachte sie während des Studiums zur Literaturübersetzung. Außerdem untertitelt und übersetzt sie Filme für internationale Festivals. Ihr besonderer Dank für die Unterstützung bei der vorliegenden Übersetzung gilt der Dolmetscherin Gaby Gehlen.

Kleine Chronologie von New Mexico

ca. 25000 v. Chr.: Das Volk der Sandia hinterlässt die frühesten Spuren menschlicher Existenz in dem Gebiet, das heute New Mexico ist.

ca. 10000 – 9000 v. Chr.: Jäger der Clovis durchstreifen das Gebiet auf der Jagd nach Mammuts, Bisons und anderer Beute.

ca. 10000 – 500 v. Chr.: Die Cochise bauen Mais, Kürbis und Bohnen an; sie markieren den frühesten Hinweis auf Ackerbau im Südwesten der Vereinigten Staaten.

300 n. Chr. – 1400 n. Chr.: Die Mogollon-Kultur führt die Herstellung hochkünstlerischer Töpferwaren und den Hausbau ein (so genannte Grubenhäuser).

1 – 700: Die Anasazi-Korbmacher entwickeln das Flechten auf hohem Niveau, sie stellen Körbe, Kleider, Sandalen und andere Gebrauchsgegenstände her.

700 – 1300: Die Anasazi-Kultur gipfelt in der hoch entwickelten Chaco-Zivilisation.

1200 – 1500: Die Pueblo-Indianer bauen Dörfer am Rio Grande und seinen Nebenflüssen.

1536: Cabeza de Vaca, Estevan der Maure sowie zwei weitere Spanier setzen das Gerücht über die »Sieben Städte von Cibola« in Umlauf, nachdem sie das heutige südliche New Mexico durchstreift hatten.

1540 – 42: Francisco Vasquez de Coronado erforscht das Gebiet vom Golf von Mexiko bis zum heutigen Kansas. Er entdeckt den Gran Canyon.

1598: Juan de Onate errichtet mit San José de los Caballeros die erste spanische Stadt; sie liegt in der Nähe des Tewa-Dorfes Ohke, etwas nördlich des heutigen Espanola.

1599: Schlacht von Aroma zwischen Indianern und Spaniern. Sie ist der Ausgangspunkt für die späteren Pueblo-Aufstände.

1600: San Gabriel, die zweite größere Stadt von New Mexico wird am Zusammenfluss vom Rio Grande und dem Chama River gegründet.

1601: Viele Bewohner verlassen San Gabriel wieder. Neue Siedler werden in Spanien und Mexiko angeworben, um die Kolonie zu verstärken.

1608: Onate wird als Gouverneur abgesetzt und nach Mexico City gebracht. Dort wird ihm der Prozess wegen Machtmissbrauch und Misshandlung der Indianer gemacht. Spanien beschließt, New Mexico weiter zu besiedeln und erklärt das Gebiet zur »Königlichen Provinz«.

1609–10: Gouverneur Pedro de Peralta erbaut Santa Fe als neue Hauptstadt. Gaspar de Villagra verfasst ein Epos über die Gründung New Mexicos. Es ist das erste Buch über ein Gebiet in den heutigen USA überhaupt.

1680: Aufstand der Pueblo-Indianer. Die spanischen Überlebenden fliehen nach El Paso del Norte.

um 1680: Navajos und Apachen unternehmen Raubzüge im Gebiet der Pueblo-Indianer.

1692–93: Don Diego de Vargas rekolonialisiert Santa Fe.

1696: Zweiter Pueblo-Aufstand, der aber von Gouverneur de Vargas vereitelt wird.

1706: Villa de Albuquerque wird gegründet.

1743: Französische Trapper kommen nach Santa Fe und beginnen in begrenztem Umfang Handel mit den Spaniern.

1786: Gouverneur Juan Bautista de Anza schließt Friedensvertrag mit den Komantschen.

1807: Zebulon Pike führt die erste angloamerikanischen Expedition nach New Mexico. Nach seiner Rückkehr veröffentlicht er einen Bericht über die dortigen Lebensumstände.

1821: Mexiko erklärt seine Unabhängigkeit.

1828: In den Ortiz Mountains, südlich von Santa Fe, werden die ersten großen Goldfunde auf dem Gebiet der heutigen USA gemacht.

1837: Die Chimayo rebellieren gegen mexikanische Steuererhebungen.

1846–48: Mexikanisch-Amerikanischer Krieg. Stephen Watts Kearny annektiert New Mexico für die Vereinigten Staaten.

1850: New Mexico (einschließlich dem ganzen heutigen Arizona und dem jeweiligen Süden von Colorado, Utah und Nevada) bekommt den Status eines »Territory«, wird aber nicht als Bundesstaat in die USA aufgenommen.

1851: Bischof Jean-Baptiste Lamy errichtet überall im »Territory« Schulen, Krankenhäuser und Waisenhäuser.

1861: Während des Bürgerkriegs besetzen die Südstaaten das Land. Sie erklären es zum »Territory of Arizona« mit der Hauptstadt La Mesilla. Außerdem wird das »Territory of Colorado« geschaffen. New Mexico verliert den größten Teil des Nordwestens an diese Territorien.

1862: Die Schlachten von Velarde und am Glorieta Pass beenden die konföderierte Besetzung.

1863–68: Der zu trauriger Berühmtheit gelangte »Lange Marsch«: Navajos und Apachen werden nach Bosque Redondo umgesiedelt. Nachdem Abertausende an Seuchen und Hunger gestorben waren, durften die Überlebenden in ihre Stammesgebiete zurückkehren.

1863: New Mexico wird halbiert, Arizona entsteht.

1878: Die Eisenbahn öffnet New Mexico für den Handel und für Migrationsbewegungen. Im Lincoln County gibt es bewaffnete Auseinandersetzungen mit neuen Siedlern.

1881: Pat Garrett erschießt Billy the Kid in Fort Sumner, N.M.

1886: Geronimo kapituliert. Die Feindseligkeiten gegen die Indianer werden allmählich eingestellt.

1898: Der erste Film wird in New Mexico gedreht: »Indian Day School« von Thomas Alva Edison.

1912: New Mexico wird der 47. Bundesstaat der USA.

1916: Pancho Villa überfällt Columbus, N.M.

1920: Stimmrecht für Frauen auch in New Mexico durchgesetzt.

1923–1924: Im Navajo-Reservat wird Erdöl entdeckt.

1942–43: Geheime Atomlabors entstehen in Los Alamos. Navajos werden für Geheimdienstoperationen eingesetzt.

1945: Erster Atombombentest in New Mexico.

1948: »Native Americans« bekommen das Stimmrecht auf Bundesstaatsebene.

1950: Bei Grant wird Uran entdeckt.

1998: New Mexico feiert seine vierhunderjähriges Bestehen seit der Gründung durch Juan de Onate.

Quelle: »Timeline of New Mexico History«, PPSA Magazine